Xeque-mate

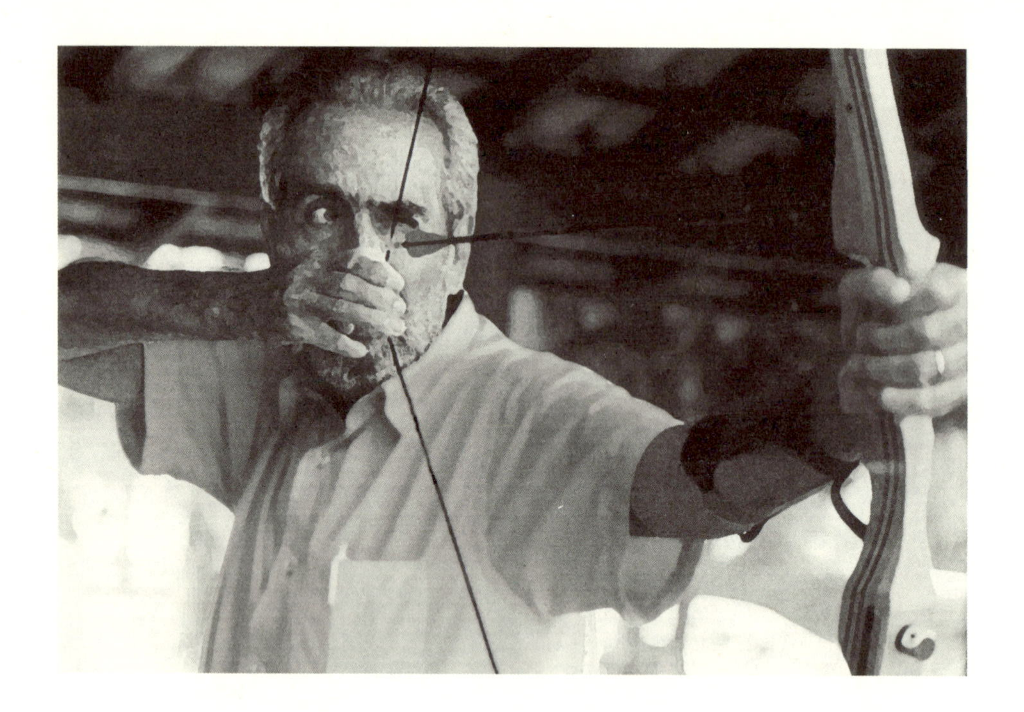

O Arqueiro

Geraldo Jordão Pereira (1938-2008) começou sua carreira aos 17 anos, quando foi trabalhar com seu pai, o célebre editor José Olympio, publicando obras marcantes como *O menino do dedo verde*, de Maurice Druon, e *Minha vida*, de Charles Chaplin.

Em 1976, fundou a Editora Salamandra com o propósito de formar uma nova geração de leitores e acabou criando um dos catálogos infantis mais premiados do Brasil. Em 1992, fugindo de sua linha editorial, lançou *Muitas vidas, muitos mestres*, de Brian Weiss, livro que deu origem à Editora Sextante.

Fã de histórias de suspense, Geraldo descobriu *O Código Da Vinci* antes mesmo de ele ser lançado nos Estados Unidos. A aposta em ficção, que não era o foco da Sextante, foi certeira: o título se transformou em um dos maiores fenômenos editoriais de todos os tempos.

Mas não foi só aos livros que se dedicou. Com seu desejo de ajudar o próximo, Geraldo desenvolveu diversos projetos sociais que se tornaram sua grande paixão.

Com a missão de publicar histórias empolgantes, tornar os livros cada vez mais acessíveis e despertar o amor pela leitura, a Editora Arqueiro é uma homenagem a esta figura extraordinária, capaz de enxergar mais além, mirar nas coisas verdadeiramente importantes e não perder o idealismo e a esperança diante dos desafios e contratempos da vida.

ALI HAZELWOOD

Xeque-mate

Título original: *Check & Mate*

Publicado originalmente nos Estados Unidos pela G. P. Putnam's Sons, um selo da Penguin Random House LLC.

Direitos de tradução combinados com Sandra Dijkstra Literary Agency e Sandra Bruna Agencia Literaria, SL.

tradução: Roberta Clapp
preparo de originais: Beatriz D'Oliveira
revisão: Ana Grillo e Rafaella Lemos
diagramação: Gustavo Cardozo
capa e ilustração: lilithsaur
imagem de capa: Texture background wall / Shutterstock (fundo)
adaptação de capa: Ana Paula Daudt Brandão
impressão e acabamento: Lis Gráfica e Editora Ltda.

CIP-BRASIL. CATALOGAÇÃO NA PUBLICAÇÃO
SINDICATO NACIONAL DOS EDITORES DE LIVROS, RJ

H337x
Hazelwood, Ali
Xeque-mate / Ali Hazelwood ; tradução Roberta Clapp. - 1. ed. - São Paulo : Arqueiro, 2023.
336 p. ; 23 cm.

Tradução de: Check & mate
ISBN 978-65-5565-574-2

1. Ficção italiana. I. Clapp, Roberta. II. Título.

23-85715 CDD: 853
CDU: 82-3(450)

Gabriela Faray Ferreira Lopes - Bibliotecária - CRB-7/6643

Editora Arqueiro Ltda.
Rua Funchal, 538 – conjuntos 52 e 54 – Vila Olímpia
04551-060 – São Paulo – SP
Tel.: (11) 3868-4492 – Fax: (11) 3862-5818
E-mail: atendimento@editoraarqueiro.com.br
www.editoraarqueiro.com.br

Para Sarah A. e Helen,
vocês sempre serão minhas favoritas.

Prólogo

"Fiquei sabendo, por fontes confiáveis, que você é um símbolo sexual da Geração Z."

Quase deixo o celular cair.

Tá: eu deixo o celular cair, mas consigo salvá-lo antes de ele mergulhar em um béquer cheio de amônia. Depois olho ao redor, me perguntando se mais alguém aqui no laboratório ouviu.

Os outros alunos estão trocando mensagens ou se divertindo com seus equipamentos. A Sra. Agarwal está em sua mesa, fingindo corrigir umas provas, mas provavelmente lendo alguma fanfic erótica envolvendo Bill Nye. Um odor (não letal, espero) de ácido etanoico sobe da minha bancada e os AirPods continuam em minhas orelhas.

Ninguém presta atenção em mim ou no vídeo na tela do meu celular, então dou Play para retomar a exibição.

"Saiu na revista Time, *duas semanas atrás. Na capa. Uma foto do seu rosto e, logo embaixo, 'Símbolo sexual da Geração Z'. Como você se sente em relação a isso?"*

Espero ver Zendaya. Harry Styles. Billie Eilish. Todos os membros do BTS, amontoados no sofá de um *talk show* noturno qualquer que o algoritmo do YouTube decidiu me sugerir depois que o tutorial sobre o experimento de pH terminou. Mas é só um cara. Um garoto, talvez? Ele parece deslocado na cadeira de veludo vermelho, com camisa escura, calça escura, cabelo escuro. Sua expressão é sombria e completamente enigmática quando ele diz em uma voz grave e séria:

"*Não parece certo.*"

"*É mesmo?*", reage o apresentador (Jim, James ou Jimmy, não sei).

"*A parte da Geração Z, tudo bem*", diz o convidado. "*A do símbolo sexual, nem tanto.*"

O público se diverte, batendo palmas e gritando, e é nesse momento que decido ler a legenda. *Nolan Sawyer*. Há uma descrição explicando quem ele é, mas não preciso dela. Posso até não reconhecer seu rosto, mas conheço esse nome desde que me entendo por gente.

Conheça o Matador de Reis: o melhor jogador de xadrez do mundo.

"*Deixa eu te dizer uma coisa, Nolan: inteligente é o novo sexy.*"

"*Ainda não tenho certeza se me qualifico.*"

Seu tom é tão seco que me pergunto como seu agente o convenceu a participar dessa entrevista. Mas o público ri e o apresentador, também. Ele se inclina para a frente, obviamente encantado com esse jovem que tem o corpo de um atleta, pensa como um físico teórico e é dono de um patrimônio digno de um empresário do Vale do Silício. Um prodígio, notável e bonito, que não admite que é especial.

Eu me pergunto se Jim-Jimmy-James ouviu o que *eu* ouvi. A fofoca. As histórias cochichadas por aí. Os rumores sombrios sobre o menino de ouro do xadrez.

"*Vamos só concordar que xadrez agora é sexy. E isso graças a você. Desde que você começou a jogar, o xadrez renasceu. Alguém gravou vídeos comentando suas partidas, que viralizaram no TikTok... no* ChessTok, *como o pessoal me explicou. E agora tem muita gente aprendendo a jogar. Mas, antes de mais nada: você é um Grande Mestre, o título mais alto que um jogador de xadrez pode alcançar, e acabou de ganhar seu segundo Campeonato Mundial, contra...*" O apresentador precisa dar uma olhadinha na ficha em cima da mesa, porque Grandes Mestres comuns não são tão famosos como Sawyer. "*Andreas Antonov. Parabéns.*"

Sawyer assente uma única vez.

"E você acabou de fazer 18 anos. Quando foi mesmo?"

"Três dias atrás."

Três dias atrás, *eu* fiz 16 anos.

Há dez anos e três dias, ganhei meu primeiro tabuleiro de xadrez – peças de plástico, em roxo e cor-de-rosa – e chorei de alegria. Passava o dia todo jogando, carregava-o para todos os lugares e depois me aconchegava com ele na cama.

Agora não consigo sequer lembrar qual é a sensação de segurar um peão.

"Você começou a jogar muito novo. Seus pais te ensinaram?"

"Meu avô", responde Sawyer. O apresentador parece surpreso, como se não esperasse que Sawyer fosse tocar nesse assunto, mas se recupera logo.

"Quando você se deu conta de que era bom o suficiente pra ser um profissional?"

"Será que eu sou bom o suficiente?"

Mais risadas do público. Eu reviro os olhos.

"Você sempre soube que queria ser jogador de xadrez profissional?"

"Sim. Eu sempre soube que não havia nada de que eu gostasse tanto quanto vencer uma partida de xadrez."

O apresentador ergue uma sobrancelha.

"Nada?"

Sawyer não hesita.

"Nada."

"E..."

– Mallory? – Uma mão pousa no meu ombro. Dou um pulo e tiro um dos fones. – Precisa de ajuda?

– Não! – Sorrio para a Sra. Agarwal, guardando o celular no bolso de trás. – Acabei de terminar o vídeo com as instruções.

– Ah, perfeito. Lembre-se de colocar as luvas antes de adicionar a solução ácida.

– Pode deixar.

O resto da turma está quase terminando o experimento. Franzo a testa e me apresso para alcançar os outros. Alguns minutos depois, quando não consigo encontrar meu funil e derramo um pouco do bicarbonato de sódio, paro de pensar em Sawyer e na voz dele ao dizer que gostava de xadrez acima de tudo. E não penso nele novamente por pouco mais de dois anos. Isto é, até o dia em que jogamos um contra o outro pela primeira vez.

E eu acabo com ele.

PARTE UM

Abertura

Capítulo Um

Dois anos depois

Easton é esperta, porque consegue me convencer a sair com a promessa de *bubble tea* grátis. Mas também é burra, porque nem espera até que eu já esteja tomando meu chá com espuma de cream cheese e chocolate para dizer:

– Eu preciso de um favor.

– Não.

Sorrio para ela. Pego dois canudos da caixinha e lhe ofereço um, que ela ignora.

– Mal, você nem ouviu o que…

– Não.

– Tem a ver com xadrez.

– Bom, nesse caso…

Sorrio em agradecimento à garota que me entrega meu pedido. Nós saímos duas, talvez três vezes no verão passado, e tenho lembranças vagas e agradáveis dela. Batom de framboesa; Bon Iver tocando baixinho em seu Hyundai Elantra; a mão macia e fria sob a minha regata. Infelizmente, nenhuma dessas memórias inclui o nome dela. Mas ela escreveu *Melanie* no meu chá, então tudo bem.

Trocamos um sorriso breve e íntimo, e eu me viro para Easton.

– Nesse caso, é um duplo não.

– Estou com um jogador a menos. Em um torneio de equipes.

– Eu não jogo mais. – Olho o celular. São 12h09. Tenho 21 minutos antes de precisar voltar para a oficina. Bob, meu chefe, não é exatamente um ser humano gentil e piedoso. Às vezes acho que nem ser humano ele é. – Vamos tomar o chá lá fora, vou passar a tarde embaixo de um Chevrolet Silverado.

– Qual é, Mal? – Ela me olha de cara feia. – É xadrez. Você ainda joga.

Quando minha irmã, Darcy, estava no sexto ano, um professor anunciou que ia mandar o porquinho-da-índia da turma para uma "fazenda no interior". Por não saber ao certo se a fazenda realmente existia, Darcy decidiu sequestrá-lo. O porquinho, não o professor. Há um ano coabito com Golias, o Sequestrado – um ano negando-lhe as migalhas do jantar, desde que o veterinário que não temos dinheiro para pagar nos implorou de joelhos para que o bicho entrasse numa dieta. Infelizmente, Golias tem a incrível habilidade de sempre me convencer com um mero olhar.

Assim como Easton. Suas expressões deixam transparecer a mesma teimosia, pura e inesgotável.

– Nana-nina-não. – Bebo o chá pelo canudo. Divino. – Eu esqueci as regras. O que o cavalinho faz mesmo?

– Engraçadinha.

– Não, sério, xadrez é como mesmo? A dama conquista Catan sem passar pelo Início...

– Eu não estou pedindo para você fazer o que costumava fazer.

– E o que eu *costumava* fazer?

– Lembra quando você tinha 13 anos e ganhou de todas as crianças do Clube de Xadrez de Paterson, depois dos adolescentes, depois dos adultos? E aí chamaram pessoas de Nova York para você humilhar? Eu não preciso *disso*.

Na verdade, eu tinha 12 anos quando isso aconteceu. Lembro bem, porque papai estava ao meu lado, com a mão morna em meu ombro magrelo, proclamando com orgulho: "Não ganho uma partida contra

Mallory desde que ela completou 11 anos, no ano passado. Ela é extraordinária, não é mesmo?" Mas não digo nada e, em vez disso, me sento em um trecho de grama, próximo a um canteiro de flores cheio de zínias lutando para sobreviver. Agosto em Nova Jersey não é o lugar favorito de ninguém.

– Lembra o que aconteceu no meio daquelas partidas simultâneas? Quando eu estava prestes a desmaiar e você falou pra todo mundo se afastar...

– ... e te dei o meu suco – completa Easton.

Ela se senta ao meu lado. Olho para seu delineado perfeito, depois para meu macacão manchado de óleo, e é bom sentir que algumas coisas nunca mudam. A perfeccionista Easton Peña, aquela que sempre tem um plano, e sua caótica aliada, Mallory Greenleaf. Estudamos juntas desde o primeiro ano, mas não interagimos de fato até ela entrar no Clube de Xadrez de Paterson, aos 10 anos. Sua personalidade já estava, de certa maneira, formada. Ela já era a pessoa incrível e teimosa que é hoje em dia.

– Você realmente gosta de jogar essa porcaria? – perguntou ela um dia, quando jogamos uma partida uma contra a outra.

– Você não? – perguntei de volta, chocada.

– Claro que não. Eu só preciso de atividades extracurriculares diversificadas. Bolsas de estudos universitárias não caem do céu.

Dei xeque-mate nela em quatro jogadas e a adoro desde então.

É engraçado que Easton nunca tenha gostado de xadrez como eu, mas continue jogando até hoje. Que estranho triângulo amoroso nós formamos.

– Então você está me devendo pelo suco... Participe do torneio – ordena ela. – Eu preciso de uma equipe de quatro jogadores. Está todo mundo de férias, e quem não está não sabe a diferença entre xadrez e damas. Você nem precisa ganhar... e vai para a caridade.

– Que caridade?

– Faz diferença?

– Claro. Vai para uma instituição estratégica de direita? Para o próximo filme do Woody Allen? Para alguma doença de mentira, tipo histeria ou sensibilidade a glúten?

– Sensibilidade a glúten *não é* uma doença de mentira.

– É mesmo?

– É. E o torneio é para... – Ela digita furiosamente no celular. – Não estou conseguindo achar, mas será que a gente pode ir logo ao que interessa? Nós duas sabemos que você vai dizer sim.

Eu franzo a testa.

– Nós não sabemos de nada disso.

– Talvez *você* não saiba.

– Eu tenho força de vontade, Easton.

– Tá bom.

Ela mastiga as bolinhas de tapioca, agressiva, desafiadora, de repente mais urso-pardo do que porquinho-da-índia.

Easton diz isso porque se lembra do nono ano, quando me convenceu a ser vice de sua chapa para representante de turma. (Nós perdemos. Feio.) E do primeiro ano do ensino médio, quando Missy Collins andava espalhando fofocas e ela me recrutou para hackear o Twitter da garota. Do segundo ano também, quando fiz o papel da Sra. Bennett no musical *Orgulho e preconceito* que ela escreveu e dirigiu – mesmo sabendo ser má ideia e meu alcance vocal ser de meia oitava. Eu provavelmente teria concordado com algo idiota durante o último ano também se as coisas em casa não tivessem estado... bem, do ponto de vista financeiro, menos do que boas. E se eu não tivesse passado cada segundo livre trabalhando na oficina.

– Todo mundo sabe que você é incapaz de dizer não – aponta Easton. – Então diz logo que sim.

Verifico meu celular – tenho mais doze minutos de intervalo. Hoje está fazendo um calor dos infernos, já terminei meu *bubble tea* e olho para o copo dela com interesse. Melão *honeydew*: meu segundo sabor favorito.

– Vou estar ocupada.

– Com o quê?

– Um encontro.

– Com quem? O cara das plantas carnívoras? Ou com a sósia da Paris Hilton?

– Nenhum dos dois. Mas vou achar alguém.

– Ah, fala sério. É uma forma de a gente passar um tempo juntas antes da faculdade.

Eu me endireito e esbarro o cotovelo no dela.

– Quando você vai?

– Daqui a menos de duas semanas.

– *O quê?* A gente *acabou* de se formar, tem tipo...

– Três meses? Eu tenho que estar no Colorado quinze dias antes das aulas para a orientação.

– Ah. – É como acordar de um cochilo no início da tarde e descobrir que já está escuro. – Ah – repito, um pouco chocada.

Eu *sabia* que isso estava por vir, mas em algum ponto entre a crise de mononucleose da minha irmã, a semana que minha mãe passou no hospital, a mononucleose da minha *outra* irmã e todos os turnos extras que fiz, devo ter perdido a noção do tempo. Isso é assustador: sempre morei na mesma cidade que Easton. Sempre a encontrei uma vez por semana para jogar *Dragon Age* ou falar sobre *Dragon Age* ou assistir a streamings de *Dragon Age*.

Talvez a gente precise de hobbies novos.

Tento dar um sorriso.

– Acho que o tempo voa quando a gente está se divertindo.

– Você está se divertindo, Mal?

Seus olhos se estreitam na minha direção e solto uma risada.

– Não ri, *não*, Mal! Você está sempre trabalhando. Ou levando suas irmãs ou sua mãe para alguma consulta médica, e... – Ela passa a mão por seus cachos escuros e os deixa despenteados, um bom indicador de sua frustração. Nível 7 de 10, eu diria. – Você era a primeira aluna da nossa turma. Você é um gênio da matemática e consegue memorizar *qualquer coisa*. Recebeu *três* propostas de bolsa de estudos... uma delas para ir para Boulder comigo. Mas decidiu não ir, e agora parece que está *presa* aqui, sem um futuro à vista e... quer saber? A escolha é sua, e eu te respeito por isso, mas você podia pelo menos se permitir fazer *alguma coisa* divertida. Uma coisa de que você goste.

Fito suas bochechas coradas por um, dois, três segundos, e quase abro a boca para dizer que o dinheiro da bolsa serve para a gente cursar a faculdade, mas não para pagar a hipoteca da casa, o acampamento de roller derby da irmã, a ração reforçada com vitamina C do animal de estimação sequestrado pela sua outra irmã ou o que quer que seja necessário para diluir a culpa no fundo do estômago. Quase abro a boca. Mas, no último minuto, apenas desvio o olhar, que acaba se direcionando para o meu telefone.

São 12h24. Merda.

– Tenho que ir.

– O quê? Mal, você está chateada? Eu não queria…

– Não. – Sorrio para ela. – Mas meu intervalo acabou.

– Você *acabou* de chegar.

– É. O Bob não é muito fã de horários humanamente razoáveis nem de equilíbrio entre vida pessoal e profissional. Alguma chance de você *não estar* pensando em tomar todo o seu chá?

Ela revira os olhos com força suficiente para distender um músculo, mas estende o copo para mim. Eu bato meu punho fechado no dela antes de me afastar.

– Depois me diz o que você decidiu em relação ao torneio! – grita Easton atrás de mim.

– Eu já disse.

Ouço um gemido. Depois um "Mallory" sério e agudo, que me faz virar apesar da ameaça do hálito fedorento de Bob na minha cara, gritando que estou atrasada.

– Escuta, eu não quero te forçar a fazer nada. Mas o xadrez era a coisa mais importante da sua vida. E agora você não quer mais jogar nem por uma boa causa.

– Tipo sensibilidade a glúten?

Ela revira os olhos mais uma vez e eu corro de volta para o trabalho, dando risada. Quase não chego a tempo. Estou reunindo minhas ferramentas antes de desaparecer sob o Silverado quando meu celular vibra. É o print de um panfleto. Diz: *Torneio Olímpico de Clubes. Região de Nova York. Em parceria com Médicos Sem Fronteiras.*

Sorrio.

MALLORY: tá, essa é uma boa instituição de caridade

BRET EASTON ELLIS: Eu falei. Além disso:

Ela me envia um link para uma página falando sobre sensibilidade a glúten, que aparentemente existe.

MALLORY: tá bem, então existe mesmo

BRET EASTON ELLIS: Eu falei.

MALLORY: você sabe que esse é o seu slogan, né?

BRET EASTON ELLIS: Meu slogan é "Eu tinha razão". E aí, vai participar do torneio?

Eu bufo e quase digito *não*. Quase a lembro do motivo de eu não jogar mais xadrez.

Mas então a imagino indo para a faculdade, passando vários meses lá, e eu aqui, sozinha, tentando conversar sobre um streaming de *Dragon Age* durante um encontro com alguém que só quer dar uns pegas e mais nada. Penso nela voltando para casa para passar o Dia de Ação de Graças com a família: talvez com um *undercut*, ou tendo virado vegana, usando estampa de vaca. Talvez ela se torne outra pessoa totalmente diferente. Vamos nos encontrar nos lugares de sempre, assistir a nossas séries de sempre, fofocar sobre as mesmas pessoas de sempre, mas não será a mesma coisa, porque ela terá feito novos amigos, visto coisas novas, criado novas memórias.

O medo apunhala meu peito. Medo de que ela mude, desabroche e nunca mais seja a mesma. Mas eu serei. Estarei aqui em Paterson, estagnada. Não abordaremos o assunto, mas isso será um fato.

Então digito:

MALLORY: tá bem. a saideira

BRET EASTON ELLIS: Viu? Eu tinha razão.

MALLORY: 🖕

MALLORY: você vai me pagar levando minhas irmãs pro acampamento na semana que vem pra eu poder pegar mais turnos no trabalho.

BRET EASTON ELLIS: Mal, não.

BRET EASTON ELLIS: Mal, por favor. Qualquer outra coisa.

BRET EASTON ELLIS: Mal, elas são ASSUSTADORAS.

MALLORY: 😈

– Ei, Greenleaf! Eu não te pago pra você ficar no Instagram nem pra ficar comprando sanduíche de abacate. Vai trabalhar.

Reviro os olhos. Internamente.

– Geração errada, Bob.

– Tanto faz. Vai. Trabalhar.

Enfio o celular no bolso do macacão, suspiro e obedeço.

– Mal, a Sabrina beliscou o meu braço e me chamou de bafo de cocô!

– Mal, a Darcy bocejou na minha cara com aquele *bafo de cocô* nojento!

Suspiro e continuo a preparar o mingau de aveia das minhas irmãs. Canela e leite desnatado, sem açúcar ou "Eu te mato, Mal. Por acaso você já ouviu falar de algo chamado *saúde*?" (Sabrina); manteiga de amendoim, Nutella genérica, banana e "Pode colocar um pouco mais de Nutella, por favor? Estou tentando crescer uns 30 centímetros antes de chegar no oitavo ano!" (Darcy).

– Mallory, a Darcy acabou de *peidar* em mim!

– A *Sabrina* é uma insuportável que parou na frente da minha bunda!

Lambo distraidamente a Nutella barata da colher, fantasiando sobre derramar acetona no mingau. Só um pouco. Ou bastante.

Haveria alguns contras, como a morte prematura das duas pessoas que mais amo no mundo. Mas e os prós? Imbatíveis. As mordidas do Golias nos meus dedos dos pés no meio da noite chegariam ao fim. Os cruéis insultos por lavar o sutiã rosa de Sabrina, extraviar o sutiã rosa de Sabrina, supostamente roubar o sutiã rosa de Sabrina, não estar a par do paradeiro do sutiã rosa de Sabrina, também. Nada mais de pôsteres de Timothée Chalamet me encarando assustadoramente das paredes.

Apenas eu afiando minha faca no silêncio tranquilo de uma cela em uma prisão de Nova Jersey.

– Mallory, a Darcy está enchendo o meu saco…

Largo a colher e vou até o banheiro. São necessários três passos – a propriedade dos Greenleaf é pequena e não muito requintada.

– Se vocês não calarem a boca – digo com minha melhor voz de durona das oito da manhã –, vou levar as duas até a feira e trocar por uvas sem caroço.

Algo estranho aconteceu no ano passado: quase que do dia para a noite, meus dois docinhos, que eram melhores amigas, tornaram-se inimigas mortais. Sabrina fez 14 anos e começou a agir como se fosse descolada demais para ter algum parentesco conosco; Darcy fez 12 anos e… bem, Darcy continuou a mesma. Sempre lendo, sempre precoce, sempre observadora, até demais. E acho que foi por isso mesmo que Sabrina usou sua mesada para comprar uma nova fechadura e expulsá-la do quarto que dividiam. (Acolhi Darcy em meu quarto, por isso o efeito Mona Lisa dos olhos de Timothée Chalamet e a possibilidade de pegar raiva.)

– Ah, meu Deus. – Darcy revira os olhos. – Relaxa, Mallory.

– É, Mallory. Não precisa ficar nervosinha.

Ah, claro: o único momento em que essas ingratas conseguem se dar bem? Quando se unem contra mim. Mamãe diz que é a puberdade. Estou mais inclinada a aceitar hipóteses de possessão demoníaca, mas vai saber. O que eu sei com certeza é que implorar, chorar ou mesmo tentar argumentar com elas não são técnicas eficazes. Qualquer demonstração de fraqueza é cooptada, explorada e sempre termina comigo sendo chantageada a comprar coisas ridículas para elas, como almofadas em tamanho real de Ed Sheeran ou chapéus de formatura para porquinhos-da-índia. Meu lema é *governar pelo medo*. Jamais negociar com esses tubarões hormonais, anárquicos e sanguinários.

Meu Deus, eu amo tanto essas duas que dá vontade de chorar.

– A mamãe está dormindo – digo entredentes. – Eu juro, se vocês não ficarem quietas, eu vou escrever *bafo de cocô* e *insuportável* na testa de vocês com marcador permanente e vão ter que sair assim.

– Melhor você repensar essa ideia – comenta Darcy, sacudindo a escova de dentes na minha direção – ou a gente manda o Serviço de Proteção à Criança atrás de você.

Sabrina assente.

– Talvez até a polícia.

– Será que ela consegue pagar um advogado?

– Nem pensar. Boa sorte com o advogado que o tribunal escolher para você, sobrecarregado e mal pago.

Eu me apoio no batente da porta.

– Quer dizer que *agora* vocês concordam em alguma coisa?

– A gente sempre concordou que a Darcy tem bafo de cocô.

– Eu *não* tenho… sua *ridícula*!

– Se vocês acordarem a mamãe – ameaço –, eu jogo as duas no vaso sanitário e dou…

– Já acordei! Não precisa entupir o encanamento, querida.

Eu me viro. Mamãe caminha pelo corredor, trêmula, e meu estômago fica embrulhado. As manhãs têm sido difíceis no último mês. Durante todo o verão, na verdade. Olho para trás, para Darcy e Sabrina, que pelo menos têm a decência de parecer arrependidas.

– Agora que já levantei com as galinhas, posso ganhar um abraço das minhas bonecas russas favoritas?

Mamãe gosta de brincar que minhas irmãs e eu, com nosso cabelo loiro-claro, olhos azul-escuros e rosto rosado e oval, somos versões um pouco menores uma da outra. Talvez Darcy tenha ficado com todas as sardas e Sabrina tenha abraçado totalmente a estética VSCO, e eu… se não houvesse tantas roupas boho chic de cinco dólares no brechó, eu não pareceria um cosplay de Alexis Rose. Mas não há nenhuma dúvida de que as três irmãs Greenleaf foram feitas no mesmo molde – e não foi o molde da mamãe, levando em consideração seu cabelo antes castanho, agora grisalho, e sua pele mais escura. Se ela se importa com o fato de nos parecermos tanto com papai, nunca mencionou.

– Por que vocês estão acordadas? – pergunta ela dando um beijo na testa de Darcy antes de passar para Sabrina. – Tem treino hoje?

O corpo de Sabrina enrijece.

– Eu só começo na semana que vem. Na verdade, eu *nunca* vou começar se ninguém me inscrever na Associação Júnior de Roller Derby até a *próxima sexta-feira*...

– Eu vou pagar a inscrição até sexta – digo, tranquilizando-a.

Ela me lança um olhar cético e desconfiado. Como se eu tivesse partido seu coração muitas vezes com meu miserável salário de mecânica de automóveis.

– Por que você não paga agora?

– Porque eu gosto de sacanear você, feito uma aranha brincando com a presa.

E porque vou precisar pegar turnos extras na oficina para isso. Ela estreita os olhos.

– Você não tem o dinheiro, né?

Meu coração palpita.

– Claro que tenho.

– Porque eu sou *praticamente* adulta. E a McKenzie está trabalhando naquela iogurteria, então eu posso perguntar para ela se...

– Você *não é* adulta. – A ideia de Sabrina se preocupar com dinheiro me dói fisicamente. – Na verdade, há rumores de que você seja uma *insuportável.*

– Já que estamos pedindo e ganhando coisas – interrompe Darcy, com a boca cheia de pasta de dente –, o Golias ainda está solitário e deprimido, precisando de uma namorada.

– Hmm. – Contemplo brevemente o número de bolotas de cocô que dois Golias seriam capazes de produzir. Eca. – Enfim, a Easton gentilmente se ofereceu para levar vocês para o acampamento na semana que vem. E não vou pedir pra vocês serem legais, normais ou minimamente razoáveis com ela, porque gosto de sacanear ela também. De nada.

Saio do banheiro e fecho a porta, mas não antes de notar o olhar arregalado que minhas irmãs trocam. O amor delas por Easton é histórico e intenso.

– Você está linda hoje – diz mamãe na cozinha.

– Obrigada. – Mostro a ela meus dentes. – Passei fio dental.

– Que chique. Tomou banho também?

– Opa, calma aí. Eu não sou influenciadora de moda.

Ela ri.

– Você não está usando sua jardineira.

– É macacão que chama… Mas obrigada por tentar me animar. – Olho para a camiseta branca que enfiei para dentro de uma saia bordada amarelo-brilhante. – Eu não vou para a oficina.

– É algum encontro? Tem tempo que você não sai.

– Não, não. Eu prometi a Easton que… – Paro de falar.

Mamãe é fantástica. A pessoa mais gentil e paciente que conheço. Ela provavelmente não se importaria se eu dissesse que estou indo para um torneio de xadrez. Mas ela está usando a bengala esta manhã. Suas juntas parecem inchadas e inflamadas. Há três anos não pronuncio a palavra com X. Por que quebrar o recorde?

– Ela vai para Boulder daqui a algumas semanas, então vamos passear em Nova York.

Ela fecha a cara.

– Eu só queria que você voltasse a pensar nos seus estudos…

– Mãe – resmungo no tom mais chateado que consigo.

Depois de várias tentativas e muitos erros, finalmente descobri a melhor maneira de tirar mamãe do meu pé: insinuar que minha vontade de ir para a faculdade é tão pequena que, toda vez que ela toca no assunto, sinto-me tragicamente magoada por sua falta de respeito pelas escolhas que faço na vida. Pode não ser verdade, e não gosto de mentir para ela, mas é para o bem dela. Não quero que ninguém da minha família pense que me deve alguma coisa ou se sinta culpado pelas minhas decisões. Elas não devem se sentir culpadas, porque nada disso é culpa *delas*.

A culpa é só minha.

– Está bem. Me desculpe. Bom, é ótimo saber que você vai passear com a Easton.

– É?

– Claro. Você está sendo jovem. Agindo como uma menina de 18 anos. – Ela me lança um olhar melancólico. – Estou feliz de você ter tirado um dia de folga… *Carpo diem*, e tal…

– É *carpe diem*, mãe.

– Tem certeza?

Dou risada enquanto pego minha bolsa e a beijo na bochecha.

– Volto à noite. Você vai ficar bem aqui sozinha com essas ingratas? Deixei três opções de comida na geladeira. Além disso, a Sabrina encheu meu saco na semana passada, então se a McKenzie ou outra amiga a convidar para fazer alguma coisa, *não* deixa ela ir.

Mamãe suspira.

– Você sabe que também é minha filha, né? E que não deveria criar as suas irmãs junto comigo?

– Ei – digo, franzindo a testa. – Eu não estou fazendo um bom trabalho? Será que devo colocar mais sonífero no café da manhã dessas harpias?

Quero que mamãe ria de novo, mas ela apenas balança a cabeça.

– Não gosto de me surpreender por você tirar um dia para si mesma. Nem com o jeito que a Sabrina recorre a você quando precisa de dinheiro. Isso não…

– Mãe. *Mãe*. – Abro o sorriso mais sincero possível. – Está tudo bem, eu juro.

Provavelmente não está. Tudo bem, quero dizer.

Há algo extremamente desagradável no fato de minha família ter memorizado o verbete da Wikipédia sobre artrite reumatoide. De sermos capazes de dizer se será um dia ruim pelas rugas ao redor da boca da mamãe. Ano passado tive que explicar a Darcy que *crônico* significa para sempre. Incurável. Algo que nunca vai passar.

Mamãe tem mestrado em biologia e escreve artigos médicos – ela é muito, muito boa. Elaborou materiais didáticos de saúde, documentos da Agência Federal de Saúde, propostas de bolsas de pesquisa que renderam milhões de dólares a seus clientes. Mas é freelancer. Quando papai estava por aqui e ela conseguia trabalhar com regularidade, isso não era um grande problema. Infelizmente, essa não é mais uma opção. Alguns dias, a dor é tão forte que ela mal consegue sair da cama, muito menos assumir projetos, e seu pedido de aposentadoria por invalidez, que é incrivelmente complicado, já foi negado quatro vezes. Mas pelo menos eu estou aqui. Pelo menos posso facilitar as coisas para ela.

Então talvez, apenas talvez, vá ficar. Tudo bem, quero dizer.

– Descansa, tá? – Seguro o rosto dela. Há cerca de sete camadas de olheiras. – Volta para a cama. Os monstros vão dar um jeito de se distrair.

Ao sair de casa, consigo ouvir Sabrina e Darcy reclamando sobre o mingau de aveia na cozinha. Faço uma anotação mental para estocar acetona e, quando vejo o carro de Easton virando a esquina, aceno para ela e corro até a rua.

E esse, acho, é o começo do resto da minha vida.

Capítulo Dois

– O torneio segue o sistema suíço. Mais ou menos. Na verdade, não.

Easton reúne nossa equipe ao seu redor, como se ela fosse Tony Stark instruindo os Vingadores, mas, em vez de frases engraçadas, distribui broches do Clube de Xadrez de Paterson. Deve haver trezentas pessoas no segundo andar do Fulton Market, e eu sou a única que não recebeu o memorando avisando para usar roupas profissionais casuais.

Ops.

– Cada um de nós vai jogar quatro partidas – prossegue ela. – Por ser um evento organizado para caridade e um torneio aberto para amadores, em vez de usar os ratings FIDE, os emparceiramentos serão organizados de acordo com o nível de habilidade autodeclarado de cada jogador.

A FIDE, Federação Internacional de Xadrez (ninguém nunca entende por que a sigla é essa, mas se não me engano parece que vem do francês), tem um sistema complicado para determinar o nível de habilidade dos jogadores e, a partir disso, classificá-los. Sei disso desde os 7 anos, quando era obcecada por xadrez e queria ser uma sereia com título de Grande Mestre quando crescesse. Atualmente, contudo, não me lembro da maior parte das burocracias, provavelmente por ter precisado abrir espaço no meu cérebro para informações mais úteis, como, por exemplo a melhor maneira de emendar dois fios ou as três primeiras temporadas de *How to Get Away With Murder*. Só lembro que, para obter um rating, é necessário se inscrever em torneios oficiais da FIDE. Algo que, obviamente, não faço há anos – porque há anos não jogo.

Quatro anos, cinco meses e duas semanas, e não, não vou me rebaixar e contar os dias também.

– Então somos nós que temos que dizer o nosso nível de habilidade? – pergunta Zach.

Ele é um calouro de Montclair que entrou para o Clube de Xadrez de Paterson depois que eu saí e sonha em se tornar profissional. Eu o encontrei uma vez na casa de Oscar e não vou muito com a cara dele, por razões que incluem sua tendência a atrapalhar conversas não relacionadas a seu rating FIDE (2.546), sua capacidade de fazer monólogos de uma hora sobre seu rating FIDE (2.546) e o fato de ele não compreender que não estou interessada em sair com ele, independentemente de seu rating FIDE (2.546).

Mas ele consegue ser melhor do que o quarto membro da equipe, Josh, cujo único motivo de destaque é passar o tempo todo sugerindo que Easton seria um pouco menos lésbica se tivesse ficado com ele pelo menos uma vez.

– Como sou a líder da equipe, tomei a frente e declarei o nível de habilidade de cada um – diz Easton. – Coloquei...

– Por que você é a líder? – pergunta Zach. – Não me lembro de ter tido eleição.

– Então sou a ditadora da equipe – responde ela entredentes. Prendo meu broche na camiseta para esconder um sorriso. – Coloquei a Mallory na categoria mais alta.

Deixo meus braços caírem.

– Easton, eu praticamente *não joguei* nos...

– Zach está na mais alta também. Eu estou na terceira mais alta – prossegue ela, ignorando o que eu digo. Então olha para Josh e faz uma pausa dramática. – E você está na mais baixa.

Josh dá sua gargalhada profunda de rapaz simpático.

– Brincadeiras à parte, em que categoria você...

Easton continua olhando para ele, séria, e ele baixa os olhos para o chão.

– O clube tem acesso ao histórico do seu navegador? – pergunto a Easton assim que ficamos a sós, a caminho do salão.

– Por quê?

– Não é possível que você esteja aqui por vontade própria, não com aqueles dois. Então ou eles descobriram que você gosta de pornô com tentáculos ou...

– Não tem nenhum pornô com tentáculos. – Ela me lança um olhar mordaz. – O dirigente do clube me pediu para montar uma equipe. Eu não tinha como me recusar, porque ele me deu uma carta de recomendação para a inscrição na faculdade. Ele só tirou proveito do fato de que eu devia um favor a ele. – Easton passa no meio de dois homens mais velhos usando terno para chegar à área do torneio. – Tipo o que você fez jogando suas irmãs no meu colo.

– É o que você merece por trazer o Zach e a torre que ele enfiou no rabo.

– Ah, o Zach. Se ao menos a gente conseguisse descobrir o rating FIDE dele...

Dou risada.

– Talvez devêssemos perguntar a ele e...

Passamos pelas portas e minha voz falha.

O ruído na sala movimentada diminui, depois desaparece.

As pessoas passam por mim, esbarram em mim, tropeçam em mim, mas eu permaneço imóvel, congelada, incapaz de sair do caminho.

Há mesas. Muitas mesas formando fileiras longas e paralelas – fileiras e mais fileiras cobertas com tecido plástico branco e azul, uma cadeira dobrável de cada lado, e entre cada par de cadeiras...

Tabuleiros de xadrez.

Dezenas deles. Centenas. Não são dos bons: mesmo da entrada dá para ver que são velhos e baratos, sujos e desbotados, as peças lascadas e mal entalhadas. Estou rodeada por tabuleiros feios, com peças descombinadas. O cheiro da sala é como uma lembrança de infância, formado de notas simples e familiares: madeira, feltro, suor e café velho, um quê de bergamota da loção pós-barba do papai, lar, conforto, traição, felicidade e...

– Mal? Está tudo bem?

Easton segura meu braço com uma cara séria. Tenho a impressão de que não é a primeira vez que ela pergunta.

– Sim. Sim, eu...

Engulo em seco, e isso ajuda. O mal-estar se dissipa, meu coração desacelera e sou apenas uma garota novamente (talvez uma garota de joelhos levemente bambos). Isto é apenas um salão como outro qualquer. As peças de xadrez são apenas coisas. Objetos. Algumas brancas, outras pretas. Algumas podem se mover por qualquer número de casas desocupadas; outras, nem tanto. Quem se importa?

– Preciso beber alguma coisa.

– Eu tenho H2OH. – Ela me passa sua garrafinha. – É nojento.

– Pessoal. – Zach se aproxima por trás acompanhado de Josh. – Não é para ninguém surtar, mas eu vi um pessoal beeeeem conhecido circulando por aí. Estou falando de uma galera internacional.

Easton solta um suspiro exagerado.

– Harry Styles?

– O quê? Não.

– Malala?

– Não.

– Ah, meu Deus, Michelle Obama? Você acha que ela autografaria a minha edição de bolso da Constituição?

– Não. Rudra Lal. Maxim Alexeyev. Andreas Antonov. Yang Zhang. Gente famosa do xadrez.

– Ah. – Ela acena com a cabeça. – Então só gente normal, que não é nada famosa?

Eu adoro assistir quando a Easton implica com o Zach, mas *já ouvi* esses nomes. Não seria capaz de identificá-los se fossem suspeitos de um crime, mas, durante minha época mais fervorosa e obcecada por xadrez, estudei as partidas deles em livros, softwares de simulação, tutoriais no YouTube. Velhas impressões vêm à tona rapidamente em meu cérebro, como se sinapses não utilizadas há muito tempo estivessem despertando.

Lal: aberturas versáteis, posicional
Antonov: traiçoeiro, embora técnico
Zhang: calculista, lento
Alexeyev: ainda jovem, inconsistente

Dou de ombros, afastando as lembranças, e pergunto:

– O que eles estão fazendo em um torneio amador?

– A diretora é bem relacionada no mundo do xadrez... Ela é dona de um clube respeitado em Nova York. Além disso, a equipe vencedora ganha vinte mil dólares para uma instituição de caridade de sua escolha. – Zach esfrega as mãos como um vilão de desenho animado. – Estou torcendo para jogar contra os grandes.

– Você acha que consegue vencê-los? – Easton ergue uma sobrancelha, cética. – Eles não são profissionais?

– Bom, eu venho treinando. – Zach limpa migalhas inexistentes de seu blazer. – Meu rating é 2.546 – diz ele, e nós reviramos os olhos – e o Lal não está exatamente em seus melhores dias. Vocês viram quando ele perdeu para o Sawyer no Ubud International, duas semanas atrás? Uma vergonha.

– Todo mundo passa vergonha contra o Sawyer – aponta Josh.

– Bom, muita gente passa vergonha contra mim.

Easton estreita os olhos.

– Você está se comparando ao Sawyer?

– Dizem que nós temos um estilo de jogo semelhante...

Tusso para disfarçar uma risada.

– A gente já sabe contra quem vai jogar?

– Mais ou menos. – Easton desbloqueia o celular e envia para todos nós um print com o e-mail dos organizadores. – Não sabemos *quem* vamos enfrentar, porque é um torneio de equipes. Mas, Mal, você é a Jogadora Número Um do CXP, e foi emparceirada com o Jogador Número Um do Clube de Xadrez de Marshall. Fileira 5, mesa 34. A boa notícia: você joga com as brancas. A primeira rodada começa daqui a cinco minutos. O limite de tempo é de noventa minutos, depois disso começa a segunda rodada. Então é melhor a gente ir. – Easton aperta minha mão. – Você não quer deixar o Lal esperando pela surra que ele está prestes a levar, né, Zach?

Não sei dizer se Zach percebe a indireta. Ele estufa o peito e se pavoneia rumo à sua mesa, e fico me perguntando em quanto tempo o buraco negro de antimatéria que é seu ego engolirá o sistema solar.

– Escuta – cochicha Easton antes de seguirmos caminhos separados –, eu me coloquei em uma categoria alta demais. Provavelmente vão acabar comigo em, sei lá, umas cinco jogadas, mas tudo bem. O CXP só queria que estivéssemos presentes, e isso eu cumpri. Ou seja, deixa o seu adversário acabar contigo logo, assim a gente pode dar um pulinho na loja de doces e voltar antes da segunda rodada.

– Você paga?

– Está bem.

– Um daqueles macarons enfiados dentro de um cookie.

– Claro.

– Fechado.

Não vai ser difícil levar um xeque-mate feito uma otária, considerando o quanto estou enferrujada. Eu me sento na mesa 34, lado das brancas, e as cadeiras ao meu redor se enchem, as pessoas trocam apertos de mão, se apresentam e batem papo enquanto todos esperam pelo anúncio do início das partidas. Ninguém está prestando atenção em mim, e... eu apenas...

Estico a mão na direção do meu rei. Pego-o. Sinto seu peso leve e perfeito em minha mão e sorrio ligeiramente enquanto traço o contorno da coroa.

O rei – idiota, inútil e imprestável. Move-se apenas uma casa e logo corre para se esconder atrás da torre, e é muito, muito fácil encurralá-lo. Uma fração do poder da dama, é isso que ele tem. Ele não é nada, absolutamente *nada*, sem seu reino.

Meu coração se aperta. Pelo menos dá para eu me identificar com ele.

Coloco o rei de volta em sua casa inicial e fico olhando para o horizonte formado pelas peças – a paisagem trivial e ao mesmo tempo monumental do xadrez. É mais familiar do que a vista do meu quarto de infância (nada espetacular: um trampolim quebrado, muitos esquilos insuportáveis, um damasqueiro que nunca aprendeu a dar frutos). É mais familiar do que meu próprio rosto no espelho, e não consigo desviar o olhar, nem mesmo quando a cadeira à minha frente se arrasta pelo chão, nem mesmo quando um dos diretores do torneio anuncia o início da primeira rodada.

A mesa se move quando meu oponente se senta. Uma grande mão se estende para minha linha de visão. E quando estou prestes a me forçar a sair de meu devaneio para cumprimentá-lo, ouço uma voz grave dizer:

– Jogador Número Um do Clube de Xadrez de Marshall. Nolan Sawyer.

Capítulo Três

Ele não está olhando para mim.

Está com a mão estendida, mas seus olhos estão no tabuleiro e, por uma fração de segundo, não consigo entender o que está acontecendo, onde estou e o que vim fazer aqui. Não sei nem o meu nome.

Não. Peraí. *Isso* eu sei.

– Mallory Greenleaf – gaguejo, apertando a mão dele, que envolve completamente a minha. Seu aperto é breve, quente e muito, muito firme. – CXP. Quer dizer, Paterson. Clube de Paterson. É... clube de xadrez. – Pigarreio. Uau. Que eloquente. Muito articulada. – Prazer em conhecê-lo – minto.

Ele mente de volta com um "Igualmente", ainda sem erguer os olhos. Apenas apoia os cotovelos na mesa, mantendo o olhar fixo nas peças, como se minha pessoa, meu rosto, minha identidade fossem absolutamente irrelevantes. Como se eu fosse apenas uma extensão do lado branco do tabuleiro.

Não pode ser. Esse cara não pode ser Nolan Sawyer. Pelo menos não *o* Nolan Sawyer. O famoso. O símbolo sexual – seja lá o que isso signifique. O cara que alguns anos atrás era o número um do mundo e agora...

Não tenho ideia do que Nolan Sawyer anda fazendo, mas é *impossível* que ele esteja sentado na minha frente. As pessoas à nossa esquerda e à nossa direita parecem olhar para ele de um jeito nem um pouco sutil, e quero gritar que é apenas um sósia. Tem vários desses por aí. Hoje em dia o mundo é um festival de sósias.

Isso explicaria por que ele está sentado ali, sem fazer nada. Claramente o Nolan Sawyer dublê não sabe jogar, achou que fosse um torneio de mahjong e está se perguntando onde estão as peças e...

Alguém pigarreia. É o jogador sentado ao meu lado: um homem de meia-idade que está negligenciando a própria partida para fitar a minha, boquiaberto, olhando fixamente para mim e para minhas peças.

Que são brancas.

Merda. A primeira jogada é minha. O que eu faço? Por onde começo? Qual peça uso?

Peão e4. Pronto. Feito. A mais comum, sem graça.

– O meu relógio – murmura Sawyer distraidamente.

Seus olhos estão no meu peão.

– O quê?

– Preciso que você acione o meu relógio, caso contrário não posso jogar.

Ele parece entediado, com uma pitada de irritação.

Fico roxa de vergonha e olho ao redor. Não consigo encontrar a porcaria do relógio até que alguém (Sawyer) o empurra um centímetro na minha direção. Estava bem ao lado da minha mão esquerda.

Perfeito. Lindo. Agora seria um excelente momento para o chão se transformar em areia movediça. E me engolir viva.

– Desculpa. É... eu *sabia* do relógio. Mas esqueci e...

E estou pensando em enfiar aquele lápis ali no meu globo ocular. Por acaso é seu? Posso pegar emprestado?

– Tudo bem.

Ele move seu peão para e5. E aciona o meu relógio. Então é minha vez de novo e... merda, vou ter que fazer várias jogadas ainda. Contra Nolan Sawyer. Isso é injusto. Uma enganação.

Peão d4, talvez? E aí, depois que ele capturar meu peão, eu movo outro para a casa c3. Espera, o que eu estou fazendo? Eu... eu estou tentando o Gambito Dinamarquês contra Nolan Sawyer, é isso mesmo?

O Gambito Dinamarquês é uma das aberturas mais agressivas do xadrez.

A voz de papai soa em meus ouvidos. *Você sacrifica dois peões nas primeiras jogadas, depois passa rapidamente para o ataque. A maioria dos bons jogadores saberá se defender. Se você realmente precisar usá-lo, certifique-se de ter um sólido plano B.*

Por um segundo, reflito sobre a flagrante ausência de qualquer plano B. Então é isso. Um balde para vomitar seria *muito* útil, mas em vez disso apenas suspiro e empurro resignadamente meu bispo para o meio do tabuleiro, porque quanto mais peças no ataque, melhor.

Que desastre. Mandem reforços, por favor.

Faço cinco lances depois disso. Então mais dois. E é nesse ponto que Sawyer começa a me pressionar, perseguindo-me insistentemente com a dama e um cavalo, e me sinto um dos insetos que às vezes entram na gaiola do Golias. Encurralada. Sufocada. Em perigo. Meu estômago se contrai, gelado, viscoso, e passo minutos inúteis olhando para o tabuleiro em busca de uma saída para esse caos, que simplesmente *não existe*.

Até que a encontro.

São necessárias três jogadas e perco meu pobre e surrado bispo, mas consigo me desvencilhar da cravada. O pavor da abertura está lentamente se transformando em um sentimento antigo e familiar: *Estou jogando xadrez e sei o que estou fazendo.* Depois de cada lance, soco o relógio de Sawyer e olho para ele, curiosa, embora ele nunca faça o mesmo.

Ele permanece impassível o tempo inteiro. Opaco. Não tenho dúvidas de que está levando o jogo a sério, mas está distante, como se estivesse jogando de longe, trancado em uma cela no andar superior de uma de suas torres. Aqui, mas não *aqui* de fato. Seus movimentos ao tocar as peças são precisos, econômicos, decididos. Eu me odeio por prestar atenção. Ele é mais alto do que os homens sentados ao seu lado, e eu me odeio por prestar atenção nisso também. Seus ombros e bíceps preenchem a camisa preta na medida certa. Quando ele arregaça as mangas, noto seus antebraços e de repente fico aliviada por estarmos jogando xadrez, e não queda de braço; me odeio por isso mais do que por todo o resto.

Minha festinha de ódio está obviamente a todo vapor, então Sawyer move seu cavalo. Depois disso, estou tão ocupada tentando lembrar como faço para respirar que não consigo continuar me repreendendo.

Não é que seja um lance errado. De jeito nenhum. É, de fato, uma jogada impecável. Consigo ver o que ele planeja fazer com isso: mover o cavalo novamente, abrir meu jogo, me forçar a fazer o roque. Xeque em quatro ou cinco lances. Uma faca no meu pescoço e já era. Mas...

Mas acho que é possível que em outro lugar do tabuleiro...

Se eu o forçasse a...

E ele não recuasse seu...

Meu coração palpita. E eu não defendo. Em vez disso, avanço com o cavalo, um pouco tonta, e pela primeira vez em... Ai, meu Deus, já estamos aqui há 55 minutos? Como é possível?

Por que no xadrez a sensação é *sempre* essa?

Pela primeira vez desde que começamos, quando olho para Sawyer, percebo um vestígio de alguma coisa. Na contração de seus ombros, na maneira como ele pressiona os dedos contra os lábios carnudos, há um indício de que talvez ele realmente *esteja* aqui, afinal de contas. Jogando esta partida. Comigo.

Quer dizer. *Contra* mim.

Um piscar de olhos e sumiu. Ele move a dama. Toma meu bispo. Para o relógio.

Eu movo o cavalo, capturando seu peão. Paro o relógio.

Dama. Relógio.

Cavalo de novo. Minha boca está seca. Relógio.

Torre. Relógio.

Peão. Engulo em seco, duas vezes. Relógio.

Torre captura peão. Relógio.

Rei.

Sawyer leva alguns segundos para entender o que aconteceu. Alguns segundos para mapear todos os cenários possíveis em sua cabeça, todos os caminhos possíveis que essa partida poderia tomar. Eu sei disso porque o vejo levantar a mão para mover a dama, como se isso fosse fazer alguma diferença, como se ele pudesse escapar do meu ataque. E sei disso porque preciso pigarrear antes de dizer:

– Eu... Xeque-mate.

É quando ele ergue os olhos para os meus pela primeira vez. São escuros, límpidos e sérios. E me lembram algumas coisas importantes, há muito esquecidas.

Quando tinha 12 anos, Nolan Sawyer ficou em terceiro lugar em um torneio por conta de uma decisão possivelmente injusta de um árbitro em relação a um roque curto e, em resposta, varreu as peças de xadrez do tabuleiro com o braço. Quando tinha 13 anos, ficou em segundo lugar no mesmo torneio; dessa vez, virou a mesa inteira. Quando tinha 14 anos, discutiu feio com Antonov por causa de uma garota ou de uma proposta de empate recusada (há diferentes versões do mesmo boato), e não consigo lembrar quantos anos ele tinha quando chamou um ex-campeão mundial de escroto por tentar fazer uma jogada ilegal durante uma partida de aquecimento.

Mas eu me lembro de ouvir a história e não fazer ideia do que era um escroto.

Todas essas vezes, Sawyer foi multado. Repreendido. Virou objeto de artigos de opinião contundentes no mundo do xadrez. E toda vez ele foi recebido de volta à comunidade do xadrez de braços abertos, porque o negócio é o seguinte: por mais de uma década, Nolan Sawyer vem reescrevendo a história do esporte, redefinindo padrões, chamando a atenção para o xadrez. Onde está a diversão em jogar se o melhor jogador ficar de fora? E se o melhor às vezes age feito um idiota... bem, são águas passadas.

Mas não esquecidas. Todos na comunidade sabem que Nolan Sawyer é um terrível poço de masculinidade tóxica, mal-humorado e temperamental. Que ele é o pior perdedor na história do xadrez. Na história de qualquer esporte. Na história da *história*.

E, como ele acabou de perder para mim, significa que possivelmente teremos um problema.

Pela primeira vez desde o início da partida, percebo que tem uma dezena de pessoas ao nosso redor, cochichando umas com as outras. Quero perguntar a elas o que estão olhando, se meu nariz está sangrando, se tem algum problema com a minha roupa, se há uma tarântula na minha orelha, mas estou ocupada demais encarando Sawyer. Rastreando seus movimentos. Garantindo que ele não vai atirar o relógio em mim. Não sou de me intimidar com facilidade, mas prefiro evitar um traumatismo craniano induzido por um xeque-mate caso ele decida quebrar uma cadeira dobrável na minha cabeça.

No entanto, surpreendentemente, ele parece satisfeito em apenas me observar. Lábios ligeiramente entreabertos e olhos brilhantes, como se eu fosse ao mesmo tempo algo estranho, familiar, instigante e memorável e…

Ele me olha. Depois de me ignorar ao longo de 25 lances, ele apenas *me olha*. Tranquilo. Curioso. Não parece estar com raiva, o que me intriga. Algo engraçado me ocorre: os melhores jogadores sempre recebem apelidos fofos da imprensa. O Artista. O Picasso do Xadrez. O Mozart do Gambito.

O apelido de Nolan?

O Matador de Reis.

Ele se inclina para a frente, muito levemente, e sua expressão intensa e estupefata parece muito mais ameaçadora do que uma cadeira dobrável atingindo minha cabeça.

– Quem…? – começa ele, mas eu não aguento mais.

– Obrigada pela partida – falo de uma vez.

E então, mesmo sabendo que deveria apertar sua mão, assinar a súmula e jogar mais três partidas… Apesar de tudo isso, me levanto de um salto.

Não é vergonha nenhuma recuar suas peças se você estiver numa cravada e não conseguir se mover, dizia meu pai. *Não é vergonha nenhuma conhecer os limites do seu jogo.*

Minha cadeira cai no chão quando saio correndo. Ouço o ruído metálico e, mesmo assim, não me detenho para levantá-la.

Capítulo Quatro

– Mal? *Mal*... Maaaaal!

Abro os olhos com dificuldade. O nariz de Darcy está pressionado contra o meu, olhos muito azuis sob a luz da manhã.

Dou um bocejo.

– O que houve?

– *Eca*. – Ela recua. – Seu bafo tem cheiro de gambá durante a época de acasalamento.

– Eu... Está tudo bem?

– Aham. Eu preparei meu mingau de aveia sozinha hoje. A Nutella acabou.

Eu me sento, ou algo próximo disso. Esfrego os olhos, tentando afastar o sono.

– Ontem tinha metade do pote...

– E hoje não tem mais. É o ciclo da vida, Mal.

– Está tudo bem com a mamãe e a Sabrina?

– Sim. A McKenzie e o pai dela buscaram a Sabrina. A mamãe está bem. Ela já acordou, mas voltou para a cama porque estava tendo uma manhã difícil. Mas tem uma pessoa na porta querendo falar com você.

– Uma pessoa na porta...?

Lembranças de ontem começam a vir à tona lentamente.

O rei de Sawyer, em xeque pela minha dama. Eu tropeçando na calçada enquanto corria para pegar o trem. Mandando uma mensagem para Easton inventando uma emergência qualquer, depois desligando o celular. A monótona paisagem urbana do lado de fora das janelas do trem o tempo todo se transformando em um tabuleiro de xadrez. Depois, o resto da noite – uma maratona de *Veronica Mars* com minha irmã, minha cabeça vazia de todo o resto.

Sem querer me gabar, mas sou boa em compartimentalizar as coisas. Junto com sempre escolher o melhor item do cardápio, esse é meu maior talento. Foi assim que consegui superar o xadrez anos atrás. E é assim que consigo sobreviver dia após dia sem hiperventilar diante de situações de todo tipo. É compartimentalizar ou ir à falência comprando bombinhas para asma.

– Fala para a Easton que...

– Não é a Easton. – Darcy cora. – Mas você bem que podia chamar ela para vir aqui. Quem sabe hoje à tarde...

Não é a Easton?

– Então quem é?

– Uma pessoa aleatória.

Dou um gemido.

– Darcy, eu já te falei... Quando seguidores de qualquer religião cristã restauracionista de origem milenar batem na nossa porta...

– ... nós dizemos que já passamos do ponto da salvação eterna, eu sei, mas é outra pessoa. Ela pediu para falar especificamente com você, não com o chefe da família.

– Certo. – Coço a testa. – Tudo bem, fala que eu já vou.

– Beleza. Ah, e outra coisa, isso aqui chegou ontem. Está endereçado à mamãe, mas...

Ela estende um envelope. Meus olhos ainda estão embaçados. Tenho que piscar para ler, mas, quando leio, meu estômago fica embrulhado.

– Obrigada.

– É um aviso, né?

– Não.

– De que a gente tem que pagar a hipoteca, né?

– Não. Darcy...

– Você tem o dinheiro?

Forço um sorriso.

– Não se preocupa com isso.

Ela assente, mas antes de sair diz:

– Eu coloquei no bolso quando o carteiro trouxe. A mamãe e a Sabrina não viram.

As sardas no nariz dela parecem uma nuvem em formato de coração, e basta o único neurônio atualmente trabalhando em meu cérebro para eu perceber como é injusto que ela precise se preocupar com esse tipo de coisa. Ela tem 12 anos. Quando *eu* tinha 12 anos, minha vida se limitava a *bubble tea* e partidas de xadrez on-line.

Visto um short usado e a camiseta de ontem. Levando em consideração o gentil feedback de Darcy, decido bochechar com enxaguante bucal enquanto ligo o celular. Descubro que são 9h13 e que tenho um milhão de notificações. Descarto os matches dos aplicativos de relacionamento, alertas do Instagram e do TikTok, destaques de notícias. Percorro as mensagens de Easton (uma sequência desesperada de palavras, seguida por Questão dissertativa: Descreva o cheiro de Nolan Sawyer em dois parágrafos e uma foto dela mordendo um cookie-macaron com uma expressão vingativa), e sigo meu caminho.

Não sei quem espero encontrar. Definitivamente não uma mulher alta com um corte pixie, um braço todo coberto de tatuagens e mais piercings do que consigo contar. Ela se vira com um sorriso largo, e seus lábios são de um vermelho ousado e perfeito. Ela deve ter 20 e tantos anos, se não mais.

– Desculpa – diz ela, apontando para o cigarro. Sua voz é baixa e bem-humorada. – Sua irmã disse que você estava dormindo e achei que fosse demorar mais. Você não vai começar a fumar porque me viu fumar, né?

Eu me pego sorrindo de volta.

– Acho difícil.

– Ótimo. Nunca se sabe quanto os jovens podem ser influenciáveis.

Ela apaga a guimba, a embrulha em um guardanapo e guarda no bolso, seja para não poluir o meio ambiente ou para preservar seu DNA.

Acho que preciso parar de ver *Veronica Mars*.

– Você é a Mallory, certo?

Eu inclino a cabeça.

– A gente se conhece?

– Não. Meu nome é Defne. Defne Bubikoğlu. A menos que você fale turco, eu não tentaria pronunciar o meu sobrenome. Prazer em te conhecer. Sou sua fã.

Deixo escapar uma risada. Então percebo que ela está falando sério.

– Como assim?

– Qualquer um que derrote Nolan Sawyer como você fez ganha minha admiração eterna. – Ela aponta para si mesma com um floreio. – Entrega grátis em domicílio também.

Fico tensa. Ah, não. Não, não. *O que* é isso?

– Desculpa. Eu não sou a pessoa que você está procurando.

Ela franze a testa.

– Você não é Mallory Greenleaf?

Dou um passo para trás.

– Sim. Mas é um nome comum…

– Mallory Virginia Greenleaf, que jogou ontem? – Ela puxa o celular, toca na tela e o estende com um sorriso. – Se essa aqui não é você, você está com um problema sério de roubo de identidade.

É um vídeo do TikTok. De uma jovem dando xeque-mate em Nolan Sawyer com sua dama. Há mechas de cabelo louro-claro caindo pela lateral de seu rosto e o delineador está borrado.

Não acredito que a Easton não me avisou que o meu delineador estava todo cagado.

Além disso, não acredito que alguém fez esse vídeo idiota e que ele recebeu *mais de vinte mil curtidas*. Será que sequer existem vinte mil pessoas que jogam xadrez?

– Aliás, por que a saída dramática? – pergunta ela. – Seu carro estava estacionado em fila dupla?

– Não. Eu… Tudo bem, sou eu.

Passo a mão pelo rosto. Preciso de café. E de uma máquina do tempo, para voltar até o momento em que concordei em ajudar Easton. Talvez eu pudesse voltar ainda mais e simplesmente exterminar nossa amizade por completo.

– Essa partida... foi pura sorte.

Defne franze a testa.

– Pura sorte?

– É. Eu sei que parece que sou algum tipo de... talento do xadrez, mas eu não jogo. Sawyer devia estar em um dia ruim e...

Eu paro. Defne está gargalhando. Aparentemente, sou muito engraçada.

– Você quer dizer o atual campeão mundial de xadrez... Que também é o atual campeão de xadrez rápido *e* blitz estava em um dia ruim?

Meus lábios se contraem.

– Ele pode ser o atual campeão e mesmo assim ter um mês ruim.

– Bem improvável, já que ele venceu o Campeonato de Xadrez da Suécia na semana passada.

– Bom... – Eu me atrapalho. – Ele pode estar cansado por conta de todas essas vitórias e...

– Cara, para com isso. – Ela dá um passo à frente, se aproximando, e sinto um cheiro agradavelmente cítrico misturado com o tabaco. – Você ganhou do melhor jogador do mundo. Você pegou ele completamente desprevenido com jogadas muito boas... A forma como você o surpreendeu? O jeito como você conseguiu se livrar daquela cravada? E a sua dama? Pare de se diminuir e aceite o crédito por isso. Você acha que Nolan seria tão reticente? Você acha que *algum* homem seria?

Defne está gritando. Com o canto do olho, vejo a Sra. Abebe, minha vizinha, nos encarando de seu jardim, com uma cara que diz "Você precisa de ajuda?". Balanço sutilmente a cabeça em negação. Defne parece uma líder de torcida muito apaixonada e barulhenta. Acho que até gosto dela. *Apesar* de ela estar aqui para falar sobre xadrez.

– Não é possível que eu seja a primeira pessoa a vencer o Sawyer – digo.

Na verdade, eu sei que não sou. Eu estudei os jogos dele quando ainda... fazia esse tipo de coisa. Antonov-Sawyer, 2013, Roma. Sawyer-Shankar, 2016, Seattle. Antoni-Sawyer, 2012...

– Não, mas já faz um tempo. E, quando ele perde, é porque cometeu algum erro idiota. Isso não aconteceu, pelo menos até onde eu vi. A questão é que você se saiu... melhor que ele.

– Eu não...

– E não é como se essa fosse a sua primeira façanha no xadrez.

Balanço a cabeça, confusa.

– Como assim?

– Bom, eu pesquisei sobre você e… – Ela olha para o celular. Sua capinha diz *Xeque, otário!* em um fundo de galáxia. – Tem várias matérias falando dos torneios que você venceu aqui na região, e fotos suas em partidas simultâneas de xadrez às cegas… você era uma criança *muito fofa*, aliás. Fico surpresa de você não ter participado de torneios oficiais, porque você teria *arrasado*.

Talvez meu rosto esteja vermelho.

– Minha mãe não deixou – digo, sem saber bem por quê.

Defne arregala os olhos.

– Sua mãe não apoia que você jogue xadrez?

– Não, não é isso. Ela só…

Mamãe adorava o fato de eu jogar xadrez. Ela até aprendeu as regras para poder acompanhar minha interminável tagarelice sobre o assunto. Só que ela também não se furtava a dar um chega pra lá no meu pai. Durante a maior parte da minha infância, o que mais se ouvia na casa dos Greenleaf era papai insistindo que alguém com o meu talento para lidar com números e reconhecer padrões deveria jogar profissionalmente; mamãe respondendo que não queria que eu vivesse em um ambiente tão competitivo e individualista como o do xadrez desde tão nova; Sabrina brotando de seu quarto para perguntar categoricamente "Quando vocês acabarem de discutir sobre sua filha favorita, será que a gente pode jantar?". No final, eles concordaram que eu começaria a competir nas divisões oficiais dos torneios quando tivesse 14 anos.

Então eu fiz 14 anos e tudo mudou.

– Eu não estava interessada.

– Entendi. Você é filha de Archie Greenleaf, não é? Acho que eu o conheci…

– Desculpa – digo, interrompendo-a bruscamente. Em um tom mais incisivo do que pretendia por conta do gosto amargo na minha garganta. As coisas que ela está dizendo… são como desenterrar um cadáver. – Desculpa – repito, mais gentil. – Tinha… tem alguma razão para você estar aqui?

– Claro. Sim. – Se ficou ofendida com minha franqueza, ela não deixa transparecer. Em vez disso, me surpreende dizendo: – Estou aqui para te oferecer um emprego.

Eu hesito.

– Um emprego?

– Sim. Espera, você é menor de idade? Porque, se for, um dos seus pais provavelmente teria que…

– Eu tenho 18 anos.

– Dezoito! Vai começar a faculdade?

– Não. – Engulo em seco. – Já terminei de estudar.

– Perfeito, então. – Ela sorri como se desse um presente. Como se eu estivesse prestes a ficar feliz. Como se a ideia de *me* fazer feliz deixasse *ela* feliz. – O negócio é o seguinte: eu administro um clube de xadrez. O Zugzwang, no Brooklyn, perto do…

– Já ouvi falar.

O Marshall pode ser o clube mais antigo e renomado de Nova York, mas nos últimos anos o Zugzwang se tornou conhecido por atrair um público menos tradicional. Eles têm uma conta no TikTok com alguns vídeos virais, são bastante engajados com a comunidade, realizam torneios de *strip xadrez*. Lembro vagamente de ter ouvido falar de uma rivalidade meio amarga entre o Marshall e o Zugzwang – o que explicaria a alegria dela ao me ver derrotando Sawyer, um membro do Marshall.

– O negócio é o seguinte: alguns dos nossos membros decidem usar seu cérebro de enxadrista superevoluído em algo que não seja o xadrez e… bom, saem por aí, arrumam empregos no mundo das finanças e outras áreas lucrativas e imorais, ganham montes de dinheiro e *aaaaamam* benefícios fiscais. Resumindo, temos vários doadores. E esse ano instituímos uma bolsa.

– Uma bolsa?

Ela quer me contratar para cuidar dos doadores? Ela acha que sou contadora?

– Um ano de salário para um jogador que tenha potencial para se profissionalizar. Você teria um mentor e seria enviada para participar dos torneios representando a nossa equipe. O objetivo principal é dar uma oportunidade a jovens enxadristas promissores. O objetivo *secundário* é eu comer pipoca enquanto você dá uma surra no Nolan, *de novo*. Mas isso, tipo, não é obrigatório.

Coço o nariz.

– Eu não estou entendendo.

– Mallory, eu adoraria que você fosse a bolsista do Zugzwang deste ano.

Não assimilo suas palavras de imediato. Então assimilo, e ainda tenho que revirá-las na cabeça várias vezes, porque não tenho certeza se ouvi corretamente.

Ela está me oferecendo dinheiro para jogar xadrez?

Isso é loucura. Inacreditável. Esta bolsa... é, tipo, meu sonho. Uma mudança de vida. Tudo o que a Mallory Greenleaf de 14 anos poderia desejar.

Uma pena que a Mallory Greenleaf de 14 anos não esteja por perto.

– Sinto muito – digo a Defne. Ela ainda está me olhando com uma expressão radiante. – Já falei que não jogo mais.

A expressão radiante se desvanece um pouco.

– Por quê?

Eu gosto dela. *Realmente* gosto dela, e por um momento chego a pensar em explicar a situação. Tudo. A vida. Minhas irmãs, minha mãe e as contas do roller derby. Bob, e como trocar limpadores de para-brisa, e o fato de que não preciso de uma bolsa de estudos de um ano, mas de um emprego que estará lá no ano seguinte, e no próximo, e no outro depois desse. Papai, e as lembranças, e a noite em que jurei a mim mesma que não jogaria mais xadrez. Nunca mais.

Parece muita coisa para um primeiro encontro, então condenso a verdade.

– Só não estou interessada.

O desânimo dela é imediato. Ela franze a testa levemente e me observa por um bom tempo, como se percebesse que talvez haja coisas sobre mim que desconhece. Hum.

– Vamos fazer assim – diz ela, por fim. – Eu preciso ir... Aos domingos, o Zugzwang fica cheio. Muita coisa para preparar. Mas eu vou te dar uns dias pra pensar no assunto...

– Eu não vou mudar de ideia...

– ... e, enquanto isso, vou te enviar o contrato por e-mail.

Ela dá um tapinha no meu ombro e sou envolvida por seu cheiro cítrico mais uma vez. Noto que uma de suas tatuagens é um tabuleiro de xadrez com peças dispostas numa posição específica. Um jogo famoso, talvez, mas não sei dizer qual.

– Eu... Você não tem o meu e-mail – digo.

Ela já está no carro, um Volkswagen Beetle 2019.

– Ah, eu tenho, sim. Do banco de dados do torneio.

– Qual torneio?

– O de ontem. – Ela dá tchauzinho ao se sentar no banco do motorista. – Fui eu que organizei.

Não espero até ela ir embora. Viro as costas, volto para dentro de casa e finjo não notar mamãe olhando para mim da janela.

Capítulo Cinco

Estou cercada. Sitiada. Sendo atacada implacavelmente por todos os lados.

Um Honda Civic vazando fluido de arrefecimento? Em cima de mim.

Carta de hipoteca da cooperativa de crédito? Na minha mochila.

A mensagem de Sabrina me lembrando da inscrição que precisa ser paga até sexta-feira e de que, caso isso não aconteça, a vida dela estará arruinada? No meu celular.

A presença de Bob, o supervilão, furioso porque me recusei a forçar um reparo desnecessário nos freios do carro de um adolescente? Pairando pela oficina.

Easton reclamando sem parar, como se eu fosse a congressista em quem ela votou? Em algum lugar ao lado do Civic.

Consegui evitá-la com sucesso por três dias. Hoje é quarta-feira, ela brotou na oficina e não tenho onde me esconder. Exceto sob um fluxo constante de fluido de arrefecimento.

– Você está agindo de um jeito bizarro – diz ela pela vigésima vez. – Ganhou do Sawyer e depois *fugiu*? Recusou *dinheiro* para jogar xadrez?

– Escuta – digo, mas logo paro.

Em parte porque o vazamento se intensificou. E em parte porque já esgotei minhas justificativas dez minutos atrás. *"Eu preciso de um emprego estável e de longo prazo que me permita fazer turnos extras quando o dinheiro ficar apertado. Preciso de alguma coisa aqui em Paterson, caso algo aconteça com a minha mãe ou minhas irmãs precisem de mim. Não tenho interesse em voltar para o xadrez."* Há um número limitado de formas de parafrasear esses três simples motivos.

– Você viaja na próxima quarta-feira, né?

Ela me ignora.

– Está todo mundo *falando* do seu jogo. Estão analisando a partida no chessworld.com. Usando palavras como *obra-prima*, Mal. O Zach não para de me mandar links!

Conserto o radiador e saio de baixo do Civic, vejo a camiseta de Easton da Universidade do Colorado e franzo o nariz. Parece um pouco prematuro.

– O Zach chegou a jogar contra o Lal?

– Quer dizer que *agora* você está interessada no torneio? – Ela revira os olhos. – Não. Mas talvez tenha sido melhor assim, já que ele perdeu todas as partidas. – Eu abro um sorriso sarcástico, mas ela enfia o dedo na minha cara e diz: – Ei, pelo menos o Zach não me deixou com um jogador a menos depois de surtar só porque Nolan Sawyer deu uma piscadinha para ele.

Eu bufo.

– Primeiro, eu duvido muito que Nolan Sawyer em algum momento da vida tenha dado uma piscadinha, vá dar uma piscadinha ou mesmo saiba o que é uma *piscadinha*.

Eu me levanto, limpando as mãos na parte de trás do macacão. A expressão séria e intensa de Sawyer é algo em que venho tentando não pensar. Tudo bem, *talvez* eu tenha sonhado com ele me encarando do outro lado de um tabuleiro de xadrez que pegava fogo espontaneamente. Com ele empurrando o relógio de xadrez na minha direção, sorrindo levemente e dizendo com sua voz grave: "Você sabia que sou um símbolo sexual da Geração Z?" Com ele me derrubando de lado como as pessoas fazem com o rei quando entregam a partida, e em seguida teimando em estender a mão para mim, ansioso para me ajudar a levantar. Está bem, *talvez* esta semana eu tenha tido três sonhos com Nolan Sawyer. E daí? Me processa. Manda o meu caso para a polícia do sono.

– E, em segundo lugar, eu tive uma emergência.

– Esqueceu de ligar a panela elétrica, foi?

– Tipo isso. Ei, eu quero ir no aeroporto quando você... – A voz de Bob ecoa do centro da oficina, e eu franzo a testa. – Espera aí rapidinho – digo, correndo para verificar o ruído bastante familiar.

Meu tio era coproprietário da oficina junto com Bob, e passei vários verões trabalhando aqui, muito antes de ele concordar em me contratar. Sempre fui muito intuitiva no que se refere a consertar coisas: em descobrir como as diferentes peças estão conectadas em um sistema maior, visualizar como elas funcionam juntas como blocos de construção de um todo, calcular como a alteração de uma pode afetar as outras. *É muito parecido com o xadrez*, meu pai costumava dizer, e não sei se ele tinha razão, mas tio Jack ficava sempre feliz de me ter por perto. Até que *ele* parou de estar por perto: uma semana depois de eu me formar e começar a trabalhar na oficina em tempo integral, ele tomou a infeliz decisão de vender sua parte do negócio e se mudar para o noroeste dos Estados Unidos para comer caranguejos gigantes. Resultado: agora tenho o prazer de responder apenas a Bob.

Que sorte a minha.

Eu o encontro parado na frente de uma mulher que não reconheço, cercado por seus outros dois mecânicos, as mãos na cintura. Todos parecem irritados.

Muito irritados, na verdade.

– ... só para trocar o óleo, e me disseram que custaria mais ou menos cinquenta dólares, não duzentos...

– É por causa do *flushing* do motor.

– O que é *flushing* do motor?

– É uma coisa de que os carros precisam, senhora. Talvez a gente tenha esquecido de avisar quando a senhora trouxe o seu. Com quem a senhora falou?

– Com uma garota. Loira, um pouco mais alta que eu...

– Fui eu que recebi o carro dela. – Sorrio para a cliente e entro, ignorando o olhar de Bob. – Algum problema?

Ela franze a testa.

– Você não mencionou que meu carro precisaria de um... sei lá o quê do motor. Eu... eu não tenho como pagar por isso.

Eu olho para os carros ao redor da oficina, tentando localizar o dela.

– É um Jetta 2019, certo?

– Isso.

– Seu carro não precisa de *flushing* do motor. – Sorrio de forma tranquilizadora. Ela parece aflita e irritada com a questão do dinheiro, algo com que me identifico. – Seu carro está bem abaixo dos 80 mil quilômetros.

– Então o procedimento *não era* necessário.

– De jeito nenhum. Tenho certeza de que houve algum engano e... – Paro de falar quando me dou conta do que ela disse. *Era*. – Desculpa, a senhora quer dizer que o *flushing já* foi feito?

Ela se vira para Bob, firme.

– Eu não vou pagar por um serviço que até *a sua funcionária* diz que não era necessário. E nunca mais volto nesta oficina. Espero que tenha valido a pena tentar me enganar.

Ela leva menos de um minuto para pagar a conta de cinquenta dólares. O clima na oficina é tenso, pesado, e fico parada ao lado do balcão, completamente desconfortável, até que o Jetta vai embora. Então eu me viro para Bob.

Que surpresa: ele está furioso.

– Desculpa – digo, ao mesmo tempo tensa, na defensiva e satisfeita. Trabalhar com Bob claramente desperta emoções complexas e multifacetadas em mim. – Eu não sabia que você já tinha feito o *flushing* ou não teria dito a ela que não era necessário. Parecia que ela não tinha dinheiro para...

– Você está demitida – diz ele sem olhar para mim, ainda revirando o comprovante do cartão de crédito da cliente.

Não tenho certeza se ouvi direito.

– Como é que é?

– Você está demitida. Vou pagar o que te devo, mas não quero que você volte mais.

Continuo atônita.

– O que você está...

– Estou de *saco cheio* de você! – grita ele, virando-se para mim e avançando. Dou dois passos para trás. Bob não é alto e nem grande, mas é *cruel*. – Você *sempre* faz isso.

Balanço a cabeça, olhando para os outros mecânicos, esperando que interfiram. Eles apenas nos observam com a expressão impassível, e eu…

Eu não posso perder este emprego. Não *posso*. Tenho uma correspondência na bolsa e uma mensagem no celular, e aparentemente porquinhos-da-índia ficam deprimidos se não viverem em pares.

– Escuta, me desculpa. Mas faz mais de um ano que eu trabalho aqui e meu tio jamais…

– Seu tio não está mais aqui, e para mim já chega. Você não só nunca tenta vender mais serviços para o cliente como também não *me* deixa fazer isso. Pode pegar as suas coisas.

– Mas esse não é o meu trabalho! O meu trabalho é consertar os carros, não vender coisas de que as pessoas não precisam.

– Não é mais o seu trabalho.

– Ela tem razão, você não pode mandar ela embora desse jeito. – Eu me viro. Easton está atrás de mim com sua cara de "vou te dar uma lição". – Existem leis em vigor que protegem os funcionários contra demissões sem justa causa…

– Para início de conversa, a loirinha aqui nunca foi contratada oficialmente, ainda bem.

Isso faz Easton se calar. E a percepção de que Bob pode fazer o que quiser comigo… faz com que eu me cale também.

– Pega as suas coisas e vai embora – diz ele uma última vez, rude, desagradável e cruel como sempre.

Não há nada que eu possa fazer. Estou completamente impotente, e tenho que cerrar os punhos para me impedir de enfiar as unhas na cara dele. Tenho que me forçar a ir embora, ou vou picá-lo em pedacinhos.

– Ah, uma última coisa…

Eu paro, mas não me viro.

– Vou descontar o custo do *flushing* do motor do que eu te devo.

Tecnicamente falando, nunca fui engolida por um deslizamento de terra e arrastada pela face rochosa e irregular de uma montanha até parar na base e ser deixada para servir de alimento para javalis selvagens. Porém, imagino que se por acaso me encontrasse em um cenário semelhante, não seria mais doloroso do que a semana seguinte à minha demissão.

Há vários motivos para isso. Para começar, não quero preocupar minha mãe nem minhas irmãs, o que significa que não conto a elas que Bob me mandou embora, o que significa que preciso encontrar um lugar para me esconder durante o dia enquanto procuro outro emprego. Não é fácil, considerando que ainda é agosto em Nova Jersey e que não tem muitos locais gratuitos com ar-condicionado e wi-fi em pleno 2023. Eu acabo redescobrindo a Biblioteca Pública de Paterson: mudou muito pouco desde que eu tinha 7 anos e oferece a mim e ao meu notebook surrado seu acolhimento carente de verbas.

Deus abençoe as bibliotecas.

– Após uma investigação exaustiva – digo a Easton ao telefone na noite de quinta-feira, após um dia de pesquisa pouco frutífera –, descobri que *não é* possível pagar contas com barras de ouro do Candy Crush. Um absurdo. Além disso, para ser contratada como mecânica de automóveis por alguém que não seja o seu tio entusiasta de caranguejo, você precisa de coisas sofisticadas, tipo certificados e referências.

– E você não tem?

– Não. Embora eu tenha aquela história em quadrinhos *Mallory, a mecânica de carros* que Darcy desenhou para mim quando tinha 8 anos. Acha que conta?

Ela suspira.

– Você sabe que tem outra opção, não sabe?

Eu a ignoro e passo o dia seguinte procurando outra coisa – *qualquer* outra coisa. Paterson é a terceira maior cidade de Nova Jersey, droga. Tem que haver *algum* trabalho para mim, droga. Embora também tenha a terceira maior densidade demográfica dos Estados Unidos, o que significa muita concorrência. Droga.

Outra droga: os números vermelhos piscando diante de mim naquela noite, quando espio o extrato da conta bancária à qual minha mãe me deu acesso depois que meu pai saiu de cena. Meu estômago fica embrulhado.

– Ei – digo a Sabrina quando a encontro sozinha na sala. Enfio as mãos nos bolsos para evitar remexê-las. – Sobre o lance do roller derby.

Ela tira os olhos do celular, arregalados e assustados, e dispara:

– Você vai pagar, né?

Meus olhos estão ardendo de passar o dia todo olhando para telas, e por um segundo – um segundo terrível, aterrorizante e desorientador, fico irritada com ela. Com minha bela, inteligente e talentosa irmã de 14 anos que não sabe, não entende o quanto estou me esforçando. Quando *eu* fiz 14 anos (na porcaria do dia da porcaria do meu aniversário) tudo mudou, e perdi meu pai, perdi o xadrez, perdi o que *eu* era e, desde então, só fiz tentar…

– Mal, será que você consegue não estragar *só isso* na minha vida?

O "como faz com todo o resto" fica implícito, e o borbulhar crescente da raiva é convertido em culpa. Culpa por Sabrina ter que me pedir esse dinheiro. Se não fosse pelas minhas decisões idiotas, não teríamos problemas em pagar essas taxas.

Pigarreio.

– Rolou alguma confusão na cooperativa de crédito. Eu vou verificar amanhã, mas você pode pedir uma prorrogação do vencimento? Só por uns dias.

Ela me encara, séria.

– Mal.

– Desculpa. Eu vou pagar assim que puder.

– Tudo bem. – Ela revira os olhos. – O prazo é na próxima quarta-feira.

– O quê?

– Eu só disse que era um pouco antes porque eu *te conheço.*

– Sua…

Suspiro, aliviada, e me jogo no sofá para fazer cócegas nela. Em trinta segundos consigo prendê-la em um abraço, e ela ri enquanto diz "Eca" e "Sai daqui", além de "Sério, Mal, você está passando vergonha".

– Por que você está cheirando a livro velho e suco de maçã? – pergunta ela. – Tem suco de maçã aí?

Faço que sim em silêncio e vou até a cozinha para servir-lhe um copo, com um bolo na garganta porque amo demais minhas irmãs e só não posso dar muito a elas.

Naquela noite, meu Gmail me alerta de uma mensagem não respondida de defne@zugzwang.com. *Recebida há 5 dias. Responder?* Eu a encaro por um bom tempo, mas não abro.

No sábado e no domingo, acabo dando sorte: consigo uns bicos – cuido do jardim de uma vizinha para quem às vezes trabalho como babá; levo cachorros para passear – e é bom ter algum dinheiro, mas não é permanente, não é de longo prazo e não resolve a hipoteca.

– Só precisa pagar – diz a caixa da cooperativa de crédito na manhã de segunda-feira, quando mostro a ela a correspondência com o *aviso, urgente, você está com o pagamento atrasado e não cuida direito da sua família, seu membro inútil da sociedade.* – De preferência, todos os três meses atrasados. – Ela me olha de um jeito analítico. – Quantos anos você tem?

Não acho que pareça mais jovem do que sou, mas isso não importa, porque 18 anos é muito jovem, mesmo quando a sensação não é essa. Talvez eu seja só uma criança brincando de ser adulta. Se for esse o caso, estou perdendo.

– Acho que você deveria deixar sua mãe lidar com isso – diz a caixa, com delicadeza.

Mas mamãe está tendo uma semana terrível, uma das piores desde que todo o pesadelo de seu diagnóstico começou, e provavelmente precisaremos trocar seus remédios de novo, mas isso custa muito dinheiro. Falei para ela descansar, que estava tudo sob controle, que estava fazendo uns turnos extras.

Sabe como é, menti mesmo.

– Você parece cansada – diz Gianna quando apareço em sua casa naquela noite, precisando desesperadamente de uma distração para não pensar em dinheiro.

Éramos da mesma turma de matemática. Marcávamos de estudar juntas nessa mesma casa, uma dessas mansões de arquitetura sem graça, e passávamos aproximadamente um minuto trabalhando em funções e duas horas nos divertindo muito no quarto dela. Seus pais estão viajando de barco e ela começa o curso de artes em uma faculdade pequena aqui perto em menos de uma semana. Hasan, meu outro amigo colorido, parte na semana seguinte.

– Cansada é meu estado padrão – respondo com um sorriso forçado.

Quando chego em casa, não tão relaxada quanto esperava, vejo a mensagem de Easton (Aceita logo a bolsa, Mal) e me forço a dar uma lida na minuta do contrato.

É um bom dinheiro. Uma boa carga horária. O deslocamento não seria ideal, mas não é impossível depois que as aulas das minhas irmãs começarem. Pode ser que Defne também libere um cronograma mais flexível.

Ainda assim, há muito a levar em consideração. A forma como me sinto em relação ao xadrez, por exemplo, que não consigo separar de como me sinto em relação ao meu pai. As duas coisas estão emaranhadas, atadas. Há dor. Arrependimento. Nostalgia. Culpa. Ódio. Acima de tudo, raiva. Há muita raiva dentro de mim. Montanhas de raiva, paisagens inteiras em chamas sem um único canto onde não haja fúria.

Sinto raiva do meu pai, sinto raiva do xadrez, e por isso não posso jogar. Simples assim.

Além disso, será que sequer sou boa o suficiente? Sei que tenho talento, já me disseram isso muitas vezes, e foram pessoas demais para que seja mentira. Mas não treino há anos e acredito sinceramente que derrotar Nolan Sawyer (que em meu último sonho partiu um pedacinho de sua dama e me ofereceu como se fosse um Kit Kat) não passou de um golpe de sorte.

Na cama de solteiro ao lado da minha, Darcy ronca como um homem de meia-idade com apneia do sono. Golias está em sua gaiola, vagando sem rumo. O fato é que o xadrez é um esporte e, como acontece em outros esportes, há pouco espaço no topo. Todo mundo sabe quem é Usain Bolt, mas ninguém dá a mínima para a décima quinta pessoa mais rápida do mundo, embora ela ainda seja muito rápida.

A lanchonete onde eu trabalhava antes como garçonete está com a equipe completa, e a mercearia local *talvez* esteja em busca de um funcionário, mas iniciantes recebem apenas um salário mínimo. Não é suficiente. Na terça-feira, fico pensando sobre tudo isso e reclamando ao telefone.

– Escuta aqui, sua teimosa. Aceita a bolsa de uma vez e finge – diz Easton, exasperada, carinhosa, e de repente sinto medo de novo.

De que ela se esqueça de mim, de jamais estar à altura do Colorado e das pessoas que ela vai conhecer lá. Estou prestes a perdê-la, sei que estou. Parece uma conclusão tão inevitável, predestinada, que nem me dou ao trabalho de expressar meus medos.

Em vez disso, pergunto:

– Como assim?

– Você pode passar um ano ganhando esse dinheiro e jogar o melhor que conseguir, e ao mesmo tempo *não ligar* para o xadrez. Não pensar no assunto depois do expediente. Você não precisa ficar obcecada nem deixar que isso te consuma, como era antes de o seu pai... É só ficar batendo num relógio. Enquanto isso, você pode ir tirando aqueles certificados de mecânica.

– Hum – digo, impressionada com seu plano um tanto desonesto. – Hum.

– De nada. Você consegue fazer isso?

– Fazer o quê?

– Não agir feito uma completa lunática em relação a alguma coisa?

Eu sorrio.

– Difícil dizer.

Ela parte na quarta-feira, depois de passar na minha casa para se despedir. Eu achava que seria diferente. Esperava uma despedida na frente do portão de embarque, depois ficar olhando enquanto o avião dela decolava, mas isso não faz nenhum sentido: temos 18 anos. Ela tem pais: um casal não acamado, que ainda vive junto, duas pessoas que cuidam dela, a levam até o aeroporto e pagam por um bom dormitório com a poupança que juntaram ao longo da vida só para isso, cujo dinheiro não precisou ser sacado quando o velho aquecedor começou a engasgar até finalmente morrer – o que estava previsto, mas não deixou de ser triste.

– Você tem que me visitar – diz Easton.

– Aham – respondo, sabendo que não irei.

– Quando eu voltar, a gente vai para Nova York. Comer aquele macaron que você não merece.

– Mal posso esperar – digo, sabendo que não iremos.

Ela apenas suspira, como se soubesse exatamente o que estou pensando, me abraça e ordena que eu mande mensagem todos os dias e tome cuidado com ISTs. Darcy paira ao nosso redor com um olhar de adoração e pergunta a ela o que isso significa.

Fico observando a rua por muito tempo, mesmo depois de o carro ter desaparecido. Respiro fundo e esvazio a mente de tudo, permitindo-me ter um raro, belo e luxuoso momento de paz. Penso em um tabuleiro de xadrez deserto. Apenas o rei branco parado em sua casa inicial. Sozinho, sem amarras, a salvo de ameaças.

Livre para se mover, ao menos.

Então volto para dentro, abro meu notebook e escrevo a mensagem que sabia que escreveria desde o início desta semana.

Ei, Defne,

A bolsa ainda está de pé?

PARTE DOIS

Meio-jogo

Capítulo Seis

8h55: Chegada a Zugzwang! Tem café e bagels na sala de convivência, então sirva-se! (Não coma o bagel de arco-íris: é do Delroy, um dos nossos GMs residentes. Ele fica irritado quando a comida tem menos de cinco cores.)

9h às 10h: Memorizar a lista de variantes de abertura

10h às 11h: Memorizar a lista de posições de finais

11h às 12h: Repassar a lista de jogos/táticas antigos

12h às 13h: Intervalo. Incluí uma lista de restaurantes próximos de que você pode gostar. (Gambito, o gato do clube, vai miar para você como se não tivesse sido alimentado desde o período glacial; é só um fingimento ardiloso e habilidoso. Não se sinta obrigada a compartilhar a carne do seu almoço com ele.)

13h às 14h: Analisar os jogos dos adversários designados

14h às 15h: Estudo de pensamento lógico e xadrez posicional

15h às 16h: Treinamento com software/bancos de dados

16h às 17h (4ª e 6ª): Reunião com seu treinador GM para repassar seus pontos fracos.

Lembre-se de fazer pequenas pausas para manter o foco.
Cronograma de treinamento físico: 4 a 5 dias/semana, aprox. 30 min. Mantenha-se hidratada e use filtro solar com FPS 30 ou superior (mesmo se estiver nublado – não é assim que raios solares funcionam).

Dou uma olhada no cronograma que Defne acabou de me entregar para me certificar de que realmente li o que acabei de ler. Então ergo os olhos.

– Hmm.

Ela abre um grande sorriso. Hoje, seu batom é rosa, sua camisa tem uma foto das Spice Girls e seu cabelo pixie me faz querer pegar o canivete mais próximo e cortar o meu. Ela é estilosa de um jeito meio vintage e sem esforço.

– Hmm?

– Nada. É só uma quantidade bizarra de… – Pigarreio. Mordo o lábio. Coço o nariz. – Xadrez?

– Eu sei. – Seu sorriso se alarga ainda mais. – Muito bom, né?

Meu estômago dá um nó. *Por que você* simplesmente *não finge?*, foi o que Easton disse, e hoje de manhã no trem, durante meu novo trajeto de uma hora e meia, repeti para mim mesma, como um mantra: "É um trabalho. Apenas um trabalho. Depois das cinco da tarde, não pensarei em xadrez nem por um segundo." Eu e o xadrez nos separamos anos atrás, e não sou uma idiota que aceitará de volta o ex infiel depois de tomar um pé na bunda no meio do baile de formatura enquanto dançava uma música lenta. Vou fazer apenas o necessário.

Só não esperava que o necessário fosse um zilhão de coisas.

– Aham.

Dou um sorriso forçado. Posso não estar feliz de estar aqui, mas é graças a Defne que eu e minha família não vamos parar embaixo da ponte. E não sou nenhuma ingrata sem coração e… Espera.

– Tem um… cronograma de treinamento físico?

– Você não faz atividade física?

Não suo por vontade própria desde minha última aula de educação física – no começo do ensino médio, acredito. Mas ela parece surpresa ao descobrir que sou uma preguiçosa, então dou uma floreada.

– Não com *tanta* frequência.

– Considere melhorar isso aí. A maioria dos jogadores de xadrez se exercita todo dia para ganhar resistência. Acredite, você vai precisar disso quando estiver no meio de uma partida de sete horas.

– Sete horas?

Nunca passei sete horas seguidas fazendo a mesma coisa. Nem mesmo dormindo.

– Os jogadores queimam, tipo, seis mil calorias por dia durante um torneio. É absurdo. – Ela faz um gesto para que eu a acompanhe. – Vou te mostrar a sua sala. Você não se importa em dividir, né?

– Não. – Hoje de manhã, minha colega de quarto peidou várias vezes no meu travesseiro porque ousei pedir a ela que não tocasse xilofone às 5h30 da manhã. – Estou acostumada.

O Clube de Xadrez de Paterson é uma sala no centro recreativo, cheio de lâmpadas dolorosamente fluorescentes, tábuas de vinil descolando do assoalho, e amianto suficiente para fritar o cérebro de três gerações. Eu esperava que o Zugzwang fosse parecido, mas o que se vê são tacos de madeira manchados pelo sol, móveis caros e monitores elegantes e de última geração. Tradição e tecnologia, o novo e o velho. Ou eu subestimei a quantidade de dinheiro que se pode ganhar com o xadrez, ou o lugar é só uma fachada controlada pela máfia.

Quase engasgo quando Defne me mostra a biblioteca, que parece saída diretamente de Oxford, embora em menor escala. Há fileiras e mais fileiras de prateleiras altas, escadas chiques, algo que, por ter assistido ao reality show *Selling Sunset* com minha mãe exatamente duas vezes, acho que se chama mezanino, e…

Livros.

Muitos. Muitos. Livros.

Muitos livros que *reconheço* das estantes da sala de casa, estocados por papai, depois guardados às pressas em velhas caixas de papelão assim que a decisão tácita de apagar sua presença foi tomada.

– Você pode usar a biblioteca sempre que quiser – diz Defne. – Vários desses livros estão na sua lista de leitura. *E* fica bem do lado da sua sala.

Isso mesmo: minha sala fica do outro lado do corredor, e desta vez eu engasgo mesmo. Há três janelas, a maior escrivaninha que já vi, vários tabuleiros de xadrez que provavelmente custam mais do que uma vesícula no mercado clandestino e...

– Silêncio, por favor.

Eu me viro. Na mesa oposta à minha está sentado um homem carrancudo. Ele deve estar na faixa dos 20 e poucos anos, mas já é possível ver as entradas profundas em seu cabelo loiro. Na frente dele, uma partida de xadrez em andamento e três livros abertos.

– Oi, Oz. – Ou Defne não percebeu a carranca dele ou não se importa. – Essa aqui é a Mallory. Ela vai ficar com a mesa desocupada.

Por alguns segundos, Oz me encara como se estivesse fantasiando sobre como seria me estripar e usar meu intestino grosso para fazer um cachecol de crochê. Então ele suspira, revira os olhos e diz:

– Deixe o celular no silencioso o tempo todo, sem vibração. Computador no mudo também. Use um mouse silencioso. Se você me vir pensando e me interromper, eu vou enfiar minhas peças de xadrez nas suas narinas. Sim, todas elas. Nada de andar de um lado para o outro enquanto pensa nos jogos. Nada de perfume, comida quente ou embalagens. Nada de fungar, espirrar, respirar pesado, cantarolar, arrotar, peidar ou ficar se remexendo o tempo todo. Não fale comigo a menos que esteja tendo um derrame e precise que eu chame uma ambulância. – Uma pausa reflexiva. – E mesmo assim, se você conseguir me alertar, é porque provavelmente consegue ligar por conta própria. Entendido?

Abro a boca para dizer que sim. Então me lembro da regra sobre não falar com ele e assinto lentamente.

– Excelente. – Ele faz uma careta. Meu Deus, isso é um *sorriso*? – Bem-vinda ao Zugzwang. Vamos nos dar muito bem, tenho certeza.

– O Oz é um dos nossos GMs residentes – cochicha Defne em meu ouvido, como se isso explicasse o comportamento dele. – Tenha um ótimo primeiro dia!

O tchauzinho dela é um pouco animado demais, levando em consideração o fato de que está me deixando sozinha com alguém que vai me açoitar se eu ficar com soluço. Mas quando olho para Oz, ele já está de volta a seu jogo. Ufa?

Pego as muitas listas que Defne me deu, busco alguns livros na biblioteca, ligo o computador, sento na bela cadeira ergonômica o mais silenciosamente possível (o couro sintético range, o que com certeza faz com que Oz fique à beira de me libertar do fardo da existência), encontro o capítulo que preciso memorizar da décima quinta edição de *Aberturas do Xadrez Moderno*, e então...

Bem. Eu leio.

Não é um livro inédito para mim. Papai recitava trechos sobre gambitos e jogadas posicionais em sua voz grave e suave de barítono, ignorando Darcy e Sabrina gritando ao fundo e mamãe de um lado para outro na cozinha, avisando que o jantar estava esfriando. Mas isso faz séculos. Aquela Mallory não sabia nada de nada, e também não tinha nada em comum com a Mallory *de hoje*. E, enfim, eu realmente preciso *estudar* tudo isso? A ideia não é ir *elaborando* minha estratégia ao longo da partida?

Parece uma quantidade absurda de trabalho e, ao longo do dia, não melhora. Às dez, começo a ler o *Manual de finais*, de Dvoretsky. Às onze, *A vida e os jogos de Mikhail Tal*. Coisas interessantes, mas simplesmente *ler* dá a sensação de que estou estudando um manual sobre tricô sem tocar nas agulhas. Totalmente inútil. De vez em quando, lembro que Oz existe e ergo os olhos: encontro-o imóvel, lendo as mesmas coisas que eu, exceto que ele não parece estar se perguntando o propósito disso. Suas mãos formam uma viseira na testa, e ele parece tão concentrado que fico tentada a fazer alguma piadinha infame.

Mas ele claramente não está aqui para fazer amigos. Quando saio para almoçar (um sanduíche de manteiga de amendoim com geleia; sim, a lista de restaurantes próximos que Defne me passou parece incrível; não, não tenho dinheiro para comer na rua), ele está em sua mesa. Assim como quando volto – exatamente na mesma posição. Será que eu cutuco ele? Dou uma olhada para ver se o *rigor mortis* já se instalou?

A tarde é só mais do mesmo. Ler. Configurar engines de xadrez no computador. Fazer longas pausas de vez em quando para varrer o jardim zen que o habitante anterior da minha mesa deixou para trás.

No trem de volta para casa, penso no conselho de Easton. Não vai ser difícil fingir. Não vou me apaixonar pelo xadrez de novo – basta ficar só lendo sobre cenários distantes e abstratos e não jogar.

– Como foi no trabalho novo, querida? – pergunta mamãe quando entro em casa.

Já passa das seis e a família está jantando.

– Ótimo.

Roubo uma ervilha do prato de Sabrina e ela tenta me espetar com o garfo.

– Não entendo por que você mudou de emprego – diz Darcy, mal-humorada. – Quem prefere organizar torneios de bocha para idosos a mexer com *carros*?

Há um motivo específico pelo qual estou mentindo para minha família sobre meu novo emprego, e esse motivo é:

Não sei.

Obviamente, o xadrez está ligado a lembranças dolorosas envolvendo meu pai. Mas não tenho certeza se isso justifica inventar um local de trabalho totalmente novo (um centro recreativo para idosos em Nova York para o qual fui contratada porque um ex-ficante me recomendou). Mesmo assim, quando fui contar a mamãe que tinha saído da oficina, a mentira simplesmente saiu da minha boca.

Acho que não vai fazer diferença. É só um trabalho. E é temporário, deve ser esquecido assim que eu chego em casa.

– Idosos são legais – digo a Darcy.

Ao contrário de Sabrina, que no momento está me ignorando e mandando mensagens freneticamente, ela fica contente de me deixar roubar suas ervilhas.

– Velhos têm um cheiro estranho.

– Defina velho.

– Sei lá. Vinte e três?

Mamãe e eu nos entreolhamos.

– Logo, logo você também vai ficar velha, Darcy – diz ela.

– É, mas até lá vou estar morando com os macacos, feito a Jane Goodall. E não vou contratar nenhum jovem para ir até o parque me ajudar a alimentar os pombos. – Ela se anima. – Você viu algum esquilo fofinho?

Saio silenciosamente por volta das nove, quando a casa inteira está dormindo. O carro de Hasan está estacionado na entrada da garagem, a suave luz interna iluminando suas belas feições. Passamos o verão todo fazendo isso, e quando ele se inclina para um selinho casual, como se fosse algo corriqueiro, como se isso fosse um encontro, penso que talvez seja bom que ele esteja prestes a ir embora.

Não tenho espaço para isso. Não com tudo o que está acontecendo.

– Como você está?

– Bem. E você?

– Estou ótimo. Peguei umas matérias bem legais esse semestre. Acho que escolhi minha especialização… antropologia médica.

Escuto e assinto e rio nos momentos certos enquanto ele me conta sobre um professor que uma vez disse *prostituído* em vez de *instituído*, mas no segundo em que ele para o carro, entrego-lhe um preservativo, e então são apenas sussurros, movimentos apressados, músculos contraindo e relaxando.

Easton, que é surpreendentemente romântica e dolorosamente monogâmica, uma vez me perguntou:

– Você se sente íntima delas?

– De quem?

– Das pessoas com quem você fica. Você se sente íntima delas?

– Não exatamente. – Dei de ombros. – Gosto delas como pessoas. Somos amigos. Desejo tudo de bom para elas.

– Por quê, então? Você não preferia estar em um relacionamento?

A verdade é que parece mais seguro não ter um relacionamento. Na minha experiência, compromisso leva a expectativas, e expectativas levam a mentiras, mágoas e decepções – coisas pelas quais prefiro não passar nem forçar os outros a passar. Mas ainda assim gosto de transar por diversão e sou grata por ter sido criada em uma família de mente aberta. Nunca teve essa coisa de "seu corpo é um templo" ou "precisamos ter uma conversa" na casa dos Greenleaf. Mamãe e papai falavam sobre sexo de maneira tão franca que chegava a ser constrangedor, como se fosse igual a fazer um cartão de crédito: "Você provavelmente vai querer experimentar, haverá prós e contras, tenha responsabilidade. Isso aqui é anticoncepcional. Estamos aqui se você tiver alguma dúvida. Quer que a gente desenhe? Tem certeza?"

Papai já tinha partido havia quase dois anos quando Alesha Conner sorriu timidamente para mim, do outro lado da sala de aula, depois roçou a mão na minha durante uma partida de lacrosse, depois riu enquanto me puxava para dentro da segunda cabine da esquerda do banheiro que fica ao lado do laboratório. Foi desajeitado, novo e bom. Porque foi *gostoso*, e porque por um momento eu era apenas... eu. Não Mallory, a filha, a irmã, a que está sempre cometendo erros, mas Mallory, a ofegante, vestindo a calcinha de novo e deixando um último chupão na pele de Alesha.

Não tenho espaço para me importar com nada que não seja minha família. Não tenho espaço para me preocupar comigo mesma – não que eu mereça. Mas é bom ter alguns momentos breves, inofensivos e comedidos de diversão. Dar tchauzinho para Hasan menos de meia hora depois de ele me buscar, me enfiar na cama relaxada e sem nenhuma intenção de pensar nele por meses.

Depois do susto da semana passada, está tudo bem. A hipoteca está paga (bem, a mensalidade mais atrasada, ao menos), assim como a inscrição do roller derby, e está tudo bem. Durante a noite, sonho com Mikhail Tal me dizendo com um forte sotaque russo que eu deveria ir até o corredor ligar para a emergência, e está tudo bem.

O segundo dia é mais do mesmo. Uma longa viagem de trem, ler, memorizar. Refletir sobre os comos e porquês desse cronograma esquisito que Defne criou para mim. Penso em mandar uma mensagem para Easton e pedir sua opinião, mas não nos falamos desde que ela foi embora, na semana passada, e tenho medo de perturbá-la enquanto ela está... sei lá... Jogando *beer-pong*, descobrindo o marxismo-leninismo ou participando de uma orgia em seu dormitório com alguma veterana, que por acaso é sapiossexual e tem fetiche por *furry*. *Ela* sabe o que deixou para trás, mas *eu*

não tenho ideia do que ela está fazendo, de com que estou competindo, ou se ela já se esqueceu de mim. Será que isso é só medo de ficar de fora? Eca. De todo modo, prefiro não entrar em contato e evitar ficar triste porque ela não respondeu. Além disso, o barulho de digitação da mensagem pode causar uma convulsão em Oz.

Repasso as partidas de Bobby Fischer, leio com certa dificuldade uma dissertação sobre os prós e contras da Defesa Alekhine, aprendo sobre a Posição de Lucena em finais de torre e peão versus torre. Parece uma versão diluída do xadrez, esvaziada de tudo o que é emocionante. Como tirar as bolinhas de tapioca do *bubble tea*: o que sobra é bom, mas é só chá.

Não me importo, porém, porque isto é apenas um trabalho. E ainda é apenas um trabalho na manhã de quarta-feira, quando entro em minha sala e Oz já está lá, na mesma posição do dia anterior. Quero perguntar se ele foi para casa dormir, mas não farei isso, porque também quero que meus olhos *não* sejam arrancados do crânio, então passo quatro horas lendo sobre a segurança do rei. Na hora do almoço, vou até o parque e leio o livro que tenho lido no trem (*Amor nos tempos do cólera* – meio triste). Depois que volto, preciso estudar estruturas de peões, mas em vez disso olho furtivamente para Oz – ainda na mesma posição; será que ele precisa ser regado diariamente? – e escondo meu livro dentro de um maior para continuar lendo sobre as questionáveis escolhas românticas de Fermina. Às quatro, estou quase pegando minha bolsa e seguindo em direção à Penn Station, quando me lembro:

> *16h às 17h (4ª e 6ª): Reunião com seu treinador GM para repassar seus pontos fracos.*

O cronograma não diz onde.

– Oz? Se você tivesse que se encontrar com um GM, aonde você iria?

Ele ergue os olhos pela primeira vez em três dias – olhos flamejantes, narinas dilatadas. Ele vai deslocar a mandíbula, me comer e depois me dissolver em ácidos gástricos.

– *Biblioteca* – vocifera ele.

Desço o corredor depressa antes de me tornar estatística, torcendo para encontrar Delroy, o amante de arco-íris. A única pessoa dentro da sala é Defne, sentada em uma enorme mesa de madeira.

– Oi. Talvez eu esteja no lugar errado. O Oz falou que…

– O Oz *falou*?

– Sob coação.

Ela assente como se entendesse bem.

– Eu deveria me reunir com um dos GMs e…

– Sou eu mesma.

– Ah. – Eu ruborizo. – Eu… Desculpa. Não sabia que você era… – uma GM.

Ruborizo um pouco mais. Por que não pensei nisso antes? Porque ela é muito estilosa? Muitas pessoas estilosas jogam xadrez – não sou uma atleta idiota saída de uma comédia adolescente dos anos 1990. Porque ela administra o clube? É necessário ser um jogador de xadrez para administrar um clube de xadrez. Porque eu nunca tinha ouvido falar dela? Não é como se a gente tivesse um exemplar da *Chess Monthly Digest* no banheiro de casa. Porque ela é uma mulher? Existe *um monte* de mulheres GMs.

Nossa, será que é isso que a Easton quer dizer quando fala sobre misoginia internalizada?

– Tudo bem? – pergunta Defne.

– Ah. Sim.

– Você parece estar em meio a um monólogo interior bem intenso. Não gostaria de interromper.

– Eu… – Coço a testa e me sento em frente a ela. – Estou sempre em meio a monólogos interiores intensos. Aprendi a me desligar do que acontece ao redor.

– Que bom! Como foram esses primeiros dias?

– Ótimos.

Ela me observa por alguns segundos. Hoje está usando delineado de gatinho e uma pulseira na parte superior do antebraço em formato de escorpião.

– Vamos tentar de novo. Como foram esses primeiros dias?

– Ótimos! – Ela continua me olhando. – Não, sério. Ótimos, juro.

– Você disfarça muito mal. Vamos ter que trabalhar nisso antes dos torneios.

Eu franzo a testa.

– Por que você acha que…

– Se alguma coisa no seu programa de treinamento não está funcionando, você precisa me falar.

– Está tudo bem. Eu tenho lido muito… seguindo a lista que você me deu, pesquisando as engines de xadrez. É divertido.

– Mas?

Solto uma risada.

– Não tem mas.

– Mas?

Balanço a cabeça.

– Nada, juro. – Mas Defne ainda está me encarando, como se eu estivesse tentando, sem sucesso, esconder dela um assassinato que cometi em um passado obscuro, e me ouço acrescentar: – Só…

– Só o quê?

– É que… – Algo dentro de mim grita para não contar nada a ela. *Se você contar, significa que se importa. O que não é verdade. Você pode só fazer um trabalho medíocre, Mal. Você consegue.* – É só que… se é para eu ler tudo isso para melhorar o meu jogo, não sei bem se vai funcionar.

A expressão de Defne não é tão receptiva como de costume, e não sei se é porque quero a aprovação dela ou apenas o dinheiro, mas me pego voltando atrás, em pânico.

– Eu sei que você sabe o que está fazendo! Estudar é importante… ler partidas antigas, repassar aberturas. Mas se a gente não *joga* xadrez nunca…

Esfrego as mãos debaixo da mesa. Defne me lança um olhar longo e tranquilo antes de sorrir e dar de ombros.

– Está bem – diz ela.

– Está bem?

– Vamos jogar!

Ela coloca um tabuleiro entre nós, as brancas do meu lado, e ajeita as peças. Então faz um gesto indicando que eu comece.

– Sem relógio hoje, beleza?

– Ah… beleza.

No início, estou agitada. Ler sobre xadrez sem jogar tem sido um estímulo, um pouco como ficar o tempo todo com um petisco pendurado na minha frente. Agora eu posso comê-lo, e vai ser *muito bom*. Certo?

Errado. Porque logo percebo que esse jogo não é nada parecido com a partida contra Sawyer. Não consigo perceber a diferença de imediato, mas depois de meia hora ou mais, quando o jogo está em andamento e as peças avançadas, entendo o que está faltando.

Havia uma tensão específica entre mim e Sawyer. Uma dança intrincada e de tirar o fôlego, feita de ataques agressivos, emboscadas, estratégias obsessivas. Isso aqui... não tem nada disso. Tento tornar as coisas mais emocionantes mostrando iniciativa, intimidando Defne de um jeito que ela não pode ignorar, mas... bem. Ela me ignora. Defende suas peças, protege seu rei, faz algumas jogadas inúteis para passar a vez e é isso.

Estamos jogando há 45 minutos quando tento um avanço. Quero tanto quebrar a defesa dela que me distraio e acabo perdendo meu bispo. Meu estômago fica embrulhado, em um misto de tédio e pavor, e volto a jogar de forma mais segura por um tempo, mas... não dá. Alguma coisa precisa acontecer. O cavalo dela, por exemplo. Está sobrecarregado. Tem que defender muitas outras peças. Se eu o capturar com a minha torre...

Merda. Defne toma meu peão. Agora estou com duas peças a menos e...

– Empate?

Ergo os olhos. Ela está propondo um empate? *Nem pensar.* Franzo a testa, não me dou ao trabalho de responder e tento atacar de novo. Está ficando tarde. Se eu não pegar o próximo trem, chegarei em casa mais tarde do que de costume, e Darcy e mamãe ficarão chateadas. Sabrina não vai se importar muito, mas...

– Xeque.

A dama de Defne vem para cima do meu rei. Merda. Eu estava tão ocupada montando um ataque que não reparei. Mas eu ainda posso...

– Acho que a gente pode parar por aqui – diz ela, sorrindo como sempre, genuinamente gentil, divertida, sem nenhum traço de arrogância, embora nós duas saibamos que ela está em vantagem. – Você pegou a ideia.

Eu hesito, confusa.

– Ideia?

– O que acabou de acontecer, Mallory?

– Eu... eu não sei. Nós estamos jogando. Mas você... bom, sem querer ofender, mas você não estava fazendo muita coisa. Você estava jogando...

– De um jeito conservador.

– O quê?

– Eu não estava arriscando. Estava sendo cautelosa. Mesmo quando tive a chance de fazer pressão e ganhar vantagem, não fiz. Estava jogando na defensiva. O que confundiu você, depois te frustrou, daí você cometeu erros básicos porque estava entediada. – Ela aponta para as posições. – Isso é fácil para mim, porque cresci com uma educação formal no xadrez. Agora, você é uma jogadora muito melhor do que eu…

Eu bufo.

– Obviamente não sou…

– Deixa eu reformular, então. Você tem mais talento. Já vi vídeos de você jogando, seu instinto na hora do ataque é fantástico. Me lembra muito o… – Ela balança a cabeça com um sorriso melancólico. – Um velho amigo. Mas existem algumas coisas básicas que todos os melhores jogadores sabem. E se *você* não sabe, qualquer oponente com uma base técnica sólida vai explorar essas fraquezas com facilidade. E você nem sequer vai conseguir usar o seu talento.

Tento digerir o que ela disse. Então faço que sim, devagar. De repente, sinto como se tivesse ficado para trás. Como se tivesse desperdiçado os últimos quatro anos. O que…

Não. Eu tomei essa decisão. A *melhor* decisão. Fiquei para trás na estrada rumo a *quê*, afinal?

– Não ajuda em nada o fato de você ser tão velha – acrescenta Defne.

Quê?

– Tenho 18 anos e 4 meses.

– A maioria dos profissionais começa muito mais jovem.

– Eu jogo desde os 8.

– Sim, mas e a pausa que você fez? Nada bom. Quer dizer, isso aqui… – diz ela, apontando para o tabuleiro – foi constrangedoramente fácil para mim.

Minhas bochechas ficam vermelhas. Engulo algo amargo, com gosto de ferrugem, lembrando de repente quanto odeio perder.

Odeio. Muito.

– O que eu faço, então?

– Achei que você nunca fosse perguntar. Você faz… – Ela sorri, tirando um pedaço de papel do bolso de trás e estendendo-o para mim. Eu o abro. – Isso.

– Esse é o cronograma que você me entregou na segunda-feira.

– É. Imprimi dois por engano. Que bom que acabou sendo útil; odeio desperdiçar papel. Enfim, já, já você entra em forma. Quer dizer, se você fizer tudo que está nessa lista. E vamos revisar tudo o que você aprender durante os nossos encontros, para garantir que você esteja no caminho certo.

Maravilha. Agora vou ser testada.

Olho para a lista novamente: todas as coisas que devo fazer todos os dias durante o ano inteiro. Penso no meu plano de fingir que estou envolvida. Nas questionáveis escolhas românticas de Fermina. No sorriso esperançoso e encorajador de Defne.

Quero bater com a cara na mesa. Mas apenas suspiro e faço que sim.

Capítulo Sete

Duas semanas se passam e Oz não fala comigo em momento algum. Daí ele fala, e quero matá-lo.

É uma manhã de quinta-feira. Estou na minha mesa, olhando para o jardim zen, repassando na cabeça a disputa entre Fischer e Spassky, no Campeonato Mundial de Xadrez de 1972, quando ele diz:

– Quer dizer que você vai para o Aberto da Filadélfia?

Dou um pulo.

– O quê?

Estou extrema, absoluta e irracionalmente irritada por ele estar me interrompendo quando estou tão perto de uma solução. Hoje cedo, enquanto preparava o mingau de aveia de Darcy ("Fala sério, isso aí é Nutella com aveia salpicada por cima", murmurou Sabrina enquanto mordia uma maçã verde), me dei conta de que Fischer cometeu um erro, um erro que Spassky poderia ter explorado. Desde cedo estou pensando nisso, certa de que se as pretas usassem o cavalo para...

– Eu dirijo – diz Oz. – Saímos às seis.

Por que ele está falando? Estou *muito* irritada.

– Para onde?

– Para Filadélfia. Qual é o seu problema?

Eu o ignoro e volto a me concentrar no que estava fazendo até meu encontro com Defne no final da tarde. Comecei a ansiar por minhas sessões com ela – em parte porque ela é o único ser humano adulto com quem interajo além de mamãe, mas também porque genuinamente preciso que ela analise os lances do xadrez comigo. Quanto mais esforço coloco em aprender questões técnicas, mais me dou conta do pouco que sei e do quanto preciso do retorno de alguém confiável. Acho que é por isso que os GMs têm técnicos, treinadores e sei lá mais o quê.

– A gente pode repassar uma posição? – digo no segundo em que entro na biblioteca, deslizando meu caderno na direção dela. – Estou agarrada nessa...

– Vamos primeiro falar sobre o Aberto da Filadélfia.

– O quê?

– O Aberto da Filadélfia. O torneio. Seu primeiro torneio. Este fim de semana.

Fico atônita.

– Eu...

Ela inclina a cabeça.

– Você?

Ah. *Ah*?

– Não acho que... Não tem como... – Engulo em seco. – Você acha que eu estou pronta?

Ela abre um sorriso alegre.

– Sinceramente? Nem um pouco.

Maravilha.

– *Mas* é uma excelente oportunidade. A Filadélfia não fica muito longe, e esse é um torneio aberto bastante respeitado. – Tenho apenas uma vaga ideia do que isso significa, o que talvez seja o motivo de Defne prosseguir: – Atrai jogadores de elite, os dez melhores do mundo, mas também aceita jogadores que ainda não têm rating, como você, no grupo dos que têm. Além disso, é um torneio eliminatório, ou seja, o perdedor de cada partida é eliminado, o vencedor segue em frente. Assim, você não fica limitada a jogadores medíocres só porque não tem rating. Desde que você siga ganhando. – Ela dá de ombros. O único brinco de penas que está usando tilinta alegremente. – Eu vou com você. Na pior das hipóteses, você só vai passar um pouco de vergonha.

Maravilha demais.

E é assim que vou parar no banco do carona do Mini Hatch vermelho de Oz em uma manhã de sábado. No banco de trás, Defne lista as regras do torneio conforme elas vão vindo à mente, sua voz alta demais para as sete da manhã.

– Peça tocada, peça jogada, claro... se você tocar uma peça na sua vez de jogar, vai ter que movê-la. Você precisa registrar todos os seus lances na súmula, em notação algébrica. Não se dirija ao seu adversário, a menos que seja sua vez e você esteja propondo um empate. Ao fazer o roque, use apenas uma mão e mova o rei primeiro. Se tiver alguma divergência ou desacordo, chame um dos diretores do torneio para resolver a situação, *nunca* discuta com...

– O que você pensa que tá fazendo? – reclama Oz.

Sigo os olhos dele até o sanduíche de manteiga de amendoim e geleia embrulhado em papel-alumínio que acabei de tirar da bolsa.

– Hmm... você quer um pedaço?

– Se você comer isso ou qualquer outra coisa dentro do meu carro, vou cortar suas mãos e ferver no meu mijo.

– Mas eu estou com fome.

– Passe fome, então.

Mordo o interior da bochecha. Sinceramente, acho que ele está começando a gostar de mim.

– Mas esse é meu sanduíche de apoio emocional.

– Então tenha um colapso mental.

Ele liga a seta e troca de faixa de um jeito tão brusco que quase bato a cabeça contra a janela.

O Aberto da Filadélfia não tem nada a ver com o torneio beneficente de Nova York, e minha primeira pista disso é que a imprensa está presente. Não em um volume absurdo, tipo os paparazzi atrás da Taylor Swift em 2016. Mas uma quantidade considerável de jornalistas acompanhados de cinegrafistas e fotógrafos se aglomera no hall do prédio de engenharia da Universidade Estadual da Pensilvânia, onde será realizado o torneio. É um tanto surreal.

– Morreu alguém ou algo do tipo? – pergunto.

Oz me lança seu habitual olhar de "como você pode ser tão tonta?".

- Eles estão cobrindo o torneio.

- Por acaso eles acham que isso aqui é a NBA?

- Mallory, pelo menos *finja* ter algum respeito pelo esporte que paga as suas contas.

Ele até que tem razão.

- Mas o torneio só vai começar daqui a uma hora.

- Eles provavelmente só estão esperando para ver o...

Alguém entra no saguão e Oz se vira para olhar, junto com todos os presentes. Há certo alvoroço e os jornalistas entram em ação. Não consigo ver muita coisa: uma cabeça alta de cabelo escuro, depois *outra* cabeça alta de cabelo escuro, ambas passando pelas câmeras, depois pelos microfones, rumo ao elevador. Não consigo entender bem o que os repórteres estão perguntando, apenas palavras soltas que fazem pouco sentido juntas – *em forma, prêmio, Baudelaire, vitória, rompimento, desafiantes, Campeonato Mundial*. Fico na ponta dos pés, mas as portas do elevador se fecham. Os jornalistas murmuram, decepcionados, e depois se espalham lentamente pelo salão.

Parte de mim se pergunta quem era. Outra parte, aquela que tem tido sonhos estranhos e invasivos com olhos escuros e mãos grandes envolvendo minha dama, tem quase certeza de que...

- Tudo certo com a inscrição de vocês, pessoal. – Defne surge e nos entrega crachás presos a um cordão. – Vamos para o hotel. Deixamos nossas coisas lá e depois voltamos para a cerimônia de abertura.

Faço que sim com a cabeça, concordando, torcendo para conseguir tirar uma soneca, quando um homem mais velho com um microfone dá alguns passos em nossa direção.

- GM Oz Nothomb? – pergunta ele. – Joe Alinsky, do chessworld.com. Você tem um minutinho para uma breve entrevista?

- Oz é atualmente o vigésimo colocado – sussurra Defne em meu ouvido enquanto Oz responde afavelmente a perguntas sobre preparo físico, treinamento, expectativas, lanches favoritos antes do jogo (surpreendentemente: ursinhos de goma).

- Vigésimo colocado?

- Vigésimo melhor do mundo.

– De que mundo...?

– Do xadrez.

– Ah, claro.

Defne abre um sorriso encorajador. Considerando que vivi e respirei xadrez por quase uma década e o quanto ainda me lembro do jogo em si, é surpreendente como sei pouco das minúcias do xadrez profissional, provavelmente por que mamãe era resistente a competições profissionais. Mas Defne nunca me faz sentir uma completa idiota, mesmo quando faço perguntas totalmente idiotas.

– Ficar entre os vinte melhores é importante. São eles que conseguem passar do xadrez competitivo para o profissional.

– Não é a mesma coisa?

– Ah, não, não. Qualquer um pode competir, mas os profissionais vivem do xadrez. Eles se sustentam por meio de prêmios em dinheiro, patrocínios, apoios de empresas.

Imagino uma propaganda de Mountain Dew no Super Bowl estrelando um jogador de xadrez. *Mountain Dew: a bebida dos Grandes Mestres.*

– Oz também é bolsista?

– Pelo contrário. Ele *paga* alguns dos GMs do Zugzwang para treiná-lo.

– Ah. – Reflito por um segundo. – Ele tem um trabalho paralelo?

Talvez ele faça entregas entre duas e cinco da manhã? Isso explicaria seu perene mau humor.

– Não, mas o pai dele trabalha numa financeira.

– Ah.

Noto que o jornalista do chessworld.com está fazendo uma foto de Oz e rapidamente saio do quadro.

Que bobagem. Sabrina e Darcy ficarão até amanhã na casa de umas amigas; mamãe está melhor e está fazendo alguns trabalhos de redação técnica, o que deve render algum dinheiro, de que estamos mesmo precisando; eu disse a elas que passaria o dia em Coney Island com amigos e depois passaria a noite na casa de Gianna. Ou seja, *estou* mentindo em relação ao que estou fazendo, mas não existe a menor chance de elas descobrirem onde estou de verdade a partir da foto do Oz no chessworld.com.

Estou sendo paranoica. Porque estou cansada e com fome. Porque Oz não me deixou comer meu sanduíche. Monstro.

- Ei - diz Joe Alinsky, de repente ignorando Oz e estreitando os olhos na minha direção. - Você não é a garota que...

- Desculpa, Joe, a gente precisa tomar uma ducha antes do torneio.

Defne agarra a manga da minha camisa e me puxa para fora do prédio. O ar da manhã já está absurdamente quente.

- Ele estava falando comigo?

- Estou com vontade de ir à Starbucks - diz ela, afastando-se. - Está a fim? É por minha conta.

Quero perguntar a Defne o que está acontecendo. Mas quero mais ainda uma limonada com kiwi e carambola bem gelada, então saio correndo atrás dela e deixo o assunto de lado.

Quando me sento para a primeira partida, diante de um homem que poderia ser meu avô, meu coração acelera, minhas mãos suam e não consigo parar de mordiscar a parte interna do lábio.

Não sei ao certo em que momento isso aconteceu. Eu estava bem até dez minutos atrás, observando a sala lotada, olhando para meu vestido de verão lilás, me perguntando se é um traje adequado para o xadrez ou se sequer me importo com isso. Então os diretores do torneio anunciaram o início e aqui estou eu. Morrendo de medo de decepcionar Defne. Com medo do sabor amargo em minha garganta sempre que perco.

Não me lembro da última vez que fiquei tão nervosa, mas tudo bem, porque mesmo assim ganho em doze jogadas. O homem suspira, aperta minha mão e fico com 45 minutos livres para matar. Dou uma volta, analisando jogadas interessantes. Então tiro uma foto do salão e mando para Easton.

MALLORY: a culpa é sua

BOULDER EASTON ELLIS: Onde você tá?

MALLORY: num torneio na filadélfia.

BOULDER EASTON ELLIS: Cara, você tá no Aberto da Filadélfia???

MALLORY: talvez. como tá sendo sua experiência no ensino superior?

BOULDER EASTON ELLIS: Tenho dormido três horas por noite e me juntei a um grupo de improvisação. Me conta logo.

MALLORY: kk me conta da improvisação

Os pontinhos que indicam que Easton está escrevendo piscam na parte inferior da tela, depois desaparecem e nunca mais voltam. Nem em cinco minutos nem em dez. Imagino uma de suas novas amigas se aproximando, Easton se esquecendo de mim. Ela já postou várias selfies com as colegas de quarto no Instagram.

Enfio o celular no bolso e passo para a próxima rodada, que também ganho com facilidade, assim como a terceira e a quarta.

– Fantástico! – diz Defne enquanto dividimos um pacote de balas de alcaçuz no pátio do campus.

Ela fuma furtivamente um cigarro, que acendeu dizendo "Só para você saber, *não* estou aqui para servir de exemplo de bom comportamento".

– Mas *é* um torneio eliminatório. Quanto mais você vence, melhores são seus adversários, e mais difícil vai ficando. – Ela percebe minha cara fechada e bate o ombro no meu de leve. – Isso aqui é xadrez, Mallory. Cuidadosamente projetado para acabar com a nossa vida.

Ela tem razão. Sinto o gostinho da minha última partida do dia quando me vejo perdendo uma torre e depois um bispo, contra uma mulher que estranhamente me lembra a bibliotecária da época da escola. A sósia da Sra. Larsen é uma jogadora inquieta e ansiosa, que leva séculos para fazer uma jogada e choraminga sempre que eu avanço. Alterno entre rabiscar na minha súmula e me sentir em um zoológico, olhando para a gaiola da preguiça e esperando que ela se mova. A partida se arrasta até que repetimos a mesma posição três vezes.

– É um empate – diz o diretor do torneio sem nenhuma emoção, examinando nosso tabuleiro. – Preto avança.

Sou eu. Vou passar para a próxima rodada só porque estava em desvantagem, por ter jogado com as peças pretas. Sei que empates são extremamente comuns no xadrez, mas fico incomodada. Frustrada. Não, fico *furiosa*. Comigo mesma.

– Cometi vários erros. – Mordo com raiva os damascos secos que Defne me entrega. Quero chutar a parede. – Eu devia ter ido de torre c6. Ela podia ter ganhado de mim em três momentos diferentes... Você viu como ela chegou perto do meu rei com o bispo? Que *vergonha*. Não acredito que estou autorizada a chegar perto de um tabuleiro de xadrez.

– Você venceu, Mallory.

– Foi um *desastre*, deveriam chamar ajuda humanitária. Eu não merecia vencer.

– Para sua sorte, no xadrez vitórias merecidas e não merecidas têm o mesmo peso.

– Você não entende. Eu fiz várias besteiras...

Defne põe a mão no meu ombro. Eu me calo.

– Sabe *essa* sensação que você está tendo agora? Essa daí? Lembre-se dela. Mantenha ela aí. Alimente-a.

– Como assim?

– É por isso que os jogadores de xadrez estudam, Mallory. Por que somos tão obcecados em repassar partidas e memorizar aberturas?

– Porque odiamos desenhar?

– Porque odiamos sentir que fizemos qualquer coisa menos do que o nosso melhor.

O hotel fica a cinco minutos a pé do campus. Meu quarto não tem nada de especial. Quer dizer, tem sim: privacidade. Não consigo me lembrar da última vez que tive acesso a uma cama sem a presença de um goblin de 12 anos e do demônio de 3 mil anos que habita o porquinho-da-índia. Eu deveria aproveitar. Penso em assistir a um filme. Então penso em pegar meu celular, abrir os aplicativos de relacionamento, tentar uns *matches* pela Filadélfia. É a oportunidade perfeita para algo sem compromisso. Além do mais, orgasmos melhoram meu humor.

Em vez disso, olho pela janela, repassando minha última partida enquanto o sol se põe lentamente.

É como aquela vez que acidentalmente mandei mensagens de putaria para a mamãe. Como no dia em que todas as líderes de torcida da escola deram de cara comigo enquanto eu fingia abrir portas automáticas com o uso da Força. Como no ensino fundamental, no dia em que abri a porta do banheiro dos professores para lavar as mãos e encontrei o Sr. Carter sentado no vaso sanitário fazendo sudoku. Sempre que passo por alguma situação realmente constrangedora, passo dias em um estado de absoluta humilhação. À noite, fecho os olhos e meu cérebro me puxa de volta para o poço sem fundo da minha vergonha, projetando cenas indignas em detalhes excruciantes contra minhas pálpebras.

(Dramática demais? Talvez. Mas mandei putaria para a minha mãe. Eu *posso.*)

Meus neurônios se agarram a cada estilhaço de constrangimento, não conseguem deixar de lado os erros que cometi durante minhas partidas. Eu venci, beleza, mas na segunda partida deixei meu cavalo desprotegido *daquele* jeito. Medonho. Pavoroso. Terrív...

Alguém bate na porta.

– A Defne me pediu para te levar para a festa e te apresentar às pessoas – diz Oz quando abro a porta.

Ele está olhando para o celular.

– Festa?

– Está rolando uma recepção lá embaixo, para os jogadores que passaram para o segundo dia. A Defne não pode ir, já que é só pra jogadores. Tem comida e bebida de graça. – Ele ergue os olhos, me avaliando. – Quantos anos você tem?

– Dezoito.

Ele murmura algo sobre bancar a babá e não ser a porra da Mary Poppins.

– Eles provavelmente têm refrigerante também. Vamos.

Não sei muito bem o que esperava de uma festa do pessoal do xadrez. Tirando Easton, nunca saí com a galera do Clube de Paterson, mas eles sempre me passaram uma vibe caladona e escapista. Aqui, no entanto, os jogadores parecem mais homens de negócios, vestindo ternos sob medida e dando risadas em meio a taças de champanhe. Não há coletes de lã à vista e ninguém está lamentando o fim prematuro de *Battlestar Galactica*. Todos parecem animados e confiantes. Jovens. Ricos. Certos de seu lugar no mundo.

Um deles nota a presença de Oz e deixa seu grupo para se aproximar de nós.

– Parabéns por entrar no top vinte. – Ele dá uma olhadinha na minha direção, primeiro distraído, em seguida me avaliando, depois se demorando um pouco. Um calafrio desagradável percorre minhas costas. – Eu não sabia que podíamos trazer acompanhante.

Ah, claro: o público no local? É 98% masculino.

– É sua irmã? – Ele deve ter mais ou menos a minha idade e, em tese, é bonito de um jeito clássico, tradicional, mas há algo forçado nele, algo perturbador em seus olhos azuis que me dá um calafrio.

– Por que ela seria minha irmã? – pergunta Oz.

– Sei lá, cara. – Ele dá de ombros. – Ela é loira. Você é loiro. E ela é gata demais para ser sua namorada.

Fico tensa. Devo ter ouvido mal.

– A Mallory é uma enxadrista, *cara*.

O tom de Oz exala desdém. Qualquer antipatia que ele possa ter por mim, a invasora de sua sala, não é nada comparada ao que ele sente por esse cara.

Ele não me odeia, afinal. Talvez eu até seja sua melhor amiga. Que comovente.

– Se você diz. – O inglês dele é perfeito, embora tenha um leve sotaque. Talvez do Norte da Europa. – Bom, querida, essa festa é para quem venceu todas as partidas, então... espera. – Ele se inclina para trás, fazendo uma cara de quem está me analisando. – Você é a garota que acabou com o Sawyer no torneio beneficente?

– Eu...

– É você, sim. Pessoal, essa é a garota que humilhou o Sawyer!

Não sei bem o que está acontecendo ou por quê, mas as pessoas (homens, todos homens) com quem o rapaz europeu estava conversando se viram para nos olhar e em seguida vêm na nossa direção.

– O que você fez antes da partida? – pergunta um homem alto na faixa dos 30 e poucos anos. Seu sotaque é tão carregado que mal consigo distinguir as palavras. – Preciso dar uma sorte dessas.

– O Sawyer estava tendo um dia muito ruim?

– Você estava usando decote? É esse o truque?

– Ele sabe que ela está aqui?

– Bom, ela ainda está viva. Então, obviamente não.

Todo mundo ri, e eu fico... paralisada. Morrendo de vergonha. Eles me olham como se eu fosse um pedaço de carne semiconsciente, e me sinto como uma criança idiota, em exibição, totalmente deslocada em meu vestido de verão de renda esvoaçante. Não sou nenhuma garotinha indefesa e, ao longo dos anos em que convivi com Bob, tive uma bela cota de discussões com homens mais velhos e machistas, mas essas pessoas são tão, tão descaradamente, *abertamente* grosseiras que nem sei ao certo como deveria responder a...

– Com licença. – Oz segura meu braço e me puxa para longe. – Vamos ver se a gente encontra alguma coisa para comer e, quem sabe, pessoas que não sejam *completas idiotas*.

– Ah, fala sério, Nothomb!

– Não sabe brincar.

– Deixa ela aqui, aposto que ela quer conhecer a gente!

Vou atrás de Oz, com a boca seca, as mãos tremendo. Ele me arrasta até o outro lado do salão, até uma mesa cheia de canapés. Acho que estou em estado de choque.

– Quem *são* eles?

– Malte Koch e seus lacaios.

Balanço a cabeça. Reviro meu cérebro. O nome me soa familiar, mas não consigo exatamente dizer...

– Ele é considerado o segundo melhor jogador do mundo há dois anos. E um babaca desde o dia em que nasceu, suponho. O cara um pouco mais velho que perguntou se o Sawyer sabe que você está aqui é o Cormenzana, sétimo colocado, o sérvio alto é Dordevic, que está mais ou menos em trigésimo, mas os outros são tão importantes quanto um bloco de concreto com olhos de adesivo. Uns merdinhas, famosos só porque lambem a bunda do Koch. – Ele revira os olhos e pega um cogumelo recheado com bacon sem nem olhar. Oz Nothomb: inesperadamente, desconta suas emoções na comida. – Eu não tinha intenção de te apresentar. *Ninguém* deveria falar com eles nunca. O lugar deles é em uma colônia ultrassecreta em Marte extraindo minério, se quer saber a minha opinião. Infelizmente, ninguém nunca quer. – Ele mastiga o cogumelo por um instante e então murmura, forçado: – Desculpa por tudo isso.

Eu me pergunto se é o primeiro pedido de desculpas da vida dele. Sem dúvida, parece.

– Não é culpa sua. Mas foi… Eu acho que odeio eles.

– Pois é, bem-vinda ao clube, vou te dar a carteirinha. – Ele me observa. – Você vai chorar?

– Não.

– Vai sair água dos seus olhos?

– *Não.* Eu estou bem. Eu só… – Apoio o corpo na parede atrás de mim. – Eles são assim com todas as mulheres?

Oz bufa.

– Olha em volta. Quantas mulheres você vê? – Eu não preciso olhar em volta. Em vez disso, pego uma torradinha com queijo brie. – A maioria das mulheres do xadrez decide pular esses eventos e participar de torneios só para mulheres. Aposto que você está se perguntando por quê.

– Um verdadeiro mistério. – Coloco a torrada em um guardanapo. Estou sem apetite. – O que ele quis dizer com aquilo de eu estar viva?

Ele suspira.

– O Koch e a gangue dele *amam* o fato de você ter deixado o Sawyer com cara de idiota, porque eles o odeiam. Mas também odeiam o fato de você ter vencido ele de primeira, porque o Koch se considera o grande rival da vida do Sawyer.

– E não é?

– Ele não está à altura. Ninguém está à altura do Sawyer, na verdade. Faz mais de uma década que ele é o melhor. Quer dizer – diz ele, se interrompendo ao colocar um *deviled egg* na boca –, o Koch é um ótimo jogador, embora inconsistente. Ele tem momentos de brilhantismo. Forçou uns empates com o Sawyer, e uma vez chegou perto de derrotá-lo. Mas, em última análise, não tem como comparar os dois.

Deve ser muito triste perder uma partida após a outra.

– O Koch tem noção disso?

– Tenho certeza que tem, mas você viu o tipo de gente com quem ele anda. A versão deles é que o Sawyer é um supervilão que tornou o xadrez previsível ao ser imbatível... Como se não fosse por causa dele que o xadrez se tornou tão popular entre os jovens nos últimos anos. Eles falam de um jeito que fica parecendo que o Sawyer é o Thanos e o Koch, o Tony Stark. – Oz revira os olhos. – Obviamente, *os dois* são o Thanos.

Oz Nothomb: inesperadamente, um fã da Marvel.

– A gente voltou... para a escola, é isso?

Oz dá de ombros.

– Tipo isso. O Koch *parece* uma criança, irritadinho porque sempre acaba morto no "transa, casa ou mata". Enquanto isso, o Sawyer recebe toda a atenção, ganha rios de dinheiro, acaba entre os mais influentes da revista *Time* e vai para cama com as Baudelaire ou sei lá quem...

– Baudelaire?

– Sim. É uma banda de rock experimental...

– Eu sei quem são as irmãs Baudelaire. – Sabrina é completamente obcecada por essa banda. Eu gosto da música delas também. – O Sawyer *vai para cama* com elas?

– Aham. E o Koch quer tudo isso também. Vai sonhando.

Minha cabeça está explodindo.

– Ele... com qual das Baudelaire o Sawyer...

– Sei lá, Mallory. Eu *não* assisto a reality shows.

– Claro. – Desvio o olhar, me sentindo repreendida. Vou ter que pesquisar na internet depois. Estou *morrendo* de vontade de puxar meu celular agora mesmo. – Bom, parece que o top 10 só tem idiotas.

– Meio que só o Koch e o Cormenzana. E o Sawyer, mas ele está em outro patamar. Não vou dar uma pulseirinha da amizade para ele, mas prefiro um babaca assustador e todo sério tipo o Sawyer a um babaca seboso como uma lesma depois de uma tempestade feito o Koch.

Os dois parecem singularmente horríveis, penso, e em seguida um homem pega vários *beignets* de cima da mesa e rapidamente se retira, nem um pouco impressionado com a conversa sobre lesmas.

– Enfim, os outros no top 10 não são tão detestáveis – conclui Oz.

Abro um sorriso fraco.

– "Não são tão detestáveis" é a versão de Oz para "legais"?

Ele arqueia a sobrancelha.

– E o que *isso* significa?

– Bom, você não é o cara mais legal que já conheci na vida.

– Porra, eu sou um *amor de pessoa*, Greenleaf. E, só para constar, você e eu somos *igualmente* gatos.

Fico apenas uma meia hora na recepção. Oz tem razão, nem todo mundo no xadrez é babaca: ele me apresenta a várias pessoas que não me insultam, não me assediam sexualmente nem agem com um complexo de superioridade de nível messiânico. Mas seu grupo de amigos é alguns anos mais velho do que eu, e me retiro da conversa quando o assunto recai sobre casamento e pós-graduação. Sinto alguns olhares de soslaio vindos da gangue de Koch e não consigo relaxar, então me despeço e volto para o meu quarto, pronta para passar o resto da noite me repreendendo pelos meus erros.

Até ver a placa no elevador. Quatro palavrinhas ao lado do botão que leva ao quinto andar:

Piscina indoor e academia.

Vou até lá sem pensar muito. A entrada da piscina se abre com meu cartão de acesso. Quando espio lá dentro, sou imediatamente envolvida por calor, cloro e silêncio.

Eu amo nadar. Ou o movimento que eu faço que passa por nado – passar horas boiando, de vez em quando me mexer como um cachorrinho se afogando. E aqui está uma piscina incrível e deserta.

Problema: não tenho roupa de banho. O biquíni esfarrapado que mal cabe em mim há um tempo está em algum lugar da minha cômoda em casa, e Golias provavelmente o está usando neste exato momento para limpar a bunda. O que eu tenho, no entanto, é um conjunto de calcinha e sutiã que é *basicamente* um biquíni. E uma imensa vontade de nadar.

Então não penso muito: puxo o vestido pela cabeça, tiro as sandálias e os jogo no banco mais próximo. Em seguida, pulo na piscina fazendo barulho e espirrando água para todo lado.

Preciso minimizar meus deslizes, digo a mim mesma quinze minutos depois, flutuando na água e olhando para o teto. O reflexo das ondas no teto é como um tabuleiro de xadrez mutilado e distorcido. *Eu deveria focar em ampliar meus conhecimentos, já que é improvável que consiga me aprofundar muito em um ano. Eu deveria investir em aprender aberturas menos convencionais.*

Quando saio da água, meu humor está melhor. Fiz besteira hoje, mas vou me concentrar em melhorar. Se conheço minhas fraquezas, posso adaptar meu treinamento. E passo mesmo uma quantidade absurda de tempo treinando.

É só fingir que gosta do trabalho, uma voz me lembra. Ou é minha ou é de Easton.

Bem, sim, respondo na defensiva, catando meu vestido e meus sapatos, esfregando o cloro dos olhos. *Mas assinei um contrato de um ano, então posso muito bem...*

Então me interrompo.

Não estou mais sozinha. Tem alguém parado bem na minha frente. Alguém descalço, de roupa de banho. Ergo os olhos. Depois mais um pouco, mais um pouco, mais um pouco, *mais um pouco* e...

Meu estômago fica embrulhado. Nolan Sawyer está me encarando, uma pequena ruga entre os olhos. Estou perplexa com o fato de ele ser tão... em forma. Peito. Ombros. Bíceps. Ninguém que passa horas por dia movendo peças de vinte gramas em um tabuleiro de xadrez tem como ser assim.

– Eu... Oi – gaguejo.

Porque ele está parado bem *ali*, e não sei mais o que dizer.

Mas ele não responde. Apenas olha para baixo, encarando meu sutiã agora transparente, minha calcinha com estampa de arco-íris. A temperatura na piscina aumenta. A gravidade também. Tenho medo de que minhas pernas falhem.

Então me lembro do que os amigos de Koch disseram: *Ele sabe que ela está aqui?*

Bom, ela ainda está viva. Então, obviamente não. Sinto uma pontada de medo.

Nolan Sawyer me despreza. Nolan Sawyer quer me matar. Nolan Sawyer está olhando para mim com uma intensidade mortífera reservada àqueles que ele odeia com a força de um milhão de ursos sedentos de sangue.

Ele não quebrou o nariz de outro jogador uma vez? Lembro-me de ter ouvido algumas histórias. Alguma coisa aconteceu *depois* de um torneio, e...

Ele vai me esquartejar? Será que o necrotério local vai saber como juntar meus membros? Será que vão ter que chamar um maquiador profissional, um daqueles gurus da beleza do YouTube que estão sempre fazendo vídeos de fofoca uns sobre os outros…

– Sai da freeeeeeeeeente!!!

Alguém passa correndo por nós dois, um borrão de pele escura e calções vermelhos, e pula na piscina como uma bala de canhão, produzindo um tsunami. Sawyer murmura algo como "Porra, Emil" e é a chance de escapar pela qual estava esperando. Saio correndo, pés batendo contra o chão molhado. Estou na porta quando cometo o erro de olhar para trás: Sawyer está me encarando, lábios entreabertos, olhos mais escuros que o breu.

Então faço a única coisa sensata: bato a porta na cara dele e só paro de correr quando estou no meu quarto, pingando na cama.

É a segunda vez que encontro Sawyer. E a segunda vez que recuo feito um cavalo encurralado.

Capítulo Oito

Durmo mal, presa em pesadelos nos quais meus deslizes no xadrez são observados por olhos escuros e críticos, e acordo muito cedo com uma cãibra na perna esquerda.

– Odeio a minha vida – murmuro enquanto vou mancando até o banheiro, considerando cortar meu pé com um cutelo. Depois descubro que minha menstruação acabou de descer.

Olho para o meu corpo inconveniente, traiçoeiro e nada cooperativo, e juro nunca mais alimentá-lo com hortaliças verdes e folhosas em retaliação. *Tome isso, seu cretino.*

Trouxe outro vestido de verão para usar hoje, azul com barra rendada e mangas com babados, mas assim que o coloco eu me lembro do olhar malicioso de Malte Koch.

Você estava usando decote?

Quando eu estava no segundo ano do ensino médio, Caden Sanfilippo, um aluno do terceiro ano que eu conhecia desde o ensino fundamental e cuja missão de vida era ser um babaca, começou a zombar de mim pela forma como eu me vestia. Minha teoria é que ele tinha um crush na Easton e estava tentando chamar a atenção dela irritando sua melhor amiga, porque o assédio parou exatamente no dia em que ela saiu do armário. Enfim, sempre que eu entrava na aula de física, Caden dizia coisas criativas como "Fala, granola", ou "Bom dia, riponga" ou "Aqui não é o mercadinho natureba". Ele passou meses e meses fazendo isso. E mesmo assim jamais pensei em mudar meu estilo.

Hoje, entretanto, me olho no espelho e imediatamente tiro o vestido. *O ar-condicionado vai estar muito forte*, digo a mim mesma, ajeitando minha calça jeans e a camisa de flanela, mas não encaro meus olhos no espelho antes de sair do quarto.

Venço minha primeira partida com facilidade, mesmo me sentindo feito um cadáver encontrado na água. Depois da performance vergonhosa de ontem, tomo muito cuidado a cada lance. Isso consome um pouco do meu tempo, mas ser menos imprudente compensa.

– *Merde* – murmura meu oponente antes de estender a mão, presumivelmente para admitir a derrota.

Aperto a mão dele com um dar de ombros.

Meu segundo oponente se atrasa. Um minuto. Dois. Cinco. Vou jogar com as peças brancas dessa vez, e o diretor do torneio me incentiva a fazer a primeira jogada e iniciar o relógio, mas me parece uma atitude meio babaca.

À medida que os perdedores vão sendo eliminados, a quantidade de partidas por rodada vai diminuindo. Consigo ver apenas algumas, todas em mesas distantes, e noto que a maioria dos jogadores que sobraram parece ter mais ou menos a minha idade ou apenas pouco mais. Lembro-me de uma coisa que Defne me disse outro dia, ao verificar se eu tinha aumentado minha carga horária de exercícios físicos (eu não tinha): o xadrez é um jogo para jovens, e é tão física, mental e cognitivamente desgastante que a maioria dos principais GMs começa a decair aos 30 e poucos anos. Quanto mais eu treino, mais acredito nisso.

Para passar o tempo, rabisco flores na súmula, pensando no e-mail enviado pela escola de Darcy: há duas crianças com alergia a oleaginosas na turma dela, por isso sanduíches de manteiga de amendoim e geleia serão proibidos. Eles sugeriram manteiga de semente de girassol, mas tenho uma quantidade exorbitante de motivos para acreditar que, se Darcy não gostar, enviará um e-mail ao Serviço de Proteção à Criança e ao Adolescente dizendo que eu estou tentando envenená-la...

– Eu sinto *muito* – diz um sotaque britânico. Um cara alto se senta na cadeira em frente à minha. – Tinha fila no banheiro e eu tomei *três* canecas de café. *Jogos Vorazes* não é nada comparado ao banheiro masculino em um torneio de xadrez. Sou Emil Kareem, prazer em te conhecer.

Eu me endireito.

– Mallory Greenleaf.

– Eu sei.

Seu sorriso é largo e caloroso, dentes brancos como marfim contra a pele escura barbeada. Ele é tão bonito que parece uma estrela de cinema. E sabe disso.

– A gente já se esbarrou antes? – pergunto.

– Não.

Ele sorri novamente, e a covinha em sua bochecha esquerda se aprofunda. Há algo familiar nele, e não percebo o que é até o terceiro lance.

Ele é o cara da piscina. Que passou correndo. De calção vermelho. Espirrando água em cima de mim e de Nolan Sawyer, me dando uma chance de fugir. Eu provavelmente deveria considerar os desdobramentos desta informação, mas Emil é um jogador muito bom para que eu me distraia. Ele é cauteloso, posicional com momentos de avanços agressivos. Preciso de vários lances para me habituar a ele, e vários outros para elaborar um contra-ataque razoável.

– Greenleaf – diz ele com um sorriso humilde quando capturo sua dama –, será que você poderia ter um pouco de misericórdia, por gentileza?

Ele é o primeiro jogador a falar comigo durante uma partida, e não sei como responder. Claramente o xadrez está acabando com minhas habilidades sociais.

– Ora, ora, ora. – Eu o encurralei, e ele quase parece satisfeito. – Agora eu entendo por que ele fala tanto de você – murmura Emil.

Ou talvez não seja isso, não consigo entender bem as palavras. Ele está sorrindo de novo, de um jeito agradável e acolhedor. Quero ser amiga dele.

– Você é profissional? – pergunto.

– Nada. Eu tenho uma *vida*.

Dou uma risada.

– O que você faz?

– Estou no quarto ano de Economia na NYU. – Inclino a cabeça para analisá-lo. Pensei que estivesse mais perto da minha idade. – Tenho 19 anos, mas pulei algumas séries na escola – diz Emil, lendo meus pensamentos.

– Você é Grande Mestre?

– Nessa fase do torneio, todos os jogadores são. Menos você – diz ele, sem maldade e com muita satisfação. – Você vai fazer vários deles irem chorar no banheiro masculino.

– Eles parecem mais o tipo que vai arranhar meu carro com uma chave.

– Só os idiotas. Deixa eu adivinhar: você foi apresentada ao Koch?

– Fui.

– Ignora ele. Não passa de uma lesma miserável, sempre amargurado porque uma vez apareceu de pau duro em rede nacional.

– Mentira.

– Verdade. Na cerimônia de entrega dos prêmios do Montreal Chess. A puberdade é uma merda, e a internet também. Ele virou um meme para toda a eternidade. Igual àquela outra vez em que ele jogou uma partida inteira contra o Kasparov com uma meleca gigantesca pendurada no nariz. Esse tipo de coisa traumatiza a pessoa.

Eu cubro a boca.

– É a história de origem dele como supervilão.

– Não é fácil crescer como um prodígio na frente das câmeras... os jornalistas são *cruéis*. E quando o Koch tinha 16 anos e decidiu deixar crescer um cavanhaque... todo mundo fotografou. Ninguém disse a ele que ele estava parecendo um irmão gêmeo dele mesmo, malvado, desnutrido e anêmico.

Deixo escapar uma risada, uma risada de verdade, minha primeira desde o início do torneio, talvez desde que Easton foi embora. Emil me olha com uma expressão curiosa e gentil.

– Ele não tem a menor chance – diz em tom enigmático.

Pigarreio.

– Você joga há muito tempo?

– Desde sempre. Minha família veio para os Estados Unidos quando eu era pequeno, para eu poder ter o melhor treinamento possível. Mas, ao contrário de todas essas pessoas – diz ele, apontando para o resto do salão –, eu só amo o xadrez em um nível *normal*. Prefiro trabalhar com finanças e participar de um torneio ou outro só por diversão. Também não ajuda muito quando seu melhor amigo é o maior jogador que o esporte já viu em séculos. Estou sempre perdendo meus *action figures* do Homem-Aranha para ele. Isso faz você repensar suas prioridades.

Eu franzo a testa.

– O que você...

– As brancas avançam – diz o diretor do torneio, nos interrompendo. – A próxima rodada é daqui a dez minutos.

Fico chateada por ter que parar de conversar com Emil, ainda mais depois que encontro Defne do lado de fora sentada junto de Oz, que parece emburrado, desanimado e aflito.

– O que houve? – pergunto.

– A organizadora do meu casamento disse que peônias estão em falta. O que você *acha* que aconteceu? Eu perdi. – Ele me olha feio. – Esse torneio inteirinho podia ter sido um e-mail.

Coço a cabeça. Quero perguntar a Defne se ela ainda tem alguma balinha de alcaçuz, mas não parece um bom momento.

– Aposto que a partida foi bem difícil.

– Me *poupe* da sua condescendência.

Eu fecho a boca e dou um passo para trás.

– Eu vi que jogou contra o Kareem – diz Defne. – Ele é um excelente jogador.

– É mesmo.

– Como foi?

Olho ao redor, incomodada, considerando se há chances de Oz me atacar. Provavelmente consigo dar conta, mas e se ele sacar uma foice do bolso? Ele é *definitivamente* o tipo de gente que carrega uma foice.

– Eu dei muita sorte. Ele não estava num bom dia, então...

– Ah, meu Deus. – Ela se levanta de um salto. – Você *ganhou*?

– Tenho certeza que foi só...

Ela me abraça, passando os braços pelo meu pescoço.

– Isso é *fantástico*, Mal! O que você está fazendo aqui?

– Foi só um jogo. Eu não...

– Você está nas *quartas de final*!

Espera aí.

– Espera aí. – Sério? – Sério? Não tem como a gente já estar nas quartas de final.

– Você nem sequer deu uma *olhadinha* no quadro do torneio? – pergunta Oz em um tom mordaz.

– Eu... não sei bem onde fica. Eu estava indo de jogo em jogo...

– Pérolas aos porcos – murmura Oz.

Ei!

– Você acabou de me chamar de porc...

Defne me puxa de volta para dentro do prédio, toda empolgada com meu rating FIDE. Imagino que ela vai me levar de volta ao salão do torneio, mas ela faz uma curva acentuada à esquerda.

– Aonde a gente...

– As quartas são aqui. – Ela me lança um olhar longo e avaliador. – Você quer se maquiar?

– Por que eu ia querer me maquiar?

– Ah, não, você não precisa fazer isso. Eu não quis dizer que deveria. – Ela me lança um olhar de desculpas. – Você está linda. Como *sempre*. Além disso, corpos são apenas as cascas de carne que habitamos enquanto nos movemos pelo plano dos mortais. Não há necessidade de embelezá-los para as câmeras...

– *Câmeras*?

– Sim. E dão muitos *closes*. Vamos, estamos atrasadas.

O novo salão é menor, mais chique e mais lotado. Dezenas de cadeiras se enchem rapidamente, e as pessoas sussurram animadas, como se o próximo filme da saga Velozes e Furiosos estivesse prestes a ser exibido. Todos os assentos estão voltados para um tablado com uma fileira de quatro tabuleiros. As peças são chiques. Os relógios são chiques. Até as garrafas d'água são chiques. Água mineral de marca cara? É sério isso?

– As câmeras filmam cada dupla de jogadores e os respectivos tabuleiros, e as partidas são transmitidas ao vivo naqueles telões no fundo do tablado. Os comentaristas ficam ali – diz ela, apontando para o lado.

– Comentaristas?

– Não se preocupe. Eles trabalham para vários serviços de streaming e canais de TV. Você não vai ter que ouvi-los narrar todos os seus erros.

– Meu Deus. – O diretor do torneio vai chamar você no palco, mas…

– Aqui estamos – começa um locutor. – Tabuleiro 1, Malte Koch e Ilya Miroslav. Tabuleiro 2, Mallory Greenleaf e Benul Jackson. Tabuleiro 3, Li Wei e Nolan Sawyer. Tabuleiro 4…

Sinto a ansiedade crescer. Olho para Defne.

– O que acontece se eu ganhar?

Defne me lança um olhar confuso.

– Você passa para as semifinais.

– Contra quem?

– Contra quem também tiver ganhado a partida. Por quê? Qual é o problema?

Qual é o problema? Qual é o *problema*?

– Defne, eu não quero jogar contra…

– Por favor, jogadores, subam ao palco e se juntem para algumas fotos.

Meus joelhos amolecem. Defne me dá um aceno encorajador. Em seguida, um sorriso encorajador. Por fim, quando fica claro que minhas pernas são feitas de concreto e não têm intenção de se mexer, um empurrão encorajador. Subo no tablado tomada de pavor, com a certeza de que vou tropeçar nos degraus. Bancar a Jennifer Lawrence no Oscar. A sacerdotisa da vergonha em público. Talvez eu vomite em mim mesma também, só por diversão.

Tomo meu lugar ao lado dos outros finalistas e paro junto a Koch (que me lança um olhar do tipo *esses lugares estão perdendo o critério*), e a duas cabeças de distância do outro jogador, o mais alto de todos, aquele com a cara amarrada e o temperamento difícil.

Recuso-me a sequer pensar em seu nome.

– Greenleaf, certo? – pergunta o diretor do torneio.

Fico tentada a negar, mas confirmo. Não é difícil adivinhar: sou a única jogadora desconhecida, já que sou uma ninguém que saiu do nada. Além de ser a única garota. Tomo o cuidado de não olhar para a plateia. Os sons de flashes e sussurros já são ruins o suficiente.

– Tabuleiro 2. À direita.

Vou me arrastando até lá, mantendo a cabeça baixa. Há um par de olhos escuros e sérios que não quero arriscar encontrar.

Benul Jackson é pelo menos três anos mais novo que eu e faz com que eu jogue uma das melhores partidas da minha vida. Há uma elegância em seus lances, uma beleza em seus ataques, uma classe em suas defesas que quase me fazem esquecer que estou no momento mais público da minha vida. Papai certa vez me disse: "Existem dois tipos de jogadores, os guerreiros e os artistas." Jackson é um artista.

E também é dolorosamente lento.

Durante as outras partidas, sempre que meu oponente demorava muito para se decidir sobre uma jogada, eu me levantava e caminhava, me alongava um pouco, às vezes até espiava jogadas interessantes nos tabuleiros próximos. Ali no tablado, entretanto, não ouso fazer isso. E se eu escorregar? E se eu me levantar rápido demais e desmaiar? E se meu absorvente vazar e manchar minha calça jeans? Malte Koch e sua ereção inoportuna deveriam servir de alerta a todos nós. Então apenas olho em volta: a mesa do comentarista, a ruga vertical na testa de Jackson, minha súmula. Anoto minhas jogadas e rabisco nas margens. Flores. Corações.

Olhos profundos, escuros e intensos.

Então me obrigo a parar, corando. Felizmente, Jackson escolhe esse momento para capturar minha torre e cair na minha armadilha. *Artista demais, guerreiro de menos.* Ganho em quatro jogadas, e ele aperta minha mão com um sorriso confuso, atordoado.

– Impressionante – comenta ele. – Notável. O seu estilo me lembra...

Ele desvia o olhar para algum ponto além do meu ombro.

Jackson me cumprimenta com um aceno de cabeça antes de deixar o tablado. Quando olho ao redor, em busca de Defne, pego vários jornalistas me encarando, curiosos. Fecho os olhos e sussurro uma prece silenciosa ao panteão dos semideuses do xadrez: *Que minha próxima partida não seja contra Sawyer. Por favor. Vou ofertar as entranhas de um porquinho-da-índia depressivo e sequestrado em seu altar.*

Só quando as mesas estão prontas para as semifinais é que percebo como estava equivocada. Alguém anuncia que a próxima partida de Sawyer será contra Etienne Poisy. Reviro meu cérebro para ter certeza de que esse não é meu nome (ufa!) e me dirijo alegremente até meu tabuleiro, torcendo para que Darcy não fique muito brava quando eu matar seu animal de estimação.

É quando vejo Malte Koch sentado do lado das peças brancas.

Paro abruptamente.

Não. Nananinanão. Eu não vou jogar contra um idiota cuja compreensão sobre diferenças de gênero datam da década de 1930. Não tem a menor chance de eu...

– Tudo certo? – pergunta o diretor do torneio, percebendo minha hesitação.

Prefiro beber um frasco de desodorante Axe enquanto guaxinins selvagens se deleitam com minha medula óssea a me sentar diante desse escroto.

– Tudo – respondo, engolindo em seco.

O sorrisinho de Koch talvez seja a coisa mais esbofeteável que eu já vi, mas a maneira como ele movimenta as peças no tabuleiro é páreo duro. Sempre que ele as move para uma nova casa, faz um pequeno floreio, como se estivesse apagando uma guimba de cigarro. Isso me dá vontade de esfolá-lo vivo e usar sua pele para reestofar o sofá da minha mãe.

Então ele começa a falar.

– Quer dizer que você chegou às semifinais.

– Obviamente.

– Você está participando de algum programa de caridade? Eu perdi algum memorando sobre deixar você ganhar?

Movo meu peão em resposta à variante da abertura Ruy Lopez que ele decidiu usar, sobre a qual tenho lido *ad nauseam* nas últimas duas semanas. Tenho certeza de que é contra as regras ele falar comigo na minha vez de jogar. Tenho quase certeza, mas infelizmente não tenho certeza.

– Você sabia que os torneios eliminatórios também são chamados de morte súbita? Tipo, quando você perde, é basicamente o mesmo que morrer.

Cerro a mandíbula.

– Essa conversa é necessária?

– Por quê? Está incomodada?

– Aham.

Outro sorriso.

– Então é, sim.

Quero sabotar os freios do carro dele. De leve.

– Sabe, eu prefiro quando as mulheres ficam só nos torneios delas – prossegue ele casualmente. – Para mim, existe uma ordem natural das coisas.

Eu ergo os olhos e abro um sorrio simpático.

– Eu prefiro quando os homens calam a boca e enfiam as torres no cu, mas obviamente nem sempre conseguimos o que queremos.

O sorriso de Koch se alarga. Ele levanta a mão para pedir que o diretor do torneio se aproxime.

– Com licença, você poderia pedir à Srta. Greenleaf para evitar o uso de linguagem chula?

O diretor me lança um olhar fulminante.

– Srta. Greenleaf, você é nova aqui, mas deve seguir as regras. Como todo mundo.

– Mas...

Eu fecho a boca, as bochechas esquentando.

Eu vou matar esse cara. Vou matar Malte Koch. Ou outra coisa tão boa quanto: vou aniquilar seu maldito rei. Provavelmente.

Talvez.

Se eu conseguir.

A pior parte é que não estou surpresa em saber que ele é o segundo melhor do mundo. Ele é um *excelente* jogador. Tento cravar sua dama, mas ele escapa. Tento assumir o controle do centro do tabuleiro, mas ele me obriga a recuar. Tento destruir sua linha de defesa, mas ele não apenas se defende de minhas tentativas como também monta um ataque que quase coloca meu rei em xeque.

Este é um jogador muito perigoso, digo a mim mesma.

Além de ser o maior escroto que você já conheceu, acrescenta uma voz dentro de mim. Solto uma risada silenciosa e jogo de maneira ainda mais agressiva.

Nossa partida dura muito mais que a outra. Setenta minutos depois ainda estamos nos enfrentando. Eu tomei a dama dele, mas Koch tomou minha torre e meu cavalo, e um pavor denso como concreto começa a se agitar no fundo do meu estômago. Começo a suar. Minha nuca está quente, o cabelo grudado na pele.

– O que você está fazendo aqui? Veio ver como se faz?

O tom de Koch é baixo o suficiente para que os microfones não captem. Ele não está falando comigo.

– Ela vai acabar com você em menos de cinco jogadas – diz uma voz grave e segura atrás de mim.

Eu a reconheço, mas não me viro, nem mesmo quando ouço passos se afastando. Sawyer só pode estar alucinando. Estou longe de vencer. Não há quase nada que eu possa fazer nesta posição. Por outro lado, Koch está praticamente na mesma…

Ah.

Ah.

De repente, o que ele disse faz sentido. *Em menos de cinco jogadas.* Sim. Sim, eu só tenho que…

Movo meu peão. Um lance silencioso e cauteloso, mas Koch estreita os olhos. Ele não tem ideia do que estou fazendo, e eu o treinei para esperar ataques pela retaguarda. Ele estuda o tabuleiro como se fosse uma mensagem cifrada da Segunda Guerra Mundial, e eu me recosto e relaxo. Pego minha caneta, anoto minha jogada, tento fazer um retrato de Golias para matar o tempo. Realmente me apeguei ao monstrinho idiota…

Koch move seu cavalo. Respondo imediatamente com meu bispo, confundindo-o ainda mais. Faço isso mais uma vez, com variações mínimas, e mais outra, mais outra, até que…

– O tempo acabou – diz o diretor. Koch ergue os olhos arregalados, lábios contraídos. Por fim, ele se dá conta das minhas intenções. – Temos um empate. As pretas avançam.

A mandíbula de Koch se contrai. Suas narinas dilatam. Ele me encara como se eu tivesse roubado seu dinheiro do almoço e comprado um boá de penas com ele, o que, sejamos francos, eu meio que fiz.

– Morte súbita – sussurro.

– Você me enganou – dispara ele.
– Por quê? Está incomodado?
– Estou!
Dou um sorriso.
– Então enganei, sim.
Há um intervalo de 45 minutos antes da final, que passo com Defne e Oz em um trecho de grama sombreado pelos arbustos de hibisco. A euforia de ganhar de Koch desaparece rapidamente e outro tipo de pavor surge.
Minha próxima partida é contra Sawyer. E como meu cérebro é feito de purê, não consigo parar de pensar em sua expressão severa. No ar denso de cloro enrolando o cabelo em seu pescoço. Em seus lábios carnudos quase se movendo, como se ele estivesse prestes a dizer alguma coisa...
– Primeiro torneio, e você chega à final – resmunga Oz, partindo um galho em um milhão de pedaços com movimentos raivosos. – Malditas crianças-prodígios.
– Eu tenho 18 anos – informo.
– Você é uma *criança* no xadrez. Um bebê. Se eu enfiasse meu peito na sua boca, você mal ia conseguir mamar.
Defne ergue uma sobrancelha.
– Eu não sabia que saía leite dos seus peitos, Oz.
– Eu só quero dizer que ela é *injustamente* brilhante. Prodígios são tão *déclassé*. Sabe o que está em alta? Empenho. Sofrimento. Pessoas como você e o Sawyer, com seus cérebros privilegiados e talento ilimitado, são os verdadeiros plebeus.
Defne e eu nos entreolhamos, achando graça. Talvez Oz *não* esteja criando simpatia por mim, mas eu com certeza estou criando simpatia por ele.
– Você já jogou contra o Sawyer? – pergunto a ele.
– Claro. Desde que ele era um pirralho.
– Já ganhou alguma vez?
Ele desvia o olhar, queixo erguido.
– Não. Mas uma vez propus um empate e ele pensou em aceitar.
– E você? – pergunto a Defne.

– Já joguei – diz ela, e tenho certeza de que há certa tensão em sua resposta.

– Alguma dica para eu não fazer papel de otária?

– Abre com a Ruy Lopez. Faz o roque logo. – Ela está incomumente quieta. Reticente até. – Var dar tudo certo. Você sabe o que fazer com o Nolan.

Eu me pergunto por que ela chama Sawyer pelo primeiro nome, quando os sobrenomes parecem ser a norma no mundo do xadrez.

– Supondo que você *queira* vencer – ressalta Oz. – Considerando que ele é assustador pra cacete, abandona coletivas de imprensa de forma grosseira, soca paredes e uma vez chamou um árbitro de "monte de merda". Além disso, todos nós conhecemos bem a genética da família dele, então...

– Oz.

Nunca ouvi Defne soar tão mordaz.

– O que foi? É verdade. O que eu disse do avô de Sawyer e sobre o Sawyer ser um babaca esquentadinho...

– Ele era uma *criança*. E só foi violento com o Koch, o que dá para entender, e não faz nada desse tipo há *anos* – retruca Defne. – Quando ele perdeu para a Mallory, só ficou sentado quieto, olhando para ela, e... – Defne dá de ombros e me olha nos olhos. – Não precisa pegar leve, Mal. Ele já é bem crescidinho. O que quer que você faça, o Nolan aguenta. – Seu sorriso é fraco. – Ele provavelmente *quer*.

Duvido que Nolan "Sem Habilidades de Controle Emocional" Sawyer queira algo de mim. Provavelmente estou me preocupando por nada, ele mal sabe que eu existo, nem sequer lembra que já nos enfrentamos, e ficou olhando para mim ontem à noite só porque eu estava na piscina seminua, feito uma doida que conversa com postes.

A partida será tranquila. Sem tumulto. Nada de mais. Uma coisinha de nada. Nadica. Nadica de nada. Provavelmente vou perder, porque Nolan Sawyer é Nolan Sawyer, e embora o lado competitivo do meu cérebro (ou seja, ele todo) odeie a ideia, não importa. Estou *fingindo* só para manter a bolsa...

– Mallory, você tem um segundo?

Alguém enfia um microfone na minha cara assim que volto para o salão do torneio. A quantidade de repórteres parece ter triplicado. Ou talvez eu tenha essa impressão porque todos agora se aglomeram ao meu redor, perguntando qual é a minha história, se estou treinando no Zugzwang, qual é a minha estratégia para a final, e a minha favorita: "Como é ser uma mulher no xadrez?"

– Com licença – diz Defne, sorrindo educadamente, antes de se enfiar entre mim e as câmeras e abrir espaço em meio à multidão.

Eles tiram fotos, pedem comentários e há apenas uma rota de fuga.

O palco.

Sawyer já está lá. Esperando. Sentado do lado das peças pretas, acompanhando todos os meus movimentos. Seus olhos estão em mim, e isso é inquietante. Há algo muito penetrante, muito voraz, quase ganancioso neles. Como se a partida fosse só um detalhe, e *eu* fosse o verdadeiro motivo de ele ter vindo até aqui.

A única explicação possível é que ele me odeia. Está animado de me ver em uma posição em que poderá acabar comigo, uma vingança por aquela vez em que o derrotei. Ele vai me cortar em picadinho, me untar com vinagre balsâmico e saborear cada pedaço.

Calma. Você está viajando demais. Como quando vê pássaros no céu e não consegue deixar de se perguntar se eles são uma família de abutres circulando acima de sua cabeça. Uma tensão densa e quente se instala em mim. Sawyer é um cara sério. Ele provavelmente não gosta de mim, mas só um pouco. Sem intensidade. Só de vez em quando.

Eu me forço a ir até ele, um passo após o outro. Os flashes disparam, a multidão vibra e eu finalmente chego ao lado branco da mesa.

Sawyer se levanta.

Eu estendo a mão.

Ele a agarra imediatamente, de um jeito quase ansioso. Aperta-a por um tempo um pouco longo demais. Suas palmas são quentes, inesperadamente calejadas.

– Mallory – murmura ele.

Sua voz é grave e soturna em meio ao ruído dos obturadores das câmeras, e eu estremeço. Algo quente e elétrico corre minha coluna.

– Oi – digo.

Eu não consigo tirar os olhos dele. Estou sem fôlego?

– Oi.

Ele está sem fôlego?

– Oi – repito, feito uma completa idiota.

Eu deveria apenas me sentar, eu realmente deveria...

– Com licença. – Uma voz desconhecida. Estou focada em Sawyer, e demoro um pouco para assimilar. – Srta. Greenleaf, me desculpe. Nós precisamos conversar.

Eu me viro. O diretor do torneio observa nosso aperto de mãos com uma expressão pesarosa e preocupada.

– Houve um erro, Srta. Greenleaf. – Ele pigarreia. – Você não vai jogar esta partida.

Capítulo Nove

Como a minha vida é quase uma reedição do Fyre Festival, eu provavelmente não deveria achar nada disso surpreendente. Mas nem *eu* consigo acreditar (simplesmente *não consigo* acreditar) que comecei a jogar xadrez há três semanas e já estou metida em todo esse drama.

Sinceramente: como assim?

– As pessoas estão tuitando sobre você – cochichou Defne para mim alguns minutos atrás. – Isso é armação. Está todo mundo do seu lado.

Eu assenti, atônita, um tanto nauseada e grata pelo fato de que nem minha mãe (sensata demais), nem Darcy (jovem demais), nem Sabrina (TikToker demais) tenham conta no Twitter. Eu deveria ter criado um pseudônimo. Dama VonTorre, Cavaleira McRoque, Bisparella Sombria.

– Ela ganhou – diz Defne, que não só se apresentou como minha treinadora ao diretor do torneio, como também passou os últimos dez minutos me defendendo.

Fico ao lado dela, mal conseguindo acompanhar a conversa.

– Sim, ela ganhou – diz o diretor, olhando para mim com uma cara sofrida que diz "Alguém me arruma um calmante?".

Ele levou a conversa para fora do palco, evidentemente para se afastar das câmeras, mas os repórteres nos rodeiam como tubarões. Sabe este drama todo em que estou envolvida? Aparentemente está sendo *televisionado*.

– Mas existem *regras* – prossegue o diretor. – E uma delas determina que nada além dos lances deve ser anotado na súmula. E a Srta. Greenleaf escreveu e, hã... desenhou várias coisas no dela, e...

– Fala sério, Russel. – Está óbvio que ele e Defne se conhecem de longa data. – É o primeiro torneio dela... ela não fazia a menor ideia.

– Mesmo assim, o oponente dela fez uma reclamação. O que é direito dele.

Dez pares de olhos se voltam para Koch, que nos observa placidamente do alto de seu Transtorno de Personalidade Maliciosa. Ele está na vantagem, e quero cozinhá-lo em água quente para depois servi-lo de comida para as pererecas de Nova Jersey.

– Qual é exatamente o objetivo dessa regra? – pergunto baixinho a Defne.

– Evitar que os jogadores contrabandeiem anotações que possam ajudá-los a vencer. Mas – prossegue ela, levantando a voz – essa regra não é aplicada há anos. É tipo "Proibido comer frango frito de garfo"!

– *O que* ela estava desenhando? – pergunta Sawyer, a voz grave um tanto arrastada.

Porque, para piorar ainda mais a situação, Nolan Sawyer e sua agente (uma ruiva elegante de 30 e poucos anos) participam da conversa. Ele está parado, braços cruzados, blazer preto por cima de uma camisa de botão branca com o colarinho aberto. *Absurdamente atraente*, uma voz indesejável e inoportuna tagarela em minha cabeça.

Eu logo a silencio.

Pelo menos, ver Sawyer interagir com Koch é uma prova de que ele o abomina com todas as forças. Ainda não tenho certeza de como ele se sente em relação a mim, mas, mesmo que me odeie, sou uma distante segunda colocada em sua lista de desafetos.

– Aqui – diz Defne mostrando minha súmula para Sawyer; meu rosto cora.

– Não entendo como rabiscar um... – ele olha para a margem da folha e arqueia uma sobrancelha – ... um gato pode ter ajudado a vencer a partida.

– É um porquinho-da-índia – murmuro, e recebo cerca de doze olhares de reprovação.

– Infelizmente, a regra tem uma margem muito ampla – explica Russel. – Se dependesse de mim, eu não a executaria, mas se o oponente da Sra. Greenleaf, o Sr. Koch, nos pede para fazê-lo...

– Que palhaçada.

Sawyer devolve a folha, nada abalado.

– Qual é o problema, Sawyer? – pergunta Koch. Seu sorriso irônico se intensificando. – Está com medo de perder para mim?

É por isso que Sawyer está do meu lado? Porque ele me considera uma oponente menos ameaçadora? Fios de decepção se enroscam em minha barriga, mas lembro a mim mesma que não dou a mínima. Para o xadrez ou para os caras que jogam xadrez. *Fingindo. Estou só fingindo.*

– Cala essa boca, Koch – diz Sawyer, mais sem paciência do que irritado, como se Koch fosse um mosquito que ele está espantando. – Se você eliminar a Mallory – diz ele, como se tivesse o direito de falar meu nome, como se pudesse dizer uma palavra e me fazer corar –, eu não vou jogar.

Russel fica pálido. O melhor jogador do mundo se retirar de seu torneio provavelmente não é uma boa ideia.

– Se você não jogar, o Sr. Koch será anunciado como primeiro colocado.

– Por mim está ótimo – diz Koch.

Sawyer fica em silêncio por um minuto. Então balança a cabeça amargamente. Sua mandíbula se contrai, e fico na expectativa de que ele faça o que todo mundo espera: grite. Faça uma cena. Quebre coisas.

Mas ele não faz nada disso. Ele se vira para mim com um olhar demorado e indecifrável.

– Eu odeio essa merda – murmura ele, e vai para o tablado, assumindo seu lugar mais uma vez.

Russel quase derrete de alívio. É difícil resistir à tentação de dar uma rasteira em Koch quando ele segue Sawyer até o palco, mas consigo.

– Ridículo – diz Defne. Assim que a partida começa, seus olhos se voltam para os monitores que a transmitem ao vivo. – Que babaca.

– Pois é. Sinceramente, acho que a gente devia ir. Eu não quero ver o Koch jogar... Espera. O que o Sawyer está fazendo?

Ele move o cavalo da dama de um jeito estranho. Para a frente e para trás, depois repete. Uma série de lances inúteis e silenciosos, enquanto Koch monta um ataque de verdade. Com as peças brancas.

– Ele... – O sorriso de Defne se abre lentamente. – Ah, Nolan. Você é um escroto mesmo...

– O que ele está fazendo?

– Dando vantagem ao Koch.

– Como assim?

Ela cobre uma risada com a mão. O salão é tomado pelo ruído de sussurros.

– Ele está dizendo ao Koch que consegue vencê-lo mesmo começando em completa desvantagem.

– Isso é...

– Um baita fecho.

– E imprudente. Tipo... e se ele perder?

Mas que nada. Ele não perde. Sawyer vence em uma quantidade de jogadas que só pode ser descrita como constrangedora, principalmente para Koch, que ainda está vermelho de raiva durante a cerimônia de premiação, quando Russel, o diretor do torneio prestes-a-cair-no-alcoolismo, entrega a Sawyer um cheque de cinquenta mil dólares.

Meus olhos estão tão esbugalhados que provavelmente vou precisar de uma cirurgia depois disso.

– Cinquenta *mil* dólares?

– Bom, é só um torneio aberto – explica Defne. – Eu sei que é pouco, mas...

– É dinheiro pra caramba!

Quase engasgo.

Não esperava que os prêmios fossem tão altos. Como assim? Não posso deixar de seguir os movimentos de Sawyer conforme ele se retira do palco. A imprensa imediatamente o cerca, começa a fazer perguntas, mas assim que ele ergue a mão todos se afastam de pronto, como se assustados por um jovem de 20 anos com um histórico de comportamento instável e imprevisível. E aí...

Aí uma garota linda com longos cabelos pretos corre na direção dele e Sawyer a abraça. Eu a vejo rir, vejo o meio sorriso dele, vejo-o passar o braço pelos ombros dela e seguir em direção à saída. Desvio o olhar, porque... não quero encontrar os olhos dele e acabar com a minha alma devorada. Estou pensando em como sua namorada deve ser infeliz, por conta do temperamento dele e dos rumores envolvendo uma das irmãs Baudelaire, quando uma jovem de cabelos escuros com um crachá da BBC se aproxima de mim. Abro a boca para dizer "Não, por favor, não me obrigue a fazer isso, não me obrigue a dar entrevista", mas ela é mais rápida do que eu.

– Mallory? Meu nome é Eleni Gataki. É um prazer te conhecer.

– Eu realmente não...

Ela segue meu olhar até seu crachá.

– Eu não estou aqui para... Sou só uma estagiária.

– Ah – digo, relaxando um pouco.

– Quer dizer, por enquanto. Espero um dia poder cobrir os campeonatos de xadrez para a BBC. Enfim, eu só queria que você soubesse que o seu desempenho nesse torneio foi *incrível*. Já sou sua fã! Cá entre nós, o atual correspondente de xadrez da BBC é um cara chato das antigas que só escreve sobre os mesmos três jogadores, mas eu vou tentar lançar meu primeiro artigo sobre você. Bem, não sobre *você* exatamente, mas sobre o seu estilo no xadrez. É tão envolvente e divertido!

Fico perplexa com o entusiasmo dela. Sem saber como responder, fico quase aliviada quando Russel nos interrompe e pede um momento a sós.

– Sinto muito pelo que aconteceu mais cedo. – Ele me entrega um envelope. – Aqui está o seu prêmio como semifinalista.

Eu abro, esperando... não sei ao certo. Um folheto sobre como usar a Defesa Siciliana com eficácia. Um cupom oferecendo duas sessões com um psicólogo esportivo. Adesivos de *Lilo & Stitch*.

Mas *não* um cheque. De dez mil dólares.

Claramente houve algum erro. E, no entanto, meu primeiro instinto ganancioso e questionável é colocá-lo no bolso. Escondê-lo. Fugir com ele.

Eu quero esse dinheiro. Ah, quanta coisa eu poderia fazer com ele. Poderia zerar as parcelas atrasadas da nossa hipoteca. Abrir uma poupança. Pagar pelas minhas certificações de mecânica de automóveis. Dizer sim para Darcy e Sabrina na próxima vez que elas pedirem qualquer bobagem que estejam desejando. Um skate. Um slime. Aulas de piano. Um mico de pelúcia.

Caramba, *como* eu quero esse dinheiro. Tanto que preciso me livrar dele. Imediatamente.

– Eu preciso te contar uma coisa – digo a Defne. Ela está lavando as mãos no banheiro feminino, que obviamente está deserto. – Eu… Eles me deram um cheque. Por engano, eu acho. Dez mil dólares.

– É o prêmio para os semifinalistas. – Ela luta brevemente com a saboneteira. – Você não leu as informações no site do torneio?

Existe um site de torneio?

– Eu… – Estou atônita. Dez. Mil. Dólares. Ah, meu Deus. Mas… eu não posso fazer isso. O dinheiro deveria ficar com ela. – Aqui. – Estendo o cheque. – Você me patrocinou. Fica pra você.

– Não, não. Você *ganhou*. Embora talvez tenha que pagar algum imposto sobre essa quantia. Vê com o seu contador.

Meu contador. Claro. Que no momento está de férias em Seicheles com meu gerente de investimentos.

– Vou lá pegar o carro para a gente poder voltar para casa. Mas Mal… – Ela me olha de um jeito significativo. – O prêmio do Campeonato Mundial é dois milhões de dólares. Do Torneio de Desafiantes, cem mil. Só queria que você soubesse, já que aparentemente você odeia os sites dos torneios.

Ela se retira com uma piscadela e eu passo um bom tempo admirando meu cheque. O plano de "fingir que estou gostando de jogar xadrez" vai precisar passar por uma séria reformulação.

Capítulo Dez

Defne ordena que eu fique em casa na segunda-feira para dormir e curar minha "ressaca de xadrez" e a "frustração pós-torneio". É um raro dia livre sem minhas irmãs na minha cola, e quando vou para a cama no domingo à noite, estou totalmente comprometida com babar no travesseiro até tarde, depois ir de pijama até o drive-thru da Krispy Kreme para comprar meu peso em donuts, depois comer noventa por cento deles junto com mamãe enquanto vemos *Acumuladores Compulsivos* no YouTube.

Fracasso miseravelmente.

Por razões que podem ter a ver com o cheque escondido no bolso interno da minha bolsa, às seis e meia já estou acordada, navegando pelo chessworld.com, passando por todas as partidas que Malte Koch já jogou.

São muitas, e ele é um excelente jogador.

Porém, não está livre de fraquezas, das quais posso me aproveitar. Estou em semicoma, os olhos cheios de remela, e ainda assim encontro deslizes em seus jogos.

Além disso, tenho um novo arqui-inimigo. *Eu prefiro quando as mu-*

lheres ficam só nos torneios delas. Minha missão de vida é repetir essas palavras para ele enquanto dou um xeque-mate naquele rei inútil dele.

– Por favooooor, leva a gente pra escola! – pede Darcy, depois de me virar as costas para poder peidar na minha direção (seu novo ritual matinal favorito).

No carro, ela enche os meus ouvidos: cavalos-marinhos machos carregam os filhotes, águas-vivas são imortais, orgasmos de porcos duram trinta minutos (nota mental: instalar um software de controle parental). Sabrina está sentada em silêncio, fones de ouvido, cabeça inclinada na direção do celular. Tento lembrar se ela disse alguma coisa esta manhã. Então tento me lembrar da última vez que conversei com ela.

Hmm.

– Ei – digo a ela quando chego à escola –, você sai uma hora antes da Darcy, não sai?

– Saio – responde ela um pouco na defensiva.

– Eu venho te buscar antes, então.

– Por quê?

Agora ela parece na defensiva *e* desconfiada.

– Podemos fazer alguma coisa juntas.

– Tipo o quê? – A postura defensiva ainda está presente, mas misturada com algo mais. Esperança, e talvez um pouco de animação. – A gente podia tomar um café naquele lugar aqui perto.

– Pode ser. Mas descafeinado – acrescento.

Ela estranha.

– Por quê?

– Você é muito nova para tomar cafeína. – Ela fecha ainda mais a cara. O espaço para o diálogo está se fechando. – Eu posso te ajudar com o dever de casa – proponho, tentando reavivar seu entusiasmo.

– Eu bebo café o tempo todo. E faço meu dever de casa sozinha há anos. Se você não percebeu, eu não tenho mais 9 anos, Mal. – Ela revira os olhos e sei que perdi. – Vou ficar por aqui com as outras meninas do roller derby, assim a mamãe não precisa fazer duas viagens.

Ela sai do carro sem se despedir, e fervo de raiva da juventude até chegar à cooperativa de crédito. Adoraria depositar o cheque na conta da família, mas não consigo nem imaginar uma desculpa plausível que não envolva mencionar o xadrez. *Mãe, ganhei na loteria. Deixei o mingau de aveia da Darcy muito tempo no micro-ondas e ele se transformou em um diamante. Eu tenho uma carreira secreta como escritora de contos eróticos furry.* É. Melhor não.

Pago contas pendentes, deposito o que sobrou na minha conta e resolvo algumas coisas na rua que normalmente ficariam sob a responsabilidade da minha mãe. E na fila do supermercado, no centro de reciclagem, no balcão de devolução da biblioteca, enquanto espero mamãe terminar de trabalhar para almoçar com ela – sempre que tenho dez minutos livres, passo-os analisando as partidas de Koch no celular e, bem...

Eu não deveria. Há limites e tal. O xadrez é apenas um trabalho e hoje estou de folga. Fiz uma promessa a mim mesma.

Mas tudo bem, rebate uma voz. *Você está pensando no dinheiro. Você não vai se apaixonar pelo xadrez de novo. Você não tem amor nenhum para dar.*

Sim. Exatamente. Precisamente. Isso.

Pego minhas irmãs no meio da tarde e sou agressivamente jogada no Universo Cinematográfico do Sétimo Ano, que é mais fascinante do que uma novela.

– ... então o Jimmy falou assim: "Pepto Bismol me dá vontade de vomitar." Aí a Tina disse: "A minha camiseta é da cor de Pepto Bismol." Então o Jimmy falou: "Não, a sua camisa é um rosa *legal*", daí a Tina pesquisou *Pepto* no Google e era exatamente a cor da camisa dela, aí o Jimmy disse: "O que você quer que eu diga?" Daí a Tina respondeu: "Admite que você odeia a minha camisa."

– E o que o Jimmy respondeu? – pergunto, estacionando na subida da garagem, genuinamente entretida.

– Ele ficou, tipo...

– Tem um cara na nossa varanda – diz Sabrina, nos interrompendo.

– Deve ser o carteiro – respondo, distraída. – Mas e aí, o que o Jimmy fez?

– Aquele ali *não é* o carteiro – comenta Sabrina. – Quer dizer, *quem dera*.

Olho para onde ela está apontando. Depois imediatamente me escondo o máximo que consigo no banco do motorista.

– Merda.

– Você deveria estar dizendo *merda* na nossa frente? – pergunta Darcy.

– É! O que houve com o modelo pedagógico de comportamentos adequados?

Impossível. Ele *não* está aqui. Não pode ser. Estou tendo alucinações. Delírios paranoicos. Sim. Por conta das substâncias tóxicas das balas de alcaçuz. Toda aquela tinta.

– Mal. Mal?

– O que está acontecendo com ela?

– Um derrame, talvez? Ela está chegando a uma certa idade.

– Chama uma ambulância!

– Deixa comigo.

– Não... Sabrina, *não chama* uma ambulância. Eu estou bem. Eu só achei que tinha visto...

Olho para a varanda novamente. Ele ainda está lá.

Nolan.

Sawyer.

Está.

Na.

Minha.

Varanda.

Ou é Sawyer ou é um alienígena vestindo a pele dele. Estou meio que torcendo pela segunda opção.

– Você conhece ele? – pergunta Sabrina.

– Está parecendo que sim – diz Darcy. – Ele é um dos seus peguetes?

– Talvez ele seja um *stalker* – sugere Sabrina.

– Mal, você tem um *stalker*?

Sabrina bufa.

– Você não me deixou assistir àquela série *Você* porque eu tenho 14 anos, e agora eu descubro que você tem *seu próprio stalker*?

– Será que a gente devia atropelar ele? Sangue mancha madeira?

– Não! – Eu ergo as mãos. – Ele não é meu *stalker*, ele é só, hmm, é... um amigo. – *Que talvez me odeie. Se me encontrarem estrangulada, verifiquem as compras dele no cartão de crédito. Vocês encontrarão uma corda. Ou muito fio dental.* – Um colega de trabalho, na verdade.

Darcy e Sabrina trocam um olhar longo e perigoso. Em seguida, descem do carro dizendo "Vamos lá *falar* com ele!", e eu corro atrás delas, rezando para que isso seja apenas um sonho lúcido.

Quer dizer. Um pesadelo.

Sawyer está encostado na varanda, braços cruzados, os olhos indo de uma para outra como se tentassem assimilar a semelhança entre nós três, que sempre deixa as pessoas confusas, e tenho que me controlar para não soltar "Elas são minhas irmãs, não minhas filhas" – porque sim, é isso que as pessoas presumem. Ele está usando jeans e uma camisa escura, e talvez seja porque não há tabuleiros de xadrez, nem árbitros, nem imprensa à vista, mas quase não parece ele mesmo. Poderia ser um atleta. Um jogador de futebol que ganhou uma bolsa universitária. Um jovem sério e bonito que não saiu com nenhuma Baudelaire (rumores), que não chamou um entrevistador de babaca (confirmado) quando ele insinuou que seu jogo estava batido.

– Você é amigo da Mal? – pergunta Darcy.

Ele inclina a cabeça. Observa-a. Não sorri.

– *Você* é amiga da Mal?

Se o mundo fosse justo, Darcy e Sabrina acabariam com ele, depois o expulsariam de nossa propriedade. No entanto, elas riem como costumam fazer na presença de Easton. O que...

– Qual é o seu nome?

– Nolan.

– Eu sou a Darcy. Igual o Sr. Darcy, de *Orgulho e preconceito*. E essa aqui é a Sabrina. Igual ao filme com a Audrey Hepburn. A Mal não ganhou um nome literário porque... a gente não sabe muito bem, mas eu acho que os nossos pais bateram o olho nela e decidiram baixar um pouco as expectativas. Ela disse que vocês trabalham juntos. É isso?

– Sim.

– No centro de idosos?

Nolan hesita, um pouco confuso. Olha para mim pela primeira vez. Encontra-me à beira de um ataque de pânico. Então diz:

– Onde mais seria?

– Você costuma alimentar os esquilos?

– Meninas – interrompo –, por que não vão lá dentro avisar para a mamãe que a gente já chegou?

– Mas Mal...

– Agora.

Elas saem arrastando os pés e batem a porta de tela, como se eu as estivesse privando de uma tarde fantástica apenas olhando para Sawyer. Só quando estão distantes é que me permito voltar minha atenção para ele.

Há certo impasse, creio eu. Eu olho para ele, ele olha para mim, e ambos estamos imóveis. Observando. Analisando o outro. No meu caso, monitorando as rotas de fuga. Então ele pergunta:

– Você vai sair correndo?

– Como é que é?

– Você costuma fugir de mim. Vai fazer isso?

Ele está certo. E também está sendo *grosseiro*.

– Você geralmente perde seu rei para mim. Vai fazer isso?

Eu estava mirando em um jab certeiro e cortante na jugular. Mas Sawyer faz algo que eu não esperava: ele *sorri*.

Por que ele está *sorrindo*?

– Como conseguiu meu endereço?

– Não foi difícil.

– Tá, mas isso não é resposta.

– Não, não é.

Ele se vira, observando o jardim: o trampolim enferrujado que não me dou ao trabalho de jogar fora, o damasqueiro inútil demais para dar frutos, a minivan que conserto uma vez por mês. Sinto-me levemente constrangida, e me odeio por isso.

– Será que você pode me dar uma resposta de verdade?

– Eu sou bom com computadores – responde ele de um jeito enigmático.

– Você hackeou o Departamento de Segurança?

Ele ergue as sobrancelhas.

– Você acha que o Departamento de Segurança armazena endereços residenciais?

Não faço *ideia*.

– Existe algum motivo para você estar aqui?

– Você realmente trabalha em um centro de idosos? – Ele me encara novamente. – Além de jogar xadrez?

Dou um suspiro.

– Embora não seja da sua conta, não, eu não trabalho em um centro de idosos.

– Está mentindo para as suas irmãs, é?

– Não é uma boa ideia falar sobre xadrez perto da minha família.

E eu estou dizendo isso a ele... por que exatamente?

– Entendo. – Ele apoia o antebraço na balaustrada, tamborilando os dedos sem pressa. – Sabe, eu joguei contra o seu pai uma vez.

Meu corpo gela. Obrigo-me a relaxar.

– Espero que tenha ganhado.

Espero que você o tenha humilhado. Espero que ele tenha chorado. Espero que tenha saído magoado. Sinto saudades dele.

– Ganhei, sim. – Sawyer hesita. – Eu sinto muito que ele...

– Mallory? – Mamãe aparece no batente da porta. Enquanto estamos falando sobre papai. Merda, *merda*... – Quem é o seu amigo?

– Esse aqui... – Eu fecho os olhos. Ela provavelmente não ouviu. Está tudo bem. – Esse aqui é meu colega, Nolan. A gente trabalha junto e... tínhamos combinado de sair para comer alguma coisa, mas eu esqueci, então ele só... ele já está indo.

Nolan sorri para ela, não parecendo em nada o garotinho emburrado que eu sei que ele é.

– Prazer em conhecê-la, Sra. Greenleaf.

– Ah, que pena. Nolan, quer jantar com a gente? Tem bastante comida.

Eu sei o que Nolan vê: mamãe já está chegando aos 50, mas parece mais velha. Cansada. Frágil. E eu sei o que mamãe vê: um jovem mais alto do que já seria considerado alto, e ainda por cima bonito. Educado também. Apareceu para visitar sua filha, que sai com várias pessoas, mas nunca traz ninguém para casa. Essa situação é a receita para um mal-entendido. Precisa acabar o mais rápido possível.

É nisso que estou pensando quando abro a boca para dizer a mamãe que Nolan realmente não pode ficar. Mas Nolan está apenas uma fração de segundo à minha frente e diz:

– Obrigado, Sra. Greenleaf. Eu adoraria.

Ele se senta no lugar que era do papai.

O que não quer dizer muita coisa, já que nossa mesa de jantar é redonda. E faz sentido: ele é canhoto, eu também. Devemos ficar juntos, assim evitamos a troca de cotoveladas com os destros. Ainda assim, é estranho demais ver Nolan Sawyer atacando vorazmente o bolo de carne de mamãe, devorando uma porção, duas, servindo-se de mais vagem, balançando a cabeça com seriedade quando Darcy pergunta, fascinada, sobre seu apetite:

– Será que você tem verme?

Ele obviamente gosta da comida de mamãe. Fez um som profundo e gutural após a primeira mordida, algo que me lembrou...

Senti meu rosto corar. Ninguém mais percebeu.

– Tem muito tempo que você trabalha no centro de idosos, Nolan? – pergunta mamãe.

Meu corpo inteiro enrijece, e espeto uma vagem com o garfo. Pressiono meu joelho contra o de Nolan por debaixo da mesa, para sinalizar que ele fique quieto.

– A gente não precisa falar sobre...

– Faz um tempinho – responde ele suavemente.

– Você gosta?

– Tem coisas boas e ruins. Antes eu adorava, mas... caiu um pouco na mesmice e eu realmente cheguei a pensar em parar. Aí a Mallory chegou. – O joelho dele de repente pressiona o meu. – Agora eu voltei a gostar.

Mamãe inclina a cabeça.

– Vocês devem trabalhar bem próximos.

– Não tanto quanto eu gostaria.

Ai, meu Deus. Ai. Meu. Deus.

– Como é a Mallory no trabalho? – pergunta Darcy. – Os velhinhos gostam dela?

– Ela tem fama de roubar pudins. – Todo mundo olha para mim como se eu fosse aquele CEO da Pharma Bro que aumentou o preço de medicamentos básicos. – E de sair em público seminua.

Mamãe arregala os olhos.

– Mallory, isso é preocupante...

– Ele está brincando. – Chuto a panturrilha de Nolan com força. Ele não parece se importar, mas prende meu pé entre os dele. – Ele é famoso por esse *péssimo* senso de humor.

Minha perna agora está entrelaçada nas dele. Ótimo. Ótimo.

– Está bem. – Sabrina coloca o copo na mesa. – Eu vou perguntar, então, já que todo mundo quer saber: vocês estão transando?

– Meu Deus do céu – digo, cobrindo os olhos. – Meu Deus do céu.

– Sabrina – repreende mamãe –, isso foi *muita* falta de educação. – Ela se vira para mim. – Mas vocês estão?

– *Meu Deus do céu* – digo em um gemido.

– Não estamos, não – responde Nolan entre garfadas de bolo de carne. Terceira vez que ele repete o prato.

Meu.

Deus.

Do.

Céu.

– Vocês vão transar hoje? – pergunta Darcy. – Foi por isso que você veio?

Minha irmã de 12 anos, que dorme com uma raposa de pelúcia, acabou de perguntar ao melhor jogador de xadrez do mundo se ele veio aqui para transar comigo. E ele apenas responde, com naturalidade:

– Acho pouco provável. E não, não foi por isso que eu vim.

– Você sabia que a Mal transa com homem *e* com mulher? – acrescenta Darcy. – Eu não estou tirando ela do armário, não, ela me disse que eu podia falar para todo mundo.

Nolan me lança um olhar rápido como um raio.

– Não sabia, não.

– Ele não está interessado nisso, Darcy. E fique sabendo que eu não quis dizer "por favor, *saia* contando para todo mundo".

– Quer mais bolo de carne, Nolan? – intervém mamãe, e sai em direção à cozinha quando Nolan assente com gratidão.

– Então, Nolan – prossegue Sabrina –, você *também* transa com homem *e* com mulher?

– Meu Deus. – Uma imagem de toda a família Baudelaire passa pela minha cabeça. – Muito bem, eu vou acabar com esse papo e lembrar que você não pode sair fazendo perguntas sobre a orientação sexual de pessoas que mal conhece no meio do jantar. Em *nenhuma* situação, na verdade.

– Talvez ele não se importe – diz Sabrina. – Você se importa, Nolan?

– Não – responde ele, imperturbável de um jeito impressionante.

Sabrina me lança um sorriso triunfante. Irmãcídio. Irmãcídio é a única opção. Obrigarei Darcy a me ajudar a esconder o corpo. Ou mamãe. Ou Golias.

– E aí? Homens *e* mulheres?

– Não.

– Mais mulheres?

– Não.

– Homens, então?

– Não.

Por um segundo, Sabrina parece confusa, depois encantada.

– Você não quer excluir as pessoas não binárias!

– E aí, *quando* vocês vão transar? – interrompe Darcy.

O "Não sei bem" de Nolan se sobrepõe ao meu "Nunca!" e o engole completamente.

Cubro o rosto com a mão.

– Aposto que a Mallory é muito boa nisso. Ela pratica bastante, pelo menos.

Nolan me lança um olhar demorado e avaliador, que graças a Deus é interrompido por mamãe, que chega com mais bolo de carne.

– Você tem irmãos, Nolan? – pergunta ela.

Nunca fiquei tão grata por alguém mudar de assunto.

– Dois meios-irmãos. Do lado do meu pai.

– Quantos anos eles têm?

Ele semicerra os olhos, como se tentasse se lembrar de uma informação remota.

– Uns 12 ou 13 anos. Talvez menos.

– Você não sabe?

Ele dá de ombros.

– Não convivo com eles.

Mamãe franze a testa.

– Você deve passar a maior parte dos feriados com a sua mãe, então.

Ele solta uma risada abafada. Ou talvez seja um bufar.

– Não vejo meus pais há anos. Normalmente passo as festas de fim de ano com algum amigo.

– Por que você não vê seus pais? – pergunta Darcy.

– Hmm... a gente discorda muito. Sobre a minha carreira.

– Eles não gostam do centro de idosos?

Nolan reprime um sorriso e assente solenemente.

– Que triste isso – diz Darcy. – Eu vejo minha família todos os dias de todas as semanas de todos os anos.

– Isso *também* é um pouco triste – murmura Sabrina. – Eu ia gostar de ter um pouco de espaço.

Darcy dá de ombros.

– Eu gosto de estarmos sempre juntas. E de contarmos tudo uma pra outra.

O olhar afiado que Nolan me lança me faz querer lhe dar um chute no saco, mas minha perna ainda está presa entre as dele, então considero me afogar no molho. Uma morte lenta, nutritiva e saborosa.

Não tenho certeza de como isso acontece, ou que atos atrozes cometi em vidas passadas para merecer essa humilhação, mas depois do jantar Nolan é convencido a ficar "só mais um pouco, por favoooooor" e assistir TV com minhas irmãs.

– Você gosta de *Riverdale*? – pergunta Sabrina, ansiosa.

Ela e Darcy se sentam no sofá com Nolan, uma de cada lado, e Golias está no colo dele. ("Acho que reconheço esse monstrinho", disse Nolan quando ela colocou o porquinho-da-índia em suas mãos. "Acho que vi um retrato dele recentemente." Quase enfiei o garfo no olho dele.) Mamãe se recosta no batente da porta, observando a cena com um nível de alegria que me deixa profundamente ofendida. Primeiro me mandaram buscar sorvete, depois me mandaram de volta quando cheguei com o de chocolate e não o de morango.

– Eu nunca vi *Riverdale*.

– Como assim?! Tá, então, esse é o Archie, e ele é tipo o personagem principal, mas todo mundo gosta mais do Jughead por causa do Cole Sprouse, *óbvio*, e aí rola um assassinato que...

– Ele é bonitinho – cochicha mamãe enquanto coloco a louça na máquina de lavar.

– Quem, o Cole Sprouse?

– O Nolan.

Eu bufo, mas não soo tão indignada quanto eu gostaria.

– Não é, não.

– E parece ter muito bom gosto.

– Porque ele comeu uma quantidade absurda do seu bolo de carne?

– Principalmente por isso, sim. E também porque parece não conseguir tirar os olhos da minha filha mais distraída.

Tenho 93 por cento de certeza de que ele está prestes a colocar uma bomba de napalm em nosso porão, não digo a ela. *Ou talvez ele queira nos roubar. Vai sair correndo com o cofrinho da família assim que a gente se distrair. E com o que sobrou do bolo de carne.*

Ainda não sei exatamente por que ele está aqui. Perguntando às minhas irmãs "Qual dos personagens é o *Riverdale*?" com sua voz suave de radialista, fazendo-as dar risada e tapinhas em seus antebraços. Quero que ele saia da minha casa. Imediatamente.

No entanto, leva mais de uma hora para mamãe lembrar Darcy de que ela precisa terminar seu dever de casa de literatura, e Sabrina se tranca em seu quarto para fazer uma chamada de vídeo com as amigas do derby e discutir como Emmalee deveria jogar como *jammer* e o que deu na treinadora delas ultimamente.

– Vou me deitar – diz mamãe, de um jeito nada discreto.

Olho pela janela: o sol ainda nem se pôs completamente.

– O Nolan também já está indo.

– Ele não precisa ir agora.

Ela lança para ele um sorriso radiante e se retira, apoiando-se na bengala.

– Precisa, sim! – grito para as costas dela.

Como não me surpreenderia se alguém ficasse bisbilhotando, quando Nolan me acompanha para fora de casa, vou com ele até o damasqueiro. Nesta época do ano, ele não passa de um punhado de folhas em galhos raquíticos (e no resto do ano também).

Com as mãos nos quadris, viro-me para encará-lo. Ao entardecer, ele fica ainda mais imponente do que o normal, os ângulos e as curvas de seu rosto em total contraste.

Sinceramente, não faz sentido. Eu não deveria achá-lo tão bonito, porque ele simplesmente não é. O nariz é grande demais. A mandíbula é definida demais. Lábios grossos demais, olhos profundos demais, as maçãs do rosto também são... *alguma coisa* demais. Eu sequer deveria estar *pensando* nisso.

– Agora que você entrou na minha casa e comeu um porco inteiro em formato de bolo de carne, se importa de me dizer o que está fazendo aqui?

– Eu podia jurar que era carne de boi. – Ele estica o braço e toca um dos galhos mais altos. Com facilidade. – A sua família acha que a gente está saindo?

Ele não parece incomodado. Está mais para orgulhoso.

– Vai saber. – *Provavelmente.* – Isso é um problema?

Quero que ele diga sim, para eu poder jogar na sua cara que isso é culpa dele, por aparecer sem avisar. Ele impossibilita a minha jogada.

– Quem não ama uma boa historinha de namoro de mentira?

Arqueio a sobrancelha.

– Fico surpresa de você conhecer esse conceito.

– Uma amiga minha é muito fã da Lara Jean. Eu assisti, tipo, uns seis filmes dela.

Ele quer dizer "namorada".

– Só tem três.

– Parecia mais.

Ele é tão seguro. Parece tão naturalmente à vontade. Seria de se esperar que alguém conhecido por ser um mau perdedor com problemas de temperamento, que gasta noventa por cento do tempo estudando finais de bispos de cores opostas, não se daria muito bem em situações sociais. Porém.

Penso na montanha de autoconfiança que ele deve ter dentro de si. Seja lá de onde ela tenha vindo. *Olhe só para ele*, explica a voz na minha cabeça. *Você sabe de onde ela veio.*

Ah, cala a boca.

– O que você está fazendo aqui, Nolan?

Ele solta o galho. Observa-o sacudir algumas vezes e depois parar contra o céu que escurece. Quando estende a mão na minha direção, estou pronta para lhe dar um chute no queixo, mas Nolan afasta uma mecha de cabelo do meu rosto. Ainda estou tonta com o breve contato quando ele diz:

– Eu quero jogar xadrez.

– Você não conseguiu encontrar ninguém em Nova York? Precisou dirigir até Nova Jersey?

Presumo que ele seja o proprietário do Lucid Air estacionado em frente à casa dos Abebes. Porque é claro que ele tem o carro dos meus sonhos.

– Acho que você não entendeu. – Ele me encara. Tenho a impressão de que engole em seco. – Eu quero jogar xadrez com *você*, Mallory.

Ah.

Hein?

– Por quê?

– Deveria ter sido você, ontem. Era... Você estava lá. Na minha frente, do outro lado do tabuleiro. – Os lábios dele se contraem. – Era para ter sido você.

– É, pois é.

Teria sido divertido se tivesse sido eu. Um bolo de arrependimento se forma dentro de mim e suspeito que não tenha nada a ver com o prêmio em dinheiro, e tudo a ver com o fato de que minha partida contra esse cara... esse cara soturno, bonito e esquisito... foi a mais divertida da minha vida.

– Malte Koch tinha outros planos.

– O Koch é um inútil.

– Ele é o segundo melhor jogador do mundo.

– Ele tem o segundo maior rating do mundo – corrige ele.

Lembro-me de como Nolan o humilhou no dia anterior e digo:

– Você já pensou que o Koch talvez fosse menos escroto com todo mundo se você passasse alguns minutos por semana fingindo ceder aos delírios dele de arquirrivalidade?

– Não.

– Claro. – Eu começo a me virar. – Bem, isso foi divertido, mas...

A mão dele envolve meu antebraço.

– Eu quero jogar.

– Bom, eu não jogo.

Ele ergue a sobrancelha.

– Não mete essa.

Sinto meu rosto ruborizar.

– Eu não jogo a menos que seja a trabalho.

– Você não joga a menos que esteja no Zugzwang?

Ele claramente não acredita. E ainda está segurando meu pulso.

– Ou em algum torneio. Nunca no meu tempo livre. Tento não pensar em xadrez no meu tempo livre, na verdade, e você meio que está impossibilitando isso, então...

Ele faz um som irônico.

– Você pensa em xadrez o tempo todo, Mallory, e nós dois sabemos disso.

Eu poderia dar risada e fingir que não, mas passei o dia revendo os jogos de Koch na cabeça, e ele quase me pega. Eu me solto, ignorando o calor persistente de sua pele contra a minha, e endireito os ombros.

– Talvez *você* pense. Talvez *você* seja completamente viciado. Talvez você embrulhe jogos de xadrez em sacos plásticos e os esconda na caixa d'água da privada porque não tem mais nada em que pensar. – Lembro-me do boato da irmã Baudelaire, e me ocorre que, de nós dois, a pessoa sem muita coisa na vida certamente *não é* Nolan. Ainda assim, já fui longe demais para parar agora. – Mas algumas pessoas veem o xadrez como um jogo e gostam de um equilíbrio entre vida pessoal e profissional.

Ele se inclina na minha direção. Seu rosto fica a apenas alguns centímetros do meu.

– Eu quero jogar com você – repete ele, a voz mais baixa. Mais próxima. Mais grave. – Por favor, Mallory.

Existe uma franqueza nele. Uma vulnerabilidade. De repente, parece mais jovem do que eu sei que ele é, um menino pedindo a alguém para fazer algo muito, muito importante para ele. É difícil dizer não.

Mas não impossível.

– Sinto muito, Nolan. Não vou jogar contra você a menos que a gente se enfrente em um torneio.

– Não. – Ele balança a cabeça. – Não posso esperar tanto assim.

– Como é que é?

– Você nem tem um rating. Vai levar anos até ter autorização ou receber convites para participar de torneios importantes, o próximo aberto só vai acontecer quase no meio do ano e…

– Isso não é verdade – protesto, embora eu não faça a menor ideia.

A expressão teimosa, descontente e quase preocupada dele faz com que eu saiba que provavelmente é.

Sinto meu estômago embrulhar.

– Por que isso? – pergunta Nolan. – Por que essa regra de merda de não jogar se não for a trabalho?

– Eu não te devo explicações. – *Então por que está se explicando?* – Mas… eu não gosto de xadrez. Não como você gosta. É só um trabalho, algo que caiu no meu colo e… – Dou de ombros. É um gesto tenso, forçado. – É assim que eu quero lidar com isso.

Ele me observa, em silêncio. Então diz:

– É porque o seu pai…

– *Não.* – Eu fecho os olhos. Há um rugido alto em meus ouvidos, tambores em minhas têmporas. Respiro fundo e lentamente até me sentir melhor. Um pouco. – Não. – Eu o encaro. – E, por favor, *nunca mais* mencione o meu pai.

Por um segundo, Nolan parece que vai insistir. Então assente.

– Eu te dou o dinheiro.

– O quê?

– Eu te dou o prêmio do torneio. O prêmio pelo qual você deveria ter competido.

– Está falando sério?

– Estou.

– Se eu ganhar, você vai me dar cinquenta mil dólares.

– Eu te dou o dinheiro mesmo se eu ganhar.

Dou uma risada.

– Mentira.

– Não estou mentindo. Cinquenta mil dólares não são nada para mim.

– Aham, claro. – Dói ouvi-lo dizer isso na frente do damasqueiro da minha casa de classe média-baixa. – Vai à merda.

Eu me viro de novo, e desta vez ele não agarra meu pulso. Nem precisa: com dois passos está na minha frente, entre mim e a casa. O sol se pôs de vez e o jardim está escuro como breu.

– Eu só quis dizer que tenho o dinheiro. Vou pagar para você jogar comigo.

– Por quê? Porque não suporta que exista alguém melhor que você? Porque é igual ao Koch, incapaz de aceitar que perdeu para uma mulher?

– O quê? – Ele parece genuinamente chocado. – Não. Eu não sou *nem um pouco* parecido com ele.

– Então *por quê*?

– Porque... Porque eu... porque *você*...

Nolan para abruptamente e dá alguns passos para trás. Faz um gesto frustrado com o braço, algo que reconheço de suas raras derrotas no xadrez.

Acho que ganhei, então.

– Escuta, Nolan. Desculpa. Eu... não vou jogar com você. – Já estava esperando pela expressão decepcionada em seu rosto. Mas não esperava sentir o mesmo. – Não é nada pessoal. Mas eu prometi a mim mesma que manteria certos limites com o xadrez.

Eu me viro sem me despedir e volto para dentro de casa, me odiando durante todo o caminho até meu quarto pela estranha sensação de perda na boca do estômago.

Eu sou uma idiota. Ele apenas odeia a ideia de que jogamos uma vez e ele perdeu. Não sou especial. Isso não tem a ver comigo, tem a ver com ele. Com seu status. Com suas inseguranças. Sua necessidade de dominação.

Entro no quarto. Minha cabeça lateja e mal posso esperar para ir dormir. Mal posso esperar para que este dia acabe.

– O Nolan foi embora?

A voz de Darcy me dá um susto. Eu tinha esquecido que ela estaria aqui, fazendo o dever de casa em sua escrivaninha.

– Sim. Ele tinha que ir para casa.

– Bom, faz sentido.

Concordo com a cabeça, procurando meu pijama.

– Ele deve ser um cara muito ocupado. Afinal, é o melhor jogador de xadrez do mundo.

Capítulo Onze

Eu hesito.

Fico paralisada.

Hesito mais um pouco e, em uma fração de segundo, tomo uma decisão: mentir.

– Você está confundindo ele com outra pessoa, meu bem. – Dou uma tossida. – Precisa de ajuda com o dever de casa?

– Nolan Sawyer, não é?

– São só duas pessoas com o mesmo nome. – Gesticulo de modo casual. – Tipo quando você estava no jardim de infância e tinha quatro meninas chamadas Madison Smith na...

Ela vira o tablet para mim. Na tela, a página de Nolan na Wikipédia, que inclui uma foto dele em alta resolução olhando de cara feia para um tabuleiro de xadrez. Por mais que eu queira negar, o cara da foto é *sem sombra de dúvida* o mesmo que acabou com nosso estoque de bolo de carne.

Eu hesito.

Congelo novamente.

Hesito mais uma vez e, em uma fração de segundo, tomo outra decisão: mentir de novo. Darcy tem 12 anos. Sou capaz de convencê-la.

Arfo dramaticamente.

– Não é *possível*! É sério isso? – Sou uma péssima atriz. Nível peça de teatro do ensino fundamental. – Ele nunca comentou nada. Vou ter que perguntar a ele na próxima vez que nós...

Paro de falar, porque Darcy entrou em outra página. Há uma foto com duas pessoas: Nolan, todo solene de um lado do tabuleiro, aperta a mão de uma garota loira vestindo uma camisa de flanela bem parecida com uma que eu tenho. Nenhum dos dois sorri nem diz nada, mas se encaram de um jeito que parece quase íntimo, e...

Meus olhos caem no título da página: "Quem é Mallory Greenleaf, o mais novo sucesso no mundo do xadrez?"

– Merda.

– Tem uma matéria inteirinha falando sobre você.

– Merda.

– E fotos.

Merda.

– Tem até um vídeo, mas não estou conseguindo ver. Acho que os pop-ups estão bloqueados...

– Merda, merda, *merda*. – É claro que essa porcaria toda está na internet. Tinha um monte de gente da imprensa, o que eu achei que eles fariam com a filmagem? – Merda.

– Você deveria parar de falar palavrão na frente de crianças de 12 anos. A Sra. Vitelli diz que meu cérebro ainda é como uma esponja. Vou acabar indo parar num reformatório se você continuar falando palavrão desse jeito.

– *Merda*.

– Lá se vai a vida de mais uma jovem promissora.

Pego o tablet das mãos de Darcy. A matéria está no chessworld.com. No alto da página, o cabeçalho diz: "Maior site sobre xadrez, com mais de 100 milhões de visitas por mês."

Dou um gemido.

... entrou no torneio sem rating, mas surpreendeu a todos por não perder nenhuma partida. Greenleaf, que atualmente treina no Zugzwang com a GM Defne Bubikoğlu, é filha do GM Archie

Greenleaf (melhor posição no ranking da FIDE: 97), falecido há um ano. No mês passado, durante o Torneio Beneficente de Nova York, ela derrotou o melhor jogador do mundo, Nolan Sawyer. Sawyer teve a oportunidade de uma revanche durante o Aberto da Filadélfia, mas...

Jogo o tablet na cama. Minhas mãos estão tremendo.

– Como você encontrou isso?

Darcy dá de ombros.

– Eu estava fazendo o dever de casa.

– Dever de casa?

– Estamos estudando genealogia essa semana. Eu precisava escrever sobre os nossos bisavós paternos, e não dava para perguntar nada para você nem para a mamãe, já que vocês duas entram em modo "operação secreta" sempre que falo do papai, então eu pesquisei Archie Greenleaf no Google e... Me desculpa se eu...

A voz de Darcy fica mais aguda e ela parece prestes a cair no choro. Meu coração aperta.

– Tudo bem... Está tudo bem! Você não fez nada de errado, meu bem. Eu juro que não estou brava com você. E...

Ela está certa ao dizer que não falamos sobre o papai, ou sobre o que aconteceu com ele. Será que deveríamos? Talvez *eu* devesse conversar com ela sobre o papai? Mamãe, não; seria doloroso demais para ela. Deve ser responsabilidade minha.

É justo, levando em consideração o fato de ser minha culpa ele não estar mais por perto, para começo de conversa.

Eu me ajoelho na frente dela e seguro sua mão.

– Você quer falar sobre o papai?

– Agora, não. – O alívio que me invade é constrangedor. – Mas eu queria saber o que é uma bolsa no Zugzwang.

Caí direto nessa armadilha.

– É um... um trabalho. Estou sendo paga para aprender xadrez. Por um ano.

– E o centro de idosos? – Ela arregala os olhos. – E os *pombos*?

– Não tem... quer dizer, *tem* pombos, muitos, mais do que precisamos. Mas não tem nenhum centro de idosos.

– A mamãe e a Sabrina sabem? Você mentiu só para mim?

– Não. – Balanço a cabeça enfaticamente. – Ninguém sabe.

Ela parece aliviada. Por uma fração de segundo.

– Então você está jogando xadrez por dinheiro?

– Estou.

– Isso não é tipo jogo de apostas?

– O quê?

– E jogos de apostas não são ilegais?

– Eu...

– É por isso que você está mentindo? Porque você está trabalhando para a máfia?

– Não tem *nada* a ver com apostas, Darcy. É um esporte. – Noto sua sobrancelha arqueada. Ela conhece minhas habilidades atléticas. – Um tipo de esporte.

– Por que você não quer que a gente saiba, então?

– Tem algumas... coisas que talvez você não lembre, porque você era muito pequena quando aconteceram, mas...

– Porque o papai jogava xadrez.

Dou um suspiro.

– Sim. Em parte. Eu só quero proteger vocês de qualquer coisa que possa magoar.

– Eu não sou frágil nem...

– Mas eu sou. E a Sabrina também, mesmo que ela esteja nessa fase rebelde e diga que não. E a mamãe... Muitas coisas dolorosas aconteceram, Darcy. Mas estamos bem agora.

– A Sabrina está sempre mal-humorada.

Dou uma risada.

– É verdade. Eu só quero cuidar de todas vocês.

– E mesmo assim você trouxe o Matador de Reis pra nossa casa.

– Como você sabe...

– A página da Wikipédia era bem completa. Você sabia que uma vez ele jogou contra o Jeff Bezos em um evento beneficente? Ele venceu em vinte segundos, depois perguntou se a garrafa d'água que estava do lado do tabuleiro de xadrez era para fazer xixi.

– Um verdadeiro herói da classe trabalhadora. Darcy...

– Além disso, tem milhares de fanfics no AO3, principalmente dele se pegando com um tal de Emil Kareem, mas...

– O quê? Como assim você sabe o que é fanfic?

– Eu leio fanfics o tempo todo.

– Como é que é?

– Relaxa. Só leio as que têm classificação livre.

– Quem tem que avaliar se o conteúdo é apropriado ou não são os pais, não as crianças. Então vou precisar dar uma olhada.

Ela inclina a cabeça.

– Você tem noção de que não é minha mãe, né?

Respiro fundo.

– Escuta, Darcy, eu estava mantendo segredo disso porque...

– Ai, meu Deus. Mal, agora esse é o *nosso* segredo!

De repente, ela parece absurdamente animada.

– Não. Não, eu não quero que você guarde segredos da mamãe...

– Eu não me importo – diz ela de pronto. – Eu quero!

– Darcy, você sempre gostou de contar tudo durante o jantar. Eu vou explicar para a mamãe...

– *Você* disse que pode ser doloroso para ela. E eu quero ter um segredo com você. Uma coisa só *nossa*!

Observo seus olhos esperançosos e brilhantes, me perguntando se ela está se sentindo excluída. Afinal, tenho passado muito tempo em Nova York. Não dá para desgrudar Sabrina do celular, e mamãe tem pouca energia para passar muito tempo com ela. Além disso, dizer a verdade abriria as portas de um silo cheio de vermes. E estou razoavelmente confiante de que nem mamãe nem Sabrina vão procurar meu nome na internet.

– Está bem – digo.

É uma péssima ideia, mas Darcy bate o punho de leve no meu. Então seu rosto assume uma expressão calculista.

– Mas vai ter um preço.

Eu estreito os olhos.

– Sério? Você vai me chantagear?

– Eu só acho que meu mingau de aveia matinal poderia ganhar mais uma colher de Nutella. Meia colher? Uma colher de chá? *Por favor*?

Balanço a cabeça e me inclino para abraçá-la.

Não volto a ver Nolan.

Tipo, não para sempre. Mas leva semanas, e também não ouço falar dele, exceto por uma tarde de terça-feira, quando Sawyer vira assunto nos perfis de xadrez do Twitter por se esquecer de um torneio virtual e aparecer em câmera cinco minutos atrasado e ainda enfiando uma camisa Henley pela cabeça (#MatadorDeReisGostoso). O fato de eu notar sua ausência em minha vida me deixa um pouco abalada. Talvez mais que um pouco, mas a verdade é que nunca estive tão ocupada.

Depois do Aberto da Filadélfia, Defne muda minha rotina. Ela agenda mais tempo para mim com os GMs (incluindo Oz, que *adora* as sessões) para focar em pontos fracos específicos do meu jogo. Ela também me faz jogar xadrez on-line para aumentar meu rating e partidas diárias com os financiadores do Zugzwang.

– Faz mais sentido para você aprender na prática – diz ela.

E tem razão. Meu jogo melhora rapidamente, posições e estratégias fluem com facilidade.

– Quem poderia imaginar que cultivar deliberadamente um talento natural levaria ao aperfeiçoamento desse talento – diz Oz com um tom sarcástico.

Em retaliação, devoro um pacote inteiro de batatas chips na minha mesa. Uma grande parte do meu tempo é gasta repassando partidas antigas.

– Obrigada por *não* comprar o creme que eu te pedi – reclama Sabrina depois que eu passo uma hora nebulosa vagando pelos corredores do mercado, imaginando se Salov poderia ter livrado seu cavalo de uma cravada, em 1995.

Estou treinando tanto que não consigo desligar meu cérebro, nem mesmo durante o sono. Posições de xadrez tomam conta da minha cabeça e, depois de noites me revirando na cama pensando nas jogadas finais de Karpov, quase fico feliz ao ter sonhos fugazes com olhos escuros e profundos me encarando com frustração.

Na última semana de setembro, o ar da manhã fica mais frio e pego meu cachecol azul favorito, aquele que Easton fez para mim durante sua breve fase se aventurando no tricô. (*"Eu pulei alguns pontos. Licença poética e tal."*) Tiro uma selfie e envio para ela, e franzo a testa quando sua única resposta é um preguiçoso emoji de coração. Acabo me dando conta de que não nos falamos há mais de uma semana e fecho a cara ainda mais quando ela não responde à minha pergunta sobre como estão as coisas. Quando meu celular apita, uma hora depois, sinto uma pontada de esperança, mas é apenas Hasan, perguntando se eu quero me encontrar com ele no fim de semana.

Não sei bem por quê, mas deixo ele no vácuo.

Pela primeira vez, quando entro em minha sala, Oz não está em sua mesa.

– Ele está em um torneio – explica Defne.

Quase faço bico.

– Por que *eu* não fui também?

– Porque o seu rating está no centro da terra. A maioria dos torneios é apenas para convidados ou tem critérios rígidos de acesso.

Aí eu faço um bico mesmo.

– Você está em uma situação sem precedentes, Mal. A maioria dos jogadores cresce junto com o jogo, e o rating cresce com eles. Mas mesmo que você não faça nada além de vencer no xadrez e comer atum direto da lata, ainda vai levar alguns anos para você chegar ao ponto em que o seu rating represente suas verdadeiras habilidades. – Ela me dá um tapinha no ombro. – Eu te inscrevi no Aberto de Nashville, em meados de outubro. O prêmio é de cinco mil dólares, mas você vai ganhar... os melhores jogadores não costumam participar. – Ela morde o lábio, hesitante. – Também fiquei sabendo de uma outra oportunidade, mas...

– Que oportunidade?

Ela morde o lábio.

– Você conhece a Olimpíada de Xadrez?

Eu hesito por um momento.

– Isso existe mesmo?

– Claro que sim.

– Tá, digamos que eu acredite em você. Do que se trata?

– É só um torneio de equipe. Não é olimpíada *de verdade*, mas tem um formato semelhante. Uma equipe por país, quatro jogadores por equipe.

Cinco dias. Esse ano vai ser em Toronto, na primeira semana de novembro... Você tem passaporte? – Eu faço que sim. – O Emil me ligou e perguntou se...

– Emil? Emil Kareem?

– Isso. O problema é que o Pasternak Invitational é logo depois, em Moscou, e é um torneio de maior prestígio.

– Maior prestígio do que... a Olimpíada? – Não parece real.

– Bom, você sabe como é o xadrez profissional. – Então Defne deve se lembrar de que na verdade eu não sei, porque continua: – No final das contas, é tudo uma questão de dinheiro. O Pasternak tem prêmios absurdos, ao contrário da Olimpíada, e a maioria dos profissionais e Super GMs não quer se cansar à toa. Bom, não necessariamente *à toa*. Tem um troféu. É bacana, parece uma taça. Dá para comer cereal nele, talvez? Tomar sopa? Saladas até, se você não se importar com o tilintar do garfo contra o metal...

– Quem está na equipe dos Estados Unidos, além do Emil?

– Não sei exatamente. – Ela parece um pouco cautelosa. – Tanu Goel, talvez?

– Você quer que eu vá?

– Eu... – Ela coça a nuca e a manga de sua blusa desliza, revelando a tatuagem de tabuleiro de xadrez. Estudo a posição enquanto ela parece fazer uma escolha. As brancas estão atacando com a torre e as pretas têm dois peões a menos. – Seria uma grande oportunidade para você aumentar seu rating, ganhar experiência, fazer contatos. – Ela abre um sorriso. Pela primeira vez durante a conversa. – Eu adoraria que você fosse, se você conseguir dar um jeito, em termos de tempo.

Algumas horas depois, estou sentada à mesa de jantar com minha família, mastigando o rabo de um nugget de frango em formato de tiranossauro, e menciono da maneira mais casual que consigo:

– O centro de idosos me pediu para acompanhar os residentes em uma viagem.

– Ah. – Mamãe ergue os olhos do prato. – Para onde?

– Toronto. Cinco dias, em novembro. – Sinto os olhos ávidos de Darcy. Ter um segredo dessa magnitude com uma criança de 12 anos naturalmente tagarela não é tão simples quanto parece. – Eles me pagariam a mais. E seria legal conhecer o Canadá. Preciso dar a resposta até amanhã...

– Espera. – Sabrina coloca o celular em cima da mesa. Com força. – Você vai para Toronto se divertir e deixar a gente aqui sozinha? Sério?

Eu hesito, surpresa com a mistura de pânico e raiva em sua voz.

– Eu só estava...

– E se o Golias tiver uma emergência? E se a Darcy enfiar uma peça de Monopoly no nariz e precisar ser levada para o hospital? E se eu precisar de uma carona para um encontro do roller derby... vou ter que pedir carona no meio da rua?

– Eu deixaria tudo organizado – começo a dizer, ao mesmo tempo que Darcy diz:

– Eu não enfio nada no nariz desde que tinha 5 anos!

E mamãe acrescenta:

– Sabrina, eu vou estar aqui.

– A Darcy é uma idiota, e idiotas são imprevisíveis, Mal. E essa é a questão das emergências, é *impossível* prever quando vão acontecer. E se a mamãe tiver uma crise? Quem vai cuidar dela? Como você pode ser tão *egoísta* e...

– Sabrina. – A voz da mamãe, geralmente gentil, soa como uma chicotada. – Peça desculpas para as suas irmãs.

– Eu não disse nenhuma mentira...

– *Sabrina.*

Ela se levanta, fazendo um barulhão ao arrastar a cadeira e sair batendo os pés. O cômodo fica em silêncio e, segundos depois, ouvimos uma porta batendo no corredor.

Mamãe fecha os olhos e respira fundo três vezes. Depois diz:

– Mallory, é claro que você deve ir. Nós vamos ficar bem.

Balanço a cabeça. No fundo, sei que Sabrina está certa. Afinal, sou eu quem a lembra o tempo todo de como a saúde da mamãe é frágil. Eu não deveria me surpreender com o fato de ela estar surtando diante da ideia da minha viagem.

– Não. Sinceramente...

– Mallory. – Mamãe põe a mão sobre a minha, que ainda está segurando o garfo, o nugget pela metade espetado na ponta. – Eu estou te pedindo para dizer ao seu chefe que você vai, está bem?

Eu assinto. Depois passo a noite inteira me revirando na cama, sem dormir, amargurada, as palavras de Sabrina soando horrivelmente em meus ouvidos. Estou com raiva. Culpada. Furiosa. Triste.

Egoísta. Ela não entende os sacrifícios que fiz pela nossa família? Ela acha que eu *queria* parar de estudar? Será que ela acha que eu *gosto* disso, sabendo que daqui a quatro anos Easton terá um diploma e uma carreira e eu estarei presa em algum emprego sem perspectivas, ganhando um salário mínimo? Que vamos nos distanciar cada vez mais com o passar do tempo, enquanto eu fico para trás, esquecida? Sabrina que se dane, sinceramente.

Mas é sua culpa que sua família esteja nessa situação, aquela vozinha desagradável me lembra. *Ela tem todo o direito de estar com raiva de você. E você não disse que ia competir apenas em torneios com prêmios em dinheiro? Por que quer ir para Toronto, afinal?*

Para aumentar meu rating! Para poder participar de futuros torneios!

Não é porque você amou tanto a emoção de competir que está ansiando por isso desde o Aberto da Filadélfia? Aham. Só para confirmar.

Ah, cala a boca.

Você acabou de dizer cala a boca para você mesma, mas tá bom então.

Acordo de manhã ansiosa para me desculpar com Sabrina por... sei lá. Ter arruinado sua vida quatro anos atrás, talvez? Mas o quarto dela está vazio.

– A mãe da McKenzie vai dar carona para a escola – explica Darcy. – Para alguém com tanto medo de não ter como chegar no hospital, Sabrina, a Adolescente Babaca, até que consegue arrumar caronas bem rapidinho.

– Em primeiro lugar, nós *não falamos* assim uma da outra. – Sorrio e me aproximo, afastando a franja dela dos olhos. É como olhar para um filtro sardento e rejuvenescedor do Snapchat. – Em segundo, você sabe que a Sabrina te ama, não sabe? Ela não acha de verdade que você é uma idiota.

– Eu acredito que ela me ama *e* também me acha uma idiota. Porque *ela* é uma idiota. – Darcy me lança um olhar avaliador. – Aliás, eu não acho que você seja egoísta, Mal. Quer dizer, você economiza na Nutella e não demonstra ao Timothée Chalamet a admiração que deveria, e você é, na prática, uma mentirosa. Mas não acho que seja egoísta. – Sinto um nó na garganta. Até que Darcy franze a testa. – Embora eu não tenha cem por cento de certeza de qual é exatamente a definição de egoísta.

Algumas horas depois, estou na sala de Defne, que é um pouco como sua dona: colorida, alegre e cheia de enfeites que em tese não deveriam combinar, mas que de alguma forma combinam.

– Bom dia! – Ela sorri de sua mesa. – Você roubou o bagel de arco-íris do Delroy? Ele está *muito* chateado.

– Não. Acabei de chegar.

– Ah. Bom, posso te ajudar em alguma coisa?

Pigarreio. Bem, lá vai.

– Você poderia dizer ao Emil que eu adoraria participar da Olimpíada?

Capítulo Doze

Sinto a presença de Nolan antes de vê-lo.

Em um segundo, estou lutando para colocar minha mochila na esteira de bagagens do aeroporto LaGuardia e me perguntando por que o clã Greenleaf nunca investiu em algo com rodinhas (ou em um conjunto de halteres, para fortalecer a parte superior do corpo); no seguinte, alguém a pega das minhas mãos, levanta-a sem esforço e a deposita na esteira.

Eu me viro, mas meu corpo já *sabe*, como se meus átomos vibrassem de forma diferente quando ele está por perto. O que provavelmente significa apenas que a presença dele me contamina por radiação.

– Oi, Mallory – diz Nolan.

Está usando óculos escuros e uma camisa escura, mas sua voz é a mesma. A aparência também. Alto. Sério.

Ótimo.

Algumas espinhas, é disso que ele precisa. Uma verruga para quebrar a perfeita imperfeição de seu rosto.

– Oi – respondo, rouca.

Já se passaram mais de dois meses desde que estive na presença dele. Dois meses de xadrez, xadrez e mais xadrez. De brigar com minhas irmãs, levar mamãe ao médico, depois mais xadrez. Ser fuzilada por Oz, ignorar o Tinder, depois mais xadrez. Ganhei o Aberto de Nashville e outro torneio on-line. Ainda não perdi uma partida, mas meu rating não chegou nem na casa dos 1900. Há uma pequena engine em um canto do meu crânio, constantemente trabalhando em posições, estruturas de peões, regra do quadrado.

– Você vai... viajar? – pergunto, uma vez que ele já está em silêncio há tempo demais.

Minha voz soa ofegante. Espero não estar pegando uma gripe antes da Olimpíada.

O canto do lábio dele se curva.

– É para isso que servem os aeroportos.

Fico indignada, mesmo sem ar.

– Você podia estar chegando. Ou buscando alguém. Ou ser tipo o Tom Hanks naquele filme, morando em um terminal por conta da burocracia da imigração. – Pigarreio. – Para onde você está indo?

Ele inclina a cabeça.

– Sério?

Sério o quê?

– Você está indo para o torneio na Rússia?

– Você ainda não se deu conta?

– Do que eu deveria...

– Greenleaf.

Emil Kareem me abraça como se eu fosse uma irmã com quem perdeu contato há muito tempo. Tem uma garota com ele, uma supermodelo que acabou de chegar no LaGuardia para a semana de moda. Espera, ela é familiar. Do Aberto da Filadélfia... Ela é a namorada do Nolan, a garota que ele abraçou? Não sei, mas ela está *me* abraçando como se eu fosse a irmã com quem perdeu contato há muito tempo.

– Mallory, estou muito feliz por você estar no time. Não estou *acreditando* que vou ter uma conversa de verdade que não gire em torno de *fantasy football*. Espera, você gosta de *fantasy football*?

O cheiro dela é incrível. Lavanda, eu acho.

– Eu... não sei exatamente o que é isso.

– Ufa.

– Greenleaf, essa aqui é Tanu Goel. Ela *também* não faz ideia do que é *fantasy football* – diz Emil. – E é claro que você conhece o Nolan. Daquela vez em que você acabou com ele.

Olho para Nolan. Ele não parece se importar com a referência àquele momento – pelo contrário, na verdade. O que, por si só, é irritante. Quero ser para ele a pedra no sapato que ele é para mim. Quero que ele sonhe com a porcaria dos *meus* olhos também.

– Vocês se conhecem? – pergunto, olhando entre Nolan e Emil.

– Infelizmente – respondem os dois ao mesmo tempo, antes de trocarem um longo olhar fraternal, e é aí que me ocorre.

Nolan está na equipe.

Nolan está indo para Toronto.

Com a gente.

Para jogar xadrez.

Na Olimpíada.

Emil nunca comentou. Porque eu nunca perguntei. A gente se falou para acertar a questão das passagens e das hospedagens, mas sempre pensei que o quarto membro do time fosse ser alguém desconhecido.

Porque Defne me disse que todos os Super Grandes Mestres pulariam a Olimpíada e iriam para o Pasternak.

Porque eu sou uma idiota.

Uma idiota completamente abalada, que tem que lidar com esse abalo e ao mesmo tempo com a segurança do aeroporto e o embarque. Não sou muito tímida, mas me sinto uma estranha entre esses três. Eles são calorosos (exceto Nolan, que como sempre é impenetrável) e tentam me envolver na conversa (exceto Nolan, que como sempre fica calado), mas está claro que se conhecem há anos. Suas piadas internas são indecifráveis, escondidas sob uma espessa parede de referências impossíveis de analisar. As interações também parecem ser um caminho bem familiar – *vários* caminhos, na verdade, feitos de alianças inconstantes e uma dose saudável de zoeira.

– Ela vai comprar aquilo mesmo? – pergunta Emil quando Tanu pega um pacote de balas de caramelo. – Quantos *anos* você tem?

– Deixa ela em paz – murmura Nolan, pagando as balas e os M&M's de amendoim com um cartão de crédito preto. – Acabou a salada de frutas.

Menos de cinco minutos depois, dois grupos diferentes reconhecem Nolan como "aquele cara do xadrez em todos os TikToks". Isso leva a selfies, autógrafos e duas belas mulheres anotando apressadamente seus números de telefone em guardanapos, como se ele fosse o Justin Bieber ou algo assim. Tanu e Emil fingem entrar na fila, falando em tom audível:

– Senhor, sou um grande fã. Amo o jeito que o senhor sempre faz o roque no quarto lance. Será que o senhor podia autografar a minha cueca?

(Nolan é surpreendentemente bem-humorado diante de tudo isso; ele também joga fora os guardanapos imediatamente.)

Então, enquanto esperamos a decolagem, Emil começa a jogar Candy Crush no celular.

– É sério isso? – pergunta Tanu.

Ela está meio recostada no peito de Nolan, o braço dele casualmente ao redor da cintura dela. Tenho evitado olhar para eles, dizendo a mim mesma que não me importo com o que ficam cochichando em um tom muito íntimo.

– Nós somos mestres do jogo mais sofisticado do mundo e você joga Candy Crush? Nolan, fala alguma coisa.

Ele dá de ombros.

– Não é justo chutar cachorro morto.

– Na verdade, Candy Crush é um jogo superinteligente – insiste Emil. – Tem toda uma *estratégia* envolvida.

Tanu solta um grunhido.

– Ai, meu Deus. Com licença, Mallory, será que a gente pode trocar de lugar? Eu preciso explicar para o Emil que ele está completamente equivocado. Preciso fazer isso agora mesmo.

E é assim que vou parar no assento da janela ao lado de Nolan, com Tanu e Emil discutindo em voz alta sobre cores de jujubas do outro lado do corredor. Observo seu perfil, de repente intimidada. Então me lembro de que uma vez ele brotou na minha casa para injetar o bolo de carne da minha mãe nas veias e perguntou a Sabrina se Jughead era "um nome ou um sobrenome".

– Então, qual é o lance de vocês?

Nolan se vira para mim, intrigado.

– Vocês três têm um relacionamento poliamoroso ou coisa do tipo?

– Você acabou de perguntar se eu estou pegando os nossos *dois* companheiros de equipe? – diz ele, erguendo uma sobrancelha. – Vou entrar em contato com o RH da FIDE.

– O quê? Não, não fala nada com o RH.

– Você está passando dos limites, Mal.

– *Você* foi até a minha casa e comeu *um monte* de sorvete.

– Aham. – Ele estala a língua. – Imperdoável. Vai, me denuncia.

Eu reviro os olhos.

– Esquece. Então, quem está pegando quem?

– Ninguém está pegando ninguém. Não mais, pelo menos.

Olho para Tanu e Emil. Ela roubou o celular dele e está olhando de cara feia para a tela, a língua entre os dentes enquanto combina balinhas no Candy Crush. Emil a encara com uma expressão surpreendentemente séria.

– Eles dois?

Nolan assente em silêncio.

– Aí eles foram para faculdades diferentes. A Tanu está tirando uma semana de folga, mas estuda em Stanford. O Emil está na Universidade de Nova York.

– Entendi. Você conhece eles há muito tempo?

– Desde sempre. Nós treinamos juntos com... – Ele se interrompe. – Até que eles decidiram que não queriam jogar xadrez profissional.

– Quando foi isso?

– Emil, três anos atrás. Tanu foi antes.

Eu me pergunto se eles são a Easton de Nolan. E, como tenho tido cada vez menos notícias de Easton, sobre coisas que parecem cada vez mais triviais, a pergunta escapa:

– Não é estranho? Que eles tenham ido para a faculdade e você não?

Ele parece pensativo por um momento.

– Às vezes. Às vezes parece que eles estão a caminho de uma vida que eu nunca vou ser capaz de entender. Às vezes fico feliz por não ter que ler *Grandes esperanças* ou estudar para uma prova final de trigonometria.

Abro um sorriso.

– Tenho certeza de que trigonometria a gente estuda no ensino médio.

– Ah, é?

– É. Você não fez essa matéria?

Ele abre os M&M's e me oferece.

– Eu fui educado em casa.

– Por causa do xadrez?

– Por muitas razões. E não faço ideia do que seja um cosseno.

Ele coloca um M&M amarelo na boca. Quando engole, sua garganta se move, um movimento forte e hipnotizante em que reparo porque… estou ficando maluca?

– Você vai sobreviver. Então o Emil e a Tanu terminaram por causa da distância, mas ainda se gostam?

– E se recusam a fazer qualquer coisa a respeito.

– Aposto que rola muito sofrimento.

– Eu recebo várias ligações angustiadas tarde da noite perguntando por que a Tanu curtiu a foto sem camisa de algum nadador de Stanford no Instagram, ou quem é a piranha que está toda hora fazendo dueto com o Emil no TikTok.

– Aposto que você é ótimo em consolar as pessoas.

– Eu seria melhor nisso se soubesse que merda é um dueto do TikTok.

Dou uma risada. Emil e Tanu me encaram, depois trocam um olhar que não consigo decifrar.

– Você ficou com ciúme quando eles ficaram a primeira vez?

– Ciúme?

Ele parece achar a pergunta surpreendente.

– É. Tipo, vocês parecem próximos. E os dois são bem atraentes…

Minhas bochechas esquentam. Acho que ele percebe, porque o canto de seu lábio se curva.

– Eu não fiquei com ciúme. Não conseguia entender como alguém gostava tanto da ideia de ficar sozinho em um quarto com outra pessoa sem um tabuleiro de xadrez no meio.

– E agora você consegue?

Ele me lança um olhar demorado por trás dos óculos escuros.

– Agora eu consigo. – Ele se vira. – Mas se *você* estiver interessada em qualquer um dos dois…

– Não foi por isso que eu perguntei – falo, apressada. – Além disso, não fico com pessoas do trabalho. Isso confunde as coisas.

Na verdade, não tenho saído com ninguém ultimamente. Foram meses de uma seca surpreendente. Talvez o xadrez acabe com a minha libido?

– Confunde?

– Aham.
– Como?
– Muita proximidade. As pessoas começam a fantasiar. Acham que estou interessada em gastar tempo com elas. Ou energia mental.
Ele me analisa.
– E você está ocupada demais para isso, cuidando da sua família.
– Como você sabe?
Nolan não responde, apenas passa vários segundos me observando por trás das lentes escuras, até que não aguento mais o silêncio prolongado e pergunto:
– O que você está fazendo aqui, afinal? Você não vai para o campeonato da semana que vem?
– Está curiosa com os meus planos?
A resposta óbvia é: sim.
– Eles não te convidaram, né? Sabem que você ia acabar jogando um tabuleiro de xadrez na cara de algum árbitro e nenhuma agência de seguros permitiria sua presença lá.
– Eu saio de Toronto para Moscou. Na sexta.
– Você vai participar dos *dois* torneios?
Ele dá de ombros, com uma cara de "Por quê? Era para ser difícil?".
– A Defne disse que participar de dois grandes torneios tão próximos causaria morte cerebral em qualquer pessoa. E que a maioria dos grandes jogadores não vê sentido na Olimpíada… – Um pensamento me ocorre. – Você não está aqui porque eu…?
Você não está aqui por minha causa, está?
Fala sério, Mal. Ele não veio porque ainda está com aquela ideia de jogar contra você. Não é possível. Ele quer passear com os amigos. Talvez tenha mentido e esteja interessado na Tanu. Ou no Emil. Ou nos dois. Não é da minha conta. Quem se importa…
– Estou – responde ele.
Meu monólogo interior é interrompido.
– O quê?
– Pelo motivo que você está pensando. – Essa voz grave maldita. Argh. – Foi por isso que eu vim.
– Você não sabe o que eu estou pensando.

Ele sorri.

– É verdade.

– Não, sério. Você não sabe.

– Está bem.

– Para com isso. Para de fingir que consegue ler a minha mente e…

A comissária de bordo passa empurrando o carrinho, perguntando se queremos algo para beber. Depois disso, ficamos quietos – Nolan olhando para a frente e eu de cara amarrada tomando lentamente meu refrigerante, pensando que não.

Não é possível que ele saiba.

Capítulo Treze

Existem duas diferenças principais entre a Olimpíada e um torneio comum: fazemos teste de doping (sim, tipo fazer xixi em um copinho) e competimos em equipe. Ainda jogamos todas as nossas partidas individualmente, mas nossos pontos serão somados. Como Nolan é o mais forte da equipe, ele é o primeiro jogador. Mas aí *eu*, a jogadora menos experiente, sou escolhida para ser a segunda. (Pergunto a Emil inúmeras vezes se isso é uma boa ideia. Ele me lança um olhar arregalado e resmunga: "Fala sério, Greenleaf.")

É diferente quando sei que qualquer vitória que eu conseguir será *nossa*, independentemente de como é temporário e abstrato esse *nosso*. É legal quando Emil me cumprimenta depois que eu venço o jogador estoniano e quando Tanu beija minha testa porque evitei por pouco um empate com um jogador de Singapura. Eu nem me importo com os longos, pensativos e persistentes olhares de Nolan. Ele sempre derrota seu oponente muito rápido. Então vai atrás de alguma bebida quente para o resto da equipe, coloca o copo ao lado de nossos tabuleiros e se posiciona em algum lugar atrás do meu oponente. Seus olhos alternam entre mim e minha partida, escuros, focados e ávidos de uma forma que não entendo completamente.

Ele não me cumprimenta quando eu venço. Também não diz que eu me saí bem. Apenas meneia a cabeça uma vez, como se cada uma de minhas vitórias já fosse esperada e sua fé em mim fosse sólida como uma rocha. Como se eu jogar bem o impressionasse tanto quanto o fato de o sol se pôr no fim do dia.

A pressão resultante disso deveria ser irritante. Mas fico lisonjeada com a confiança inabalável de um jogador da magnitude dele, o que me irrita ainda mais. Então faço o que sei fazer melhor: evito pensar no assunto.

E não é difícil. Toronto é linda e a atmosfera do torneio é divertida: mochilas aos montes, jogadores sentados no chão desembrulhando sanduíches caseiros, pessoas que não se viam há anos se abraçando entre uma rodada e outra. É uma energia jovem e tranquila, como uma viagem escolar com excelentes partidas de xadrez em vez de museus. Visto uma calça jeans skinny e um suéter *oversize* sem me sentir malvestida.

– Mas não fica se achando. A gente teve sorte até agora – diz Emil enquanto caminhamos de volta para o hotel no final do primeiro dia. Nolan está carregando Tanu nas costas, apenas porque *Eu quero muito uma carona, Nolan.* – Não enfrentamos nenhuma das equipes mais fortes.

– Que são...?

– China, Índia, Rússia. E mais umas doze.

– E quem é o atual campeão, aliás?

– Alemanha. Mas eles não estão tão fortes este ano, o Koch já está em Moscou.

– É por *isso* que o continente norte-americano parece muito mais agradável do que o normal – murmura Nolan.

– A sua agente ainda está puta contigo por você ter vindo para a Olimpíada? – pergunta Emil.

– Sei lá, eu parei de atender as ligações dela – responde ele dando de ombros.

Tanu ri contra os ombros dele e pergunta:

– Lembra uns anos atrás, quando você empurrou e deu umas porradas no Koch e ele começou a chamar pela mãe?

– Uma das minhas memórias mais preciosas.

– As lágrimas. O pânico. Valeu cem por cento a multa que a FIDE te deu.

– *Por que* você deu um soco nele? – pergunto, embora eu possa imaginar um milhão de motivos.

– Não lembro exatamente – murmura Nolan, indiferente demais.

– Ele estava falando alguma coisa sobre o seu avô – responde Tanu. – Como sempre.

– Ah, é. – A mandíbula dele se contrai. – Ele adora falar merda sobre coisas que não sabe.

Estamos hospedados em um hostel, quatro quartos separados que convergem para uma sala de estar e banheiro compartilhados. Ontem à noite, fiquei me perguntando como Nolan, o Sr. Cinquenta-Mil-Dólares-Não-É-Nada-para-Mim, se sentia em relação a isso, mas se ele por acaso achou a acomodação abaixo da média, não disse nada. Ontem fui cedo para a cama e passei horas ouvindo o tom suave e íntimo dos três conversando, sentindo uma leve inveja. Mandei uma mensagem para Easton (Como anda a vida? Está vomitando abraçada em alguma privada?) e fiquei rolando o TikTok enquanto esperava a resposta que nunca veio.

Ela está ocupada. Tudo bem.

No primeiro dia, desmaio no sofá antes do jantar, antes mesmo de ligar para casa. É um sono sem sonhos, exausto e feliz, com uma vaga imagem de bispos e torres deslizando suavemente por um grande tabuleiro. Acordo na cama, ainda com as roupas do dia anterior. Alguém tirou meus sapatos, conectou meu celular ao carregador, colocou um copo d'água na minha cabeceira. Alguém cuidou de mim.

Não pergunto quem.

O segundo dia é mais do mesmo. De manhã, ganhamos todas as nossas partidas – com exceção de Emil, que perde para Serra Leoa.

– Quebrou nossa invencibilidade, babaca – diz Nolan em tom leve durante o almoço, abaixando-se para evitar as batatas fritas que Emil joga nele.

Tanu assente.

– Eu disse que a gente devia ter trazido alguém que soubesse fazer o roque.

Infelizmente, ela se abaixa muito devagar. Nolan aponta para mim com o queixo.

– Sua vez, Mallory.

– Minha vez?

– De esculachar o Emil. É uma tradição.

– Certo. – Engulo um pedaço de queijo. Coço o nariz. – Emil, você... mandou mal?

Nolan balança a cabeça.

– Péssimo.

– Sério, Mal? – repreende Tanu. – Isso é o melhor que consegue fazer?

– Claramente a Mal é tão boa em ofender as pessoas quanto eu ao jogar contra Serra Leoa.

– Ela tem outros talentos – diz Nolan, me olhando nos olhos. – Tipo desenhar porquinhos-da-índia.

Escondo o sorriso com a mão, mas estou me sentindo mais confortável com os três. Nolan fica mais acessível quando passa pelo filtro de seus amigos, mesmo ainda havendo algo de intimidador em sua presença quase sempre silenciosa e impossível de ignorar. Algo que me deixa tensa o tempo inteiro.

À medida que nossos adversários ficam mais fortes, acumulamos mais derrotas e empates, principalmente de Tanu e Emil. Eu gosto de vencer – *amo* vencer –, mas as derrotas de meus companheiros não me incomodam tanto, e Nolan parece pensar o mesmo. Na segunda partida do terceiro dia, Jakub Szymański, da Polônia, comete um erro depois de dez jogadas e consigo uma vitória em tempo recorde. Preciso de uns segundos para afastar a desorientação que vem depois de um jogo, espreguiço-me um pouco e paro bem atrás de Nolan.

É a primeira vez que termino antes dele – a primeira vez que consigo vê-lo em ação. É a sua vez de jogar, e ele se recosta na cadeira, o pescoço ligeiramente envergado, os braços cruzados. Então ele move uma torre, mãos grandes e incongruentemente graciosas, e aperta o relógio.

Ainda não estudei os jogos dele. Defne escolhe quais partidas eu analiso, e não encontrei nenhuma de Nolan em minha lista. Mesmo assim, é impossível aprender sobre xadrez sem ter algumas noções teóricas dele como jogador: Nolan é famoso por ser esperto, agressivo e versátil. Ativo. Sempre dando um passo arriscado para aumentar a pressão. Suas estratégias podem parecer impulsivas, espontâneas, mas são perspicazes e intricadas, quase impossíveis de defender. Ele explora de modo implacável cada vantagem, posição, distração. Lembro-me de ter lido sobre uma qualidade dos jogadores de xadrez chamada "*nettlesomeness*": a capacidade não apenas de jogar bem, mas de criar complicações a ponto de levar os outros a jogarem mal. Até onde eu sei, Nolan é mestre nisso. E quando o adversário comete um erro no meio-jogo, Nolan crava os dentes nele e tira todo o seu sangue.

De fato, o Matador de Reis.

Assisto enquanto ele avança, cerca o centro do tabuleiro, move seu cavalo e seu bispo em conjunto, toma tudo que está no caminho e...

Fico sem fôlego. Tonta. Confusa. As jogadas dele são belas nesse nível. Nolan é impiedoso e imbatível. Ganhei dele uma vez, mas também sei que talvez não ganhe novamente – ele é bom *nesse nível.* E tem mais: sou uma jogadora prática, sempre focada em finalizar o adversário o mais rápido possível, e não na arte e na elegância do jogo. Mas o jogo de Nolan é deslumbrante. Em cinco mil anos, arqueólogos cairão no choro diante de tamanha graciosidade. Se bem que, se não acabarmos com as emissões de carbono, o mundo será apenas uma pilha de cinzas, então talvez devêssemos colocá-lo em uma cápsula do tempo. Enviá-lo para o espaço em uma sonda alienígena. Compartilhar com o resto do universo...

– Você está bem? – pergunta Tanu.

– Eu... estou, sim.

Não tinha notado sua presença. Mesmo ela estando bem ao meu lado.

– Você parecia... em transe.

– Não. Eu só estava...

– Sim, ver o Nolan jogando causa esse efeito. O Nolan, de modo geral. – Ela ri baixinho. – Eu era tão apaixonada por ele que achava que ia morrer se a gente não se casasse e tivesse quatro filhos gorduchos com nomes de aberturas que ninguém usa mais. – Eu arregalo os olhos. – Ah, não se preocupa. Eu tinha, sei lá, 12 anos? E ele não estava nem um pouco interessado nessas coisas. – Ela dá de ombros. – Eu achava que ele fosse incapaz de gostar de alguém, até que... Bom, em tese, ele deveria ser *ótimo* em flertar, mas na realidade é péssimo.

Ela abre um sorriso tranquilizador. Quero perguntar por que ela acha que eu ficaria preocupada, ou o que significa esse "até que", mas Nolan crava suas presas no rei polonês e Tanu fica ocupada demais comemorando.

Fico de bom humor até a última partida do dia – Sérvia. Imagino que alguma divindade do xadrez me odeie, pois o segundo jogador é alguém de quem me lembro da turminha de Koch no Aberto da Filadélfia (Dordevic, informa o crachá), e de repente me recordo do que ele me perguntou naquela noite.

O que você fez antes da partida? Preciso dar uma sorte dessas.

– Greenleaf – diz ele, seu desdém um sinal claro de sua afiliação ao clã de Koch.

Juro para mim mesma que vou acabar com ele. E sou fiel à minha palavra nos primeiros quarenta minutos, bloqueando facilmente seus ataques e ganhando o controle do centro. Até que ele consulta uma página do Manual de Como Ser um Escroto de Koch e me acusa de uma jogada ilegal.

– Não é ilegal – digo a ele.

– Se você moveu a torre antes...

– Mas eu não mexi.

– Árbitro!

Reviro os olhos, mas deixo que ele faça sinal para o árbitro mais próximo, uma mulher loira que acena com a cabeça e caminha na nossa direção.

Eu a reconheço imediatamente. Meu estômago fica embrulhado e em seguida se torna uma pedra de gelo tão pesada que seria capaz de me fazer atravessar o chão. Em vez disso, fragmentos de uma conversa de quatro anos atrás fervilham em minha cabeça.

Quem era ela?

Ninguém.

Mas você...

Ninguém, Mal.

– Sim? – diz ela para Dordevic, e há um rugido forte em meus ouvidos.

Sei tudo a respeito dela; nome, idade, até mesmo o endereço. Ou, pelo menos, o endereço de alguns anos atrás. É possível que ela tenha se mudado. Que ela não trabalhe mais no banco, que ela não frequente a mesma academia, que...

– Não é ilegal – responde ela a Dordevic, que começa a gesticular em discordância.

Meu corpo inteiro está tremendo e não consigo recuperar a concentração.

– Você está bem? – pergunta uma voz em meu ouvido. Nolan. Ele acabou de encerrar sua partida. – Mal?

Estendo a mão trêmula para Dordevic.

– Empate? – proponho.

É a primeira vez.

A expressão dele muda de confusa para desconfiada e depois para aliviada no momento em que aceita. Nós dois sabemos que, se tivéssemos continuado, eu teria vencido, mas... não consigo. Não agora.

– Pelo visto você não é tão talentosa assim – diz ele, dando risada.

Já estou correndo em direção ao banheiro quando ouço Nolan chamando-o de babaca. Lavo o rosto, tremendo. Lembro a mim mesma de que está tudo bem, porque nada aconteceu. Já tem um ano. *Nada aconteceu. Nada aconteceu. Nada...*

– Ei, o que houve? – pergunta Nolan no segundo em que saio do banheiro.

Ele está à minha espera, e quase dou de cara no peito dele.

– Eu... Desculpa pelo empate.

– Não me importa. Quem era aquela árbitra?

Merda. Ele percebeu.

– Ninguém. Eu só...

Passo por ele, mas uma mão se fecha no meu braço.

– Mallory, você não está bem. O que foi que aconteceu? – pergunta num tom firme.

Mas o meu também é.

– Eu preciso de um minuto, Nolan. Você pode, por favor...

– Sr. Sawyer? – Um grupo de jogadores se aproxima. – Somos grandes fãs. Alguma chance de conseguirmos um autógrafo...

Aproveito a oportunidade e escapo de Nolan, de Heather Turcotte, do xadrez. No hotel, tranco-me no quarto, deito na cama e respiro fundo para tentar espairecer.

Talvez, se você cuidasse da própria vida, nada disso teria...

Não.

Esvazio a mente de novo, agora em definitivo, e lentamente caio em um sono abençoado e sem sonhos.

Acordo no meio da noite, me sentindo um pouco melhor. Quando saio furtivamente para usar o banheiro, encontro uma sacola de papel marrom do lado de fora da minha porta. Dentro há um sanduíche, uma Fanta e um pacote de balas de alcaçuz.

Capítulo Quatorze

O último dia é a combinação perfeita de partidas desafiadoras, muita coisa em risco e trabalho em equipe. Já sabemos que não temos pontos suficientes para o ouro, mas, se jogarmos bem, ainda podemos subir ao pódio.

E subimos. Tomo a decisão de esquecer os acontecimentos do dia anterior e me concentrar no jogo. Meu oponente tenta o Gambito Muzio. Fico confusa por um momento, então me lembro de tê-lo repassado com Defne e sei exatamente o que fazer. Não chegamos a arrasar totalmente a Rússia, mas arrasamos de leve. Na cerimônia de entrega das medalhas, nos espremos todos no degrau mais baixo do pódio, o hino dos Estados Unidos misturado aos cliques da câmera em meus ouvidos. Tanu me abraça, Emil grita "É isso aí!", e Nolan nos lança um olhar meio satisfeito, meio reprovador. Eu me sinto parte de algo. Como não acontecia há muito, muito tempo.

É um torneio idiota de xadrez. Jurei que não daria importância, mas mesmo assim me sinto feliz. No meio da multidão, vejo Eleni Gataki, da BBC, fazendo um joinha, e aceno de volta para ela, atônita. Acho que estou começando a conhecer pessoas no mundo do xadrez.

– Vem, Mal, a imprensa quer entrevistar a gente – diz Tanu.

– Ah… Na verdade, acho melhor não.

– Por quê? É a CNN! É assim que eu vou virar a melhor amiga do Anderson Cooper!

– Eu acho que ele já tem o Andy Cohen...

– Você tem que vir – insiste ela. – A gente ganhou por sua causa... Ah, não faz essa cara, Emil, você sabe que é verdade!

– Sério, eu estou bem.

– Mas...

– Ela não quer – diz Nolan, em um tom calmo mas definitivo.

Lanço a ele um olhar agradecido. Ele me encara como se não notasse ou não se importasse com a minha gratidão. Estou ponderando sobre minha frustrante e total incapacidade de entendê-lo quando alguém cutuca meu ombro.

– Srta. Greenleaf. – É um homem mais velho de terno cinza. Sua barba parece a de um gnomo de jardim, e não consigo identificar seu sotaque. – Posso parabenizá-la pela sua vitória?

– Ah... claro. – Tento achar uma maneira não grosseira de perguntar quem ele é e não encontro. – Foi um trabalho em equipe.

Ele assente.

– Mas você foi de longe a jogadora mais impressionante dessa equipe.

– Não mais do que Nolan.

O homem ri. Seu olhar, no entanto, é penetrante.

– Anda difícil se impressionar com o Sawyer hoje em dia. Ele nos acostumou a certo nível de desempenho. Algumas pessoas dizem até que ele *estragou* o xadrez.

Eu franzo a testa, pensando nas pessoas que o reconheceram ao longo dos últimos dias dizendo que começaram a se interessar por xadrez depois de vê-lo jogar.

– Não acho que isso seja verdade. – Estou defendendo Nolan Sawyer, é isso mesmo? Vai começar a chover sapos a qualquer momento. – Ele popularizou o xadrez e trouxe muita visibilidade para o esporte.

– Sem dúvida. Mas ele sempre ganha. Há anos não tem um rival à altura e as pessoas raramente investem em um esporte cujo resultado é totalmente previsível. Eu sei bem. Organizo o Torneio de Desafiantes.

– Ah.

O nome soa familiar, mas não sei por que e não dou atenção a isso. Este homem, seu olhar de ave de rapina e as coisas estranhas que diz sobre Nolan estão me deixando desconfortável.

– Desculpe. – Aponto para algum lugar atrás de mim. – Preciso me encontrar com meus companheiros de equipe.

– Eu tenho ouvido muito sobre você, Srta. Greenleaf. Achava que havia certo exagero nos rumores, entretanto... – Seu olhar é demorado e avaliador. Quero me abraçar. – Vai lá. Seus amigos devem estar esperando você. Quem quer que eles sejam.

Nossa.

Eu me afasto, checando o celular para parecer ocupada. Encontro uma mensagem de Defne ("Mandou bem, garota.") e outras milhares de Darcy. Aparentemente as duas passaram os últimos quatro dias acompanhando o chessworld.com.

DARCY BUNDONA: BRONZE!!!!!!!!

DARCY BUNDONA: Você e Nolan fizeram o maior número de pontos da Olimpíada. Vocês deviam se casar e ter uma filha. Ela seria ótima no xadrez.

DARCY BUNDONA: Ou seria péssima. Se arrastaria pela vida esmagada pela decepção. Se ressentiria de vocês até que estivessem velhos. Roubaria as chaves do carro e colocaria vocês em um asilo no segundo em que baixassem a guarda. Tá bem, vamos abortar esse plano.

DARCY BUNDONA: Amanhã de noite você já tá em casa, né? Tô com saudade. A Sabrina só fala comigo pra dizer "Eca".

MALLORY: claro. e quando ela diz "eca", na verdade quer dizer eu te amo. ou algo do tipo.

MALLORY: que presente você quer do Canadá?

DARCY BUNDONA: Uma companheira pro Golias.

Dou um suspiro. E então o ar sai depressa de meus pulmões, porque Tanu está me abraçando de novo, e uma nuvem de lavanda me envolve.

– Última noite em Toronto! Você sabe o que isso significa, né?

– Eu estava pensando em talvez dar uma voltinha no centro...

– Ah, não. Nem pensar. – Ela se afasta e segura meu rosto. Seus olhos são estrelas explodindo de animação. – Esta noite, Mallory, vamos jogar *skittles*!

Skittles é tipo xadrez.

Na verdade, skittles *é* xadrez: sem relógio nem placar, cercado por latas de cerveja meio vazias e músicas do Salt-N-Pepa mais velhas do que nós, sob a luz de um projetor LED de céu estrelado que uma garota da Bélgica trouxe como um "presentinho para deixar o quarto do hotel mais aconchegante".

Parece uma chopada multicultural, só que com xadrez no lugar da brincadeira de girar a garrafa. Por motivos que devo atribuir às habilidades de planejamento de eventos de Tanu e Emil e à reputação de Nolan, o encontro está ocorrendo exatamente em *nossa* sala de estar. Há horas as pessoas vêm e vão em um fluxo constante, trazendo seus tabuleiros e jogando blitz, partidas rápidas, xadrez 960.

Strip xadrez.

– A idade para beber aqui é 19 anos, Mal – diz Tanu quando recuso um coquetel de frutas pela segunda vez. Ela perdeu um bispo e suas meias cerca de dez minutos atrás. – Não é ilegal! É tipo um *en passant*! Ou uma promoção do peão! Ou um roque cur... Ai, merda, me *desculpa*! – Ela derrama o conteúdo de seu copo no italiano que Nolan derrotou ontem e logo parte até um japonês muito bonito para pintar bigodes nele, esquecendo-se de mim e de meus 18 anos.

Volto a me concentrar em meu xadrez rápido contra uma garota do Sri Lanka com quem fiz amizade depois de notar seu broche do Silas de *Dragon Age*. Ela é muito bonita e uma ótima jogadora, e a Mallory de alguns meses atrás estaria dando em cima dela nesse momento. Jurei por tudo que era mais sagrado que não jogaria xadrez só por diversão.

Sim, é exatamente o que estou fazendo. Não, eu *não* quero falar sobre isso.

– … aquela vez que o Nolan roubou o cavalo do tabuleiro do Kaporani no torneio da GE e todas as partidas foram atrasadas em vinte minutos enquanto tentavam achar a peça?

– Isso foi depois de Gibraltar, quando o Kaporani colocou vinagre na minha garrafa d'água.

– A gente já tinha se vingado disso com a bomba de purpurina. Ele passou *meses* brilhando.

As pessoas riem. Emil e Nolan estão no sofá, jogando em dupla, cercados por uma mistura de velhos amigos e fãs. Há uma garota, por exemplo, que é quase tão loira quanto eu, toda enroscada ao lado de Nolan. Difícil dizer como ele se sente em relação a isso, já que está muito focado em seu jogo. Acho que ele deve ter passado a mão pelo cabelo, porque está levemente despenteado, insuportavelmente atraente.

Outra coisa sobre a qual prefiro não falar.

– Deve ser legal jogar com ele – diz a garota do Sri Lanka, acompanhando meu olhar.

Desvio os olhos de imediato.

– Ele é meio babaca às vezes – respondo, embora ele não tenha de fato sido babaca comigo.

Ela dá uma risadinha, baixa e sensual. Ela é muito o meu tipo.

– Todos os gênios são. Eu ouvi dizer que ele tem um QI de 190. Talvez mais alto que isso, mas os testes não têm como medir.

– Ele não come bolo de carne como alguém com QI de 190 – murmuro, ressentida.

– O quê?

– Nada. Aliás, hã, xeque-mate. – Eu me levanto, enxugo as palmas das mãos nas leggings e deixo de lado meus desanimados planos de sedução. Não estou realmente investida nisso, ou talvez esteja cansada demais para transar. – Adorei te conhecer. Amanhã eu preciso acordar cedo e…

– Onde você está indo, Mal? – Tanu aparece do nada. – Tipo, não é nem meia-noite!

– Ah, não se preocupa comigo. É só que amanhã de manhã eu preciso comprar uns presentes para as minhas irmãs, então…

– Mas não vai *agora*! Você não quer pizza?

– Pizza?

– É, vamos comer pizza!

– Eu estou meio cansada e...

– Então a gente vai lá buscar e traz para comer aqui! – Ela se vira e grita, um tanto embriagada: – Quem quer ir comprar pizza?

Talvez por Tanu ser a alma da festa, ou porque pizza seja de longe a melhor comida do mundo, em meio minuto a música é desligada e nossa sala de estar fica vazia, exceto por mim.

Talvez eu tenha 80 anos por dentro, mas: que bênção. Silêncio.

– Você não vem? – pergunta da porta a loira que estava com Nolan.

O sotaque dela é muito bonito, mas nunca conversamos antes, então não sei por que ela quer saber se eu...

– Não.

Tomo um susto e, em seguida, me viro. Nolan; ela estava conversando com Nolan. Que ainda está no sofá.

– Tem certeza?

Ele mal olha para ela.

– Absoluta.

Ele provavelmente odeia pizza. Come apenas o autêntico calzone siciliano feito com tomates cultivados aos pés do Monte Etna.

Enfim. Eu vou dormir.

– Nolan, quando a Tanu voltar, você diz para ela que eu fui dormir? – Começo a contornar cadeiras, os tabuleiros de xadrez, o sofá. – Boa noite pra...

A mão dele agarra meu pulso. Fico surpresa demais para me mexer.

– Vamos jogar um pouco, Mallory.

Fico congelada. Meu corpo todo enrijece. E desta vez me solto de sua mão.

– Eu já falei, eu só...

– ... joga em treinos e torneios. Eu sei. Mas você jogou a noite toda, e não era nenhum treino nem torneio. Com cinco pessoas diferentes.

Dou risada.

– Você contou?

– Contei. – Ele me encara. As estrelas dançam aleatoriamente pela linha da mandíbula dele, por suas maçãs do rosto. – Eu tinha certeza de que você ia encerrar a noite no quarto da Bandara.

– Bandara?

– Ruhi Bandara. Vocês duas estavam jogando agora há pouco.

Dou um passo para trás e me recuso a admitir que tive o mesmo pensamento. Em vez disso, digo:

– Eu não quero jogar contra você.

– Isso é um problema, já que eu quero *muito* jogar contra você.

Eu estremeço, porque a impressão que dá é que ele está dizendo outra coisa. Tipo…

Sei lá.

– Você já jogou.

– Uma vez.

– Uma vez foi o suficiente.

– Uma vez não foi *nada*. Eu preciso de mais.

– Tenho certeza de que muitas pessoas adorariam jogar com você. Que provavelmente *pagariam* só para sentar na sua frente.

– Mas eu quero você, Mallory.

Engulo em seco, depois desvio o olhar. Ele tem razão: já quebrei todas as minhas regras de não jogar xadrez sem ser a trabalho. Por que estou resistindo tanto, afinal?

Talvez seja porque eu o vi jogar. Eu o vi ser brilhante, analisar posições apenas com uma olhadela, fazer coisas que nem consigo entender. Se jogássemos um contra o outro, eu perderia. E sim, eu odeio perder, mas não seria nem um confronto justo. Quer dizer então que o melhor jogador do mundo é melhor do que a atual e relutante bolsista do Zugzwang. Grande coisa. Algo tão interessante quanto ser mais lento que Michael Phelps nos 1.200 metros em nado borboleta.

Talvez alguma outra coisa me incomode, então. Não o fato de que eu vá perder, mas de que ele vá *saber* que eu perdi.

Sim. Esse… interesse, obsessão, fascínio que ele parece ter por mim veio porque ganhei dele. *Uma vez.* Tenho um talento nato, mas não sou melhor do que alguém que também tem um talento nato *e* passou por décadas de treinamento profissional. Nós jogaríamos, ele venceria e então eu seria como todos os outros: mais uma pessoa que foi derrotada por Nolan Sawyer.

Seu fascínio por mim desapareceria imediatamente e...

Isso seria bom, não? Não gosto de ter Nolan Sawyer aparecendo na minha casa e conversando sobre *Riverdale* com as minhas irmãs, gosto? Eu deveria aceitar jogar com ele e acabar logo com o que quer que *isso* seja.

No entanto.

- Não - digo.

Ele contrai a mandíbula.

- Está bem, então. - Ele relaxa e estende a mão por cima das garrafas de vidro, das peças de xadrez e dos sacos de batatas chips pela metade, pegando um lápis e um folheto da Federação Alemã de Xadrez. - Senta aí.

- Eu já te falei, eu...

- Por favor - diz ele, e algo em seu tom me trava.

Tento me lembrar da última vez que o ouvi dizer isso. Palavras tão simples, *por favor*. Não são?

- Está bem. - Sento-me em frente a ele, o mais distante possível. Isso é o que eu ganho por recusar pizza. - Mas eu não vou jogar, então...

- Xadrez.

- O quê?

- Você disse que não ia jogar xadrez. Mas não mencionou mais nada, então...

Nolan vira o folheto para mim. Ele desenhou uma grade de três por três, colocou um X em um dos espaços e...

Dou uma risada.

- Jogo da velha? É *sério*?

- A menos que você tenha um baralho de *Uno* aí, tem? Um tabuleiro de damas? *Banco Imobiliário*?

- Isso é pior do que Candy Crush.

Ele abre um sorriso. Torto.

- Não fala nada para a Tanu ou ela vai colocar um alfinete debaixo do meu travesseiro de novo.

- *De novo*? - Balanço a cabeça, achando graça. - Não é possível que você realmente queira jogar jogo da velha.

Ele dá de ombros e toma um longo gole de sua cerveja IPA.

– A gente pode aumentar as apostas. Deixar as coisas mais divertidas.

– Não vou jogar por dinheiro.

– Eu não quero o seu dinheiro. O que acha de perguntas?

– Perguntas?

– Se eu ganhar, posso fazer uma pergunta, *qualquer* pergunta, e você responde. E vice-versa.

– O que você pode querer me perguntar que...

– Fechado?

Parece uma má ideia, mas não consigo saber exatamente o porquê, então assinto.

– Fechado. Cinco minutos. Depois vou dormir.

Pego o lápis da mão dele e desenho meu O.

As três primeiras partidas dão empate. Ganho a quarta, e abro um imenso sorriso. Eu amo vencer.

– Eu tenho direito a uma pergunta, então?

– Se você quiser.

Não sei ao certo o que perguntar, mas não quero desperdiçar meu prêmio. Penso por um momento, então decido:

– O que é o Torneio de Desafiantes?

Ele arqueia a sobrancelha.

– A sua pergunta é algo que você poderia facilmente pesquisar no Google? – Fico um pouco constrangida, mas ele prossegue. – É o torneio que determina qual jogador vai enfrentar o atual campeão mundial de xadrez.

– Que seria você?

– No momento, sim.

Dou uma risadinha irônica.

– E nos últimos seis anos.

– E nos últimos seis anos.

Não há empáfia em sua voz. Não há orgulho. Mas me ocorre pela primeira vez que ele se tornou campeão mundial na mesma idade em que abandonei o xadrez para sempre. E que se eu tivesse jogado por apenas mais alguns anos, teríamos nos conhecido muito antes. Em circunstâncias completamente diferentes.

– O Torneio de Desafiantes tem dez jogadores, que se qualificam vencendo outros supertorneios ou são selecionados por conta de seu alto rating FIDE. Eles competem entre si. Daí alguns meses depois o vencedor compete pelo título do Campeonato Mundial.

– O que tem um prêmio de dois milhões de dólares?

– Três, este ano.

Meu coração palpita. Não consigo nem imaginar o que esse dinheiro significaria para a minha família. Não que eu fosse vencer Nolan em um *match* de vários dias. Ou que fosse acabar entre os desafiantes, já que não sou convidada para supertorneios e o meu rating é tão baixo quanto um chiclete grudado na sola do sapato.

Pego o lápis com um pouco de força demais e desenho outra grade. Minha mente ainda deve estar no dinheiro, porque Nolan vence a partida seguinte.

Reviro os olhos.

– Eu estava distraída. Você realmente não merece…

– Por que você largou o xadrez aos 14 anos?

Fico tensa.

– Como é que é?

– Em setembro, depois do Aberto da Filadélfia, você disse que a morte do seu pai não foi a razão para você ter abandonado o xadrez. Qual foi, então?

– Nós não falamos que as perguntas seriam sobre…

– Falamos que seria *qualquer* pergunta. – Ele me encara, uma pitada de desafio em seu tom de voz. – Claro, você sempre pode abandonar o jogo.

É exatamente isso que eu deveria fazer. Ir embora e deixar Nolan sozinho com sua pergunta idiota e invasiva. Mas não consigo, e depois de alguns segundos mordendo o lábio e desejando ardentemente entalhar meu próximo O em sua pele, digo:

– Eu e meu pai ficamos um tempo sem nos falar. – *Três anos, uma semana e dois dias.* – Antes de ele morrer. E eu parei de jogar.

– Por que vocês se afastaram?

– São duas perguntas. E, se você ganhar de novo, não serão permitidas perguntas complementares.

Ele franze a testa.

– Por que não?

– Porque eu decidi – digo entredentes.

Ele fica em silêncio por um segundo, mas percebe bem o meu tom, porque assente.

Depois disso, empatamos algumas vezes. Algumas: em 23 partidas. Quando eu venço a vigésima quarta partida, fica claro que nenhum de nós quer estar na posição de responder a uma pergunta, e Nolan canaliza seu eu mais verdadeiro batendo a palma da mão na mesa. Sinceramente? Eu gosto.

Desperdicei a pergunta sobre o Torneio de Desafiantes, então penso muito sobre o que gostaria de saber a respeito dele. Algo sobre seu relacionamento com Koch, talvez? A história das Baudelaire? Do avô? Há algo que venho me perguntando há semanas, mas parece um pouco demais.

Por outro lado, ele perguntou sobre *papai* e *estou* me sentindo vingativa. Um pouco cruel, até.

– Na minha casa, quando a Sabrina te perguntou se você gostava de meninos ou meninas, a sua resposta foi… um pouco *conflitante* e…

Eu paro.

– Qual é a pergunta? Com quem eu transo?

Assinto rapidamente. Minhas bochechas estão pegando fogo. Já estou arrependida.

– Com ninguém.

Oi?

– Como assim?

– Eu não transo com ninguém. Pelo menos, até hoje nunca transei.

Preciso de alguns segundos para assimilar o que ele diz. Para que as palavras realmente façam sentido: Nolan Sawyer, o Matador de Reis, está tranquilamente admitindo ser virgem aos 20 anos. Não que haja algo de errado nisso. Mas…

Não. Eu entendi mal. E a história das Baudelaire?

– Você nunca transou com ninguém – repito.

– Não – diz ele, confiante, tranquilo, como se não tivesse nada a provar a ninguém, como se não se importasse em ser ninguém além de si mesmo, completamente ele mesmo; pelo menos aqui, esta noite, comigo.

– Ah. – Sinto que devo ir com calma. – Então você…? Tipo, você está de boa com isso ou você queria…?

Meu rosto fica ainda mais vermelho. Ele fica com pena de mim.

– Se eu queria transar?

Eu assinto novamente. Meu Deus, eu *sei* me comunicar. Sou *melhor* do que isso.

– Não. – Ele nem para para pensar. – Pelo menos não queria até recentemente.

– O que… O que mudou recentemente?

Ele me encara por vários segundos.

– Me disseram que perguntas complementares não são permitidas. – O canto de seu lábio se curva em um sorriso. – Além disso, ouvi dizer que você transa o suficiente por nós dois.

Solto um grunhido.

– Eu nem… Não dá para acreditar em nada do que a Darcy diz…

– Não é uma coisa ruim. – Ele desenha outra grade. Eu ainda estou confusa, e ele ganha muito rápido. – O que você vai fazer quando a sua bolsa acabar?

– O que você sabe sobre a minha bolsa?

– É proibido responder a perguntas com outras perguntas.

Eu reviro os olhos.

– Vou correr atrás de um emprego como mecânica de automóveis. Sabe de algum?

– E o xadrez? Vai simplesmente parar?

– Vou. – Roubo o lápis da mão dele. – Não existe futuro para mim no xadrez.

Ele bufa.

– Você não pode só…

– Pergunta respondida. Próxima rodada.

Ele me lança um olhar irritado e teimoso e vence depressa. Como? Nolan está bebendo e eu, não, mas sou eu que estou dando bobeira.

– Tá, vai. – Reviro os olhos. – Sem perguntas complementares.

Ele se inclina na minha direção sobre a mesa, olhos escuros e sérios, estrelas se movendo sobre sua pele.

– Você sabe o quanto é incrível?

Não consigo respirar. Temporariamente. Então me forço a rir.

– Sério? Você está desperdiçando a sua pergunta com isso?

– Sério. Você tem noção como você é excepcional, Mallory?

– O que você…

– Eu nunca vi nada parecido com o que você faz no xadrez. *Nunca.*

– Eu… Você é dez vezes melhor do que eu. Eu te venci *uma vez*, jogando com as brancas, e você provavelmente esperava uma partida fácil.

– Você não respondeu à minha pergunta.

Ele se inclina ainda mais. Sinto o cheiro de sabonete, cerveja e algo bom e profundo.

– Você sabe o quanto você é *foda*?

Meus olhos encaram os dele.

– Sim, eu sei.

Quase dói admitir isso. Esse talento sem limites que tenho, em algo que jurei a mim mesma que nunca iria investir, uma promessa que pretendo muito cumprir.

– Te incomoda que eu seja tão boa?

– Não. – Ele não está mentindo. Será que ele mente? – Talvez devesse. Mas…

Ele deixa esse "mas" pairar entre nós, com um tom misterioso.

– Por quê?

Nolan solta um muxoxo.

– Você não ganhou uma pergunta.

Mais uma grade. Mais uma partida. Mais uma vitória para Nolan. É a minha vez de bater com o punho na mesa. A garrafa de Nolan, agora vazia, tilinta contra o plástico vagabundo e a irritação borbulha em minha garganta. Dane-se esse jogo.

– Você está trapaceando? – pergunto, ácida, irritada.

– Não. Mas é fascinante como seu desempenho cai quando você fica nervosa. Talvez seja bom trabalhar nisso.

– Eu *não* fiquei nervosa, e o meu desempenho em jogo da velha não significa…

– Pergunta – interrompe ele, um tom de voz diferente. – Por que você finge não querer isso aqui?

– Isso aqui?

Ele gesticula ao redor de si. Mas então diz:

– Xadrez. Por que você finge que não *quer* jogar?

– Você *não* me conhece – respondo, irritada. – Eu só não gosto tanto assim de xadrez.

Ele balança a cabeça com um sorrisinho no rosto e desenha outra grade. Depois ganha facilmente enquanto eu me atrapalho toda. Minhas mãos estão tremendo, e estou cansada *demais* de...

– Você também sente, não sente, Mallory? – Seu tom é premente. Baixo. – Quando você joga, você sente a mesma coisa que eu sinto.

Cerro os dentes.

– Não faço ideia do que você sente. O xadrez é só um jogo de tabuleiro idiota e...

– É *mesmo* um jogo de tabuleiro idiota, mas é *seu*. Eu vejo a maneira como você olha para as peças. É o seu mundo, não é? O mundo que você escolhe para si mesma, de acordo com seus próprios limites. Nele, você pode ser a dama. O rei. O cavalo. O que você quiser. Existem regras e, se você aprende todas elas direito, pode controlá-las. Pode resgatar as peças de que gosta. Tão diferente da vida real, né?

Como ele ousa agir como se me *conhecesse*, como se...

Eu o odeio.

Não me lembro da última vez que senti tanta raiva. Sinto a bile revirando em meu estômago. Arranco o panfleto de sua mão e faço outra grade, quase rasgando o papel no processo. Preciso de sete tentativas, mas finalmente venço.

– O que você quer de mim, *hein*? – disparo, inclinando-me para mais perto, fuzilando-o com o olhar.

Nolan ergue uma sobrancelha.

– Porque eu não entendo – quase grito. – *O que* você está fazendo aqui, se tem um torneio na semana que vem? Por que você presume que sabe alguma coisa a meu respeito? Por que se importa com o que penso sobre xadrez... – digo, terminando a frase com um ruído bestial de raiva.

Se Nolan se abala, não demonstra.

– Eu achei que você estivesse começando a entender.

– Não estou. Me diz *logo* o que você quer e...

Ouço um ruído alto.

Eu me viro em direção à porta. Tanu e os outros estão entrando, segurando uma pilha de caixas de pizza, gritando sobre descontos em pepperoni e anchovas. Percebo como estou perto de Nolan e me afasto. Ele continua me olhando, a sombra de um sorriso triste em seus lábios.

– Acho que o jogo acabou – diz ele, levantando-se para ajudar Tanu. – Boa noite, Mallory. E boa sorte.

Capítulo Quinze

Darcy adorou o moletom de porquinho-da-índia que comprei para ela ("Embora sirva só para tapar buraco, já que o Golias não vai querer copular com um porquinho 2-D") e até Sabrina está impressionada com seus patins novos com estampa de folha de bordo que quase me fizeram perder o avião, já que os comprei de última hora, e por pouco não couberam na mala.

Mas seu amor por mim oscila o tempo todo.

– Você é incrível! – diz ela na quarta-feira, depois que lhe dou uma carona até a casa de McKenzie.

Mas na quinta-feira, quando a encontro chorando na sala de casa por conta de algo que McKenzie postou nas redes sociais, ouço:

– Por que você é tão *enxerida*? Por que está *sempre* se metendo na vida dos outros?

– Se encontrarem o meu cadáver numa vala – digo a mamãe –, você fala para a polícia ficar longe da Sabrina. Provavelmente ela será a culpada, mas eu não quero que minha irmã passe a vida na cadeia.

– Não é só com você. Ela está com raiva do mundo.

– Eu era dramática desse jeito quando tinha 14 anos?

É uma pergunta absolutamente ridícula. Ainda tenho 18 anos, mas me sinto velha como a senhorinha do *Titanic*. Exceto quando me comparo com Easton e me sinto presa em algum estágio da puberdade.

– Uma vez eu pedi para você parar de deixar o pote de manteiga de amendoim aberto e você me chamou de ditadora.

Dou um gemido.

– A Darcy também vai ser assim?

– Vai. – Ela dá um tapinha no meu ombro. – Só que vai ser o pote de Nutella.

Tirando isso, volto de viagem e me deparo com a intrigante constatação de que não houve nenhuma emergência envolvendo risco de vida e de que minha família… ficou muito bem sem mim. Estou em parte chocada, em parte aliviada.

Oz e Defne estão no Pasternak, o que significa que estou praticamente sem supervisão. Eu deveria usar o tempo livre para acompanhar a maratona de leitura de García Márquez em que me inscrevi no Goodreads, memorizar as capitais do mundo, pintar meu cabelo de verde-vômito. Qualquer coisa, na verdade. Mas, em vez disso, estudo as partidas de Nolan.

A fúria de nossa última noite em Toronto transformou-se em um frio ressentimento. Nolan disse várias coisas sobre mim, algumas que até fazem sentido (por pura coincidência). É aquilo, até um relógio quebrado acerta as horas duas vezes por dia. Mesmo assim, ele não tinha esse direito. Aquele joguinho de perguntas foi ridículo. Espero nunca mais vê-lo. Provavelmente não verei.

Mas quero estudar as irritantes obras-primas que são suas partidas, e minhas mãos coçam para colocá-las na engine de xadrez. Adoro a deliciosa habilidade que ele tem de desgastar os oponentes, privá-los de um jogo ativo e depois dar o bote como um tigre. Estou desenvolvendo uma obsessão não muito leve, e é provavelmente por isso que estou pensando nele quando conheço um cara chamado Alex em um aplicativo, no domingo à noite.

ALEX: Ei!

MAL: adorei o cachorro da sua foto de perfil, é um pitbull?

Meu telefone apita imediatamente com uma resposta, mas passo vários minutos deitada no sofá, distraída demais analisando a variante de Sawyer para a Defesa Berlim para olhar a mensagem.

ALEX: Aham. Como andam as coisas?

Como andam as coisas? Que pergunta mais estranha. Rolo de volta até a foto do perfil dele, com a sensação de que parece um pouco familiar. Ele é bonitinho. Cabelo escuro. Olhos escuros. Não tão escuros, no entanto. Não tão escuros quanto...

MAL: a gente se conhece?

ALEX: Você tá zoando, né?

Não. Não estou zoando. Felizmente, ele me recorda antes de eu precisar admitir que estou falando sério.

ALEX: Nós estudamos na mesma escola. Eu estava um ano na sua frente. Te convidei pro baile de formatura.

Ah. Esse Alex... só que agora ele tem pelos na cara. Eu lembro, sim. Ele era tão... sem graça. Provavelmente é por isso que nunca mais pensei nele.

MAL: desculpa, não reconheci a sua foto. tudo bem?

ALEX: Tudo ótimo! Estou estudando na Rutgers. E você?

MAL: eu não tô na faculdade

ALEX: Resolveu tirar um ano sabático? Combina com você, pela foto do seu perfil. Você sempre foi muito gata, mas agora...

A mensagem seguinte são três emojis de fogo. Dada a razão pela qual estou neste aplicativo, provavelmente deveria ficar lisonjeada em vez de... nhé.

Em vez disso, me pergunto como Nolan agiria nessa situação. Na internet. Em uma ficada. Provavelmente mandaria mal. Ele é virgem, né? Inútil na cama.

Mas é tão difícil imaginá-lo fazendo qualquer coisa mal. Com seus olhos escuros e atentos; a maneira precisa e determinada com que suas mãos grandes se fecham em torno das peças de xadrez; sua voz, sempre tão cuidadosa; suas belas e brilhantes estratégias. Na Olimpíada, sempre que cometia um erro ou se arrependia de uma jogada, ele murmurava umas palavras indiscerníveis. Às vezes, os cabelos da minha nuca se arrepiavam, e não deveria ser tão agradável, mas eu…

Meu celular apita novamente e encaro a tela, assustada. Esqueci que ele estava na minha mão.

ALEX: Tá a fim de sair qualquer hora, colocar o papo em dia?

Transar, ele quer dizer. Embora esteja sendo educadamente sutil em relação a isso. Aposto que Nolan não seria tão discreto. Aposto que ele diria algo como "ter relações sexuais" e…

Meu Deus. Ah, meu Deus.

MAL: na verdade, acho melhor não. tô muito ocupada com o trabalho, nem deveria estar on-line. desculpa por desperdiçar seu tempo.

Silencio meu celular e, quando ele vibra com a resposta de Alex, não me dou ao trabalho de abrir a mensagem. Por que é que estou pensando em Nolan agora, enquanto marco um encontro com outra pessoa? Por que ele está na minha cabeça?

É isso. Basta. Isso é perturbador. Confuso. Ridículo. Sem precedentes. Já chega dos jogos do Nolan. Chega do Nolan. Eu preciso… Não posso continuar pensando nele.

A partir de amanhã, digo a mim mesma enquanto espero a água do chuveiro esquentar. *Não vou mais olhar os jogos dele. Vou tirar ele da minha vida. A partir de amanhã.*

E realmente acredito nisso. Até que o dia seguinte chega.

A matéria está no site da *Vanity Fair*.

Isso é um problema por si só, já que minha cota de artigos gratuitos do mês acabou. Isso significa que, quando Easton me envia uma mensagem (Você tá transando com ele? Bom saber que eu preciso da *Vanity Fair* para saber da vida da minha melhor amiga!!!), vejo a chamada ("Sawyer fica em segundo lugar no Pasternak, empatando com Koch em partida inflamada") e nada mais.

Acabei de acordar depois de passar a noite inteira me revirando na cama. Ainda está escuro, o brilho do celular machuca meus olhos turvos, e Golias está em algum lugar perto da minha orelha esquerda, lambendo orgulhosamente a própria bunda.

Eu odeio muito a minha vida.

MALLORY: não consigo acessar. resume pra mim?

MALLORY: aliás, como você tá? um pé grande capturou você e te obrigou a casar com ele?

BOULDER EASTON ELLIS: Você VAI QUERER ler essa matéria.

MALLORY: sou pobre e odeio o jeff bezos.

BOULDER EASTON ELLIS: ele é dono do Washington Post, mas tudo bem. E ENTRA NA NAVEGAÇÃO ANÔNIMA pelamor qual o seu problema. Parece uma boomer.

O modo de navegação anônima funciona, e como assim eu não sabia disso? Estou pensando em como explorar esse novo conhecimento quando o primeiro parágrafo da matéria chama minha atenção.

... que Sawyer parecia estranhamente fora de forma. Obviamente, "fora de forma" quando se trata do melhor jogador do mundo

ainda é muito superior à maioria dos Super GMs, mas muitos se surpreenderam quando ele ficou em segundo lugar em um dos torneios mais importantes do ano – e não compareceu à cerimônia de premiação.

Ele parecia cansado, segundo relata Andreas Antonov, GM da Geórgia, durante uma entrevista. "Isso não me surpreende, pois ele pegou um voo de madrugada direto de Toronto e jogou sua primeira partida uma hora após o pouso." A decisão de Sawyer de participar da Olimpíada foi um assunto bastante discutido na comunidade do xadrez. Ele foi o único jogador do top 20 que optou por fazê-lo.

"Isso é o que acontece quando alguém dá mais importância para uma namorada do que para o xadrez", disse Koch, o vencedor do Pasternak, ao chessworld.com. "A era Sawyer acabou. Mês que vem serei o vencedor do Desafiantes e depois levarei o Campeonato Mundial."

Embora Sawyer não tenha falado publicamente sobre sua vida pessoal, parece provável que Koch estivesse se referindo a Mallory Greenleaf, uma talentosa enxadrista que vem chamando a atenção desde o Aberto da Filadélfia. Greenleaf tem um rating estimado em 1.892, mas está subindo rapidamente no ranking. Na Olimpíada, Greenleaf e Sawyer fizeram parte da equipe dos EUA, junto com Tanu Goel (295ª no ranking mundial) e Emil Kareem (84º no ranking mundial), e ficaram em terceiro lugar. Eles também foram vistos juntos fora do torneio (veja esta foto)...

Clico no link, que me leva à porcaria do site de fofocas *Page Six*. É uma foto minha e de Nolan em nossa última noite em Toronto, jogando jogo da velha em um quarto semiescuro. Minha cabeça está inclinada, lápis na mão. Ele me encara, uma expressão estranhamente suave em seu rosto geralmente impassível.

Quem tirou essa foto? Quando? *Por quê?*

... há rumores de que Sawyer, um verdadeiro astro do xadrez, está namorando a também enxadrista Mallory Greenleaf. Os dois foram flagrados em um momento íntimo tarde da noite...

Merda. Não, não, *não*. Ah, merda, merda, merda.

Dou um pulo da cama. Isso é péssimo. Pior do que péssimo. *Muito pior*. O que eu faço? Como faço para pedir uma retratação da *Vanity Fair*? Eles por acaso têm um gerente com quem eu possa gritar?

Nolan. Nolan vai saber. Ele vai querer consertar isso também. Preciso entrar em contato com ele, mas como? Eu não tenho o número dele. Devo invocá-lo com um pentagrama feito de torres ou... Emil!

Mando uma mensagem, então me lembro de como eram seus horários em Toronto: ele definitivamente *não* é uma pessoa matutina. Só Deus sabe a que horas vai acordar, e eu não posso esperar tanto tempo assim quando tem alguém falando mentiras a meu respeito na internet. Então passo a mão pelo cabelo e faço o que qualquer outra pessoa faria: pesquiso Nolan no Google. Tenho que vasculhar uma quantidade absurda de resultados, que ninguém que mal chegou aos 20 anos deveria render, incluindo um Tumblr dele como um gato, e uma fanfic erótica explícita envolvendo Nolan e Percy Jackson fazendo um 69 em um hipocampo. Até que encontro algo útil: uma matéria sobre o processo de emancipação de Nolan em relação à família e sua mudança para uma cobertura no bairro de TriBeCa.

E como a internet é um lugar assustador que não acredita em limites, há um endereço.

Aparentemente eu também não acredito em limites: vou até lá falar com Nolan. Levarei mais de uma hora para chegar. A essa altura, Emil já terá respondido e aí eu envio uma mensagem para Nolan informando que estou por perto. Vamos tomar um café no Starbucks, falar sobre xadrez e sobre um possível processo por difamação contra um grande veículo de notícias! O café é por minha conta! Plano perfeito.

Mas se torna menos perfeito quando me encontro no saguão do prédio de Nolan, e Emil ainda não me respondeu nem atende às minhas ligações. Porque ele ainda está dormindo. O porteiro dá uma olhada no suéter oversized que joguei por cima do vestido mais boho que eu tenho e está pronto para me expulsar do edifício.

Abro um sorrio trêmulo.

– Eu vim falar com o Sr. Sawyer.

A expressão do porteiro diz claramente "Eu conheço seu tipo, sua groupie do xadrez, e não vou pensar duas vezes em ligar para a polícia". Sinto uma leve vontade de morrer.

– Por favor?

– Tenho instruções para não deixar visitas não agendadas passarem.

– Mas eu... – Uma ideia me ocorre. Sinto ainda mais vontade de morrer. – Ele acabou de voltar da Rússia e eu queria fazer uma surpresa, porque sou... – *Não gagueje. Mostre a esse gentil porteiro a matéria do Page Six.* – Namorada dele. Viu?

Olha só essa foto que saiu na internet e, portanto, só pode ser verdade.

Dois minutos depois, estou no quarto andar, pensando que Nolan precisa de um serviço de segurança melhor, quando ele abre a porta.

Eu achei que fosse sair vomitando um monte de coisa nele, e exigir que consultasse sua... assessoria de imprensa? Seu agente de relações públicas? Seu massagista? Que ele pedisse a alguém para consertar esse show de horrores. Mas quando ele aparece na minha frente, despenteado, muito pálido, camiseta branca e calça de pijama xadrez amarrotada do colchão, só consigo dizer:

– Você está parecendo um cadáver.

– Mallory? – Ele esfrega o olho. Sua voz está rouca de sono e algo mais. – Outro sonho, é?

– Nolan... você está bem?

– Você devia vir pra cama. Esse cenário não faz sentido. Eu gosto muito mais quando a gente...

– Nolan, você está *doente*?

Ele hesita e sua expressão clareia.

– Você está *mesmo* aqui?

– *Sim.* O que você tem?

Ele coça a nuca e se apoia no batente da porta, como se não tivesse total domínio sobre seu equilíbrio ortostático.

– Não sei bem – murmura. – Pode ser qualquer coisa.

O apartamento de Nolan é um duplex três vezes maior que a minha casa, uma vastidão de espaços despojados, janelas gigantes, piso de madeira e estantes. No meio do corredor há uma mala aberta, abandonada; em uma mesa próxima, uma pilha de livros que incluem Emily Dickinson, Donna Tartt e um estudo sobre a Falange Macedônia; por toda parte, o perfume intenso e complexo que passei a associar a Nolan, só que melhor. Mais forte. Desconstruído em suas diversas camadas.

Eu o acompanho até algum cômodo que esqueceu de mencionar, tentando não ser intrometida, tentando não olhar para o tecido retesado em seus ombros largos. É estranho estar aqui. Como se a atmosfera peculiar que cada cômodo exala assim que Nolan Sawyer entra tivesse sido destilada, condensada, borrifada nas paredes e no chão.

Essa visita espontânea talvez não tenha sido uma decisão muito sábia.

– Você está com febre? – pergunto, já na cozinha.

– Impossível dizer.

Arqueio as sobrancelhas.

– Deixa eu te contar sobre uma tecnologia chamada termômetro.

– Ah, é. Esqueci.

O lance é que eu nem acho que ele esteja se fazendo de engraçadinho. Observo enquanto ele pega duas canecas de tamanho normal, que parecem quase comicamente pequenas em suas mãos (uma delas diz Cadelinha Nº1 do Emil), uma caixa de cereal, um galão de leite visivelmente talhado. Ele me oferece a caneca que não fala do Emil como se fosse uma dose de uísque.

– Nolan, você...

Fico na ponta dos pés para alcançar sua testa. Ele está *queimando* de febre. De perto, cheira a sono e suor fresco. Nada desagradável.

– Sua mão está tão fria – diz ele, fechando os olhos de alívio.

Eu faço menção de afastar a mão, mas ele a segura ali.

– Fica. – Ele se inclina na minha direção, hálito quente, lábios rachados contra minha têmpora. – Você nunca fica.

– Nolan, você está doente. A gente precisa fazer alguma coisa em relação a isso.

– Certo. Claro. – Ele se afasta. – Café da manhã. Vou ficar novinho em folha depois.

– Depois de comer *isso aqui*? Você precisa de nutrientes, não de cereal cheio de corante.

– Eu só tenho isso.

– Sério?

Ele dá de ombros.

– Eu estava viajando. Canadá, não foi?

– Você estava na Rússia. Além disso, tem uma pilha de tigelas naquele aparador... quem come cereal em uma caneca?

– Ah. – Ele assente. Em seguida, se curva lentamente, até apoiar a testa na ilha da cozinha. – O que é "aparador"?

Eu aperto a ponte do meu nariz. Sou uma boa pessoa. Levanto a lata de lixo da Sra. Abebe quando o vento a derruba, sorrio para os cachorros no parque, nunca faço piada quando alguém fala errado. Eu não *mereço* isso. No entanto.

– Olha só, fica aqui. Não come isso. Eu já volto.

Eu meio que o carrego até o sofá, seus músculos duros, pesados e escaldantes contra o meu corpo. Em menos de dez minutos, desço as escadas correndo, gasto o PIB de um pequeno país europeu no mercadinho da esquina, subo e o encontro dormindo.

Eu sou a Madre Teresa. Reencarnada. Mereço uma auréola.

– Toma isso.

O sofá de Nolan é imenso, mas ainda assim curto demais para ele. Ridículo.

– É veneno?

– Ibuprofeno de absorção rápida.

– Que cheiro é esse?

– Seu cecê.

– Não, o cheiro bom.

– Estou fazendo comida.

Ele abre os olhos.

– Você está fazendo canja de galinha.

– E você não merece.

– Do zero?

– É muito fácil, e comida enlatada tem gosto de chumbo e desespero. A propósito, você me deve 43 dólares. Sim, estou cobrando pela barra de Snickers que comprei para me dar apoio emocional. Pode me fazer uma transferência, mas, por favor, não escreva "Drogas" na descrição. Só... tira um cochilo. Eu já volto.

Mas ele não faz isso. Tirar um cochilo, quero dizer. Ele se senta diante da ilha da cozinha e me observa de uma maneira vidrada e satisfeita enquanto me movo silenciosamente. Isso não me incomoda, na verdade. Seus olhos em mim geralmente provocam sensações estranhas e desconfortáveis, mas hoje... talvez eu simplesmente ame esta cozinha. É grande, aconchegante e moderna, e quero usá-la todos os dias. Quero me casar com ela e adotar uma ninhada inteira de sharpeis mijões.

– O que você está fazendo aqui? – pergunta ele, vinte minutos depois.

Com os remédios fazendo efeito, ele parece um pouco menos desligado.

– Saiu uma matéria na *Vanity Fair* – explico distraidamente enquanto corto cenouras. Agora que estou aqui, cuidando de Nolan em seu apartamento aconchegante que cheira a ele e a comida caseira, é difícil atingir o nível de indignação de uma hora atrás. – Sobre você ter perdido para o Koch.

– Eu *empatei* com o Koch. Mas perdi para o Liu, que ganhou do Oblonsky, e eu empatei com o Antonov, então fiquei em segundo lugar no torneio...

– Está bem, eu tenho certeza de que o seu pau é muito maior que o do Koch, mas vamos nos concentrar no assunto em questão, que é o fato de o Koch ter dito à *Vanity Fair* que eu e você estamos namorando, e o *Page Six* ter publicado fotos nossas em Toronto, e agora sei lá quantos milhões de nerds do xadrez ao redor do mundo acham que a gente tem alguma coisa.

– E nós não temos?

Eu me viro para encará-lo.

– Você não tem *nada* com ninguém. Você me disse isso.

– Eu também disse *até recentemente*.

Meu coração dispara.

– Você devia estar muito mais irritado com isso. Mas como está à beira da morte, vou deixar pra lá, mas em algum momento nós vamos ter que esclarecer essa situação.

– Claro. Fica à vontade.

– Como assim? Juntos. Nós vamos fazer isso juntos. Podemos emitir um comunicado para a imprensa. Contratar a esquadrilha da fumaça pra escrever uma mensagem no céu. *Qualquer coisa*.

– Eu não vou. Mas você pode, se quiser.

Eu franzo a testa.

– Como assim não vai? Minha irmã, meus amigos, todo mundo vai ler essa matéria e pensar que é verdade.

– Não me importo de enviar mensagens para os seus amigos, fazer um FaceTime, ou até contratar a esquadrilha da fumaça para explicar a situação para eles. Mas não vou falar com a imprensa sobre a minha vida pessoal.

– Por que não?

– Mal, eu entendo que é incômodo, mas não é a primeira vez que isso acontece comigo. É impossível lutar contra a imprensa quando eles estão errados. A única coisa a fazer é ignorar. Primeira regra do Clube de Xadrez: nunca pesquise seu próprio nome no Google.

Tampo a panela de sopa e me apoio na bancada com os braços cruzados.

– Tenho certeza de que a primeira regra do Clube de Xadrez é que as brancas jogam primeiro. E eu entendo que você sofreu por conta do boato das Baudelaire, mas...

– Eu estava falando das merdas que publicaram sobre o meu avô. – Ele me lança um olhar vazio. – Que boato é esse das Baudelaire?

Desvio o olhar. É constrangedor que eu saiba e ele, não. Parece que me importo mais com a vida amorosa de Nolan do que ele mesmo.

– É que... dizem que você saiu com uma Baudelaire?

– Ah, é. As irmãs, né? O Emil me contou sobre isso.

– É verdade?

Ele ergue uma sobrancelha.

– Você sabe que não é.

Claro. Eu sei.

– Então como esse boato começou?

– Uma delas estava em uma festa que a minha agente me obrigou a ir, quando eu ainda dava ouvidos a ela. Provavelmente isso bastou.

Apoio os cotovelos na ilha, odiando o quanto estou interessada.

– Qual delas?

– A que tem um nome que começa com J, eu acho?

Dou um suspiro. As duas têm nomes com J.

– Então, o que rolou? Vocês estavam conversando e você não quis... sabe?

– Você ia querer?

– Se fosse eu? Com certeza.

Ele inclina a cabeça.

– Por quê?

– Como assim?

– O que você ia ganhar com isso?

Dou de ombros.

– Eu gosto de sexo. É divertido. É gostoso... *muito* gostoso às vezes. Ainda mais quando você está a fim e transa com pessoas atraentes ou interessantes. Não me envergonho disso.

– Nem deveria – responde ele, mas percebo que Nolan não entende por completo. O sexo, o desejo são coisas que ele ainda está tentando compreender. – Mas e se sentir mais próximo de alguém? Ter uma conexão?

– Talvez. Tenho certeza de que tem significados diferentes para pessoas diferentes, e todos são válidos. – Afasto a lembrança da noite passada e de Alex como se espantasse uma mosca. – Mas a parte da conexão humana... não é para isso que eu transo. É arriscado.

– Arriscado? Como?

Dou de ombros, sem muita vontade de me explicar.

– Não preciso dessas coisas. Já estou muito ocupada.

Ele assente como se compreendesse.

– Cuidando da sua família, né?

Arqueio uma sobrancelha.

– Nós não estávamos falando sobre o seu caso com a Baudelaire?

– Eu realmente não me lembro do que aconteceu. A gente... Espera.

– O que foi? – pergunto, chegando mais perto, os olhos arregalados.

– O Kasparov estava lá.

– O ex-campeão mundial?

– Isso. Ele queria jogar comigo.

– E aí?

– Como assim "e aí"? E aí eu fui jogar.

– Deixa eu ver se entendi. Você escolheu jogar xadrez com um velho em vez de transar?

Ele me encara como se fosse uma freira enclausurada e eu estivesse lhe explicando o que é bitcoin.

– Você entendeu que era o *Kasparov*?

Dou uma risada. Depois outra. Então rio um pouco mais, testa apoiada nas mãos, pensando que quando não é um completo babaca, Nolan é até meio fofo. Quando ergo os olhos, ele está com uma mecha do meu cabelo entre os dedos, esfregando-a como se fosse seda. Seus olhos ainda estão um pouco vidrados, então eu deixo que ele continue.

– Ao menos a melhor partida da sua vida? – pergunto. Ele me olha nos olhos.

– Não. Não foi.

– Qual foi, então?

Ele me encara novamente. Sinto um arrepio percorrer minhas costas, vindo sabe-se lá de onde. Então o temporizador da cozinha toca e nós dois desviamos o olhar.

Sirvo a canja em sua caneca Cadelinha do Emil, porque esta é uma imagem mental que mereço ter.

– Está gostoso – diz ele após a primeira colherada, soando ofensivamente surpreso. – Não tão bom quanto o bolo de carne da sua mãe, mas...

Dou um beliscão no bíceps dele, mas não surte nenhum efeito porque seus músculos se contraem, esticando as mangas da camiseta, e seu sorriso irônico aparece. Ele repete outras três vezes, comendo feito uma criança enquanto eu mastigo meu Snickers e finjo não estar lisonjeada. A adrenalina está baixando e meu corpo está começando a lembrar que dormi menos de cinco horas na noite passada e não ingeri cafeína.

– Você cozinha? – pergunto distraidamente.

– Raramente. E sou bem medíocre.

– E mesmo assim você tem a melhor cozinha que eu já vi. – Balanço a cabeça. – O dinheiro que dá para ganhar em torneios é um pouco obsceno.

– É, mas eu já era herdeiro. Vou deixar você decidir se isso é melhor ou pior, do ponto de vista moral.

– Legal da parte dos seus pais.

– Meu avô – corrige ele. – Ele era o dono desse apartamento.

– Ah. – Mordo o lábio, pensando se quero fazer essa pergunta ou não. – O seu avô que...

– Aham. Que jogava xadrez, e enlouqueceu e quase me matou quando eu tinha 13 anos.

Seu sorriso é discreto, não tão amargo quanto eu esperava. Mas estremeço mesmo assim.

– Com certeza essa não é a melhor maneira de falar sobre saúde mental – digo em um tom neutro.

– Certo. O meu avô, que foi diagnosticado com uma variante comportamental de demência frontotemporal de rápida progressão. Soa melhor? – Eu não respondo. Então ele acrescenta: – Existe uma variante hereditária da demência frontotemporal, você sabia?

Abro a boca, depois fecho. Há um ar distante nele que parece ter pouco a ver com a febre. É melhor eu ir com calma.

Nolan Sawyer precisando de cuidados. Parece mentira. Mas.

– Você tem medo de que o mesmo aconteça com você?

Ele solta uma risada sem humor.

– Sabe o que é curioso? Eu morria de medo disso, mas sei que não vai acontecer. Porque eu fiz um exame genético assim que me emancipei. Mas meu pai, até onde eu sei, não fez o exame e, até eu parar de atender às ligações dele, me dizia todo dia, *todo santo dia*, que se eu continuasse jogando xadrez, acabaria igual ao meu avô. Como se esse fosse o problema dele, ter jogado xadrez demais.

– Parece... idiota.

– É, pois é. Gente idiota fala idiotice.

Ele não me encara. Olha para baixo, em direção à caneca vazia, cotovelos na bancada de mármore, e eu me pego me inclinando para mais perto. Nolan parece estar à flor da pele, e não quero arriscar tocá-lo, mas quero estar *presente*. Com ele.

É algo que faço com Easton quando ela está se sentindo mal. Com Darcy. Com Sabrina, quando ela deixa. Chego um pouco mais perto do que o normal. Compartilho o mesmo ar. Deixo que nossos aromas se misturem. Faço isso com minhas irmãs e minha amiga, e agora com um campeão de xadrez idiota, e já bem grandinho, de quem aparentemente estou cuidando.

Somos dois esquisitos, isso sim.

– Esse apartamento que ele deixou para você... é grande para uma pessoa só – comento.

– Quer vir morar aqui? – pergunta, o tom dele combinando com o meu, íntimo.

– Claro. Vou vender meu pâncreas. Deve cobrir os três primeiros meses de aluguel.

– Você não precisa pagar aluguel. É só escolher um quarto.

– E eu vou te pagar oferecendo minha companhia? Te poupando de jantar sozinho na sua mesa de cerejeira de 15 metros iluminada por candelabros, tipo o Bruce Wayne?

– Eu costumo jantar em pé na frente daquele tabuleiro de xadrez ali.

– Fico surpresa de você sequer jantar, e não se nutrir só das lágrimas dos seus rivais.

Ele sorri novamente e... Meu Deus.

Ele é devastadoramente bonito.

Dou um passo para trás, pegando minha bolsa e jogando fora a embalagem de Snickers.

– O resto da canja está na geladeira. Toma outro ibuprofeno daqui a cinco horas. E fala para alguém dar uma passadinha aqui para os ratos não acabarem comendo os seus intestinos se você desmaiar sozinho.

– Você está aqui.

– Eu *estive* aqui. Agora estou indo.

Nolan murcha visivelmente, e sinto uma pontada de compaixão.

– Cadê o Emil? – pergunto.

– Eu não vou ligar para o Emil só porque estou com um resfriado. Ele está ocupado com as provas e passa três horas por dia pensando na Tanu.

– Outra pessoa, então.

Ele balança a cabeça.

– Vou ficar bem.

– Não vai, não. Você estava meio morto quando eu cheguei.

– Então fica.

– Já estou atrasada para o Zugzwang. Eu...

Ele me encara com aqueles olhos escuros e límpidos, e eu simplesmente não consigo ir. Não consigo deixá-lo. E se ele ficar desidratado e morrer? Vai ser minha culpa, né? Não vou dar ao fantasma dele a satisfação de assombrar várias gerações de mulheres Greenleaf. Eu vou manter esse babaca vivo.

– Como nosso trabalho consiste em jogar xadrez, a gente deveria jogar uma partida – diz ele enquanto mando uma mensagem para Defne informando que tive uma emergência. – Só para continuarmos a ser membros produtivos desta sociedade capitalista.

– Valeu a tentativa.

– Funcionou?

– Não. Nolan, você ainda parece semimorto. Só tira uma soneca enquanto eu perco o dia assistindo a vários vídeos sobre *Dragon Age* no seu wi-fi.

– *Dragon o quê?*

E é assim que vou parar no sofá de couro de Nolan, falando sobre elfos, *eggheads* e o fim do mundo, confortada pelo vídeo e pela presença de Nolan.

– Isso é mais legal do que a série do Jughead – diz ele, dez minutos depois.

Eu bocejo, bastante satisfeita.

Então, dez minutos depois, pego no sono.

A luz do sol do começo da tarde é forte, mas eu não me importo. Consigo ignorá-la porque estou enrolada no cobertor mais delicioso do mundo. Impecável, nota 10, perfeito, avaliação cinco estrelas na Amazon. Ele me mantém quentinha e me pressiona contra o encosto do sofá, firme e pesado, a mistura perfeita de duro e macio. Principalmente duro, mas de um jeito bom. Até escorregou uma perna bem entre as minhas, e seus braços estão ao redor do meu peito. Faz com que seja praticamente impossível me mover, mas não me importo, porque me sinto protegida de todos os lados. Como o rei durante um jogo de xadrez de qualidade.

Jamais sairei deste lugar. Eu moro aqui agora, no céu. Abro os olhos para examinar meu novo reino e…

Nolan está bem aqui. Olhando para mim. E algo me diz que eu deveria estar em pânico, mas tudo que consigo é dizer:

– Oi.

– Oi – responde ele, e quase sinto a rouquidão de sua voz contra meus lábios. Ele cheira a algo inefavelmente intenso e bom.

– Oi – digo de novo, feito uma tonta, e nós dois sorrimos, e o ar entre nós é doce, e seus olhos, seu nariz, seus lábios estão repentinamente mais próximos e…

Algo vibra e eu volto para a realidade. Eu me remexo dentro do abraço de Nolan, sentando depressa.

– Ignora – pede ele, mas eu *o* ignoro.

O que acabou de acontecer? Ai, meu Deus. Eu nunca dormi com outra pessoa. *Nunca*. Não desse jeito. Não... O que está acontecendo?

E o barulho continua, algo ainda vibra.

– Acho que... meu celular. – Aqui está. Como faço para atender? Vermelho? Não, verde. – Alô?

– Mal? Você está bem?

É Defne.

– Sim. Desculpa por não ter respondido mais, eu...

– Você viu o jornal?

Ah, merda. A matéria.

– Eu... Não se preocupa com isso. É mentira, eu não estou dormindo com o Nolan.

Nolan ergue uma sobrancelha. Seus braços ainda estão em volta da minha cintura, e eu morro por dentro.

– Quer dizer, a gente não está...

– Não tem nada a ver com o Nolan.

– Ah, tá. – Ufa. – O que é então?

– É o Desafiantes, Mal. Escolheram você como um dos participantes deste ano.

Capítulo Dezesseis

"... os dramas do mundo do xadrez costumam ser bem fracos, mas parece que esse daí é dos bons. Você pode explicar ao nosso público o que está acontecendo no Campeonato Mundial?"

"O negócio é o seguinte, Mark: das dez pessoas que chegam ao Torneio de Desafiantes, nove são selecionadas com base nos ratings ou porque venceram os torneios de qualificação. O décimo participante, que é sempre uma surpresa, é escolhido pela FIDE. Geralmente é uma forma de incluir um jogador do top 10 que, por algum motivo, não tenha conseguido entrar. Este ano, todo mundo achou que o escolhido seria o Antonov. Ou o Zemaitis. Ou o Panya, embora o filho dele esteja para nascer em fevereiro, bem no início do campeonato, logo ele provavelmente teria recusado o convite. Em vez disso, na semana passada, o comitê selecionou uma jogadora inexperiente e com um rating muito baixo. Agora, sejamos justos, Greenleaf é uma enxadrista talentosa e promissora. Mas ela só joga profissionalmente há alguns meses e ainda não tem uma trajetória significativa. O desempenho dela na Olimpíada foi notável, mas escolhê-la para o Desafiantes é como pedir a um aluno do terceiro ano para participar de um jogo da liga profissional de futebol americano. O torneio será na

semana após o Dia de Ação de Graças, em Las Vegas, e muitos duvidam que ela será páreo para os grandes jogadores."

"Algumas pessoas estão dizendo que ela foi escolhida por ser mulher..."

"Ultimamente vem se falando muito sobre a falta de representatividade feminina no xadrez profissional, e o convite a Greenleaf pode ser uma resposta a isso. Mas há muitas mulheres com classificações mais altas e mais experiência que mereciam *esse lugar. Algumas pessoas especulam que o motivo não é ela ser mulher, mas, sim, ela ser a mulher de um determinado enxadrista."*

"Falei que esse drama era dos bons!"

"Pois é. Nolan Sawyer... Você já ouviu falar do Sawyer, né?"

"Claro."

"Ele é a realeza do xadrez, uma verdadeira celebridade. É tão influente no esporte que pode ter pressionado a FIDE a escolher um jogador específico para o Desafiantes. E ele foi fotografado com Greenleaf em posições um pouco..."

"Eu estou entendendo o que você quer dizer."

"Pois é! Então as pessoas estão se perguntando se..."

– Você deveria parar de se torturar, Mal.

Ergo os olhos do meu iMac e encontro Defne encostada no batente da porta, a argola de prata em seu septo brilhando enquanto ela me lança um olhar preocupado.

– E se por acaso você decidir *continuar* se torturando, será que dá para fazer isso com os fones de ouvido? – Oz me encara de sua mesa. – Nem todo mundo é um prodígio inato que alguém erroneamente presumiu ser a nova amante de Nolan Sawyer. Alguns de nós precisam *treinar* de verdade.

– Eu só... – Massageio a têmpora. – Por que o *Today Show* está falando sobre xadrez? Eles não deveriam cobrir coisas importantes? Extração de combustível ou a terraformação sustentável de Marte, ou o clube do livro da Malala?

Oz parece atônito.

– Você *nunca* viu TV a cabo?

Dou um gemido e apoio a testa na mesa.

Sei que estou com um mau humor digno de Sabrina, mas tenho esse direito, porque novembro tem sido uma grande *bosta*: todo mundo acha que sou uma groupie de Nolan que usa sexo para avançar no xadrez. Easton ama demais o Colorado para voltar para casa no Dia de Ação de Graças – uma reticência assustadora no final da frase ambígua que é nossa amizade. E alguém com quem estudei no ensino médio me mandou uma mensagem para perguntar se me tornei mesmo uma jogadora profissional de softball e se estou grávida de trigêmeos de um modelo holandês de roupas íntimas. Um grande telefone sem fio, mas ainda um sinal claro de que meu nome está circulando demais e de que mamãe ou Sabrina podem se deparar com minha carreira secreta a qualquer momento.

Então, sim. *Mal-humorada* é no momento o traço que define a minha personalidade. Sou praticamente cem por cento mau humor, pronta para explodir a qualquer segundo sem nenhum constrangimento.

– Eu deveria ter recusado o convite – murmuro contra a madeira polida.

– O prêmio é de cem mil dólares – me lembra Oz em um tom ácido. – Na semana passada, quando você estava aí se lamentando, a gente falou sobre os impostos que são retidos e o ganho líquido, e sobre as parcelas da hipoteca que você vai poder pagar. Eu não fiz todas essas contas para você dar para trás agora.

– É só... muito constrangedor. As pessoas estão dizendo em rede nacional que eu sou fraca demais para dar conta.

– Nessa mesma rede nacional, pessoas disseram que os incêndios na Califórnia foram iniciados por lasers espaciais. – Oz revira os olhos. – Escuta, não é que eu não queira acalmar seus delicados nervos, mas, como já disse antes, prefiro morrer empalado por um arpão enquanto cultivo beterrabas do que me envolver com esse fungo que são as emoções humanas...

– Oz – interrompe Defne –, será que você pode nos deixar a sós por alguns minutos?

– O quê?

– Eu e a Mallory precisamos de um pouco de privacidade. Para falar sobre cogumelos e tal.

– Mas todas as minhas coisas estão aqui. O que eu vou fazer?

– Sei lá. Cultivar beterraba? Encontrar um arpão? Volta daqui a meia hora. Anda, anda.

Defne é minha chefe, mas ela nunca *pareceu* tanto minha chefe como agora, contornando minha mesa com uma expressão séria, sentando-se nela com um pulo ágil, uma nuvem de argolas alegremente tilintantes, frutas cítricas e tabaco. Ela me encara como se estivéssemos prestes a ter uma conversa séria, e me dou conta de que a infelicidade dos últimos dias poderia aumentar exponencialmente se eu fosse mandada embora.

Merda.

– Eu sei que ando choramingando demais, mas prometo…

– Eles têm razão, Mal.

– Quem?

– A FIDE te escolheu *mesmo* por você ser mulher. – Ela faz uma pausa, deixando que eu assimile suas palavras. – O lance do Nolan é bobagem, obviamente. Ele não tem *tanta* influência assim na FIDE, que deve ter tomado a decisão antes da publicação dessas fotos. Eu não sei o que está acontecendo entre vocês dois…

– Nada!

É verdade. Não vejo Nolan desde que saí correndo de seu apartamento, três semanas atrás, em um pânico induzido pela internet, embora ele tenha dado um jeito de conseguir o meu número (com Emil, presumo), porque tem me mandado mensagens. De início, coisas como "Fugiu de novo, né?" e "Mallory. Você está bem?" e "Eu só quero falar com você". Daí, alguns dias depois, enquanto eu regava o canteiro em formato de porco-espinho de Darcy, "Cormenzana sempre abre com a Ruy Lopez". Essa mensagem foi seguida de muitas outras semelhantes, com pequenos conselhos ("Kotov *vs.* Pachman, 1950") e grandes conselhos também ("Não se esqueça de se hidratar").

Eu não respondo. Nunca respondo, porque…

Porque não quero.

Porque não somos amigos.

Porque acordei em seu sofá e meu primeiro instinto foi me afundar nele. Uma verdadeira história de terror.

Não respondo, mas leio. E entre os acessos de mau humor, faço o que ele recomenda, porque o mais irritante é que são conselhos bons. Digo a mim mesma que Nolan está me ajudando apenas porque odeia Koch, mas não me dou sequer ao trabalho de tentar acreditar nisso.

Não é como se eu fosse vencer o Desafiantes. Afinal, eles só me escolheram porque…

– Você disse que a FIDE me escolheu *mesmo* por eu ser mulher?

Defne assente. Em seguida, se corrige:

– Não só por esse motivo. Mas isso teve um grande peso.

– Mas por quê? Tem milhares de mulheres jogando xadrez.

– O que você sabe sobre mulheres no xadrez?

– Não muito. – Lembro-me do desdém de Koch na Filadélfia. "Eu prefiro quando as mulheres ficam só nos torneios delas." – Só que existem torneios separados, só pra mulheres.

– Mais do que isso... existem ligas separadas, rankings separados. É um tema polêmico. Alguns dizem que essas ligas não deveriam existir, porque elas limitam as mulheres e dão a entender que elas não são capazes de disputar com jogadores do sexo masculino. Outros discordam e querem preservar um espaço no qual não somos assediadas e onde ninguém faz com que a gente se sinta inferior.

– Qual a sua opinião?

Ela suspira.

– Eu acho que é ruim de qualquer jeito. Ninguém sai ganhando nessa história, e foi por isso que eu parei de competir e escolhi me concentrar em... no xadrez ainda, mas na parte que não me faz querer esfaquear um travesseiro de plumas com uma faca de manteiga. São travesseiros muito *caros*.

Não sou nenhuma novata no mundo do machismo implícito e explícito (eu trabalhava em uma *oficina mecânica*, para o *Bob*), e homens com opiniões idiotas têm sido uma constante em minha vida, então...

Só que não. *Não* têm sido.

– Eu não me lembro de ser assim na época em que eu jogava quando era criança – digo a Defne. – Talvez porque eu não tivesse um rating, ou porque meu pai tenha me protegido disso tudo, mas o xadrez nem *sempre* foi um esporte dominado por homens.

Ela assente.

– Quando você era jovem, todo mundo era fascinado por xadrez e ninguém falava sobre gênero, certo?

– Sim.

– Provavelmente você perdeu a parte interessante da história por muito pouco. Quando as crianças crescem, começam a admirar os grandes nomes e descobrem que Kasparov disse uma vez que nenhuma mulher seria capaz de aguentar uma batalha mais longa.

Fico tensa.

– Você está falando sério?

– Uma vez, depois de um torneio, eu fui jantar com outros jogadores. Alguém abriu um vídeo no YouTube... uma entrevista antiga do Fischer dizendo que as mulheres são burras e péssimas em xadrez. Todo mundo achou hilário. – Defne baixa os olhos, estranhamente cabisbaixa. – Eu tinha 17 anos. Era GM. E a única mulher à mesa.

– Eu... Que merda, Defne. – Eu me levanto, furiosa. Ela era mais nova do que eu sou agora. Sozinha com idiotas. – Bem, o Fischer era um antissemita fervoroso. A opinião dele não...

– A pior parte não foi o Fischer, mas os caras mais ou menos da minha idade que achavam engraçado usar uma camiseta escrito "Mulher enxadrista é um paradoxo". A pior parte foi a FIDE não fazer nada a respeito. E eu lá, indo para os torneios, perdendo cada vez mais, muitas vezes para esses babacas que fazem piada sobre como o cérebro feminino tem dobras demais para realmente compreender a segurança do rei, e então comecei a me perguntar se eles tinham razão. Dentre os GMs, o quê, um por cento são mulheres? Isso não é nada. Talvez sejamos mesmo inferiores. Talvez a gente precise de uma liga especial.

– Você... – Eu fico atônita, sentindo-me traída. – Você realmente acha isso?

– Por um tempo, eu achei. E quanto mais eu acreditava nisso, mais eu perdia. Na verdade, fiz uma pausa no xadrez. Fui para a faculdade, fiz meu MBA... Você sabia que eu tenho um MBA? Agora você sabe, por favor, não conte para ninguém, é o meu segredo mais vergonhoso. Enfim, eu achava que tinha desistido do xadrez. Então, um dia, eu li sobre um estudo. Um cientista na Europa pegou um monte de mulheres e as colocou para jogar xadrez on-line contra oponentes do sexo masculino com ratings parecidos. Quando as jogadoras não sabiam o sexo do adversário, ganhavam cinquenta por cento dos jogos. Quando eram levadas a acreditar que o oponente era mulher, venciam cinquenta por cento dos jogos. Quando eram informadas de que jogavam contra homens, seu desempenho caía. Mas, na verdade, os oponentes eram sempre os mesmos. – Defne dá de ombros. Seus brincos tilintam novamente, ela está abatida. – Esse sistema acaba com as mulheres. Faz você duvidar de si mesma e desistir do clube de xadrez para dar lugar àqueles que são talentosos de verdade. Oz, Emil, Nolan... mesmo os bons jogadores não sabem como é. Eles não sabem como é ouvir que se está inerentemente destinado a ser o segundo melhor. – De repente, a expressão de Defne muda para um sorriso travesso. – Mas isso não é verdade. E uma vez que a gente entende isso, é impossível voltar atrás. Um dia depois de ler sobre o estudo, eu fiz isso aqui.

Ela tira o braço da manga do cardigã. A tatuagem da posição de xadrez se curva contra seu bíceps.

– Que jogo é esse?

– Moscou, 2002. A posição final da partida em que Judit Polgar venceu Garry Kasparov. Apesar daquele comentário infeliz que ele fez uma vez sobre sua "psiquê feminina imperfeita".

Começo a rir. E não paro por um bom tempo.

– Isso é... é *incrível.*

– Eu sei. – Defne ri também. Então seu rosto fica sério e ela pega minha mão. – Mallory, eu cresci nesse mundo e sei como esses idiotas pensam. Houve um acerto de contas. Esses dinossauros da FIDE perceberam que não podem excluir as mulheres do xadrez, e viram em você uma oportunidade. Uma desconhecida que causou grande impacto em eventos de alto nível. Ao contrário do que aconteceu com outras mulheres que jogam xadrez há anos, eles podem justificar essa escolha dizendo que a sua pontuação só é baixa porque você é nova, mas também que a sua carreira é promissora o suficiente para te convidarem. Podem usar você para melhorar a imagem deles. Mas eu os *conheço*, e sei que eles também acham que é impossível que você seja *tão* boa assim. Que as suas vitórias provavelmente foram um acaso e que você não vencerá o Desafiantes.

Sinto meu estômago embrulhar. Não é a mesma coisa que venho dizendo a mim mesma há semanas? Que não tenho condições de competir. Que sou despreparada. Que não sou tão boa. Meu pensamento padrão tem sido *não tem a menor chance*. Porque... sou inexperiente. Porque não quero ou não mereço. Porque sou mulher?

"Você sabe como você é incrível?", Nolan me perguntou em Toronto.

Respondi que sim, enquanto no fundo ainda achava que eu não era nada de especial. Qual das duas opções, então?

Olho Defne nos olhos. Ela sempre me incentivou. Sempre foi sincera. Nunca demonstrou nem um pingo de positividade tóxica.

– Você acha que eu posso vencer o Desafiantes? – pergunto, tremendo um pouco com a perspectiva da resposta.

Ela pega minha outra mão e me sinto *segura*. Me sinto *confortada*. Me sinto *mais forte*.

– Mallory. Eu acho que você pode ganhar o Campeonato Mundial.

Capítulo Dezessete

Um sedã nos busca no aeroporto de Las Vegas e nos leva ao Westgate. No elevador, um metódico funcionário da FIDE me fala sobre a sala de coletivas de imprensa, as salas VIP e um subsídio diário para despesas com refeições que coloca no chinelo o orçamento de compras mensal da família Greenleaf. Há um envelope preto com letras em relevo em cima do meu travesseiro: um convite para a festa de gala do evento com a presença do governador de Nevada. O embaixador dos Estados Unidos no Azerbaijão também, já que ele será o anfitrião da cerimônia de abertura.

É esse o nível de importância do Desafiantes. Tanto que me pergunto se o atual campeão mundial está presente. E imediatamente me martirizo só por pensar nisso.

Pensar em Nolan tem sido apenas fonte de problemas.

– Tem *certeza* que não tem um código de vestimenta? – pergunto a Defne de minha varanda vizinha à dela.

Queria muito que Darcy e Sabrina estivessem aqui. Mamãe também. Ela ia adorar tirar sarro de toda essa extravagância absurda. Mas as três estão em casa, vivendo com a mentira que contei ("Vou visitar a Easton em Boulder"). Mamãe está aliviada por eu ter dado um jeito de visitar minha amiga.

Sabrina me odeia porque sou "mais autocentrada do que um alvo de dardos". Darcy pesquisa tanto meu nome na internet que as ações da Google vão subir uns duzentos pontos na bolsa.

E eu estou aqui sozinha. Quer dizer, mais ou menos.

– Não tem nenhum código de vestimenta – responde Defne. – Embora provavelmente vá acabar sendo um grande desfile de camisas sociais com blazers. E muito cinza.

– Será que eu compro uma saia lápis preta?

– Se você quiser. Mas eu ia sentir falta de te ver no palco com algum cropped colorido.

Abro um sorriso, sentindo uma onda repentina de afeto.

– Sorte sua que coloquei um na mala.

Para a festa, uso um vestido justo que Easton comprou para mim no brechó por sete dólares. Como minha vida é um sanduíche de merda e já desisti de tentar não comê-lo, não fico surpresa quando a primeira pessoa que encontro é Koch.

– Ora, ora, ora – diz ele, como um vilão ruim de um filme do Austin Powers. – Vejam só o que o pau do Sawyer e a compaixão da FIDE pelos menos afortunados trouxeram.

– É muito caro, Malte? – pergunto, pegando um morango com cobertura de chocolate de uma bandeja.

– O quê?

– Esse machismo vintage que você usa o tempo inteiro.

Ele estreita os olhos e se aproxima.

– Seu lugar não é aqui, Greenleaf. Você é a única jogadora que não conquistou seu lugar no Desafiantes. Você não é *ninguém*.

Quero dar um empurrão nele. Enchê-lo de porrada. Enfiar o morango no nariz dele. Mas o salão está tomado pela imprensa. Vejo câmeras e microfones de redes de TV. O chessworld.com vai tirar tudo que puder deste evento, provavelmente transmitindo ao vivo os jogadores arrancando as próprias sobrancelhas. Não existe margem para erro.

Então, sorrio com doçura.

– E mesmo assim, da última vez que você e a ninguém aqui jogaram um contra o outro, a ninguém ganhou. Fica a reflexão.

Dou as costas e vou atrás de alguma bebida sem álcool, ainda com a imagem das sobrancelhas franzidas de Koch em mente. Não consigo encontrar Defne nem qualquer pessoa conhecida, mas em breve serei apresentada aos outros jogadores: nesse torneio, todo mundo joga contra todo mundo, uma partida por dia. Ouço uma animada música instrumental e vou até a mesa, ansiosa para me entupir de comida, e alguém me abraça por trás.

- Ooooooi!

- Tanu!

- Uau, olha esse *vestido* - diz ela, olhando para o meu vestido verde-vivo bordado. - Que isso, hein?

- Tanu, a gente já conversou sobre isso.

Atrás dela, Emil balança a cabeça e se inclina para me abraçar.

- Ela não sabe se comportar em público, Greenleaf. Não sei por que eu insisto.

- Gente, o que vocês estão fazendo aqui? Não deveriam estar na faculdade?

- Que nada - diz Tanu, acenando casualmente. - Somos pessoas livres. Não vivemos acorrentados às obrigações do mundo moderno.

- Férias de inverno - explica Emil.

- Ah, tá.

- A gente veio estudar. Para ajudar na preparação de Nolan para o Campeonato Mundial.

- Ah. Nolan está aqui?

- Mal, a gente adoraria ajudar *você* também - diz Tanu, *sem* me responder.

- Me ajudar?

- A maioria dos jogadores veio com uma equipe. Você só tem Defne, certo?

Essas equipes são formadas de enxadristas assistentes que ajudam os participantes com treinos, análises de partidas antigas, e com a criação de novas estratégias de ataque e defesa.

- Defne, é. E... - E Nolan. Mensagens de Nolan. Que parecem responder às minhas perguntas antes que eu as faça. Não que eu vá admitir. - Oz Nothomb disse que estaria disponível para debater estratégias comigo.

- Então deixa a gente te ajudar. Podemos nos reunir de manhã. Examinar os pontos fracos e fortes do seu oponente. Algumas aberturas. Mal, você é tão talentosa, e essas coisas... podem fazer a diferença.

– Foi o Nolan que pediu isso para vocês?

Eles trocam um breve olhar.

– Escuta – diz Emil –, o Nolan até pode querer que você ganhe, mas a gente também quer. – Ele faz beicinho como uma criança. – Aquele *poutine* que a gente dividiu em Toronto não significou nada para você?

E é assim que acabo em uma lanchonete IHOP com Defne às sete da manhã do dia seguinte. Tanu e Emil já estão lá, compartilhando uma rabanada recheada com creme, e me pergunto se Defne precisa ser apresentada... mas não. Ela dá um abraço apertado nos dois e pergunta a Tanu como tem sido a vida em Stanford, quando ela cortou a franja e como anda seu gato. Estou cogitando exigir um esquema detalhado a respeito de como todo mundo se conhece, quando Emil puxa um tabuleiro da bolsa e, com o olhar vidrado de um técnico de futebol, diz:

– Thagard-Vork. Dinamarquês, 36 anos. Excelente jogador posicional, embora já tenha passado do seu auge. Ele adora abrir com d4 e c4.

– Mas às vezes ele faz umas jogadas estranhas com a dama, e4, c5, Dh5. Você *precisa* ver isso, Mal. É muito louco.

É muito louco *mesmo*. E três horas depois, quando ele faz uns lances estranhos com a dama e eu sei exatamente como responder, é mais louco ainda.

Meu nome, acompanhado da bandeira dos Estados Unidos, está em toda parte. Não em pedaços de papel colados por aí, mas gravados em relevo na lateral da mesa, nos painéis, na cadeira, como se alguém tivesse gastado muito dinheiro naquilo. Há cinco mesas no palco e quinhentas pessoas na plateia, em um silêncio sepulcral. Há telas de transmissão ao vivo por toda parte, e gráficos bizarros são reproduzidos durante momentos ociosos.

Dez jogadores.

Nove dias.

Quarenta e cinco partidas.

Um vencedor.

Zum zum zuuuum.

A imprensa está espalhada por todos os lados, mas de uma forma respeitosa e distante, como se os jogadores não devessem ser incomodados. Dou uma olhada no monitor enquanto Thagard-Vork avalia meu cavalo. Todos os jogadores parecem iguais, pequenos soldados em cores neutras franzindo a testa para pequenos tabuleiros em cores neutras. Exceto pela garota na mesa quatro, chamando atenção com meu cabelo louro-claro e o suéter azul-petróleo.

Sorrio, fecho os olhos e venço sem chegar a correr qualquer risco. São necessárias dezoito jogadas.

– Ela estava milhares de quilômetros à minha frente – diz Thagard-Vork na coletiva de análise pós-jogo.

Minha primeira entrevista. Tentei me esquivar, mas um dos diretores me mostrou seu crachá chique e disse: "É obrigatório."

– Quando ela sacrificou o cavalo… – Ele balança a cabeça, olhando para a tela com o replay. Noto uma mecha de cabelo rebelde na minha testa. – Ela estava milhares de quilômetros à frente – repete ele.

– Foi um jogo desafiador – minto para o anfitrião.

Só relaxo totalmente quando estou sozinha no elevador, longe de todas as câmeras.

Os computadores de xadrez são tão poderosos hoje em dia, tão rápidos em encontrar a jogada perfeita, que dispositivos eletrônicos e até mesmo relógios – caramba, até *protetor labial* – não são permitidos no torneio, para evitar trapaças. Portanto, meu celular ficou carregando na mesa de cabeceira e está cheio de notificações. Quando volto para o quarto, a primeira mensagem que abro é de Darcy.

> **DARCY BUNDONA:** Como o seu cabelo todo pode ser liso feito um macarrão, exceto por um único cacho bem no meio da sua testa?

Dou risada.

Faltam oito partidas.

Ganho a partida seguinte (Kawamura, Estados Unidos, 8º do ranking mundial) graças a uma coluna semiaberta, e a próxima (Davies, Reino Unido, 13º no ranking mundial), embora sejam necessárias cinco horas.

No final do terceiro dia, sou a primeira colocada no torneio, empatada com Koch e Sabir. Todos os outros jogadores sofreram alguma derrota ou empataram. É nesse momento que a imprensa decide que não vai dar para manter uma distância respeitosa e começa a circular pela área do lounge onde estou sentada com Defne comendo Oreos de pistache.

Eles parecem famintos como tubarões.

– Acho que você deveria dar uma entrevista. Antes que eles te encurralem na lanchonete com Tanil – pondera ela.

– Tanil?

– Tanu e Emil. É o nome do ship deles. Enfim, os outros jogadores têm dado entrevistas. Você deveria fazer o mesmo.

– Eu já participo das análises pós-jogo.

– Você não entende. Eles não querem saber sobre as suas habilidades no xadrez. Querem saber sobre *você*.

E é assim que acabo com um microfone da CNN a um centímetro da minha boca. Cheira a plástico queimado e colônia. Ou talvez seja o jornalista.

– Como é ser o azarão do Desafiantes?

O que é um azarão mesmo?

– É... ótimo.

– É estranho ser a única mulher?

– É estranho que haja tão poucas mulheres no xadrez. Mas eu não me sinto estranha.

– Você é filha de um GM. O que ele diria se estivesse aqui?

Notícia urgente: eu oficialmente odeio dar entrevistas.

– Não sei, porque ele não está aqui.

Espero que Darcy nunca veja isso.

– E quanto a Nolan Sawyer? Como ele se sentiria se você acabasse ganhando o campeonato, levando em conta o relacionamento de vocês?

Não tem nenhum relacionamento.

– Boa pergunta. Você deveria perguntar a ele.

– Muita gente acha que vai ficar entre você e o Koch. O que você pensa a respeito?

Não sei por que escolho esse momento para olhar para a câmera. E não sei por que me inclino um pouco na direção do microfone, que realmente fede.

– Eu não tenho medo do Koch. Afinal, já ganhei dele uma vez.

– Talvez seja bom a gente trabalhar sua habilidade em entrevistas – diz Defne no dia seguinte, quando nos encontramos com Tanil na lanchonete (estou começando a me apegar a esse apelido).

Eles trouxeram uma lista de aberturas e posições que querem me mostrar. A lista tem três caligrafias diferentes, mas finjo não notar. Suas análises são precisas, diretas, brilhantes, mais brilhantes do que eu esperaria de dois jogadores talentosos que nunca chegaram ao topo. Finjo não perceber isso também.

Meu primeiro empate acontece no quarto dia, contra Petek (Hungria, 4º no ranking mundial). A partida é confusa: ele usa a Defesa Siciliana Najdorf, como eu já esperava; há longos momentos de um tédio entorpecedor; e eu tento surpreendê-lo com um recuo que Defne me ensinou quando estávamos analisando os jogos de Paco Vallejo. Chego muito perto de vencer – muito, muito *mesmo* –, mas, depois de seis horas, quando ele estende a mão e oferece um empate, eu aceito.

– Foi melhor assim – diz Defne no dia seguinte. – Ou você estaria exausta amanhã.

Mas também empato minha quinta partida, e depois a sexta e a sétima, e estou exausta de todo modo, exausta de me preocupar e de me questionar, de odiar o fato de estar perdendo tantas oportunidades. Não sou boa, afinal. Sou uma enxadrista medíocre. Defne estava errada. Nolan estava errado. Papai estava errado. De repente, a CNN tem menos interesse em me entrevistar. Saio da análise pós-jogo de cabeça baixa, e mal consigo agradecer a Eleni, da BBC, quando ela sorri e diz que está torcendo por mim. Será que se eu fizer a Lindsay Lohan e destruir meu quarto vou me sentir melhor?

DARCY BUNDONA: O Koch tem uma vitória a mais, mas ele perdeu pro Sabir. Você não está fora da disputa. Nem de longe.

DARCY BUNDONA: Mas ia ser bom se você ganhasse do Sabir amanhã.

MALLORY: meu bem, você sabe jogar xadrez?

DARCY BUNDONA: Eu não preciso saber como aquele padrezinho se move pra entender um sistema de pontuação.

Faz uma hora que estou estatelada na cama me lamentando quando alguém manda uma tigela de sopa de macarrão e três barras de Snickers para o meu quarto. Recuso-me a pensar de onde aquilo saiu enquanto devoro tudo, e então, com o estômago cheio, a pele quente e o doce sabor do chocolate na boca, caio em um sono profundo e sem sonhos.

No dia seguinte, acordo descansada e venço Sabir com a abertura Trompowsky.

O torneio de fato fica entre mim e Koch.

Sabir está um ponto atrás, mas, com apenas uma partida restante, daria no mesmo se ele estivesse extraindo combustível em Júpiter. Algum estagiário sobrecarregado do departamento de TI cria novos gráficos: os monitores agora são fotos minhas e de Koch em jogos anteriores. Eu mordendo o lábio; Koch olhando para o teto. Ele fechando os olhos com força; eu roendo a unha do polegar.

Eu nem sabia que faço isso. Mas vi mais imagens minhas na última semana do que em toda a década anterior. Toda vez que me vejo brincando com as pontas do meu cabelo, tenho vontade de me esfaquear e virar a mesa do monitor. Em vez disso, sorrio educadamente e digo ao anfitrião da análise pós-jogo:

– Nessa hora, eu estava pensando em seguir com cavalo e5. Mas aí troquei para d4. Achei que a pressão seria maior.

Defne me diz que o *Good Morning America* fez uma pequena matéria sobre mim. A NPR me convidou para uma entrevista, com a jornalista Terry Gross. Pediram-me pelo menos vinte autógrafos – e, por volta do sétimo dia de torneio, me dou conta de que são idênticos à assinatura que uso no banco e me colocam sob um risco considerável de roubo de identidade. Uma loja na Etsy vende camisetas, suéteres e macacões personalizados com uma imagem estilizada do meu rosto. Eleni, da BBC, usa uma.

As pessoas devem estar loucas. Eu realmente não consigo compreender. Posso estar dissociando, mas focar nos jogos antigos de Koch ajuda. Mamãe liga à noite, perguntando se estou gostando das montanhas, e quero contar para ela, quero tanto contar que meu estômago está embrulhado, e sinto vontade de chorar e destruir este hotel inteiro, e as pessoas precisam parar, parar, parar de me olhar e me perguntar como eu estou, e queria que ela estivesse aqui, queria que papai estivesse aqui, queria não me sentir tão sozinha.

Em vez disso, falamos sobre o aniversário de Sabrina na próxima semana, sobre o fato de a mochila que encomendei para ela estar para chegar e sobre mamãe receber o pacote.

– Tenho a impressão de que sempre me esqueço de te dizer isso – diz mamãe no final –, mas eu te amo. E não poderia estar mais orgulhosa de você.

Quero retribuir, dizer o quanto a amo e sinto saudade, não apenas de tê-la por perto, mas... de ser filha de alguém, ser cuidada, protegida. Ter alguém entre mim e o mundo. Mas parece errado acrescentar um pouco de verdade a todas as mentiras que venho dizendo, então desligo e fico sentada na beirada do colchão, com a cabeça apoiada entre as mãos feito um herói de ação atormentado de um filme dos anos 1990, pensando que em algum momento terei que contar a ela. Sobre o xadrez. Assim que voltar para casa, farei isso. Se ela não me vir na porcaria do *Good Morning America*.

Seco os olhos e desço as escadas para roubar um sanduíche do lounge. Alguns dos outros enxadristas estão lá sentados, comendo, bebendo e rindo. Todos vão jogar amanhã, mas as chances são mínimas. Para eles, o torneio acabou.

Davies, o britânico que venci no segundo dia, me vê de longe e me chama. Minhas interações casuais anteriores com outros enxadristas me ensinaram a apenas... *não*, mas não tem como eu fingir que não vi. Vou até ele, segurando meu panini caprese, esperando alguma versão do "Ela nem estuda aqui". Todos no grupo fazem silêncio.

– Greenleaf, a gente precisa te pedir uma coisa.

Eu me preparo.

– Ah, é?

– É um favor, na verdade.

– O quê?

– Será que você poderia, por gentileza, massacrar o Koch amanhã?

Todos caem na gargalhada. Estão rindo *de mim*? *Comigo*?

– Como é?

– Nós ficaríamos muito gratos se você acabasse com aquele merda – acrescenta alguém.

– Toda vez que ele perde, um dragão caga um tijolo de ouro.

– Sexo é bom, mas você já ouviu o Koch choramingando quando alguém dá um xeque-mate nele?

– Basicamente – interrompe Davies –, nós o desprezamos enquanto ser humano e ficaríamos muito felizes com qualquer sofrimento que você pudesse causar a ele.

– Por favor, Greenleaf, não vai rabiscar a súmula de novo.

Desta vez, quando todos riem, eu participo.

– Uau. E eu achando que era a única a sentir essa repulsa.

– Não mesmo. Ele é babaca com todo mundo.

– E aqueles truquezinhos dele? Quando ele começa a falar merda durante o jogo bem na hora em que você está tentando se concentrar?

– Ou quando ele começa a andar em círculos em volta do tabuleiro. Eu lá pensando no próximo lance e ele querendo me deixar tonto!

– Você está lidando com ele faz só alguns meses... A gente teve que aturar a fase do perfume.

– Sauvage, da Dior. Jesus do céu.

– Ele tomava *banho* de perfume, não é possível.

– Tenho certeza de que ele bebia.

Balanço a cabeça, rindo.

– Eu quero muito ganhar. Só não sei se consigo.

– Você é uma alquimista – diz Thagard-Vork gentilmente. – Consegue fazer o que quiser, Greenleaf.

Sinto meu rosto corar.

– Ei, Greenleaf. – É Kawamura. – Você está no Discord?

– Discord?

– O aplicativo de mensagens. Nós temos um servidor com quase todo mundo do top 20. Falamos de xadrez, fofocamos sobre a FIDE, o de sempre. Adoraria te mandar um convite.

– Ah. – Coço o pescoço, olhando em volta. Esses caras estão na faixa da minha idade até os 30 e muitos. Será que eu me encaixaria? – Eu não estou no top 20.

Eles dão risada.

– Ainda – diz alguém, e eles riem mais ainda. – Aliás, o Koch não está lá, o que é ótimo, já que temos um canal inteiro dedicado a ele.

– E a gente prefere cagar vidro duas vezes por dia a interagir voluntariamente com ele.

– Nossa linguagem do amor são memes anti-Koch.

Mais risadas.

– O Nolan também não participa.

– Mas nós convidamos. Ele que recusou.

– É, a gente não odeia o Sawyer. Embora ele antes fosse bem escrotinho – diz Petek.

– Ele era só um adolescente – diz Kawamura.

Mais risadas. A mistura de sotaques e entonações é quase musical e me faz sentir um pouco inculta. Eu mal falo inglês. Minha ortografia é horrível e vivo confundindo as palavras.

– Mas o Sawyer não é importante, sabe? – explica Davies. – Ninguém consegue ganhar dele. Quer dizer, tirando você. Então a gente gosta de fingir que ele não existe.

Petek pigarreia e se vira para mim de forma conspiratória, a voz baixa.

– Por favor, não conta para o Sawyer que eu disse que ele era escroto. Ele é forte, e eu tenho uma esposa e duas lindas filhas em casa que realmente sentiriam minha falta. Estou ensinando as meninas a jogar xadrez, e elas estavam torcendo por você durante o nosso jogo. Elas iam adorar um autógrafo seu, na verdade.

– Por que eu contaria… Ah. *Ah.* Não, o Nolan e eu… A gente não está namorando. Mal somos amigos. Não acreditem no que a imprensa diz.

– Eu normalmente não acredito. Mas achei que poderia ser verdade, já que ele veio para o Desafiantes. Ele geralmente não vem. Desculpa. Quer ver uma foto da minha família?

Eu me inclino para a frente para ver a foto e finjo que não ouvi o resto, como já está se tornando um hábito da minha parte.

Capítulo Dezoito

A partida entre mim e Koch está atrasada porque as demandas de transmissão ao vivo via streaming atingiram níveis recordes e algo precisa ser feito para ajustar a capacidade do site da FIDE. Passo os vinte minutos que eles levam para resolver o problema no lounge, de olhos fechados. Tento não pensar em nada, mas flashes de posições críticas surgem sob as minhas pálpebras, como trechos de uma música chiclete que não consigo tirar da cabeça.

Koch e eu estamos sozinhos no palco. Estou usando um vestido branco muito largo de manga comprida que Darcy e Sabrina chamam de "roupa da *Noiva Cadáver*", simplesmente porque é o favorito de mamãe.

Acho que preciso de um abraço.

Mas também acho que posso vencer, desde que consiga me controlar e não fazer desenhos aleatórios em minha súmula.

Faço o que Tanil (o apelido pegou mesmo) recomendou e abro com a Ruy Lopez. É a abertura com a qual Koch tem o pior histórico, e estou feliz de jogar com as brancas. Ele responde com a Defesa Berlim e eu com a Anti-Berlim. Depois de mais algumas jogadas, Koch faz um roque curto.

É quando os problemas começam.

– Peça tocada, peça jogada. Bispo – diz ele quando estou no processo de mover meu cavalo.

Ergo os olhos. Percebo que é a primeira vez que olho para ele desde que a partida começou. O desprezo que sinto é quase físico.

– Como é que é?

– Peça tocada, peça jogada. Se você toca em uma peça, deve movê-la. Eu sei que você não está familiarizada com as regras do xadrez, mas…

– Eu mal rocei no bispo com parte de trás do meu dedo.

– Isso é tocar, não é?

O público não pode nos ouvir, mas consegue nos ver falar, e murmúrios curiosos chegam ao palco. Koch está ciente de que este é um péssimo momento para uma alegação como essa, mas enxergo exatamente o que ele quer que eu faça: chame o diretor do torneio e comece uma confusão. Como terei que me defender, ele espera que a situação me abale o suficiente para me desestabilizar pelo resto da partida.

Não estou dizendo que ele é o pior ser humano do mundo. Tenho certeza de que existem pessoas piores no 8chan ou no conselho administrativo da British Petroleum. Mas Malte Koch é, sinceramente, a pessoa mais merda que já conheci.

Solto o ar e olho para o meu bispo. Eu não planejava movê-lo, mas…

Mas.

Defne é fã de ataques de bispos ao rei. Ela simplesmente ama essa estratégia, a ponto de eu ter estudado milhares de jogos que a incluem. Isso significa que…

Contraio os lábios e avanço com o bispo.

– Pronto.

Dou um sorriso simpático, ativando seu relógio. Ele arregala os olhos em choque, e a sensação é ótima.

Ganho vantagem rapidamente. Não há nenhuma chance de finalizar a partida, mas minutos se passam, depois horas, e sou eu quem tem mais iniciativa, dominando o centro, me deslocando cada vez mais para as laterais a fim de construir ataques. Dói muito admitir, mas Koch é um excelente jogador posicional, capaz de se defender das armadilhas que crio, das ameaças que preparo, das combinações que orquestro. No entanto, ele não pensa tão à frente quanto eu, e é apenas questão de tempo até que eu consiga pegá-lo de vez.

Talvez Koch também tenha noção disso. Ele está começando a ficar nervoso, a julgar pela quantidade de vezes que se levanta e anda de um lado para o outro. Ele costuma ser um jogador inquieto, mas isso é exagerado, até para ele.

Sinto uma espécie de esperança voraz e otimista florescer dentro de mim. Eu vou ganhar. Eu *consigo* ganhar. Vou para o Campeonato Mundial. Eu vou jogar contra...

Nolan.

Uma mistura *incandescente* de alegria e entusiasmo me domina. Algo totalmente novo e imprudente finalmente passou pelas comportas. Por mais impossível que pareça, jamais me permiti pensar ou sonhar com isso. Nunca admiti nem para mim mesma o quanto quero me sentar na frente de Nolan com um tabuleiro de xadrez entre nós. O quanto quero olhá-lo nos olhos enquanto ele faz todas aquelas coisas mágicas e surpreendentes de que só ele é capaz. Quero ser sua adversária. Quero acabar com sua estratégia, bloquear seus ataques e aterrorizá-lo com os meus, quero destruir cada uma de suas escolhas táticas, até que ele olhe para mim e diga novamente: "Você sabe como você é incrível?" Seu cheiro será como naquele dia no sofá, sabão e couro e sono e aquele perfume único que ele tem. Nolan vai dar um sorriso, discreto, meio sem graça, e eu vou sorrir de volta para ele, e nenhum de nós dois vai se conter, e será o jogo perfeito para...

Koch se recosta na cadeira, move sua dama, aciona meu relógio. Meu cérebro volta à realidade, depois dessa *viagem*.

Franzo a testa. Achei que ele fosse atrás da minha torre, ou que quebraria a defesa dos peões. Mas ele moveu a dama para uma casa que eu não estava esperando, então estudo o tabuleiro. Eu poderia... não. Ele me colocaria em xeque em dois lances. Mas eu ainda preciso proteger o meu cavalo. Se eu não... que bagunça. Que desastre. Não. Eu poderia contra-atacar com o outro bispo, embora ele vá facilmente bloquear a diagonal. E tem também o fato de que em três jogadas ele vai conseguir promover um peão. Isso não era um grande problema antes, mas agora que a dama está *lá*, tudo muda de figura. Não tem espaço por ali.

Mas deve haver em outro lugar, tenho certeza.

Começo a examinar o tabuleiro mais uma vez, desconstruindo cada posição, cada jogada, cada combinação, listando ameaças de longo alcance, analisando possibilidades, procurando pela única escolha que acabará salvando meu rei inútil, certa de que alguma coisa vai se revelar a qualquer momento.

A qualquer segundo.

Quando ergo os olhos, 57 minutos se passaram no relógio e não encontrei uma saída para essa cravada.

Porque não há nenhuma.

Minha boca está seca. Minha garganta queima. Se eu movesse uma peça, minha mão tremeria.

Porque, se eu movesse uma peça, estaria me condenando à derrota.

Olho para Koch e vejo isso em seus olhos, em seu sorriso cruel e sagaz: ele estava apenas esperando que eu me desse conta de que é o fim. Eu estava correndo em círculos o tempo todo, e ele estava assistindo da primeira fila. Triunfante. Divertindo-se.

Eu me viro para a plateia lotada. Um mar de rostos que nunca conhecerei, e meus olhos tropeçam no cabelo familiar de Defne. Está cheio de mechas cor-de-rosa – tão lindo. Eu me pergunto o que ela vai me dizer quando tudo isso acabar. Tenho certeza de que ela saberá as palavras certas. Só lamento que eu vá precisar ouvi-las.

Eu respiro longa e profundamente. Então me forço a olhar para trás, para Koch, e me forço a dizer o que devo.

– Desisto.

Capítulo Dezenove

Fico me perguntando se a garçonete do IHOP acha estranho que a gente apareça doze horas depois do horário de costume. Ela coloca nossas canecas de café sobre a mesa, e não repara em como estamos todos em absoluto estado de choque, ou em como estou espremida entre Defne e Tanu. Em seguida, ela desaparece na cozinha, para nunca mais ser vista.

Devíamos dar uma gorjeta de mil por cento a ela.

– Impossível.

Na minha frente, Emil balança a cabeça.

Seu tabuleiro está sobre a mesa, as peças dispostas na posição final da minha partida. "Muito sensível da sua parte, Emil. Que poço de empatia você é. Você deveria investir na carreira de terapeuta", Tanu lhe disse quando ele começou a organizar as peças, mas eu só fiz que não e ela ficou em silêncio. De todo modo, a imagem está registrada em meu cérebro.

– Foi a jogada perfeita. – A voz de Emil é metade admiração e dois terços horror. – Ele conseguiu travar as suas peças. A jogada trazia implicações impressionantes e de longo alcance. Cravou suas peças ativas e inativas. Isso é… Eu nunca vi *nada* assim. Muito menos vindo do Koch.

Eu odeio o nome dele. Eu odeio como esse nome me faz lembrar de seu sorriso desalmado no momento em que desisti da partida, de sua exultação durante a interminável coletiva de imprensa obrigatória, da expressão de decepção no rosto dos outros participantes, das mulheres na plateia, até mesmo de alguns dos repórteres. "Eu sabia que você ia arregar", sussurrou ele no meu ouvido. "Fala para o Sawyer que ele é o próximo".

– Você não fez nada de errado – diz Defne. – Você não cometeu nenhum erro. Não até... Seu jogo foi lindo, Mal.

– E isso faz alguma diferença? – pergunto, não com amargura, mas apenas por curiosidade.

Ela suspira. *Não muita* é a resposta óbvia.

– O prêmio do segundo lugar ainda é de cinquenta mil. E é *seu*.

Eu assinto. Ganhar dinheiro para minha família sempre foi o objetivo. A segurança financeira era o destino, e o xadrez, apenas o meio para chegar lá, como um carro velho e surrado que eu não queria ter, mas que precisava dirigir em minha jornada pela estrada de tijolos amarelos. Na última meia hora, ganhei o suficiente para resolver todos os nossos problemas financeiros e mais alguns. Eu deveria estar comemorando e não sentada em um IHOP, tentando não cair no choro por conta de minha lata-velha barulhenta.

No entanto.

Sinto como se estivesse caindo. Como se nunca mais fosse encontrar o chão.

– Se ajuda em alguma coisa, a sala VIP ficou boquiaberta quando você abandonou a partida – diz Tanu.

Ela parece preocupada. Eu deveria garantir que estou bem, mas não consigo tirar os olhos da dama preta.

– Ninguém esperava aquilo do Koch. Eu juro, todo mundo...

Ela se cala.

Uma sombra alta surge e alguém desliza para o assento, ao lado de Emil. Ergo os olhos e solto uma risada trêmula. Nolan está vestindo sua combinação habitual de jeans e camiseta. Seu cabelo está ficando comprido e, como toda vez que o vejo, depois de um tempo afastados, fico surpresa com o espaço que ele ocupa – na mesa e na minha cabeça.

– Seu babaca – digo sem emoção.

Ele ergue uma sobrancelha.

– Nem fiz nada.

– Finalmente apareceu.

– Você sabia que eu estava aqui.

Até dez minutos atrás eu teria negado, mas sim. E gostei da ideia, embora não vá admitir para ele nem para mim mesma. Já basta de análises de consciência por hoje. Chegou a hora de trabalhar o "abandono de consciência".

– Nós não contamos para ela – diz Tanu às pressas.

– Ela sabia mesmo assim.

Nolan não olha para ela. Ele não olha para ninguém além de mim, e sinto minhas bochechas quentes.

– Sabia mesmo. Por causa do fedor.

Ele ri baixinho e depois de um segundo estou rindo também, e os outros olham para nós como se fôssemos dois lunáticos. O que talvez sejamos.

– Alguma opinião sobre o Koch? – pergunta Defne quando paramos.

Ela também não parece surpresa com sua presença.

– Eu quero que ele se dane – responde Sawyer. – Tirando isso, não tenho nada a dizer sobre ele.

– Sério? Nenhuma opinião sobre o sujeito que te fez cruzar o país para torcer contra ele?

– Não foi por *isso* que eu vim para Las Vegas – diz ele, dando de ombros. – Koch é o equivalente humano a uma escova sanitária suja, que não mudou nada nos dez anos que o conheço. Quer ouvir mais sobre o que eu penso dele?

Parte de mim fica surpresa ao ouvir Nolan e Defne discutindo como se eles se conhecessem desde sempre. Mas não consigo participar da conversa por conta da *outra* parte de mim, que está ocupada demais se remoendo.

– Mas o que você achou da partida? – insiste Defne, e algo muda nos olhos de Nolan, algo que pode ser decepção, desagrado, desencanto.

A sensação de queda se transforma em algo ainda pior, mais assustador.

– Esse é um assunto que eu quero conversar só com a Mallory. Será que vocês podem deixar a gente um pouco a sós?

Defne bufa.

– Eu não vou deixar você sozinho com ela.

– Por que não?

– Porque não.

– "Porque não" não é resposta.

– Ela é responsabilidade minha.

– Ela pode falar por si mesma. E você sabe que nós já ficamos sozinhos antes, né? Em várias ocasiões.

– Não desse jeito – respondo rápido. – Não ficamos *desse* jeito.

Todos me lançam um olhar estranho, e não sei por que estou corando. Nolan deveria ser o doido da mesa. Essa é a função *dele*.

Defne me encara.

– Você quer conversar com o Nolan, Mal? Só vocês dois?

Não. Sim. Não.

– Sim.

– Eu acompanho ela de volta ao hotel – diz ele. – Vocês não precisam esperar.

Demora um pouco até que todos se retirem, mas acabamos sozinhos na mesa: nós, o tabuleiro de Emil e seis sabores diferentes de calda de waffle. Olho para a dama preta novamente e espero que ele fale.

Talvez Nolan diga que se enganou a meu respeito, que eu nunca fui *incrível*, que ele não vai mais me mandar mensagens com conselhos. Fico tentada a me justificar, a me desculpar, a dizer que fiz o meu melhor, e que se não tiver sido suficiente, é isso. Essa pode até não ser a primeira vez que não sou suficiente, mas dói como todas as outras.

Mas ele não diz nada. Sua mão cruza a mesa, e tenho a impressão de que ele vai segurar a minha. Em vez disso, Nolan entrelaça os dedos nos meus.

Um toque simples, relaxado. Apenas um toque, na verdade, mas que me aquece e me tranquiliza, apenas o suficiente para que eu o encare quando ele diz:

– Vem ser minha assistente.

– Eu… O quê?

– Vem ser minha assistente.

– Nolan. – Balanço a cabeça, confusa. – Você tem um milhão de assistentes, não é possível que você queira que eu…

– Eu tenho cinco. E quero *você*.

Sinto minhas têmporas latejarem.

– Por quê?

– O Mundial é em fevereiro. Eu preciso treinar para derrotar o Koch. Eu preciso de *você*.

– Não. – Koch não é rival de Nolan, é seu inimigo. Eu decepcionei nós dois ao perder. – Você não precisa de mim. Provavelmente nem precisa se preparar para encarar o Koch. Eu acabei de *perder* para ele, então sou a última pessoa a quem você deveria...

– Eu também não vi.

Minha respiração trava.

– A dama. Eu assisti ao jogo, e estava tão indefeso quanto você, Mallory. Eu... – Ele engole em seco. – Eu não previ a jogada, e depois também não vi uma saída. Eu também teria abandonado a partida.

Volto a respirar normalmente.

– Como isso é possível? Você derrotou ele faz só alguns meses.

– Sei lá. Não é uma coisa inédita um jogador evoluir depois de anos de treinamento e conseguir um grande avanço. Mas isso... Foi um lance de engine de xadrez. Algo perfeitamente projetado para atrapalhar qualquer ação, impedindo você de avançar em qualquer jogada em andamento... e você estava com um jogo bom pra cacete. Foi algo do tipo que um computador inventaria.

Nolan está angustiado. Sempre pensei nele como uma pessoa esquentada, mas é a primeira vez desde que nos conhecemos que ele parece genuinamente chateado com alguma coisa. Genuinamente inseguro.

– Mallory, se esse é o nível de jogo dele, ele vai ganhar o Campeonato Mundial.

Seus dedos ainda estão firmes e quentes contra os meus.

– Mas eu também não consegui ver.

– Eu sei. Só que nós vamos resolver juntos. – Ele se inclina para a frente, os olhos queimando os meus. – Vem ser minha assistente. Me ajuda a acabar com esse merda.

– Eu... Se eu virar sua assistente, vou passar o tempo *todo* treinando com você, certo? Vou ficar sabendo de tudo. Vou me familiarizar tanto com seu estilo que você vai ter dificuldade em me pegar de surpresa de novo. Se eu virar sua assistente, vou saber *tudo* sobre você.

Há um lindo e indecifrável meio-sorriso nos lábios dele.

– Você acha que eu não quero que você saiba tudo sobre mim?

– Nolan...

Viro nossas mãos e olho para a dele. É muito maior do que a minha. As linhas e os sulcos são profundos. Tão fáceis de acompanhar com a ponta dos dedos, de seguir até a fonte...

Eu… simplesmente não sei. Se é uma má ideia. Se sou boa o suficiente. Não sei o que é isso, essa coisa luminosa e envolvente que sempre parece me puxar para mais perto de Nolan. Não sei se aguento ficar perto dele, e não sei se aguento *não* ficar.

Não sei de mais nada, mas tem uma pergunta que preciso fazer.

– Nolan?

– Sim?

– Por que você veio para Las Vegas?

Seus dedos apertam os meus. Meu coração dá cambalhotas.

– Mallory. Eu vim porque você veio.

Capítulo Vinte

– Se você for de torre g5...

– Então o bispo...

– E aquele peão?

– Em g7...

– Não, se você quer proteger o rei...

– Sabia que existe uma coisa chamada *roque,* que...

– Hã... pessoal?

Nolan e eu nos viramos para Tanu e respondemos ao mesmo tempo com um "*O quê?*" agressivo.

Ela se inclina para a frente, ainda com as mãos no batente da porta, mais cética do que intimidada. Seu cabelo está preso em um coque bagunçado e ela veste um macacão oversized de coala. Está de óculos, o que significa que tirou as lentes de contato que costuma usar durante o dia, o que significa que...

– São 23h40. Vocês estão na mesma posição desde as duas da tarde e parecem estar indo muito bem, mas caso cheguem à conclusão de que os feitos heroicos de um GM ucraniano de meados do século passado não oferecem os nutrientes necessários, tem empadão de frango na geladeira.

Nolan franze a testa.

– Por que vocês não chamaram a gente pra jantar?

– Nós chamamos. Três vezes. Em todas elas vocês responderam com um grunhido. Eu gravei e mixei com Dragostea para o TikTok. Querem ver?

– Boa noite, Tanu – diz ele. Ela o conhece bem o bastante para sair logo quando ele se levanta. – Vamos comer.

– Espera. – Eu o impeço com um puxão em sua camisa. – A gente precisa terminar isso...

– Você precisa *comer*. Vamos.

Quando disse a Darcy que passaria parte de dezembro e janeiro na casa de Nolan, no interior do estado de Nova York (sim, ele tem uma casa de campo; sim, eu resmunguei "Comam os ricos" quando ele me informou), ela me lançou um olhar desconfiado e perguntou:

– Você acha que é uma decisão inteligente ir para um chalé no meio do mato com um Matador de Reis?

Já se passaram semanas e ainda não tenho certeza da resposta. Sento-me na bancada da cozinha e observo Nolan jantar de pé, todo sério, concentrado, como se estivesse colocando carvão em uma fornalha, claramente ainda pensando no jogo que estávamos analisando.

A disciplina dele é inspiradora.

Ele acorda cedo, dorme tarde, trabalha mais do que qualquer outra pessoa que já conheci. Os rigores aos quais se submete, a teimosia obstinada e incansável enquanto encara as engines de xadrez, dissecando, repassando, combinando, criando... Ele é incansável, inabalável. Sua motivação é indomável, quase obsessiva. Essa tenacidade de ferro é uma qualidade estranhamente atraente.

Não que ele precise de mais qualidades desse tipo.

Ele tem outros cinco assistentes: Tanu e Emil, que estão hospedados na casa, e três outros GMs homens na faixa dos 30 anos, especialistas em aberturas e estrutura de peões, que aparecem algumas vezes por semana. Nolan treina com todos nós, resolvendo problemas, analisando as partidas de Koch, executando seus próprios jogos antigos no software e também os meus, para avaliar os pontos fracos, mas seu tempo com os outros parece quase um detalhe. Breves interlúdios no mar dos seus dias, dias que ele passa comigo.

É porque há coisas que os outros não enxergam. Combinações e táticas que lhes escapam e parecem fazer sentido apenas na minha cabeça e na de Nolan.

– Vamos ver *Patrulha do Destino* enquanto os adultos trabalham – disse Emil certa noite, depois que ficou claro que ninguém conseguiria nos acompanhar.

Mas há algo mais também. Ando descalça pelo piso de madeira logo de manhã, sabendo que o encontrarei na copa, pronta para contar a Nolan a respeito de alguma revelação qualquer que tive durante o sono; os olhos dele examinam cada cômodo em que entra e sossegam apenas quando se fixam em mim, e às vezes sinto uma vontade imensa de me aproximar dele para alisar os cabelos em sua nuca.

Continuamos sem jogar um contra o outro. Estudamos, analisamos, dissecamos, reencenamos os jogos de outras pessoas, mas nunca jogamos uma partida nossa. E mesmo assim... Algo está acontecendo, mas não sei o quê. Essa coisa que existe entre nós tem muitas camadas, é complicada, fragmentada, e diferente de tudo que já vivi. Falta a sensação de conforto de uma amizade, a tranquilidade de uma transa casual, o distanciamento de todo o resto.

Talvez Nolan devesse ser apenas um cara qualquer: não um rival, não um amigo, não mais que um amigo, apenas um cara que joga xadrez bem. Um cara que está na minha cabeça e age como se eu vivesse na dele.

– Posso pegar seu carro emprestado amanhã? – pergunto.

Estamos a cerca de uma hora de Paterson. Tenho ido em casa uma vez por semana, mais ou menos. Natal, Ano Novo. Sempre que mamãe precisa de mim, o que, com os novos remédios que conseguimos comprar, não é muito. Ela acha que estou ganhando um bom dinheiro e me poupando do trajeto até o trabalho ao pegar o turno da noite no centro de idosos, e... bem. Ao menos a parte do dinheiro é verdade. Nolan paga bem seus assistentes.

– Claro. Aonde você vai?

– Passar o dia em casa. É aniversário da Darcy.

Ele pega um pãozinho.

– Posso ir também?

– Você não precisa, tipo, analisar os trabalhos escolares que o Capablanca fez na primeira série?

Ele dá de ombros.

– É meu dia livre.

– E você quer passar seu dia livre no jantar de aniversário de uma garota de 13 anos.

– Vai ter bolo de carne?

– Tenho certeza que a mamãe pode dar um jeito. – Observo o rosto dele. Seu rosto belo e tão familiar. – Você não quer passar seu dia livre com Tanil?

Ele faz uma careta.

– Não me diz que você também se rendeu a esse apelido. Além disso, meu quarto é ao lado do deles. Eles não vão sentir minha falta.

Emil e Tanu voltaram, como todos os indivíduos sem alguma deficiência auditiva da Costa Leste sem dúvida já sabem.

– Eles são barulhentos mesmo.

– Ou isso, ou gostam de transar ouvindo sons de baleia.

Dou risada.

– Mesmo assim. Você poderia, sei lá... ir esquiar? Usar abotoaduras? Ficar absolutamente *horrorizado*? Essas coisas que vocês ricos com casas de campo costumam fazer.

Ele me olha feio, mas vai comigo para casa, e minhas irmãs ficam tão felizes em vê-lo quanto ficariam diante de Jungkook. Penso na entrevista com Nolan que vi anos atrás, em como ele parecia sério e reservado, e mal consigo reconhecer o garoto de sorriso fácil que dá um vale-presente da PetSmart para Darcy, permite que Sabrina o obrigue a assistir a duas horas de vídeos de roller derby e ergue uma sobrancelha quando vê o pote de Mayochup na mesa.

– Como está a Easton? – pergunta minha mãe enquanto eu limpo a cozinha.

– Está ótima – minto.

Meu coração aperta um pouco. A verdade é que não faço a menor ideia. Ela passou as festas de fim de ano em Delaware com os avós, e não a vejo nem ouço sua voz há mais de quatro meses. Com base no que tenho conseguido *stalkear* pelo Instagram, suspeito que ela esteja namorando uma pessoa chamada Kim-ly. Eu poderia perguntar, mas é como admitir o quanto nos afastamos, já que em outros tempos ela me mandava mensagens com fotos de todas as suas refeições.

– Ele é muito bom com elas – diz mamãe, olhando para Nolan consertando a Polaroid quebrada de Sabrina na sala de estar. – Deve ser a experiência de cuidar dos outros no centro de idosos. Aposto que ele é ótimo lendo romances para as velhinhas, com aquela voz.

Claro, eu me acovardei e desisti de dizer a verdade a ela. Não irei para o Campeonato Mundial, o que significa que o interesse da mídia em mim derreteu como açúcar em água quente. Não sou ninguém. Ninguéns não precisam magoar as pessoas com verdades desconfortáveis.

– É. Ele personifica muito bem virilidades intumescidas.

Mamãe dá uma risadinha.

– Vocês ainda não estão juntos?

– Não.

– Tem certeza?

Eu me viro para encará-la.

– Claro.

Não tenho experiência em relacionamentos sérios, mas sei que não é um espectro. Ou você está em um, ou não está. E se você está, você *sabe* que está. Como alguém poderia...

– Com licença. – Mãos quentes se fecham em minha cintura e me movem um centímetro para abrir espaço na porta da cozinha. – A Darcy vai me ensinar a fazer um bolo de xícara.

– Bolo de *caneca* – diz Darcy, corrigindo-o com um suspiro paciente. – Mãe, tem açúcar?

Os olhos de mamãe descem para a mão de Nolan, ainda contra a minha lombar, depois se erguem para encontrar os meus.

– No armário ao lado da geladeira – responde ela, seu sorriso sagaz e muito, *muito* irritante.

Sabrina não fala comigo em momento nenhum, mas consigo encurralá-la em seu quarto antes de sair.

– Está tudo bem? – pergunto.

Algumas semanas atrás, o porta-retrato em sua mesa de cabeceira tinha uma foto nossa, ela montada nas minhas costas em uma plantação de abóboras. Agora, Sabrina a trocou por uma colagem: seu time de derby, alguns amigos da escola, até mesmo uma Polaroid de mamãe e Darcy fazendo caretas.

Eu fui excluída.

– Me desculpa por não ter estado muito presente. Mas eu estou ganhando muito dinheiro com esse lance de trabalhar à noite.

– Bom pra você – responde Sabrina distraidamente, revirando uma gaveta em busca de uma camiseta do roller derby que prometeu a Nolan porque *fica grande demais em mim, de qualquer jeito*.

– Como está a mamãe?

– Bem.

– Que bom. E a Darcy?

– Bem. Na verdade, ela é quase tolerável quando você não está por perto. Você deve ser uma má influência.

Reprimo um revirar de olhos.

– E você?

– Bem.

Dou um suspiro.

– Sabrina, será que você pode me dar um minuto da sua atenção?

Ela finalmente ergue os olhos. Irritada.

– A mamãe está bem. A Darcy está bem. Eu estou bem. A porcaria do mundo inteiro está bem.

– Estou falando sério. Conto com você para vigiar o forte e me dizer se estão precisando de mim, então…

– Ah, *agora* você se importa?

Seus olhos azuis brilham cheios de lágrimas. Por um segundo, vejo uma dor genuína neles, e meu coração dá um salto. Mas tudo se esvai em um piscar de olhos, e a expressão dela de repente se torna indiferente e dura. Talvez eu tenha imaginado todo o resto.

– Como é que é? – pergunto.

Ela vem na minha direção. Ainda sou alguns centímetros mais alta. Será que ela vai crescer mais? Gente, ela tem *15 anos*.

– Nós estamos bem, Mal. A gente consegue se virar sem você.

– Bom, da última vez que eu fui embora, você pareceu bem chateada, então…

– Nós estamos bem. Pode parar com essa viagem. Ninguém precisa "proteger o forte". Eu, a mamãe e a Darcy não somos animais de estimação que você precisa alimentar e levar para passear. Somos pessoas, e somos capazes de cuidar de nós mesmas.

Ela passa por mim, a camiseta na mão. Sinto uma onda de irritação (sério? Jura *mesmo*? Eu *mereço* isso?) e dou um tapa no batente da porta. Isso só faz com que uma farpa se enterre na palma da minha mão.

Quando vamos embora, elas acenam para nós da varanda.

– Volta logo, Nolan! – grita Darcy.

– E não precisa se sentir na obrigação de trazer a Mallory junto – acrescenta Sabrina.

– O que está rolando entre vocês? – pergunta Nolan quando pegamos a estrada.

– Você está se referindo ao fato de a minha irmã querer me afogar em um barril de hidromel?

Ele curva os lábios.

– Eu senti certa animosidade.

– Não sei muito bem. – Eu suspiro. – Estou fazendo o melhor que posso. Tento garantir que ela tenha tudo de que precisa e nada com que se preocupar.

– Talvez seja esse o problema.

– Como assim?

– Quando você está com as suas irmãs, age como se elas fossem responsabilidade sua. Como se fosse mãe delas, quase. Funciona com a Darcy, mas Sabrina pode achar infantilizante. – Ele dá de ombros. – Talvez ela só queira que você seja a irmã dela.

– O que *você* sabe sobre irmãs?

– Nada. O que *você* sabe sobre ficar na defensiva?

Não consigo deixar de rir, e passamos um tempo em silêncio. Nolan dirige como joga xadrez, de um jeito firme e focado, e pela primeira vez não me sinto impaciente por não estar ao volante. Deixo meus olhos vagarem pelo halo dos postes, a neve pesando sobre os pinheiros, sua mão firme ao mudar de marcha, como se estivesse movendo um bispo no tabuleiro.

Ele está pensando em xadrez. Está pensando na partida de Koch que analisamos hoje de manhã, aquele do Gambito da Dama, em que ele perdeu para Davies, três anos atrás. Eu sei disso. Não tenho certeza de *como* sei o que se passa na cabeça de Nolan, ou quando começou, mas a situação é essa. Eu sei.

– Cavalo e5 foi uma péssima jogada – digo.

Ele não leva um segundo para responder.

– Os ataques do Koch saem muito pela culatra. Quer dizer… – Ele dá de ombros. – Saíam. Antes de ele comer espinafre e passar por um upgrade.

– Pode ser uma boa estratégia, tentar deixá-lo agressivo.

– Sim.

Penso melancolicamente sobre as estratégias que usaria contra Nolan se fosse eu a desafiá-lo. Nolan é um jogador imprevisível, sempre pensando em vantagens de longo prazo, em lances aparentemente silenciosos que poderá explorar mais adiante, de modo inesperado. Já ouvi comentaristas dizerem que nossos estilos são parecidos, mas acho que estamos em mundos opostos. Gosto de estrangular meu oponente, de desgastá-lo aos poucos, de impedir o jogo ativo e todas as suas possibilidades de ataque uma a uma, até ficarmos apenas nós dois: eu e o rei adversário.

Mas Nolan saberia como lidar comigo. A que estar atento. Para vencê-lo, eu teria que aprender a abrir mão de pequenas vantagens posicionais e assumir riscos mais evidentes, desde o início. Observo-o alongar o pescoço, os músculos fortes retesados sob a pele, e penso que talvez funcione, induzi-lo a cometer um erro. Talvez não, mas ao menos o manteria alerta. Ele me daria um daqueles olhares demorados e perspicazes. Sorriria, até. Ele sorriria para mim, e eu sorriria de volta ao pegar seu rei.

Parece um sonho. Algo imaginado.

– A Darcy me levou no seu quarto e me disse em um tom conspiratório que "está por dentro" – comenta ele.

– Ao contrário da mamãe e da Sabrina, ela usa o Google. Provavelmente navega na dark web. Tem um perfil do Golias no Tinder dos porquinhos-da-índia.

– Ela me pediu para ensiná-la a jogar xadrez.

– A Darcy? – De repente fico mais atenta. – Jura?

– Ela disse que xadrez é... "*hot shit girl*"?

Dou risada.

– *Hot girl shit*. Você realmente deveria usar a internet um pouco mais.

A maioria dos outros dez melhores jogadores do mundo tem canais na Twitch e no YouTube. Nolan só está no Twitter e no Instagram, e em ambos consta na bio a mensagem "Este perfil não é gerenciado pessoalmente por Nolan Sawyer" em letras maiúsculas. Aposto que o cara que cuida das redes sociais dele se cansou dos nudes que as pessoas deviam ficar mandando.

– Por que você não está na internet, afinal?

– Eu estou na internet, até demais.

– Como assim?

– Tem fotos minhas com 7 anos, tirando meleca do nariz enquanto jogava com o Nakamura. Aos 14, fazendo um escândalo feito um pirralho chorão depois de uma derrota.

– Ah.

– Todo mundo passa por fases constrangedoras quando está crescendo, mas as minhas foram imortalizadas. Quem pesquisa meu nome na internet já tem bastante coisa para encontrar.

Lembro-me das palavras de Emil: "Não é fácil crescer sendo um prodígio na frente das câmeras."

– Você se incomoda? Com essa reputação de... encrenqueiro?

– Quer dizer a reputação de ser um merdinha? – Ele ri baixinho. – É merecida. Eu era mesmo. A única coisa que posso fazer é tentar ser diferente no futuro.

E está conseguindo. Tento me lembrar de problemas mais recentes e não consigo.

– Você ainda fica com raiva das pessoas que ganham de você.

– É isso que você pensa? – Ele balança a cabeça. – Fico furioso *comigo*. Por cometer erros. Por não ser o melhor que posso. E toda vez que *você* erra, você sente a mesma coisa que eu.

– Não é verdade. Eu...

Ele olha de lado, e eu fico quieta. Deixa pra lá.

– Eu mostrei para Darcy como as peças se movem – diz ele baixinho.

– Como?

– Ela tinha um tabuleiro embaixo da cama. Rosa e roxo.

Fecho os olhos. Sinto um nó na barriga.

– Eu achei que tivesse me livrado disso.

– *Você* deveria ensiná-la.

– Para que ela precisa aprender?

– Ela quer aprender. Ela te idolatra.

Eu bufo.

– Ela me chama de Malloxixi e vive fazendo montagens minhas no Photoshop como a "Greenleaf mais sem graça". Aliás, fui eu que baixei o programa ilegalmente para ela. Ingrata.

– Ela quer ser igual a você.

– Eu nunca vou ensinar a ela.

– Por que não?

Viro o rosto. A estrada está deserta e os pinheiros começam a ficar mais densos.

– Xadrez não é uma boa ideia.

– Por quê?

– Olha onde eu vim parar.

– Veio parar aqui. *Comigo*.

Meu sangue corre todo para as bochechas, mas o tom dele é objetivo, e não sugestivo. Não foi isso que ele quis dizer. Ele quis dizer… Eu nem sei.

– Foi você que viu, não foi? – pergunta Nolan.

Olho para ele, confusa.

– O quê?

– Seu pai. Alguma coisa aconteceu entre ele e aquela mulher, aquela árbitra da Olimpíada. Você descobriu. Sua mãe expulsou ele de casa. Imagino que vocês tenham passado alguns anos afastados. E depois veio o acidente.

Eu me endireito no banco. O cinto de segurança trava contra o meu suéter.

– Como… Como você sabe? Quando você…?

– Eu não sei de nada. Só me lembrei de uns boatos que circulavam no circuito de torneios na época. Sobre Archie Greenleaf. O resto… Eu só deduzi.

– *Deduziu*? Como?

– Pequenos detalhes. A sua reação na Olimpíada. O fato de que você obviamente ama xadrez, mas fica tentando se convencer de que é uma coisa horrível. Você se sente responsável pela sua família, não apenas pelas suas irmãs, mas também pela sua mãe. – O tom dele é tranquilo, neutro, como se estivesse lendo um livro chato para o resto da turma. – Você age constantemente como se fosse culpada de alguma coisa terrível. Como se merecesse só ficar com os restos.

Sou eu. O livro chato sou *eu*.

– Porque eu *sou* culpada – desabafo, surpreendendo a mim mesma.

Nunca falei isso em voz alta para ninguém. Mas se não tivesse contado a mamãe sobre Heather Turcotte, se papai não tivesse saído de casa, se ele não tivesse um motivo para estar dirigindo bêbado às três da manhã... Se. Se.

Se.

– Você sabia que foi por minha causa que meu avô foi internado? – pergunta Nolan em tom casual.

– Como assim? Não. Eu não sabia.

– Fazia um tempo que ele estava agindo esquisito. Dizia e fazia coisas realmente inapropriadas, às vezes em público. Meus pais sabiam, mas acho que simplesmente atribuíram isso ao fato de meu avô estar velho. E eu passava muito tempo com ele na época, então ajudava a encobrir, quando podia. Eu sinceramente achava que ele só precisava dormir mais, sei lá. Mas aí... veio o aniversário dele. Eu fui ao apartamento dele, aquele que você conheceu. Subi as escadas e entrei... o porteiro ainda é o mesmo, não dá a mínima para quem entra ou sai... Eu tinha um presente para ele, um tabuleiro de xadrez todo de madeira que eu tinha feito. Levei nove meses fazendo.

Ele liga a seta para a direita e pega uma saída. Acho que estamos chegando em casa. Ou quase.

– A gente tinha se visto no dia anterior. Nos víamos todos os dias, mas dessa vez ele não me reconheceu. Ou até reconheceu, mas achou que eu tivesse alguma má intenção. Acho que nunca vou saber, na verdade. Ele não era um homem violento, mas estava segurando uma faca. Eu vi quando ele a pegou e fiquei pensando, sei lá, que ele queria cortar alguma coisa? Não consigo lembrar. Mas, em vez disso, ele olhou nos meus olhos e veio correndo na minha direção. O corte foi profundo. Eu precisei de pontos, o que significou ter que ir para o hospital, o que significou preencher uma ficha, e aí já era. Meu pai teve a munição de que precisava para mandar internar meu avô. Disse que era o melhor a fazer, e talvez fosse, mas esse não era o motivo real. Ele sempre odiou meu avô por se importar mais com o xadrez do que com ele.

Sua voz é fria. Como se tivesse revirado tanto essa história em sua mente, como se a tivesse contado para si mesmo tantas vezes que acabou se tornando um texto decorado. Ele pensa nisso todos os dias. O tempo todo. Eu sei, porque moro na cabeça dele.

– Fui eu que dei esse poder para o meu pai. E meu avô morreu naquela clínica, entupido de remédios. Era a última coisa que ele queria, e é algo com que eu preciso conviver a cada segundo, todos os dias. Então, quando você fala de culpa...

– O que... Não. Não. – Eu me viro para ele. O cinto de segurança afunda em meu peito. – *Não é* sua culpa. Você fez o que pôde, considerando que tinha... Quantos anos você tinha?

– Catorze. Quantos anos você tinha quando viu seu pai?

Fecho os olhos. Porque não é a mesma coisa. Não mesmo. Mas ele faz parecer que *talvez* seja, e eu *não* mereço sair impune e...

De repente fico furiosa, de um jeito explosivo, incandescente.

Ele... ele me manipulou. Fingiu se abrir e, em vez disso, me transformou em... nem sei o quê. Ele sacrificou sua dama para me dar um xeque-mate. Como ele *ousa* fazer isso? Como ele ousa entrar na minha casa e analisar minha família como se fôssemos uma partida de xadrez?

– Vai à merda, Nolan.

Sua expressão é indecifrável, mas nem um pouco surpresa.

– Eu disse alguma mentira?

– Vai à merda. O que você sabe sobre famílias?

– É esse o problema? Que o que eu disse é verdade?

– Para de tentar... me *encurralar*. De querer me dar um *xeque-mate*. Eu sei que a coisa que você mais quer nessa vida é jogar contra mim, mas isso não te dá o direito de...

– Não é isso que eu mais quero na vida – murmura ele, com um longo olhar.

Eu o ignoro, enfurecida.

– É isso, então? Você quer tanto ganhar de mim que vai marcar pontos do jeito que conseguir? Jogo da velha? Tirando sarro da minha família?

– Não é...

– Ninguém foi esfaqueado na minha família. Eu podia muito bem ter ficado de boca calada, e estaria tudo bem. Podia ter guardado segredo, o fardo seria só *meu*, e ninguém ficaria sabendo nem sofreria por causa disso. Minha mãe teria um plano de saúde, minhas irmãs teriam a família que merecem e meu pai estaria vivo... – Eu paro de falar. Respiro fundo, com dificuldade. – Você não me *conhece*, não conhece as minhas irmãs nem minha mãe, e certamente não conheceu meu pai. Então não tenta fingir que você e eu somos parecidos, ou que o que *eu* fiz é comparável ao que aconteceu com você.

– Você não está sendo justa com nenhum de nós dois – diz ele calmamente.

Talvez esteja certo, mas eu não me importo mais.

– Quer saber? – O cinto de segurança corta meu pescoço. Estou explodindo de raiva agora, raiva de... Nolan. Vamos considerar que seja de Nolan. – Que se dane. Vamos jogar. Hoje à noite. Vamos jogar essa merda e você vai parar de vez com essa história de me analisar.

– Eu... – Ele para, assimilando o que eu disse, e engole em seco. – Você não está falando sério.

– Se não estiver interessado...

– Eu estou. – Ele soa ansioso. Juvenil. – Estou.

Nolan fica em silêncio, como se estivesse com medo de me assustar, com medo de eu mudar de ideia. Ele só olha para mim depois que o carro já está estacionado, a porta do carona foi fechada (com força) e nossos casacos estão jogados em um canto da sala. Normalmente trabalhamos um de frente para o outro, mas ele coloca o tabuleiro na mesinha de centro e nos sentamos lado a lado no sofá. Porque isso *não* é a análise do jogo de outra pessoa e é necessário que fique claro.

É meia-noite. O aquecimento está desligado há horas, mas não sinto frio.

– Vamos? – pergunta ele, sério, certificando-se de que se trata de uma partida consensual.

Sabe o que não foi consensual? As coisas que você disse sobre o meu pai.

– Pode ficar com as brancas – digo, mordaz, ávida, querendo que ele se ofenda.

– Obrigado – responde ele sem sinal de ironia. – Vou precisar.

Isso me faz odiá-lo ainda mais, assim como sua abertura idiota: peão e4. Eu respondo com a Defesa Siciliana. Reviro os olhos e coloco meu cavalo na casa c6, apenas para o atrapalhar, alguma variante que me lembro vagamente de ter estudado com Defne – a Rossolimo.

Eu o pressiono bastante logo de saída, e ele não liga, não hesita nem sequer pisca em meio à penumbra. Sua testa está lisa. As mãos, firmes. Seu joelho roça no meu, não a cada jogada, mas às vezes. Nolan não parece notar, e eu o odeio por isso. Sinto-me desajeitada, uma criatura estabanada, desastrada e capenga ao lado dele. Eu me sinto exposta, transparente, totalmente aberta, como se ele pudesse enfiar a mão no meu crânio e arrancar cacos afiados e dolorosos do meu passado, me fazendo sangrar.

Perco um peão e me sinto burra também.

– Merda – murmuro.

– É só um peão – murmura ele de volta, sem erguer os olhos.

– Cala a boca.

Avanço meu cavalo com dedos trêmulos, e de repente não é só um peão. Acabei deixando meu bispo sem defesa, perdi minhas chances de fazer um roque. Observo Nolan tomar minha peça com calma e imediatamente o ataco pela lateral com a torre – quero vê-lo *sofrer*. Consigo levar duas peças, mas percebo que ignorei completamente a maneira como sua dama avança em direção ao meu rei e merda, merda, *merda*...

– Mallory. – A mão dele cobre a minha, prendendo-a no meu joelho. Olho para seu rosto, tão belo e detestável. – Me desculpa pelo que eu disse. Eu passei dos limites.

Eu não quero ouvir nada disso.

– Vamos terminar.

– Eu não sei o que aconteceu com o seu pai...

– Vamos. Terminar.

Ele balança a cabeça.

Dou uma risada, amarga.

– Você está querendo esse jogo há meses...

– Não é bem isso que eu estava querendo, e você já pode parar de mentir para si mesma. Eu não quero jogar com você desse jeito.

– Quer dizer que agora você precisa de condições perfeitas para jogar? Quer que eu reorganize os móveis? Acenda um incenso? Me fala quais são os seus *requisitos*, o que você quer e...

– Você quer saber que merda eu quero, Mallory? – Ele se inclina para a frente, subitamente furioso. – Eu quero você fora daqui.

Fico boquiaberta, indignada.

– Vai à merda! *Você* me convidou para ser sua assistente...

– Eu quero você em outro lugar. Treinando com *seus próprios* assistentes para jogar contra *mim*. Para que a gente possa jogar na Itália. Jogar de verdade. – Os olhos dele brilham. Sua mão ainda está cobrindo a minha. Quente. Pesada. – A sua presença nessa casa até pode ser o que me faz sair da cama de manhã, mas a gente já pode parar de fingir que essa situação chega perto do que qualquer um de nós dois quer ou precisa.

Eu fecho os olhos. Ele tem razão. Isso... está errado. Completamente errado.

– Era a nossa única chance – sussurro. – E eu estraguei tudo.

Exatamente como sempre faço. Amizades. Famílias.

– Haverá outros torneios. – Nolan respira profundamente, se acalmando. – Daqui a dois anos vai ter outro Campeonato Mundial...

– Depois que acabar o verão, eu vou parar de jogar.

Ele engole em seco.

– Muito bem... As coisas são como são. – Ele desvia o olhar. Depois se vira para mim, a expressão mais suave. – Me desculpa. Você tem razão, eu não sei nada sobre famílias. Por favor, me perdoa, para você poder parar de jogar o pior jogo da sua vida. Vamos só... vamos dormir. A gente está cansado.

Olho para o tabuleiro. A posição das peças pretas é completamente caótica, amadora e imprudente.

– Meu Deus, qual é o meu problema?

– Amnésia global transitória é a única resposta possível.

Solto uma risada e minha raiva derrete como neve ao sol. Ele ri também, e posso sentir o calor de sua respiração contra minha bochecha. Estamos muito próximos.

– Me desculpa. Por esse jogo.

Há pequenos pontos dourados nos olhos dele. Nolan tem sardas, claras e espalhadas, apenas algumas, e elas são... lindas. Deliciosas.

– Você devia *mesmo* se desculpar.

Dou uma risadinha e em seguida pigarreio.

– Acho que é melhor você se afastar. Já que tem mais gente em casa.

Ele parece confuso.

– E daí?

– E daí que alguém pode entrar. Achar que a gente está se pegando ou alguma coisa assim.

Ele sorri.

– É mais provável que pensem que estamos nos matando por causa de um *en passant*...

Meu cérebro entra em curto-circuito. Talvez seja o horário já avançado ou o fato de eu ter perdido meu cavalo em menos de dez jogadas, em meio a uma partida constrangedora. Talvez seja o cheiro puro e familiar de Nolan. Só sei que em um momento estou olhando para ele e no próximo não estou, porque me inclinei para a frente e colei minha boca à dele em um...

Um beijo.

Não existe outra forma de descrever. É assim que se chama, esse selinho desajeitado e juvenil. Estou beijando Nolan Sawyer e...

Recuo, horrorizada.

– Desculpa. Eu sinto muito, eu...

Fico de pé. Meu joelho bate no tabuleiro, espalhando as peças. Levo a mão à boca e... É estranho.

Diferente. Algo mudou.

– Mallory.

– Eu não sei por que fiz isso. Eu só... Me desculpa.

Nolan me olha como se eu fosse o centro de gravidade da sala, como se nada mais existisse além de mim no espaço e no tempo. Meu coração vem à boca, e quero beijá-lo de novo, quero sair correndo.

– Me desculpa, eu...

– Peça tocada, peça jogada – murmura ele, se levantando também.

Cada passo que dou para trás é um que ele dá para a frente.

– Eu... O quê?

– Você me tocou. Não pode parar agora. Peça tocada, peça jogada.

– Eu... Isso aqui não é xadrez. – Minhas costas batem em um obstáculo. – Eu sempre posso parar.

– Então não para.

Nolan ergue as mãos para segurar meu rosto. Ele assoma sobre mim, me enjaula contra a parede, e eu... não me importo. E isso me assusta.

– Por favor, Mallory.

– Isso é... A gente deveria terminar o jogo. Você disse que queria jogar.

– Eu disse que tinha coisas que eu queria mais.

Fecho os olhos com força, mas Nolan está *tão presente*: posso sentir o cheiro dele, senti-lo em cada poro do meu ser.

– Não foi você que escolheu jogar contra o Kasparov em vez de transar? – digo, petulante, chorosa.

Quando abro os olhos, ele tem um leve sorriso no rosto.

– E você acha que é porque eu queria jogar com o Kasparov mais do que eu quero jogar com você?

– Claro. Por que mais... Ah. – Fecho os olhos novamente. – Ah.

– Posso te beijar?

– Mas e o nosso jogo...

– Eu desisto. Você ganhou. Posso te beijar?

– Não! Quer dizer... Por quê?

– Porque eu quero. – Ele está sendo paciente. Por que *eu* estou sendo um absoluto desastre enquanto *ele* está sendo paciente? – Você não quer?

– Eu...

Eu quero? Não é nada de mais. Nolan é sem dúvida o cara mais gato que já conheci, e eu não sou uma daquelas pessoas esquisitas do Tinder que acham que *beijar é algo muito íntimo, vamos fazer por trás, então.*

Já fiz muitas coisas e não me arrependo de nada. Então, o que está me segurando?

Talvez seja porque eu quero muito, penso. E então ouço a mim mesma dizer isso em voz alta enquanto fico na ponta dos pés, e estou fazendo aquela coisa estranha de novo – aquele beijo leve em seus lábios, que me faz sentir como se tivesse 13 anos, escondida atrás do ginásio. Mas desta vez eu não tenho que me punir por ser tão esquisita, porque Nolan me beija de volta.

Ele não é bom nisso. Não de imediato. Não é ruim, mas há um leve momento de hesitação, de desconexão, quando penso que o beijo simplesmente não vai encaixar. Não era para ser. Dois navios se cruzando na noite, cada um em uma direção, que por muito pouco não se chocam.

Mas então ele faz alguma coisa. Inclina a cabeça, talvez. Ajusta a pegada. Pressiona o corpo com mais firmeza contra o meu, e tudo muda. Seu navio atinge o meu e minhas costas estão contra a parede, e *ah*, ele quer. Ele quer muito, muito mesmo. Ele quer isso aqui tanto quanto eu. Dá para perceber pela perna dele deslizando entre as minhas e me prendendo na parede, pela maneira como sua mão se move para o meu quadril, assertiva como em um tabuleiro de xadrez. Pelo som gutural que vem do fundo de sua garganta.

Ele *é* bom nisso. Caloroso e enérgico e *meticuloso*, e ele tem um gosto bom e…

Uma porta se abre em algum lugar da casa. Risadas. Passos. A luz do corredor acende. Empurro Nolan pelos ombros e nos separamos bem a tempo.

– Ah, vocês voltaram. – Emil. Parado na entrada, fechando depressa o roupão. – O que estão fazendo?

Olho para Nolan, pensando que Emil é amigo *dele*. O fardo de inventar uma desculpa plausível deve recair sobre ele. O problema é que Nolan está olhando para mim, as pupilas dilatadas, os lábios inchados de… beijar?

– A gente estava só… – Pigarreio. Sorrio timidamente para Emil. – Conversando sobre aquele jogo do Koch que…

– Não fala mais nada, Greenleaf. – Ele vai até a geladeira. – Se eu me distrair do que vim fazer, a Tanu me mata. Ela me mandou vir atrás de comida.

Ele empilha sobras de pizza e três cupcakes nos braços e desaparece com um farfalhar de seu roupão e um despreocupado "Boa noite".

Fico sozinha com Nolan outra vez.

Nolan, que não para de me encarar.

– Está ficando tarde – digo, sem olhar em seus olhos. Estou sem fôlego. Por causa de um beijo. Parece *mesmo* que voltei aos 13 anos. – Estou cansada. Eu…

Ele assente e faz algo estranho: estende a mão para mim. Calmamente. Silenciosamente. Como se esperasse que eu a pegasse. E é exatamente o que eu faço: entrelaço meus dedos nos dele e, quando Nolan me conduz pelo corredor, parando para apagar a luz, eu o sigo sem resistência. Passamos pelo quarto de Tanu sem reagir aos risos abafados que vêm de dentro, passamos pelo quarto vazio de Emil, passamos por todos os outros também – incluindo o meu –, até chegarmos ao quarto dele, que cheira a pele limpa, a xadrez de qualidade excepcional e ao sofá do apartamento dele.

Nolan tira a calça jeans, despreocupado, as pernas compridas e musculosas.

– O que você está fazendo? – pergunto apressada.

Ele não olha para mim, apenas cheira a camisa, decidindo que ela pertence a um cesto de roupa suja.

– Me preparando para deitar.

– Eu…

O que está acontecendo? Por que eu vim até aqui? O que. Está. Acontecendo?

– Por que você não está nervoso?

– Em relação a quê?

– Em relação a *isso* – digo, apontando de mim para ele.

Nolan me encara.

– Sei lá. Parece normal. Além disso, não costumo ficar nervoso.

Darcy uma vez me contou sobre um estudo que fizeram, monitorando a frequência cardíaca dos melhores jogadores de xadrez durante partidas importantes. O coração de Nolan sempre era o mais lento. O mais estável. É por isso que ele está parado na minha frente de cueca boxer e uma camiseta escrito Coimbra Chess 2019 e eu tremendo feito vara verde?

– Você não quer? – pergunta ele.

– Não. Quer dizer, sim. Quer dizer, não é que eu não queira. Mas... A gente acabou de se beijar do nada, e você parece tão bem com isso, e...

Ele dá de ombros.

– Para mim não foi do nada.

– Não?

– Aceitei o que eu queria meses atrás, Mallory. Talvez desde o nosso primeiro jogo.

Engulo em seco.

– Não estou entendendo.

Ele se aproxima. Em dois passos está na minha frente e, por algum motivo indecifrável, me pego tremendo. Há um leve terremoto dentro de mim, vinte reis estão sendo derrubados, e Nolan apenas segurou meu rosto novamente.

– Eu estou aqui, Mallory. Nada de ruim vai acontecer. Você pode se permitir querer isso, porque você já tem. Você já me tem.

Meu Deus. Ai, meu Deus do céu. Estou tremendo ainda mais.

– Eu... A gente... A gente vai transar?

Estou tentando desconcertá-lo de propósito. E não está funcionando.

– Não. A gente vai dormir.

Nós nos deitamos e, de alguma forma, é tranquilo. Estou usando leggings e uma camiseta macia, sem brincos ou coisas do tipo, e por isso fico tão confortável. Não porque minha cabeça está apoiada no peito dele e suas pernas estão entrelaçadas com as minhas, e porque sinto seu coração lento e firme como um relógio quente sob minha orelha.

– Eu nem lavei o rosto – digo a ele.

Ainda estou tremendo, embora mais discretamente. Sou um caos.

– Tudo bem. O Antonov venceu Coimbra 2019.

Dou uma risada.

– Eu... Não sei se consigo dormir.

– Quer que eu conte uma história de ninar? – Sua mão acaricia suavemente minha nuca. – Se chama "Polgar *vs.* Anand, 1999". Começa com e4, c5.

Resmungo. Mas estou sorrindo quando pergunto:

– E depois?

– Cavalo f3, d6, d4.

– Hmm.

– Pois é.

– E aí?

– Peão toma d4. Cavalo toma d4. Cavalo f6. Cavalo c3…

Adormeço no meio do jogo – pela segunda vez na vida nos braços de alguém, pela segunda vez na vida nos braços de Nolan Sawyer.

Capítulo Vinte e Um

Até por volta das três da tarde do dia seguinte, Nolan mal trocou quinze palavras comigo.

Por que cavalo a5?

Podia ter sacrificado a dama.

E a minha preferida: *Vou pegar um muffin. Quer?*

Talvez a noite passada tenha sido uma alucinação. Talvez nosso beijo tenha sido um sonho. Talvez a forma como acordei em seu quarto vazio, uma caneca de café quente na mesinha de cabeceira… Talvez eu precise ir ao médico para…

– O que você acha, Mal? – pergunta Tanu. Pelo tom de voz dela, parece não ser a primeira vez.

– Do quê?

– Dessa posição. O que você faria?

Olho para o tabuleiro. Estamos analisando um jogo do Koch do ano passado. Bem, eles estão analisando. Eu estou ruminando.

– É fraca. Dá para explorar o lado esquerdo.

– É, foi o que o Nolan disse também.

Olho para ele e coro imediatamente. Porque, ao que tudo indica, é isso que eu faço agora: fico remoendo se um cara com quem nem dormi ainda não está mais interessado em mim porque eu sou um absoluto caos, porque me reviro na cama durante a noite, porque meu hálito matinal parece uma lixeira nos fundos de um restaurante de frutos do mar.

Este é um território desconhecido. Uma galáxia inteiramente nova. Estou acostumada a me importar com o que mamãe, Darcy, Sabrina e Easton pensam de mim. Não tenho espaço para mais ninguém, e...

– Você concorda, Greenleaf? – pergunta Emil.

Merda.

– Desculpa, com o quê?

– Com o que o Nolan disse.

O olhar de Nolan é indecifrável.

– Que ele fez o roque tarde demais – repete Emil.

Olho para o tabuleiro.

– Talvez ele não devesse nem ter feito o roque – digo, fingindo que não estou nervosa.

– O Koch é muito irregular. – Emil esfrega as têmporas. – Como alguém pode ir de erros desastrosos a jogadas quase geniais como aquela contra a Greenleaf? Parece que existem dois jogadores completamente diferentes dentro dele.

– E qual dos dois vai estar na Itália? – pergunta Tanu.

Ninguém responde. Nolan me olha a meia distância, e eu o encaro feito uma tonta.

Ficamos até tarde analisando os finais das partidas de Koch. Quando Nolan e Emil se levantam para preparar o jantar, já faz horas que o sol se pôs.

– Você vai ficar até o final de janeiro, certo? – me pergunta Tanu, em voz baixa.

Os outros estão debatendo se é melhor colocar o macarrão na água antes ou depois de ela ferver. (Nolan: "Que diferença faz? Vai ser mais rápido." Emil: "Você é, com toda a sinceridade, um selvagem sem nenhum refinamento.")

– Esse é o plano. Você não vai?

– Só até o semestre começar.

– Ah. – Penso em mim e Nolan sozinhos nesta casa. – Ah.

– A Defne vai vir para ajudar, é claro – continua ela.

Eu franzo a testa. Defne aprovou que eu me tornasse assistente de Nolan porque disse que seria um ótimo treino para mim, mas...

– Eu não sabia que eles eram próximos.

– Ah, eles são *super*próximos. Os dois treinavam com o avô do Nolan antes... Bem. Mas mesmo assim o Nolan precisa de *você*. Ele não demonstra, mas está abalado com a imprevisibilidade do Koch. Ele precisa de alguém de quem *ele* goste e que também goste *dele*. Tipo você, sabe?

Ah, meu Deus.

– Tanu, o Nolan e eu... – Eu balanço a cabeça e chego mais perto, ficando na pontinha da cadeira. – Acho que *somos* próximos em alguns aspectos, mas não estamos... juntos.

– Ah, eu sei que relacionamentos são estranhos. – O sorriso dela é reconfortante. – Tipo, eu e o Emil tecnicamente também não estamos juntos, porque... Bem. Não que ele me mereça, mas, principalmente, porque a distância é uma merda. Mas o Nolan está muito a fim de você.

– É... – Eu balanço a cabeça. – É complicado.

Ela ri, meio confusa, meio achando graça.

– Bom, eu não sei o que está rolando, mas nunca vi o Nolan tão calmo e feliz como quando você está por perto, então...

– Ei, querem jogar dois contra dois? – interrompe Emil. – Somos quatro, então duas equipes.

Rapidamente penso em todas as combinações possíveis. Ou eu jogaria contra Nolan, ou...

– Eu faço dupla com a Mallory! – grita ele da cozinha.

Tanu ergue uma sobrancelha e eu fecho os olhos. Eles ainda estão fechados alguns segundos depois, quando Nolan volta da cozinha e, em vez de ocupar um assento vazio, levanta uma perna e desliza entre mim e as costas da minha cadeira.

Por pouco não arfo de susto. Ele ocupa muito espaço, sempre, e isso não vai dar certo. Eu vou cair.

Ou vou ficar bem, aqui no colo dele. A mão que não está ocupada ajustando as peças pretas no centro de suas casas repousa casualmente na minha barriga, cobrindo-a por inteiro. É a mesma mão da noite passada: confiante, reconfortante. Isso é bom. O cheiro é ainda melhor. A sobrancelha de Tanu se ergue um milímetro a mais, e Emil move seu peão para d4, sem dar importância ao fato de que estou sentada entre as coxas de seu melhor amigo.

– Quer começar? – murmura Nolan, os lábios bem próximos à minha orelha.

Sinto um calafrio. Então faço que sim e meu cabelo roça no queixo dele. Minha pele esquenta e estou agitada demais para pensar, então faço a primeira coisa que me vem à mente.

Cavalo f6.

Só me lembro do quanto Nolan odeia a Defesa Grünfeld depois que ele resmunga e crava os dentes no lóbulo da minha orelha.

Jogamos cinco partidas. Nolan e eu ganhamos todas, exceto uma, e por culpa de um erro meu. Perdi a dama.

– Isso foi uma… jogada – diz Tanu, avançando seu cavalo.

Nolan solta um grunhido seco do fundo da garganta, escondendo o rosto no meu pescoço, como se não quisesse olhar para o desastre que eu acabei de fazer. Quero resmungar que se ele não estivesse grudado em mim, com a mão na minha barriga, talvez meu cérebro não estivesse derretendo. Mas sua respiração faz cócegas na minha nuca, e enquanto todos estão pensando atentamente na próxima jogada e a sala está mergulhada em silêncio, consigo sentir o calor do coração dele batendo contra as minhas costas.

É o mais próximo que já estive de alguém sem envolver sexo.

O mais próximo que já estive de alguém mesmo *envolvendo* sexo.

E o mais distraída que já me senti em uma partida de xadrez na vida, e o pior é que não acho que Nolan esteja brincando comigo. Às vezes seu queixo repousa no meu ombro, sem maldade, e eu sei que ele está fazendo isso apenas porque é bom. O fato de isso me distrair é só uma consequência.

Ele é o primeiro a dizer "Vou dormir" quando Tanu propõe de assistirmos a um filme. Põe a louça na máquina, ruma para o quarto com um tchau distraído, e eu fico lá, presa entre a ausência dele e as críticas mordazes de Emil à filmografia do Aronofsky. Eu me sinto um balão, cada vez maior, mais esticado e mais cheio, prestes a explodir.

Então fujo. Deixo a conversa sobre o Aronofsky para trás e desço obstinadamente o corredor. Nem me preocupo em bater; apenas abro a porta e entro no quarto de Nolan. Não foi a melhor ideia que já tive, uma vez que ele acabou de tirar a camisa e está apenas de calça jeans.

Eu me apoio na porta. *Merda. O que eu estou fazendo?*

– Aquela dama… – diz ele com um sorrisinho, como se a minha intromissão fosse tão natural quanto o pôr do sol. Ele está em forma e é bem musculoso. Eu me pergunto quando encontra tempo para malhar, para conseguir ficar desse jeito. – Mas eu tenho certeza que a Tanu e o Emil gostaram de ganhar…

– Você pode me explicar, por favor?

– Explicar o quê?

– A noite passada – gesticulo, confusa –, e hoje de manhã, ao longo do dia, essa noite, esse momento, *agora*.

Nolan inclina a cabeça para o lado.

– Ué. É assim que o tempo funciona.

– Não, eu… – Fecho os olhos com força. – Eu odeio isso.

– Odeia o quê?

– Estar aqui te perguntando essas coisas… Ficar pensando em você e… – Passo a mão pelo rosto. – Não. Olha só… Não importa. Eu não deveria me preocupar se você… Eu não deveria nem estar pensando em você. Eu tenho uma família para cuidar. Coisas para fazer. Mas você me beija e depois me ignora como se nada tivesse acontecido…

– Certo. – Ele cruza os braços. – É *você* que faz isso, não é?

– O quê?

– É você que ignora as pessoas. Que dispensa elas antes que possam dispensar você, não é? Que se poupa do insuportável calvário de deixar alguém se aproximar.

– Isso não é justo. – Eu me afasto da porta. Começo a andar de um lado para outro no quarto. – É diferente. Eu não costumo… Eu tenho responsabilidades. Não tenho tempo para ficar *sonhando*, Nolan. Não posso me distrair com pessoas que não precisam de mim, mas aí você… *você*…

Meus olhos notam algo na mesa dele, enfiado debaixo de uma pilha de livros sobre xadrez que não é muito diferente da que meu pai afastava para abrir espaço para mim no sofá.

É o panfleto da Federação Alemã de Xadrez. De Toronto. Da noite em que a gente...

– O papel do jogo da velha.

– O quê? – Ele vem na minha direção e para atrás de mim. – Ah, é.

Está na mesinha de cabeceira dele, guardado como um troféu. Ele o levou de Toronto para Moscou, depois para o apartamento em Nova York, e por fim o trouxe para *cá*. Sinto um calor se espalhar pela minha barriga.

Resisto à sensação. Mordo a parte interna bochecha. Então cedo e pergunto.

– Por que você guardou isso?

– Porque me lembra você.

Seus braços me envolvem logo abaixo dos meus seios, e eu fecho os olhos.

– Por que você guardaria algo que te faz pensar em mim?

Eu o sinto dar de ombros.

– Porque eu penso em você de qualquer jeito, Mallory.

Eu me viro. Quebro o contato. É insuportável. Essa proximidade. Esse magnetismo que sinto me puxar para ele. É tudo o que tenho evitado, algo que sei que só pode terminar em mentiras e traição. Já vi isso acontecer.

– O que você quer de mim, Nolan? E, por favor, *para* com esse sorriso.

– Não paro – retruca ele, abrindo um sorriso ainda maior.

– Estou falando sério, se você não parar.

– Isso não é uma ameaça. Não é nem uma frase gramaticalmente correta.

– O que você quer de mim? O que a gente... – Enfio a cara nas mãos. Isso é demais. Muito descontrolado. Muito arriscado e confuso. – Não entendo por que você não sai da minha cabeça.

– Você não sai da minha também. Mas eu sei por quê.

Dou um suspiro e me forço a olhar para ele. Nolan não está mais sorrindo.

– É só que... O que você quer de mim?

– Eu quero tudo. – O tom de voz dele é calmo. Direto. Nu, de um jeito que não tem nada a ver com roupas. – Estou nessa de cabeça.

Ele se abaixa lentamente até a testa tocar a minha. Seus olhos se fundem em um só, bem acima do nariz. A única coisa que escuto é o som da nossa respiração, e alguma coisa dentro de mim parece se encaixar.

– E você, Mallory?

Não respondo. Em vez disso, faço o que eu sei: levanto o queixo para beijá-lo, e funciona muito bem.

É ainda melhor do que no dia anterior. Os braços dele me prendem contra a cômoda, e os meus envolvem seu pescoço. Estou de camiseta e minhas mãos pousam nas costas largas dele, lisas e quentes como o sol. Abro a boca e ele lambe meu lábio inferior antes de sua língua deslizar contra a minha, desajeitada, quente, insistente e deliciosa. Os ruídos inevitáveis, ansiosos e guturais que ambos fazemos talvez sejam um pouco constrangedores, mas tudo bem.

Mesmo que eu nunca mais recupere o fôlego.

– Devagar – digo. – Vamos só...

– Eu penso nisso todo dia, o tempo todo. – A mão dele desliza pelas minhas costas, e meu corpo é como um peão à sua mercê. Nolan se vira e me vira junto, e caímos na cama bagunçada, os lençóis embolados sob as minhas costas. – Você joga xadrez da forma mais bonita que já vi, e eu sonhando em te levar para a cama. É confuso pra caralho.

Estamos os dois vestidos demais e, de repente, fico impaciente. Quero estar nua. Quero pele – *mais* pele. Eu o quero mais perto, grudado em mim, sem fronteiras. Eu o sinto duro contra a minha barriga, e tenho a sensação de que estamos íntimos, próximos, como nunca.

– Você... – Corro a mão por seu abdômen, encontro o cós de sua calça jeans, e por fim ela chega, aquela pitada de hesitação e de incerteza que eu esperava dele. – Não? – pergunto.

Observo o movimento de sua garganta quando ele engole em seco. Seus lábios carnudos tremem por um segundo.

– Você é de verdade? – O ar entre nós parece mais denso. – Às vezes tenho medo de estar te imaginando. Às vezes acho que você só existe na minha cabeça.

– Eu estou aqui – sussurro; sou um poço de calor líquido.

– Não tenho a menor ideia do que estou fazendo – diz ele, mordendo suavemente o meu pescoço logo abaixo da orelha.

Estremeço.

– Eu posso ajudar – respondo, mesmo que meus neurônios estejam borbulhando a ponto de virar mingau.

– Pode?

– É como no xadrez. Eu faço uma coisa... – Abro o primeiro botão de sua calça jeans, devagar. Sinto, mais do que escuto, a respiração pesada dele. – E você faz outra.

Ele se apoia nos braços e olha para mim, como se estivesse fazendo um inventário, decidindo por onde começar. Seu dedo indicador engancha a barra da minha camiseta e a puxa para cima, parando logo abaixo do meu sutiã. Parece que minutos se passam enquanto ele olha para o meu umbigo, até dizer:

– Eu quero alguma vantagem. Já que é a minha primeira vez.

– Você quer um *handicap*?

– Quero *duas* jogadas.

Eu rio. E então paro quando ele prende minhas mãos acima da minha cabeça, de uma forma que sugere que ele pode até não saber o que está fazendo, mas tem planos, fantasias, estratégias, uma imaginação fértil a colocar em prática e...

– Espero que você goste disso tanto quanto gosta de xadrez – digo, séria.

– Acho que já gostei – diz ele com um ligeiro sorriso.

Capítulo Vinte e Dois

Acordamos de manhã bem cedo. Ainda com sono, fazemos várias coisas com as mãos, que, além de deliciosas, não exigem o uso de camisinha. Eu só tinha uma, largada na mochila sei lá em que momento; Nolan não tinha nenhuma. Aparentemente, nós realmente nos enganamos ao pensar que isso não ia acontecer. Adormeço no peito dele, envolvida em seus braços, sentindo sua respiração acelerada se acalmar aos poucos, me embalando, até que ele pega no sono e eu vou junto.

O zumbido do telefone de Nolan na mesa de cabeceira nos acorda, e o sol já nasceu. Ele atende com um enorme bocejo.

– Oi?

Ele fala muito alto. Ou talvez não. Talvez seja só o fato de estarmos enroscados feito um pretzel, pele com pele, pernas entrelaçadas, sua mão livre emaranhada no meu cabelo, me segurando na curva de seu ombro.

– Eu estava *dormindo*. Sim. Aham. Claro. – Ele não parece preocupado. Soa como a deliciosa e calorosa versão de Nolan que às três da manhã pediu que eu parasse de me mexer. Isso não pode ser real. – Aham.

Eu me afasto para olhar para seus olhos semicerrados e cansados e seus lábios inchados. O cheiro dele é fantástico. Quero me fundir a ele. Quero me enfiar no meio de suas pernas e me deitar sobre toda a extensão de seu peito. Quero…

– Claro. Ela está aqui. Deixa eu perguntar pra ela.

Nolan pressiona o celular contra o peito. Eu arregalo os olhos.

– O que foi? – sussurro. – Não fala que eu estou aqui! Vão achar que…

Ele me lança um olhar confuso.

– Que você está aqui?

Dou um gemido e me escondo em seu pescoço.

– Vai rolar um evento beneficente. Alguém quer que a gente jogue junto contra… – Ele pega o celular novamente. – Contra quem a gente iria jogar? – Ouço uma voz feminina muito animada do outro lado. – Alguém do setor de tecnologia – me explica Nolan, e depois ao celular novamente: – É o Bill Gates de novo? Elle, ele é ruim no xadrez. Eu não consigo fazer o jogo durar mais de um minuto contra… Tá. Eu te retorno.

Ele joga o celular de lado e me puxa para mais perto, cobrindo nossas cabeças com o cobertor. O mundo lá fora desaparece.

– Quem é Elle? – pergunto.

– Minha agente. – Nolan ajeita uma mecha do meu cabelo, colocando-a atrás da minha orelha. – O que eu digo a ela?

– Quando vai ser?

– Depois de março.

– Que história é essa de setor de tecnologia?

– Parece que tem muita gente dessa área que morre de tesão por xadrez.

Surpreendentemente, faz muito sentido.

– Por que você tem uma agente?

– Todos os jogadores profissionais têm. Você também vai precisar de um.

Eu jamais serei uma enxadrista profissional, Nolan. Você sabe disso.

– Você recomendaria a Elle?

– De jeito nenhum. Foge dela.

Dou uma risada.

– Posso… pensar um pouco? Sobre esse evento.

– Claro.

Ficamos em silêncio, aconchegados no algodão macio dos lençóis, grudados um ao outro. *A noite passada realmente aconteceu?*, eu me pergunto, sentindo-me presa em um sonho. *Aconteceu com você a mesma coisa que aconteceu comigo?*

Então ele murmura "Bom dia" enquanto dá um beijo na minha testa, e tudo começa a parecer acolhedor, e perigosamente bom e verdadeiro.

Nolan não sabe disfarçar. Não tem nenhuma habilidade em mentir, enganar ou esconder. Nem intenção.

Ele acompanha meus movimentos com um pequeno sorriso sempre que me afasto do tabuleiro de xadrez para pegar um copo d'água. Ele me beija contra a geladeira enquanto os três GMs falam sobre a Defesa Francesa a pouco mais de um metro de nós. Pega minha mão e me puxa para um passeio na neve quando o sol está prestes a se pôr, como se de repente estivesse preocupado em manter hábitos saudáveis.

Queria poder dizer que me incomodei, mas amo cada segundo disso tudo.

Há uma confiança curiosa e dolorosamente sincera nele. A noite passada foi boa, *muito* boa, mas também foi a primeira vez de Nolan, *nossa* primeira vez: confusa e imperfeita, cheia de perguntas sussurradas, tentativas e erros. Suas mãos em mim eram ousadas, mas inexperientes e hesitantes. Outros caras estariam se afogando em sua masculinidade frágil hoje, mas Nolan parece profunda e genuinamente feliz.

Por outro lado, lembrando os sons que fiz, os suspiros… O feedback que ele recebeu foi brilhante, eu acho.

– Não acredito que ele usou um Gambito Evans três anos atrás – diz ele sobre o jogo de Koch que acabamos de analisar.

Suas pegadas na neve são quase o dobro das minhas.

– Pois é. Foi uma má escolha, o Thagard-Vork acabou com ele.

– Mesmo assim. Eu não via um Gambito Evans desde que estava aprendendo a jogar xadrez.

Eu sorrio.

– E quando foi isso?

– O quê? – pergunta ele, lançando um olhar curioso.

– *Quando* você aprendeu a jogar xadrez?

– Não lembro. Com certeza está na Wikipédia.

– Aham. Mas, ao contrário da minha irmã, eu me recuso a recorrer à Wikipédia. Eu tenho limites.

Dou um puxão em seu casaco para fazê-lo parar. Estou usando as luvas dele, porque está congelando e esqueci de trazer as minhas. Elas fazem as minhas mãos parecerem menores, e Nolan sorri com essa imagem.

– Mas eu ainda quero saber.

– Eu tinha... 5 anos? Mas não entendia *de verdade*. Só comecei a entender depois dos 6.

– Seu avô te ensinou?

– Mais ou menos. Ele estava treinando muita gente na época, e eu só... Eu queria participar. Ele era a pessoa mais legal que eu conhecia, e eu queria que ele prestasse atenção em mim.

– E seus pais não queriam que você aprendesse?

Ele dá de ombros.

– Meu pai é um babaca. E, mesmo que não fosse, ele simplesmente não tem o xadrez na veia. Quando eu era pequeno, passava horas resolvendo quebra-cabeças, brincando com Legos, raciocinando, analisando, e meu pai não conseguia entender por quê. Ele achava que tinha alguma coisa errada comigo. Me fez praticar todos os esportes possíveis. E eu era bom neles, porque era alto e rápido, mas nenhum deles era...

– Nenhum era o xadrez, né?

Ele assente.

Penso no meu pai. Em como ele era o oposto, constantemente me empurrando para o xadrez. Penso em como, se ele ainda estivesse vivo, provavelmente estaríamos tão distantes quanto Nolan e o pai dele. Caminhos muito diferentes, resultados iguais.

– Você odeia os seus pais?

Ele solta uma risada discreta.

– Acho que não. Eu não penso muito neles. Já faz um tempo. – Ele engole em seco. – De alguma maneira, isso machuca ainda mais.

Estico o braço, afundando minha mão no bolso de seu casaco. Nolan solta o ar com força, uma baforada branca no frio do final da tarde.

– Quando meu avô estava por perto, não fazia diferença, porque ele me entendia. Ele era igual a mim quando criança, ou bastante parecido.

Quando meus pais se divorciaram, pararam de achar que precisavam se preocupar comigo. Minha mãe se casou de novo. Depois meu pai. Então a esposa dele engravidou e foi quase um alívio. Eu não era prioridade para eles, e às vezes passava semanas com o meu avô. Era só eu e ele. Jogando, jogando mais um pouco. Jogando sem parar.

– Você ganhava dele?

– Ah, não. Demorei para ganhar. Só quando eu tinha uns 9 ou 10 anos. Um dia consegui, e senti até certo medo. Ele odiava perder tanto quanto eu. Achei que ficaria bravo. Mas… – Nolan balança a cabeça. – Acho que nunca vi meu avô tão feliz.

– Então talvez ele *não* odiasse perder tanto quanto você.

– Eu acho… – Ele para de andar, e eu também. Nolan me olha nos olhos. – Um dia ele me disse que às vezes, com algumas pessoas, não se trata de ganhar ou perder. Que com algumas pessoas, só tem a ver com jogar. Embora por muito tempo eu não tenha de fato acreditado nele.

– Ah, é? – Eu desvio o olhar em direção ao pôr do sol. – Eu ainda penso em quando perdi para o Koch. Todos os dias. O tempo todo.

– Eu sei.

– Para de ler a minha mente. – Dou um cutucão na barriga dele. Nolan pega minha mão e me puxa para mais perto. – Como você lida com as derrotas?

– Eu não lido.

– Então você só fica se sentindo uma merda? Tipo, toda vez?

– Você meio que tem que odiar perder para ser um jogador de ponta. Tenho certeza que os genes estão no mesmo cromossomo.

– É por isso que você é um péssimo perdedor?

– É. E você também.

Abro um sorriso.

– Não vou mentir, é bom ouvir isso. Quando eu era criança, não conseguia entender como a Easton ficava tão tranquila ao perder todas aquelas partidas. Enquanto isso, até os empates me tiravam do sério.

– Easton?

– Ah. A minha melhor amiga. – Engulo em seco. – Quer dizer. Ex-melhor amiga?

Ele inclina a cabeça, confuso.

– Ela tomou a sua dama?

– Não. Ela... se mudou. Foi para a faculdade. No Colorado.

– Ah.

– Pois é. A gente não tem se falado muito desde então. – Dou um suspiro. – Como você consegue manter contato com a Tanu e o Emil?

– Não é a mesma coisa. O Emil ainda está em Nova York e odeia os alojamentos, o que significa que está sempre lá em casa. E você sabe como é a Tanu. Eu teria que me esforçar muito para conseguir me livrar dela.

– É. – Tento não soar invejosa demais. – Agora a Easton me acha chata e desinteressante porque... Sei lá. Eu não jogo *beer pong* com ela?

– Ela te disse isso?

– Não. Mas eu sei.

– Não pode ser só impressão sua?

– Não.

Ele assente, e eu gosto que ele não esteja tentando mentir para mim. Para me convencer de que estou imaginando coisas.

– Você já pensou em perguntar a ela?

– Não. Eu... não quero que ela sinta pena de mim. Quero que ela seja minha amiga porque quer.

– Ah, sim. – Ele assente mais uma vez, compreensivo. Seu queixo afunda na gola levantada do casaco. – Você gosta de estar no controle.

– Como assim?

– Você gosta de estar na vantagem. Sentir que está fazendo algo pelos outros. Que está no controle.

– Não. – Eu franzo a testa. – Não é nada disso.

– Acho que você prefere sentir que as pessoas precisam de você do que sentir que você precisa delas. É menos arriscado. Menos confuso, né?

– Mas isso não é verdade. Quer dizer, a Sabrina disse que a minha família não precisa mais de mim para nada além de dinheiro. E foi a Easton que sumiu. E você... *Você* com certeza não precisa de mim...

– Preciso, sim.

Eu bufo.

– Fala sério. Você tem um milhão de assistentes e legiões de fãs apaixonados, Tanu e Emil, Elle, a agente assustadora, a imprensa, o *mundo* inteiro...

– Mallory – diz ele, me interrompendo. A expressão em seu rosto é séria. – O xadrez é muito solitário. Você pode ter uma equipe inteira ao redor, mas, no final das contas, está sozinho. Você joga sozinho. Você perde e ganha sozinho. Vai para casa e está sozinho. – Ele observa a luz que diminui lentamente, seus olhos mais escuros do que nunca. Então olha para mim, coloca uma mecha do meu cabelo atrás da orelha e faz uma pergunta que eu não estava esperando. – Quer ir para a Itália comigo?

– Para a Itália?

Ele assente.

– Para o Campeonato Mundial.

– Eu… Por quê?

Nolan engole em seco.

– Meu avô estava comigo no primeiro, seis anos atrás. Mas, depois disso, eu sempre fui sozinho.

– Mas a Tanu e o Emil vão estar lá, e…

– Vão, sim. Mas… – Consigo ver as engrenagens em sua mente, como se estivesse tentando articular um sentimento confuso e incompreensível. – Mas eles vão estar *um com o outro* em primeiro lugar.

De alguma forma, eu sei exatamente o que ele quer dizer. *Eu sinto o mesmo*, quero falar. *Sinto a mesma coisa. Como se todos ao nosso redor fizessem parte do mesmo tecido conjuntivo, e eu estivesse à deriva. Solta.*

Meu coração bate mais rápido, porque isso parece um passo importante. Uma decisão da qual jamais poderei voltar atrás. Se eu aceitar, Nolan e eu seremos algo diferente. Algo *juntos*. Mais do que a soma de nossas partes.

Então, não. "Não" é a única resposta possível. Não tenho como prometer estar presente na vida de ninguém. Tenho prioridades. Obrigações. Mas.

– Você quer que eu vá? – pergunto.

Ele assente de imediato.

Pego sua mão fria, levanto-a com as duas mãos e dou um beijo suave bem no meio da palma, onde a linha do destino corta a linha da cabeça e a do coração.

– Então eu vou. – Sorrio para ele, bem quando o último raio de sol desaparece na neve. – Com você.

De noite, depois que repassamos algumas das partidas recentes de Koch durante o Desafiantes nas engines de xadrez, decidimos ir para a cama às oito, em vez de ficarmos acordados até tarde examinando os resultados. Penso que talvez este não seja o melhor momento para o que estamos fazendo.

Deveríamos estar treinando pesado. Deveríamos nos concentrar em estratégia, tática, preparação.

Não deveríamos ficar só olhando um para o outro em lados opostos da mesa.

Não deveríamos nos distrair, trocando sorrisinhos espontâneos e injustificados durante o discurso apaixonado de Tanu sobre por que Velveeta não pode ser considerado queijo.

Não deveríamos esbarrar desnecessariamente as mãos quando ele me entrega o prato para que eu o coloque na máquina de lavar louça.

E, definitivamente, *não* deveríamos nos atirar um em cima do outro no segundo em que entramos no quarto dele, a madeira da porta lisa às minhas costas, o corpo de Nolan pressionado ao meu enquanto nos beijamos profundamente. A mecânica disso tudo é familiar, mas a impaciência que fervilha dentro de mim é nova. A sensação de que mais um minuto longe dele será demais. E vejo essa mesma ânsia em Nolan.

– Ainda não temos camisinha – digo, e ele grunhe contra o meu pescoço. Em seguida, dá um passo para trás.

– Eu vou pedir para o Emil...

– Não. Não.

– Por que não?

– Prefiro que eles não saibam.

– Mallory. – Ele beija minha bochecha. Meu nariz. – Eles sabem.

– Sim, mas eles não sabem *sabem*, e... – É minha vez de gemer. – Amanhã a gente passa na farmácia.

– Amanhã? – Ele se afasta e parece tão horrível e dramaticamente chocado que caio na risada e beijo o rosto dele na tentativa de amenizar a situação.

– A gente pode fazer outras coisas enquanto isso.

Nolan corre os dedos pelas minhas costas, massageando lentamente cada vértebra.

– Tipo o quê? Limpar a neve da calçada? Tentar uns livros de colorir?

Dou risada contra os lábios dele.

– São tantas opções.

– Por favor, me fala. Eu sou totalmente novo nisso. – Sua mão desliza por dentro da minha calça jeans, e eu solto o ar com força.

– Jogada ilegal.

– Chamamos o árbitro?

– Só se…

Meu celular toca, e ele resmunga. Eu murmuro, enfiando a mão entre nós dois para pegar o aparelho no bolso.

– É a Defne – digo.

Tenho um *déjà-vu* de: meses atrás, no sofá de Nolan. Ela tem um timing *atroz* para empatar foda.

– Ignora – ordena ele, e fico feliz em obedecer.

Coloco o celular em cima da cômoda e voltamos um ao outro, sem jeito, descoordenados, vorazes, até que Nolan se ajoelha na minha frente e começa a desabotoar minha calça.

– Então – diz ele contra o meu quadril. – Essas *coisas* que nós vamos fazer. Elas podem incluir…

Meu celular, de novo. Não, é o de Nolan; é o celular dele tocando agora.

– Merda – resmunga ele, tirando-o do bolso e jogando-o ao lado do meu.

Mas meus olhos passam pelo identificador de chamadas e fico tensa.

– Espera. É a Defne.

Ela não ligou nenhuma vez desde que viemos para cá, só trocamos uma mensagem ou outra. E agora…

A gente se interrompe.

O celular de Nolan para de tocar. Um segundo depois, o meu recomeça.

Trocamos um demorado olhar, ambos sem fôlego. Ele solta um gemido profundo e frustrado e afunda o rosto na minha barriga. Suas mãos se fecham ao redor da minha cintura, tremendo ligeiramente. Tomo isso como permissão para atender.

– Oi, D… – Ele levanta minha camiseta e mordisca meu umbigo. Minha respiração falha. Eu rio, suspiro, tento afastá-lo. Então recomeço. – Oi, Defne – consigo dizer por fim. Nolan lambe uma faixa de pele abaixo do meu umbigo. – Como você…

– Mallory, estou indo aí te buscar. Você precisa voltar para Nova York agora mesmo.

Capítulo Vinte e Três

– Como assim o Koch trapaceou? Tinha câmeras demais ali para ele…

– Alguém andou analisando os vídeos.

A voz de Defne soa chiada no viva-voz, o ruído ao fundo diminuindo e aumentando conforme ela cruza a interestadual. Nolan e eu estamos sentados na cama, nos encarando, mas a expressão dele é enigmática. Seus cabelos ainda estão despenteados.

– Lembra que ele ficava andando de um lado para outro? Koch estava com um smartwatch escondido ao redor do cotovelo. Ele se afastava do tabuleiro, achava um lugar em que não havia câmeras e o usava para se comunicar com… Bom, a gente ainda não sabe. Provavelmente alguém com acesso a uma engine de xadrez. Mas ele calculou mal, porque duas dessas ocorrências foram gravadas em vídeo. E uma delas logo antes da última jogada contra você.

– Aquele merdinha – murmura Nolan com a mandíbula contraída, sua mão grande agarrada ao lençol.

– O que isso significa? – pergunto a Defne. – Em relação ao Campeonato Mundial?

– A FIDE ainda não fez um anúncio formal. E o Koch ainda está negando tudo e ameaçando entrar com um processo. Mas, Mal, as provas são *condenatórias*. Eles vão ter que desclassificá-lo.

– Então, se o Koch for desclassificado… – Penso nas implicações. Um nó de decepção se forma em meu peito. – Significa que o Nolan vence automaticamente? E que deveríamos parar de treinar?

A perspectiva é mais devastadora do que deveria ser. Eu o encaro por um longo e silencioso momento, durante o qual Nolan me lança mais uma vez seu olhar impassível, e Defne solta o ar com força.

– Mal, você…

– Não é isso que vai acontecer – interrompe ele.

– O quê, então? – Franzo a testa para Nolan, confusa. – Eles não podem repetir o Desafiantes.

– Não é necessário – responde Nolan calmamente.

O espaço entre nós fica pesado, um súbito campo magnético, e então eu me dou conta.

Não é necessário porque já existe uma vice-campeã. Alguém que estava prestes a vencer até perder para Koch.

Eu.

– Mas nós… eu e o Nolan… – Balanço a cabeça, confusa. – Eu e o Nolan temos treinado juntos.

– É por isso que estou indo te buscar, Mal. Chego daqui a alguns…

Nolan desliga na cara dela. O celular volta a vibrar imediatamente, mas nós o ignoramos. Ele me encara por um segundo, por dez anos, e não faço a menor ideia de como devo me sentir. Do que pensar.

– Desculpa, eu…

Me levanto da cama e olho para os livros empilhados na cômoda, os pensamentos a todo vapor.

Se Defne estiver certa, se a FIDE me convidar para ser a desafiante… são três milhões de dólares. Significa pagar a hipoteca, os remédios da mamãe, as mensalidades da faculdade das minhas irmãs. Caramba, as mensalidades da *minha* faculdade. Estaríamos bem de grana para o resto da vida.

Mas eu teria que contar a verdade para mamãe e Sabrina. Talvez elas me odeiem. E o mais importante: Nolan. Três minutos atrás, eu estava tentando me fundir a ele. Por semanas, fui sua assistente. Tenho estudado suas fraquezas, estratégias, táticas. Desafiá-lo agora seria como roubar sua casa usando uma chave que ele mesmo me pediu para guardar. Completa falta de ética.

Ai, meu Deus.

Não consigo imaginar como ele deve estar arrasado. Assustado. Traído pela ideia de eu me aproveitar do que aprendi sobre ele.

Eu me viro com a intenção de tranquilizá-lo, de garantir que não vou fazer isso, de prometer que jamais o faria e o pego...

Sorrindo?

– O que... Por que você está tão feliz?

– Porque é perfeito. Porque é você. – Ele se aproxima, sorrindo. Sorrindo tanto que vejo uma rara covinha. – Vou ter a chance de jogar. Com você.

– Eu... Não. A gente não pode fazer isso.

– Acho que a gente pode, sim.

Ele estica a mão para me tocar e eu deixo.

– Preciso pensar.

– Claro. Pensa. Pensa em voz alta. – Ele leva os lábios ao meu pescoço. – Pensa enquanto eu te beijo. Todinha.

Dou uma risada. Então seus dedos pousam novamente no botão da minha calça jeans. Fico sem ar diante do quanto quero isso. Com ele.

– Será que eu posso... Tenho esse sonho de que você me deixa...

– Se eu... – Eu me afasto para olhar para seu rosto ansioso e feliz. De repente, estou tão feliz quanto ele. Vai acontecer. Nós dois. Eu e ele e um tabuleiro de xadrez. – Eu precisaria ir embora?

– Não.

– Mas nós não podemos treinar juntos para o...

– Então não treinamos. Eu treino aqui no quarto. Você fica com o resto da casa.

– Mas mesmo assim... Eu conheço as suas estratégias, Nolan. Sei como você se prepara para os jogos. E... – Estendo a mão para segurar seu rosto bonito, teimoso e contente. Mordo seu lábio inferior porque não consigo evitar. – Que confusão. Por que você está tão feliz?

O sorriso dele não vacila.

– Você não sabe?

Meu coração acelera. Quase salta do peito diante de tudo que estou sentindo por ele. Não quero ir embora. Quero ficar com ele. Quero dormir com ele nesta cama. Quero acordar com ele me puxando para perto. Quero comer o macarrão molengo que ele prepara, usar a pasta de dente dele e conhecer seu humor de cor.

– Nolan – sussurro contra os lábios dele.

– Mallory.

– Não se assusta – digo, principalmente para mim mesma. – Mas acho que eu estou…

A porta se abre com um estrondo.

– Ai, meu Deus, ai, meu Jesus do céu, pessoal, vocês viram… Opa, desculpa.

Nolan geme de frustração. Levamos um minuto para nos desenroscar e nos virar para Tanu. Que acabou de entrar sem bater.

– Koch? – pergunta Nolan.

A voz dele é rouca. Ele estende a mão para tocar minha cintura, como se não suportasse ficar longe. Eu me encosto nele, apenas porque posso.

– Ele trapaceou! Aquele escroto maldito! A gente devia ter desconfiado que ele estava usando uma engine.

Dou um sorriso.

– Devíamos mesmo.

– E aquele TikTok? É muito babaca mesmo.

Nolan fica sem entender.

– Que TikTok?

Dez segundos depois, Koch (@bigKoch; eu o odeio) está falando diante de uma parede que ostenta um retrato a óleo nada irônico dele mesmo. Seu sotaque alemão soa mais forte do que o normal.

"Eu não trapaceei. As imagens foram adulteradas e meus advogados já entraram em contato com a FIDE. Estarei em Veneza para dar uma surra em Sawyer."

Atrás de mim, Nolan bufa baixinho.

– Ah, ele acabou de postar um novo – diz Tanu. – Vamos ver o quanto ele é capaz de se rebaixar.

"Eu não ficaria surpreso se a equipe de Sawyer estivesse por trás disso. Ele está morrendo de medo de me enfrentar, porque sabe que provavelmente vai perder. Ele vem tentando impedir que isso aconteça. Por exemplo, não só arrumou uma vaga para a namorada dele no Desafiantes, como também pagou

a bolsa de estudos dela no Zugzwang. Essa é uma clara tentativa de manipular quem seria seu adversário no campeonato, para poder evitar a mim, o jogador mais forte, e manter o título de campeão mundial."

Fico indignada.

– Ele pode sair por aí contando um monte de mentiras desse jeito? Legalmente?

Olho para Tanu, uma futura advogada, à espera de um "De jeito nenhum". Mas tudo que encontro é um olhar culpado e arregalado que faz com que até o último sinal de calor congele dentro de mim.

– Ele *está* errado – digo, em parte afirmando, em parte perguntando. – Isso não é verdade. O Nolan não tem nada a ver com minha bolsa. Ele não me colocou no Desafiantes. Ele...

Eu me viro. Nolan está em silêncio, olhos escuros ainda mais escuros do que o normal. Balanço a cabeça.

– Não. – Engulo a saliva, mas parece vidro. – Não.

– Mal. Nolan, eu *sinto muito.*

Tanu deixa escapar.

– Pode nos deixar a sós? – pede Nolan.

– Eu não fazia ideia de que ele ia mencionar isso... Nem imaginava que ele soubesse...

– Tanu – repete Nolan, e em um piscar de olhos ela sai, a porta se fecha, e minha cabeça gira.

Isso... Não. Não. Foda-se essa merda toda.

– A Defne sabia? – pergunto. – Que era você financiando? Porque ela mencionou vagamente que eram vários doadores, que...

– Ela sabia – responde ele calmamente.

Eu cerro os dentes.

– Certo. A Tanu sabia, então imagino que o Emil também esteja envolvido, e levando em consideração que isso chegou ao Koch...

– Eu tive que informar a FIDE sobre a doação que fiz ao Zugzwang. Deve ter sido assim que ele descobriu. Mas isso não tem nada a ver com nós dois. A gente...

– Isso tem *tudo a ver* com nós dois. – Os últimos seis meses foram uma festa, e eu fui a última a chegar. Ou talvez estivesse aqui o tempo todo, vendada e trancada em um armário. – Foi divertido visitar a minha casa, sabendo que era você quem estava sustentando a minha família?

Talvez eu devesse ser grata, mas só consigo me sentir enganada. Manipulada. Como quando papai beijou uma mulher na sala de arbitragem de um torneio em Hoboken e me disse que não era nada.

Você mentiu para mim. Como foi capaz?

– Você realmente acha que é assim que eu enxergo as coisas, Mallory? – Ele fecha o punho e abre em seguida. Passa a mão pelo cabelo. – Eu nunca tinha visto ninguém jogar xadrez como você. Queria te dar a oportunidade de...

– Como você sabia que eu ia aceitar?

– Eu não sabia. Só torci para que você aceitasse. Você trabalhava em uma oficina horrível e precisava de uma *saída*.

– O que você sabe sobre a oficina horrível onde eu trabalhava? Ah, meu Deus. – Dou um passo para trás como se ele tivesse me dado um soco no plexo solar. – Você deu um jeito de fazer o Bob me demitir?

Ele abre os braços, irritado.

– Quem é Bob?

Não acredito nele. Não *posso* acreditar, não mais.

– Você teve alguma coisa a ver com o fato de eu ter sido mandada embora?

– Não, mas *gostaria*, Mallory. – Ele bufa, impaciente. – Queria muito poder levar o crédito por te tirar da vida com a qual você tinha se conformado.

Perco o ar.

– Eu sustento a minha família, Nolan! Eu não me *conformei*, eu precisava dar estabilidade para elas.

Meu tom está bem acima do educado. Ele se aproxima mais, as narinas dilatadas, o rosto inclinado a um centímetro do meu.

– É mais fácil assim, não é? Se esconder atrás delas – diz ele. – Usar sua família como um pequeno amortecedor entre você e a vida real.

Eu levanto o queixo.

– Como você *ousa*? Minha mãe está doente e as minhas irmãs estão...

– Muito bem cuidadas nesse momento. E já faz um tempo. E mesmo assim você continua a usá-las como desculpa para não fazer absolutamente nada de útil com a sua vida, com o seu talento, com isso que a gente tem...

– "Isso que a gente tem"? Você está se referindo ao fato de termos transado? Porque claramente isso não significa nada. Ou ao fato de você estar mentindo para mim há meses? Ao fato de você ter me manipulado a voltar para o xadrez, a participar do Desafiantes, a ser sua adversária no Mundial? Porque não consigo imaginar a que mais você pode estar se referindo...

– Eu amo você – diz ele, direto.

Não é um apelo desesperado, mas a constatação de um fato, apenas isso. Seus olhos estão tão próximos dos meus que posso contar os diferentes tons castanhos neles, e isso me deixa furiosa.

Não é a primeira vez que alguém diz que me ama depois de uma enxurrada de mentiras.

– Não – respondo bruscamente –, você não me ama, não. Se me amasse, teria me contado a verdade. Se me amasse, entenderia que a minha família sempre vai vir em primeiro lugar. Se você me amasse, não teria brincado com a minha vida só para escolher o seu próximo adversário no Campeonato Mundial...

– Meu Deus, Mallory, eu não... – Ele respira fundo, lutando para se acalmar. – Escuta, eu sei que você não gosta da situação, e eu respeito a sua opinião, mas isso é loucura.

– E de loucura você entende, né? – digo, impassível. Fria. E mesmo quando vejo a expressão nos olhos dele mudar, vou mais longe: – Você não ama ninguém, exceto a si mesmo. Você é manipulador, egoísta. Está sozinho porque a sua família te odeia. E agora *eu* também te odeio.

A porta se abre abruptamente, mas não preciso olhar para saber quem é. Mantenho o olhar fixo na expressão bela, magoada e enganosa de Nolan, e me certifico de registrar em meu cérebro a dor que sinto neste exato momento. Aqui estão. As mentiras, a traição, a decepção que eu esperava.

Nunca perca o foco, Mallory. Nunca acredite. Nunca confie em ninguém.

Meu coração vacila, e eu o seguro com força suficiente para sufocá-lo.

– Oi, Defne – digo, orgulhosa da firmeza da minha voz. – Chegou na hora certa. Estou pronta para a gente ir.

Capítulo Vinte e Quatro

Enfio meus dedos gelados no bolso, respiro fundo, e fracasso ao tentar não soar impaciente demais quando digo:

– Eu juro que seu cabelo está perfeito e que o elástico combina com a sua blusa. Podemos ir agora?

Sabrina leva todo o tempo do mundo para pentear o cabelo, arrumar o batom, pegar a mochila e parar na minha frente a caminho da porta.

– É incrível como você passou… – ela dá uma olhada em um relógio que não usa – *semanas* viajando, e tudo funcionou perfeitamente, não nos atrasamos para a escola – ela finge conferir as horas novamente – nem uma única vez. – Sabrina dá uma batidinha no próprio queixo. – É quase como se não precisássemos de você mandando na gente. Uma coisa para se considerar, né?

Ela passa por mim. Dou um suspiro e vou atrás, pisando na neve quebradiça a caminho do carro.

É quase como se ela não estivesse contente comigo.

Mas também: *ninguém* está contente comigo. Darcy passou as três noites desde que Defne me trouxe de volta dormindo no quarto de Sabrina; aparentemente, sua raiva pela minha decisão de não ir ao Campeonato Mundial aplacou a rixa de anos entre as duas. Mamãe está um misto de cansada, preocupada e desconfiada por eu ter voltado semanas antes de a minha suposta temporada de "turno da noite pelo dobro do salário no centro de idosos" terminar. Até a Sra. Abebe me olhou feio por tirar a neve da entrada da garagem de manhã muito cedo e acordar o bebê dela.

Mas tudo bem. Na verdade, faz sentido, porque também não estou contente com ninguém. Que se dane a Easton por não ter aberto aquele meme do Adam Driver socando a parede que eu enviei para ela e por rejeitar minhas tentativas de reaproximação. Que se danem a Sabrina e a Darcy por fazerem com que eu não me sinta bem-vinda na casa cuja hipoteca sou *eu* que pago. Que se dane a Tanu, o Emil e a Defne por ficarem manipulando a minha vida, e que dane o Nolan por...

Ele não merece que eu pense nele. Sou só eu agora. E as pessoas que me odeiam, as pessoas que eu odeio e, claro, as provas para a certificação em mecânica de automóveis nas quais finalmente me inscrevi. Essa foi a única coisa que prometi a mim mesma que faria durante a bolsa de estudos – e não aprender o Gambito Stafford ou achar que estou apaixonada por algum mentiroso manipulador.

Estou de volta à vida real. Superei o xadrez. Me livrei das distrações. Retomei o controle.

Passo as manhãs fazendo provas, afundada até o pescoço em questões de múltipla escolha sobre aquecimento e ar-condicionado. Transmissão automática. Conserto e desempenho de motores. Freios, suspensão e direção. Sistemas eletrônicos.

Depois compro um *bubble tea* e entro escondida com ele na biblioteca. Chegando a um novo nível do fundo no poço, agora eu minto para minha família sobre ir para meu emprego falso, o que significa ter que matar tempo até às cinco da tarde. Pelo menos estou finalmente colocando em dia a maratona de leitura de García Márquez. O resto do grupo passou para Haruki Murakami em dezembro, mas eu não sou de desistir.

Acho que não, pelo menos.

Darcy e eu estamos esperando no carro há vinte minutos quando chego à conclusão de que já basta.

Em qualquer outro momento, eu não me importaria de deixar que Sabrina passeasse com as amigas do roller derby, mesmo a temperatura estando em dez graus negativos, enquanto Darcy e eu nos divertimos aos berros com as músicas da KIIS FM, trocando cada menção a *amor* pela palavra *peido*. Mas Darcy está brava demais comigo por eu ter me recusado a discutir a questão do xadrez (é o quarto dia me dando gelo, ela realmente está amadurecendo) ou ocupada demais lendo *Espere até me ver de coroa* para me dar atenção. Eu poderia passar um tempo no celular, mas já aprendi a lição: quando uma avalanche de atenção midiática recai sobre você, provavelmente o mais sábio é ficar de fora das redes sociais.

Então saio do carro e grito através no estacionamento meio vazio do ginásio:

– Sabrina! Hora de ir!

– Aham. – Ela está rindo e olhando para o celular de sua amiga McKenzie. – Me dá só um segundo…

– Eu te dei um segundo dez minutos atrás. Entra no carro agora.

O revirar de olhos, o suspiro somado ao dar de ombros: para isso eu nem ligo. Mas a forma como McKenzie se aproxima para cochichar algo no ouvido dela, a resposta de Sabrina falando baixinho, o fato de que ambas riem enquanto olham na minha direção… isso é difícil de ignorar. Sinto uma pontada de algo que talvez seja raiva preencher meu estômago, e lembro a mim mesma que ela tem 15 anos. Seu lobo frontal? É como uma massa de bolo crua. E se ela e a Darcy passam a viagem inteira falando sobre *Riverdale*, sem me incluir na conversa, tudo bem.

Estou ocupada demais apertando o volante com todas as minhas forças.

– Preciso de carona até Totowa para um encontro no sábado – diz Sabrina assim que chegamos em casa, enquanto procuro sobras de frango na geladeira.

– Que tal um "por favor"? – murmuro.

– Eu não estava falando com você.

– Bem, a mamãe não está podendo…

– Eu tenho me dado muito bem com os remédios novos, Mal – diz mamãe com um sorriso. Depois se volta para Sabrina: – Eu levo você.

– Valeu.

Ela beija mamãe no rosto e as duas desaparecem corredor adentro. Fico na cozinha, cortando legumes, me perguntando se, enquanto estive fora, minha família superou a necessidade *e* o apego que tem por mim.

Me perguntando o que mais o xadrez tirou de mim.

Mamãe, Darcy e Sabrina estão conversando na sala – um novo ritual pós-escola, aparentemente – quando alguém bate à porta. Limpo os pedaços de cebolinha dos meus dedos e vou ver quem é, imaginando que seja a Sra. Abebe me pedindo para tirar o carro.

É pior. Muito pior. Eu saio de casa e bato a porta. Estou vestindo apenas uma camiseta e está muito frio, mas tempos desesperados pedem medidas hipotérmicas.

– O que você está fazendo aqui?

Oz olha ao redor da minha varanda, as mãos enfiadas nos bolsos do casaco Burberry, o lábio superior curvado em uma expressão que se parece muito com nojo.

– É aqui que você mora?

– É. – Eu franzo a testa. – Onde *você* mora? Num arranha-céu em Hudson Yards?

– Sim.

Não sei o que eu estava esperando.

– Uau, bom... Parabéns. Algum motivo para você estar aqui, Oz?

– Eu só passei para dar um oi. Talvez conversar um pouco. – Ele dá de ombros, olhos fixos no trampolim quebrado. – Ver se você já está pronta para deixar de ser burra.

Fico atônita.

– Oi?

– Vim só conferir se parou de agir feito um bebê chorão achando que o mundo todo está contra você. Alguma novidade?

Continuo atônita.

– Escuta, eu sei que você acha graça em ser babaca, mas...

– Quem acha isso é *você*, na verdade.

– Como é que é?

Seus olhos verdes adotam uma expressão de rigidez.

– Será que você, em algum momento da semana passada, não pensou que essa sua decisão de enfiar a cabeça na terra feito um avestruz diante do maior escândalo que a FIDE enfrentou nos últimos trinta anos poderia afetar outras pessoas *além* de você?

– O que está acontecendo não tem nada a ver comigo. O Koch trapaceou. Bem feito pra ele. – Minha respiração pinta o ar de branco. – Não quero mais saber de xadrez.

– Ah, claro. Não quer mais. Porque, buááá, seu namorado pagou o seu salário sem pedir nada em troca e não te contou. Que tragédia.

Meu corpo enrijece.

– Você não sabe do que…

– Nem quero saber. Quer ficar com raiva do Sawyer por não ter dito nada? Fica à vontade. Joga o PlayStation dele pela janela. Não estou nem aí. – Ele chega mais perto. – Eu vim aqui para falar sobre a Defne e sobre o fato de que, depois de *tudo* o que ela fez por você, você está acabando com a vida dela.

– Eu não estou acabando… – Passo os braços ao redor do corpo. Estou arrepiada da cabeça aos pés. – Não estou.

– Ela é sua treinadora e sua agente. O que significa que a FIDE está atrás dela para saber se você vai participar ou não.

– Bem, eu não quero mais saber de xadrez nem de ninguém relacionado a isso. Ela pode dizer a eles que eu não vou.

– Ah, sim, claro. Ela vai só dizer isso a eles. "Desculpa, pessoal, a Mal brigou com o namoradinho dela, por isso não vai poder ir." Não vai afetar de forma alguma a credibilidade ou a posição dela na comunidade do xadrez, o fato de que a jogadora que ela tanto defendeu sumiu da face da terra. Que a jogadora que ela se esforçou para colocar nos torneios acabou se mostrando uma egoísta, inconsequente…

– Espera, como é que é? Ela nunca fez isso. Eu só participei de torneios abertos.

– Aberto não significa que é só chegar – zomba ele. – Ainda tem um processo de seleção, e as pessoas precisam mostrar suas credenciais… E você não tinha *nenhuma*. A Defne deu um jeito de você jogar na Filadélfia e em Nashville. Ela pagou para você ir e deixou você ficar com cem por cento dos ganhos. E agora a FIDE está cogitando cancelar o credenciamento do Zugzwang, visto que a grande estrela da Defne está se recusando a participar do Campeonato Mundial, porque... – Ele me dá um olhar fulminante. – Por que mesmo?

Estou espumando de raiva.

– A Defne *mentiu* para mim.

– Ah, claro. – Ele revira os olhos. – Como, exatamente?

– Ela não me contou que o Nolan deu o dinheiro a ela.

– Apesar de você ter perguntado. Que desprezível da parte dela.

– Eu não perguntei, mas...

– Claro que não. Disseram que o dinheiro tinha vindo de doações, você não quis saber mais nada, e agora está bancando a superior.

Eu o encaro.

– Oz, por que você veio aqui? Como sabe disso tudo? Por que a Defne te contaria... – Ele me olha como se eu fosse uma idiota. E eu sou mesmo. – Espera. Não vai me dizer que você e a Defne são...?

Ele me ignora.

– Você acha que os clubes de xadrez são um negócio lucrativo? Que a Defne ganha muito dinheiro? Pensa bem. Ela comprou o Zugzwang porque queria criar um ambiente em que *todos* se sentissem bem-vindos no xadrez. Para evitar que outras pessoas se sentissem como ela. E precisa contar com doadores. O Sawyer é um desses doadores há anos, e o que aconteceu foi o seguinte: sim, ele forneceu o dinheiro para ela ir atrás de você e te oferecer a vaga. Mas, quando você recusou a bolsa, a Defne começou a procurar *outros* possíveis jogadores para patrocinar. Porque a doação do Sawyer foi apenas isso, um presente sem nenhuma cobrança.

Eu engulo em seco.

– Ele está envolvido na minha demissão. Tenho certeza disso.

Quase.

– Talvez. – Oz dá de ombros. – Eu não ponho a mão no fogo por ele. Mas a Defne? Ela nunca quis nada de você, a não ser ver o seu sucesso. É por isso que ela não está aqui jogando na sua cara o quanto você está sendo uma chorona ingrata, nem processando você por quebra de contrato. Mas eu não tenho os mesmos escrúpulos, Mal. Não estou nem aí se você vai perder seu tempo lendo *O amor nos tempos do cólera* quando deveria estar estudando *Aberturas do xadrez moderno*. É sua obrigação cumprir esse contrato, você *deve* isso à Defne. E conversar com ela sobre o Mundial. Ajudá-la a lidar com a FIDE sem passar vergonha.

Ele dá um passo para trás. Seu ar beligerante de sempre abranda um pouco, e pela primeira vez Oz parece mais vulnerável do que irritado.

– Escuta. Eu me esforço muito para não ficar sabendo de nada a respeito das pessoas ao meu redor, mas... Eu soube do seu pai. Eu sei que você sustenta a sua família. Sei que você está lidando com coisas como – ele aponta para o meu quintal com o queixo – aquele trampolim enferrujado. Mas se você parar de ser burra e olhar em volta, vai perceber que tem coisa melhor a fazer do que ficar sentindo pena de si mesma.

Ele assente e depois me dá as costas, descendo graciosamente pelos degraus escorregadios da varanda.

Apenas o observo partir, com uma sensação confusa de raiva que se parece muito com culpa se revirando dentro de mim. Não pedi à Defne para me treinar. Não *pedi* ao Nolan para me patrocinar. Só pedi que o papai não traísse a mamãe na minha frente, que ele não morresse, que a mamãe não ficasse doente, que a minha vida fosse *normal*. Como é que o Oz tem a audácia, do alto do privilégio dele, de me tratar como se *eu* fosse uma garotinha mimada?

– Você não me conhece! – grito na direção dele; um clichê, mas eu sou assim.

– E nem faço muita questão. – Ele abre a porta do seu Mini. – Não se você for desse jeito.

Quando volto para dentro de casa, ela parece incrivelmente quente. Respiro fundo e ordeno a mim mesma que me acalme.

É irrelevante o que o Oz pensa de mim, porque ele e o xadrez estão fora da minha vida. Talvez eu ligue para a Defne em algum momento. Para avisar que estou fora de vez. Mas, duas noites atrás, sonhei que todo mundo que conheci nos últimos seis meses apontava para mim e ria: eu estava movendo a torre na diagonal, achando que era um bispo. Ninguém me corrigia, nem mesmo a Defne. Ela estava na primeira fileira, rindo junto com Nolan.

Então, sim. Ainda não estou pronta para entrar em contato.

Pressiono as mãos contra os olhos e volto para a cozinha para terminar de preparar o jantar. Paro na entrada, e ninguém repara que estou ali.

– ... meio nojento – diz Darcy, espiando a panela elétrica. – Tipo... eca?

– Nem um pouco saudável, com todo esse óleo – comenta Sabrina. – Talvez ela precise de uma aula de culinária de presente de aniversário, mãe.

– Ótima ideia, Sabrina. Ela vai adorar.

– Eu não vou dar presente nenhuma a ela – resmunga Darcy.

– Eu entendi o que ela estava tentando fazer. Mas não é uma receita que usa coxa de frango, sabe – pondera mamãe. – Talvez peito. Ou carne de porco.

– Eu não quero comer isso – resmunga Sabrina, e é nesse momento que eu sinto acontecer: como uma pequena bolha, rígida, sangrenta e vermelha, fazendo um minúsculo estalo dentro da minha cabeça.

– Então *não come* – digo. As três se empertigam ao mesmo tempo, olhos arregalados. – Inclusive, por que você não faz o jantar?

Sabrina hesita. Em seguida, revira os olhos.

– Meu Deus. Relaxa aí, Mal.

– É. Eu *vou* relaxar. Vou parar de lavar a louça. Vou parar de fazer compras. Vou parar de ganhar dinheiro para comprar comida. Vamos ver se você vai gostar.

– Por mim, tudo bem. – Ela põe a mão na cintura. – Você passou semanas fora e nós estávamos indo *muito bem.*

– Ah, é mesmo? – Parece que alguém cravou uma faca no meu peito. – Vocês estavam indo *muito bem*?

– Estávamos livres dessa ditadura bizarra em que não podemos nem falar nada sobre o jantar – diz Sabrina, e vejo a boca de mamãe se abrindo para repreendê-la, mas sou mais rápida.

– Você é tão *escrota* – me pego dizendo.

Soa terrível no silêncio da cozinha. Mamãe fica tão chocada que permanece em silêncio, e Darcy recua, literalmente. Mas Sabrina estreita os olhos e se mantém firme. Então, eu continuo.

– Você é uma escrota ingrata. Tudo o que eu faço é te levar de carro de um lado para o outro e pagar as suas contas.

– Eu não pedi nada disso!

– Porra, então *não aceita*, Sabrina. Faz o que *eu* fiz. Para de estudar, larga o roller derby, e vamos ver o quanto a sua amiguinha McKenzie vai gostar de você quando ela estiver na faculdade e você, não! Abre mão por completo de cada coisinha que você ama para poder cuidar da sua irmãzinha malcriada e ingrata – aponto para Darcy –, que, por falar nisso, também é uma belíssima de uma escrota.

– *Mallory* – mamãe me interrompe severamente. – Chega.

– Chega, é? – pergunto enquanto a encaro. Meus olhos estão embaçados, ardendo com o mesmo calor que sinto na barriga. – Não que você seja muito melhor que elas, já que nos últimos tempos *também* está agindo como uma escrota…

– *Chega*.

A voz ríspida de mamãe é seguida por um silêncio pesado, terrível.

É minha derrocada: subitamente volto para o corpo. E, com isso, consigo ouvir de novo cada coisa abominável que acabei de falar como se fosse uma gravação, e é insuportável. Estou horrorizada demais, irritada demais, abalada demais para ficar ali mais um segundo que seja.

– Ai, meu Deus. Eu… Eu…

Balanço a cabeça e me viro. Vou me arrastando até o meu quarto, a vista embaçada.

Acabei de chamar minha mãe, minhas irmãs de 13 e de 15 anos cujas vidas *eu* arruinei… Acabei de chamá-las de *escrotas*. Joguei na cara delas tudo que eu fiz por elas, apesar de tudo isso só ter sido necessário por culpa *minha*.

Fecho a porta, me aninho na cama e enfio o rosto entre as mãos, envergonhada.

Eu nunca choro. Não chorei quando contei a mamãe sobre o que papai tinha feito. Não chorei quando ele arrumou as malas e foi embora. Não chorei quando recebemos aquela ligação da patrulha rodoviária às cinco e meia da manhã. Não chorei quando recusei a bolsa, quando o Bob me demitiu, no carro da Defne, voltando da casa do Nolan. Não chorei em momento nenhum, nem mesmo quando quis chorar, porque, quando eu me perguntava se tinha direito àquelas lágrimas, a resposta era sempre não, e assim era fácil contê-las.

Mas estou soluçando agora. Escondo o rosto e choro alto, descontrolada, lágrimas grossas escorrendo pelo meu rosto, se acumulando nas palmas das mãos. De repente, os últimos anos parecem reais demais. Todos os meus fracassos, meus erros, minhas más escolhas. Todas as perdas, os minutos e as horas nadando contra a maré, o fato de papai não estar mais *aqui*... Está tudo preso na minha garganta, trapos sujos e cacos de vidro, sufocantes e doloridos, e de repente não sei como vou suportar a dor de ser eu mesma nem por meio segundo a mais.

Então sinto o colchão afundar ao meu lado.

Uma mão quente e delicada pousa no meu ombro.

– Mallory – diz mamãe. Sua voz é paciente, mas firme. – Tentei te dar o espaço de que você precisava. Mas acho que está na hora de a gente falar sobre o Campeonato Mundial.

Capítulo Vinte e Cinco

Penso em diversas coisas para dizer a mamãe.

Infelizmente, todas são engolidas pelos meus soluços. Felizmente, minha mãe parece capaz de ler a minha mente.

– Sim – diz ela com calma, afastando o cabelo molhado dos meus olhos. – Eu sei.

– C-como?

Ela sorri.

– A Darcy me contou assim que descobriu, mas eu sabia que tinha alguma coisa acontecendo muito antes disso. – Ela dá de ombros. – Seus horários não faziam sentido, suas histórias sobre o centro de idosos pareciam inventadas por alguém que nunca pisou em um, mas leu panfletos. E… dá para perceber quando você está pensando em xadrez. Você parece outra pessoa. Uma pessoa *muito* mais feliz. – O sorriso dela se torna triste. – Mal, falaram de você no *Good Morning America*. Você achou mesmo que eu não ia receber ligações de todos os meus primos distantes dando dicas de novos penteados para você?

Solto um grunhido em meio aos soluços. Mamãe dá uma risadinha leve e me puxa para mais perto ao passar um braço pelos meus ombros, como se não me odiasse por chamar 67 por centro das pessoas a quem ela deu à luz de escrotas.

– Acho que não estou fazendo as coisas do jeito certo – diz ela com delicadeza. – Talvez, antes de falarmos sobre o Campeonato Mundial, devêssemos falar sobre o seu pai.

Eu imediatamente faço que não.

– Não, me... me desculpa. Eu passei muito dos limites. A gente não precisa...

– Precisa, sim. – Ela contrai os lábios e sua expressão se enche de tristeza. – Já faz mais de um ano, e eu assumo a responsabilidade de não ter feito isso antes. Por muito tempo, menti para mim mesma dizendo que estava fazendo um favor a você. Que você estava magoada demais e que não precisava passar por mais um trauma.

– Não estou. – Enxugo os olhos e dou uma risada encatarrada. – Não sou *eu* que estou traumatizada. *Você* é que foi traída. A Sabrina e a Darcy que cresceram sem pai. Fui eu a culpada disso tudo; a *escrota* aqui sou eu.

– Não, não, não. – Mamãe balança a cabeça com uma expressão desolada. – Está vendo só? Por isso já deveríamos ter conversado. Você não é culpada de nada. Sabe quem é culpado? – Uma pausa. Seus olhos brilham à luz do final da tarde. – O seu pai. Seu pai fez algumas escolhas péssimas, cruéis e inconsequentes. E parte do motivo de eu não falar com vocês sobre ele tanto quanto deveria é que é muito difícil para mim, mesmo muitos anos depois, aceitar a pessoa que ele se tornou no final. Mas *jamais* vou responsabilizar você por *nada* disso.

– Deveria. A culpa foi minha. Se eu não tivesse...

– Mal, nossas histórias não são feitas de "e se" e "mas". E se você quiser mesmo seguir essa linha de raciocínio, vamos lá: *se* você não tivesse me contado sobre o que viu naquele torneio, eu teria descoberto de qualquer maneira. Porque não foi a primeira vez que ele fez aquilo. E seu pai tinha um longo histórico de problemas com o álcool, tinha sido pego dirigindo bêbado duas vezes antes do acidente, então, mesmo *se* ele ainda estivesse morando aqui, existe uma grande chance de o acidente ter acontecido de qualquer maneira.

Respiro fundo, trêmula, pensando no meu pai. Na saudade que sinto dele. Em como ele pôde fazer isso com a gente.

– A Sabrina me culpa. E ela tem razão…

– Não culpo, não.

Olho para a porta. Sabrina está encostada no batente, olhando para mim.

– Eu *sei* que você culpa. – Estou soluçando de novo. – E você tem todo o direito. Eu roubei o papai de você e…

– Não culpo nada, sua *escrota*. Nunca culpei. – Ela olha para os próprios pés. – Mas *estou* acostumada com a sua vocação para enfermeira da Cruz Vermelha e com o seu hábito de carregar o mundo nas costas, tipo Atlas. – Ela engole em seco. – Então, *talvez* eu tenha usado a meu favor o fato de saber que você se culpa por cada merdinha que acontece. Quando você me irrita.

Mamãe dá um suspiro.

– Sabrina.

– Me desculpa, está bem? – diz ela na defensiva. – Eu não sabia que você se sentia *tão* mal com isso… Você nunca demonstra o que sente, nunca. Mas também *é* um pouco culpa sua. Antes era divertido sair com você. A gente fazia coisas sem a mamãe, o papai e a Darcy, e eu achava que a gente tinha uma parceria. Você me tratava como uma *pessoa*. Agora você parece sempre pronta para me dedurar sobre qualquer coisa. Fica mandando em mim e age como se estivesse tentando ser minha mãe. Me trata mais como uma criança agora do que quando eu era criança… – A voz dela falha, e Sabrina rapidamente vira a cabeça para esconder as lágrimas. – Talvez eu seja uma escrota, mas *não sou* ingrata. Sou *muito* grata, na verdade. Eu sei o quanto você faz, e se você não fosse tão fechada, talvez eu conseguisse demonstrar de verdade. Mas, se você preferir, posso te enviar um cartão de agradecimento ou…

Ela para em meio a fungadas, e quero me levantar, abraçá-la, dizer que está tudo bem e que não quero seu cartão idiota, só quero que a minha irmã pare de chorar. Mas a mão de mamãe se fecha na minha.

– Quando você parou de jogar xadrez, Mal, pensei que fosse porque as atitudes do seu pai tinham deixado tudo muito doloroso. Achei que você fosse voltar a jogar quando se recuperasse. E quando você decidiu não fazer faculdade… Bem, você parecia genuinamente magoada e ofendida sempre que eu tentava te fazer mudar de ideia, então eu disse a mim mesma que você era adulta, que estava fazendo as próprias escolhas, pensando em você e no seu bem-estar, e que eu tinha que respeitar.

Ela faz uma pequena pausa.

– Mas, quando a Darcy me contou sobre a bolsa de estudos, pela primeira vez eu pensei que talvez houvesse *outros* motivos. Que talvez seu principal objetivo fosse *me* proteger de alguma coisa, e se era esse o caso... deixa eu te contar uma coisa: quando eu penso sobre xadrez, não me lembro do Archie nem das outras mulheres. – Ela dá um sorriso em meio às lágrimas. – Quando penso em xadrez, penso na minha brilhante filha mais velha, fazendo o que ama e arrasando. – O queixo da minha mãe treme. – Eu vi você no Desafiantes, Mal. Horas e horas, tão linda no seu... – ela solta uma risada úmida – vestido de *Noiva Cadáver*. E, apesar de não ser capaz de entender absolutamente nada do que você estava fazendo, fiquei muito orgulhosa de você...

Não consigo mais olhar para ela. É impossível aguentar mais uma única palavra, então a abraço. Com mais força do que deveria, dados seus problemas nas articulações. E mamãe me abraça de volta, seus braços enroscados nos meus, como fazia quando eu era pequena e precisava da minha mãe. E quando escuto um "Ai, tá bom" e os braços de Sabrina se fecham em torno de nós, me sinto completa de uma forma que não me sentia havia mais de quatro anos.

– Assim eu me sinto excluída, suas *escrotas*.

– Darcy – dizemos todas ao mesmo tempo, todas no mesmo tom de reprovação.

– O que foi? – Ela dá de ombros, ainda junto à porta. – Pensei que agora a gente salpicava essa palavra generosamente na conversa. Como tempero.

– Com certeza não – responde mamãe.

– Meu Deus – murmura Sabrina, que se afasta arrastando os pés. – Não existe privacidade nessa casa.

– Claro que não – diz Darcy. – Ela é minúscula e as paredes são feitas de papel higiênico e saquinhos de chá. Mallory, você pode por favor ganhar aquele campeonato idiota e comprar outra casa com o dinheiro que você ganha nesse seu jogo de damas metido a besta?

Olho feio para ela.

– Ótimo trabalho em guardar segredo, por sinal.

– Tecnicamente, eu mantive em segredo o fato de *não* ter guardado segredo.

Penso no assunto enquanto seco as lágrimas das minhas bochechas. Então concordo, impressionada mesmo a contragosto.

– Bem. – Mamãe dá um tapinha no meu joelho. – Agora podemos falar sobre aquele seu colega bonitão do centro de idosos.

– Boa. Você e o Nolan pegam no sono juntos ouvindo ASMR de massagem na cabeça, como o pessoal fala no Twitter? – pergunta Sabrina.

– O quê? Não! Nós não estamos... Eu não... – Limpo o nariz com a manga da camisa, que sai cheia de algo que desconfio fortemente que seja ranho. *A gente precisa mesmo de um firewall de controle parental*, eu quase digo. Então me lembro do que Sabrina falou sobre eu tentar agir como se fosse mãe dela.

– Vocês terminaram? – pergunta ela. – O que foi que ele fez?

– Ele... mentiu pra mim.

– Ah, claro. Mentiu. Algo que você jamais faria. – O tom de mamãe é delicado, mas me retraio mesmo assim. – Fala para a gente sobre essa mentira.

Conto a ela sobre Defne, a bolsa e o TikTok de Koch. Depois que termino, mamãe respira fundo.

– Escuta, eu gosto do Nolan. E quando vi vocês dois juntos... Acho que ele te faz bem. Mas isso não tem a ver com ele. Tem a ver com o xadrez e com você. – Ela aperta minha mão. – Você ganhou um bom dinheiro com os torneios de que participou. Meus remédios novos estão funcionando bem, e tenho conseguido trabalhar regularmente há semanas. As coisas estão muito melhores do que há apenas seis meses. Agradeço o que você fez por nós, mas agora é hora de focar no que *você* quer. Culpa e responsabilidade são fardos pesados, Mallory. Mas também servem de desculpas, e agora você não tem mais como fazer isso. Está livre para fazer o que ama. Que pode ser nunca mais pensar em xadrez e se mudar pra Boulder para ficar com a Easton. Pode ser virar mecânica de automóveis. Pode ser tirar um ano sabático para fazer um mochilão ao redor do mundo. Pode ser o que você quiser... mas tem que ser uma decisão *sua*. Uma escolha sua, sem nenhuma limitação. E, para fazer isso, você vai ter que olhar para dentro de si mesma e ser sincera sobre o que quer. E sim, eu sei que é assustador. Mas a vida é longa demais para se ter medo.

Dou uma fungada.

– Curta demais, você quer dizer.

– Não. Anos e anos guardando rancor, se convencendo a desistir de coisas que podem te fazer feliz? Passam bem devagar.

Eu me viro para Darcy e Sabrina. Elas estão me encarando com olhos azuis de tons idênticos, expressões sérias idênticas, mechas loiras idênticas emoldurando seus rostos bonitos.

– E mais uma coisa – diz mamãe. – Se você precisa de alguma coisa, *pode* pedir. Só Deus sabe o quanto *a gente* já pediu. Mas sei que você não é muito boa nisso, então vou oferecer: não importa o que você decida fazer sobre o xadrez, sobre a sua vida... podemos estar do seu lado? Podemos fazer parte da sua vida a partir de agora?

Não consigo dizer que sim.

Mas talvez eu esteja progredindo, de algum modo, porque pelo menos consigo assentir.

PARTE TRÊS

Final

Capítulo Vinte e Seis

Darcy passa as dez horas da viagem de avião para a Itália questionando Oz sobre cada detalhe do Campeonato Mundial.

– Quando começa?

– Daqui a cinco dias.

– Por que você está indo com tanta antecedência?

– Para Mallory se acostumar com o fuso horário.

– São quantas partidas?

– Doze.

– São quantas horas por partida?

– Não tem limite.

– Então eles podem ter que continuar no dia seguinte?

– Estamos na era da tecnologia. Não dá mais para adiar, caso contrário os jogadores poderiam simplesmente jogar as posições em uma engine para decidir o que fazer.

– Quem ganha?

– Quem ganhar mais partidas.

– E se empatar?

– É por isso que são doze partidas.

– E se eles empatarem *tooooodas* as partidas?

– Vão para um desempate, que são rodadas de xadrez rápido, e... – Oz franze a testa. – O avião tem wi-fi de graça. Por que você não procura na internet?

– Minha mãe só vai me dar um celular depois que eu fizer 14 anos.

– Sra. Greenleaf – diz ele para mamãe, que está sentada comigo e Defne na fileira do meio –, vou comprar um celular para o seu gremlin mais novo.

– Ah, não precisa.

– Eu insisto – diz ele, colocando a máscara de dormir.

– Mãe, se a Darcy ganhar um presente do Oz, eu vou querer também! – reclama Sabrina.

– Contanto que você cale a boca.

Ele enfia os tampões nos ouvidos de forma agressiva, bem a tempo de bloquear o estrondoso "Oba!" da minha irmã.

Ao meu lado, Defne está de cara amarrada.

– Preciso dizer que os desempates me preocupam um pouco. Passamos o último mês trabalhando dez horas por dia, sete dias por semana, e mal tivemos tempo de treinar xadrez clássico. Não treinamos nada de xadrez rápido nem blitz. – Ela dá de ombros. – Bom, vamos apenas torcer para que não chegue a isso.

Os brincos prateados de folha de figueira que dei a Defne como pedido de desculpas por ter sido uma idiota pendem lindamente de suas orelhas. "Uma idiotinha, no máximo", ela me disse antes de me dar um abraço, seu perfume agridoce de limão nas minhas narinas. "Eu devia ter te contado de onde veio a bolsa. Quero que você saiba que eu estou no *seu* time."

Eu acredito nela. Porque, como Oz descreveu tão amorosamente, finalmente relaxei meu esfíncter o suficiente para agir como uma pessoa emocionalmente madura. Estou ligeiramente perplexa com o fato de ele ter concordado em ser meu assistente depois de uma belíssima dose de bajulação. E igualmente perplexa com o fato de ele e Defne *poderem* ter alguma coisa. Eu quero *saber*, mas não quero me meter. "Enquanto você não cria coragem de perguntar, é uma espécie de 'foda de Schrödinger'", disse Sabrina, sabiamente. Eu só consegui assentir, orgulhosa da compreensão que ela tem de física teórica.

No duty-free do aeroporto Marco Polo, enquanto ainda estou bocejando e pagando uma variedade de produtos Kinder que Darcy escolheu, uma garota com um suéter escrito "I Love Rome" me pede para tirar uma foto.

Não fico surpresa. Faz pouco mais de um mês desde que aceitei formalmente o convite da FIDE para o Mundial e, depois que muitas das minhas jogadas viralizaram no TikTok, isso tem acontecido bastante. Na fila do supermercado. No departamento de trânsito, na fila para pegar a carteira de motorista da Sabrina. Enquanto isso, tento correr, seguindo o cronograma de exercícios elaborado por Defne.

De acordo com Oz, eu preciso de uma equipe de relações públicas. De acordo com Darcy, eu deveria ir no *Celebrity Survivor* se eles me chamarem. De acordo comigo mesma, apenas sorrio e autografo tudo o que me pedem: uma nota fiscal, uma embalagem de batata frita e, em uma ocasião memorável, uma meia suja da Nike. Quando minhas irmãs estão comigo, elas tentam entrar em qualquer selfie prestes a ser tirada. Todo mundo deixa, porque elas são fofas demais.

– Você acha que vai ganhar? – me pergunta a garota com o suéter "I Love Rome", suas vogais deslizando alegremente.

Não tenho coragem de dizer a ela que duvido seriamente. Que estou morrendo de medo.

– Quem sabe?

– Bom, espero que sim. Eu fui a melhor jogadora da minha equipe do ensino médio. Tinha um pôster da Judit Polgar no meu quarto. Nunca achei que viveria para ver uma mulher no Campeonato Mundial, já que os homens no esporte são tão horríveis. E, a propósito, sei que você e o Nolan Sawyer têm um lance, e deve ser um pouco triste ter que enfrentá-lo, mas não pega leve com ele, não, está bem?

Ela vai embora antes que eu consiga pensar em uma resposta. A parte de trás de seu suéter tem um Coliseu antropomorfizado piscando para mim.

– É mesmo? – pergunta Darcy.

Eu olho para um pedaço de doce que ela está comendo, que tem a forma perturbadora de um hipopótamo.

– O quê?

– Triste? Jogar contra o Nolan?

Eu respiro fundo. Por algumas batidas, meu coração parece mais pesado, contorcendo-se em um sentimento doloroso que se parece com arrependimento. Eu o forço a voltar ao normal e passo o braço pelos ombros dela.

– Vamos lá. A gente tem que passar pela imigração. Vamos conferir se eu não fiz alguma bobagem com o nosso visto e vão nos mandar de volta para casa.

A logo do Campeonato Mundial é incrível, inexplicável, assustadoramente feia.

Ficamos olhando para ela – os membros de um sujeito estilizado como que fazendo um nó com os membros de outro sujeito estilizado; no colo deles, um tabuleiro de xadrez ao estilo Picasso – e quase não vemos a parte escrito *GREENLEAF* em letras maiúsculas.

– Eu... acho que é o nosso motorista – digo.

– Tenho certeza que essa é a posição número 35 do *Kama Sutra* – murmura Sabrina, e mamãe é obrigada a explicar para Darcy o que são posições sexuais criativas.

Acho que tinha imaginado que a Itália seria quente, mas o frio de fevereiro é quase tão intenso aqui quanto em casa. O vento salgado sopra gelado no meu cabelo emaranhado durante a travessia de barco, e deixo Darcy se aconchegar sob o meu casaco quadriculado enquanto apontamos para as belas casas que dão vista para o canal. *Romântico*, eu penso. Nunca fui de usar essa palavra, mas o labirinto de *calles* e pontes que se espalham pela lagoa, a água batendo suavemente nas casas de pedra, tudo é *tão* bonito, tão pronto a ser explorado.

– Você acha que a Sra. Abebe está alimentando o Golias na hora certa? – pergunta ela.

O sol está começando a se pôr. Escolhemos um voo que chegava mais tarde só para minimizar o estrago no nosso ciclo de sono, mas parece até coisa do destino: mamãe, minhas irmãs, Veneza ao pôr do sol. Eu.

Eu sabia que elas precisavam de mim. Mas nunca tinha entendido o quanto eu precisava *delas*.

– Acho que o Golias faria a filha dela de refém se ela não alimentasse – digo a Darcy. – Mas posso mandar uma mensagem pedindo notícias, está bem?

O barco nos deixa em um pequeno cais em frente ao hotel. A horripilante logo da FIDE está em toda parte, e penso em cobrir os olhos de Darcy, de Sabrina, de mamãe, enviar um e-mail mal-educado, dar as costas e voltar para casa, mas fico paralisada pela dimensão daquilo.

– Isso é um castelo? – pergunta Darcy.

– Não, é um... – Eu hesito. – Será que é?

– Não estamos pagando por isso do nosso bolso, estamos? – pergunta mamãe.

– A FIDE que paga. Eles cagam dinheiro. Desculpe, defecam. Eles *defecam* dinheiro.

Minha mãe entrega a mala a um porteiro sorridente com um "Grazie" hesitante e me pergunto quantos meses de hipoteca um cinzeiro roubado não renderia.

Estava esperando dividir o quarto com Darcy, mas Sabrina a leva com ela.

– Precisamos que você descanse, vença e fature o suficiente para patrocinar meu time de roller derby – diz ela com firmeza.

– Elas vão comprar uniformes novos – acrescenta Darcy. – E eu vou ser a nova mascote do time. Fantasiada de porquinho-da-índia.

– Hmm. – Sinto um aperto no coração, como acontece sempre que elas presumem que eu vou vencer. *Não é tão simples assim!*, quero gritar. *É difícil.* Mas elas estão apenas tentando me dar força. – Parece que vocês duas têm conversado bastante sobre isso.

– Ah, nós já temos *planos* para o seu dinheiro.

A suíte parece saída da parte de *A Pequena Sereia* que se passa em terra firme, cheia de dosséis, tapetes luxuosos, móveis antigos e quadros mais antigos que meus ancestrais primatas. Mas também falta alguma coisa que não consigo identificar. Tiro da mala três semanas de roupas que não são quentes o suficiente, monto o tabuleiro com Korchnoi *vs.* Karpov, de 1978, que eu estava estudando no avião, tiro fotos da vista do canal através da janela em arco e, então, percebo que todas as pessoas para quem eu poderia enviá-las no momento estão se deleitando com a mesma vista.

Eu me enfio debaixo das cobertas, me reviro por algumas horas, admito para mim mesma que estou *alguma coisa* demais para dormir e saio de baixo das cobertas.

Há uma enorme piscina no primeiro andar que o folheto chique me informa ser inteiramente aquecida, e menos de cinco minutos depois estou mergulhando nela. A água é filtrada do oceano e cheira a sal, não a cloro. Deixo a camiseta de cortesia do Aberto de Nashville flutuar ao meu redor e fico observando as estrelas.

Lembrar a última vez que estive em uma piscina seria entrar em um caminho perigoso, cheio de coisas insuportáveis nas quais não gosto de pensar. O mesmo vale para a penúltima vez: Easton e eu cuidando da casa de um vizinho dela. Foi no verão antes do último ano de colégio, e a piscina estava cheia de insetos e outras coisas que eu me recusei a acreditar que fossem cocô de esquilo. Easton não parava de dizer "Eca", mas consegui convencê-la a mergulhar os pés. Fiquei uma hora boiando enquanto ela lia em voz alta a apostila do vestibular imitando um sotaque francês.

Há dois meses não tenho notícias dela. Antes de agosto, nosso recorde era dois dias. Oscilo entre sentir raiva, desejar a contragosto o melhor para ela e para sua namorada e me pegar quase enviando um TikTok sobre *Dragon Age* para ela, apesar de nossa falta de contato recente.

É arriscado focar no passado. Pensar no futuro, na humilhação total que está por vir em quatro dias, é mais arriscado ainda. O agora é onde estou: estrelas geladas, água morna e a inexplicável torre a1 de Korchnoi flutuando na minha cabeça.

É tarde da noite quando saio da piscina, tremendo de frio. Todas as luzes do hotel estão apagadas, exceto por uma única janela. Tenho a impressão de ver uma silhueta alta por trás das cortinas, mas meus olhos devem estar me enganando.

Pisco uma vez e, quando os abro de novo, não há mais nada para ser visto.

Capítulo Vinte e Sete

– Seus próximos três dias estão livres, então vamos passar seus jogos pelas engines e procurar por pontos fracos. Começa a ficar mais corrido um dia antes de começar. Você vai ter a manhã livre, mas temos uma coletiva de imprensa à tarde. E a festa de abertura à noite, mas basta passar para dar um oi.

Defne sorri do outro lado da mesa do café da manhã. Hoje ela surgiu de um quarto que pode ou não estar dividindo com Oz. Sabrina murmurou "Schrödinger", e eu quase me engasguei com a saliva.

– Defne, por que esse hotel está tão deserto? – pergunta mamãe.

Somos apenas nós no restaurante com vista para o mar e uma pequena montanha de croissants de Nutella quentes, fresquinhos e cremosos. Darcy comeu tantos que teve que voltar para o quarto para tirar uma soneca antes de sair para um tour por uma fábrica de vidro. Jamais vamos conseguir convencê-la a comer mingau de aveia de novo.

– O Hotel Cipriani não abre até meados de março, então a FIDE o alugou fora da temporada. Eles fazem o campeonato aqui de tempos em tempos. Eu sempre quis vir, mas nunca tive a oportunidade. Se bem que as pessoas logo vão começar a aparecer. Organizadores, comentaristas, autoridades da FIDE. O atual campeão e sua equipe.

Ela não me olha nos olhos. Sinto um aperto no peito.

– Depois tem os fanáticos por xadrez, que sempre aparecem, principalmente gente do Vale do Silício e do setor de tecnologia. Parte da imprensa vai se hospedar aqui, embora a maioria dos jornalistas fique em acomodações mais baratas e atravesse o canal para ver os jogos. – Ela balança a cabeça. – Ainda não acredito que a NBC vai transmitir o evento este ano. Está parecendo até competição de futebol americano. Ou de curling.

Dou um tchauzinho melancólico para minha família enquanto elas embarcam no ônibus para Murano, depois me viro para Defne, pronta para ser repreendida pela minha incapacidade de equilibrar posições difíceis quando o tempo está apertado.

– No meu quarto ou no seu? – pergunto.

Penso se dá para usar essa situação para resolver o mistério de Oz de uma vez por todas, mas um dos concierges me atrapalha.

– Existem áreas de treinamento reservadas para os competidores – diz ele em um inglês perfeito, mas com forte sotaque italiano. – Gostariam que eu as levasse até lá?

Ele nos guia por um conjunto de jardins surpreendentemente belos e verdes.

– Não estão na sua melhor forma nesta estação, lamento. Nós os chamamos de Giardini Casanova.

– Em homenagem àquele pervertido? – sussurra Defne para mim.

Eu dou de ombros ao mesmo tempo que o concierge faz que sim com a cabeça.

– Como o lendário amante, exatamente. E é lá que a partida vai acontecer semana que vem.

Ele aponta para uma construção no centro dos jardins que se parece um pouco com uma estufa. É um quadrado simples, mas as quatro paredes e o teto são de vidro. O interior está vazio, com exceção de uma mesa de madeira, duas cadeiras e um tabuleiro de xadrez com peças simples.

Meu coração quase sai pela boca.

– É totalmente aquecido, é claro. E à prova de som. – O sorriso dele é reconfortante. – Este é o quinto campeonato que sediamos.

– Tem muitas câmeras e luzes ao redor. – Defne me dá um tapinha no ombro e sorri. – Mas não se preocupa. Eu te ajudo com o seu cachinho rebelde.

Nossa sala de treinamento fica em um claustro, fechada por uma porta de madeira. Dentro há tabuleiros de xadrez, notebooks que podemos usar para acessar engines, livros e mais livros sobre abertura e meio-jogo.

– Isso é incrível. – Defne passa os dedos por um conjunto de peças de vidro. – Estou morrendo de inveja.

– Aham. Não me surpreende que eles sediem tantos campeonatos. Eles estão *preparados*. Aposto que...

Olho para a foto na parede e esqueço o que estava prestes a dizer. São dois homens, na mesma casa de vidro pela qual acabei de passar. Um é quase careca, o outro tem cabelos escuros cheios e um sorriso discreto. Eles estão apertando as mãos sobre um tabuleiro com uma partida finalizada, e o sujeito que jogou com as pretas – o careca – parece ter abandonado a partida a dois lances de sofrer um xeque-mate, todas as suas peças impiedosamente cravadas. O olhar do outro jogador é sombrio e sisudo, familiar de uma forma quase vertiginosa, e por um segundo sinto um aperto inexplicável e pesado no peito.

Então leio a legenda logo abaixo: *Sawyer vs. Gurin, 1978. Campeonato Mundial de Xadrez.*

– Esse aqui é...

– Sim – diz Defne parando ao meu lado.

– Você o conheceu?

– Eu treinei com ele.

Ah, é. Verdade

– Como ele era?

– Muito posicional. Quando jogava com as pretas, quase sempre abria com a Siciliana Najdorf...

– Não, eu quis dizer: como ele era como pessoa?

– Ah. Bom... – Ela franze os lábios, os olhos cravados na foto. – Calado. Gentil. Senso de humor ácido e aguçado. Sincero, quase demais. Cabeça-dura. Confuso, às vezes. – Ela respira fundo. – Só tenho o Zugzwang por causa dele.

– Como assim?

– Ele me deu o dinheiro para comprar o clube. Imaginei que fosse um empréstimo, mas, assim que consegui juntar o dinheiro para pagar de volta, ele não aceitou.

Parece alguém que conheço: generoso, sarcástico, péssimo mentiroso.

Olhar sério.

Aposto que não sabia aceitar um não como resposta. Aposto que era centrado, volátil e enigmático. Aposto que era carismático, mas também arrogante e obstinado. Teimoso e difícil de entender, idiota, irritante, necessário, incômodo, muito, muito viciante, de um jeito assustador e descontrolado, tão caloroso e gentil e genuinamente engraçado, correto, implacável, inesquecív...

– Mal?

Dou um pulo de susto.

– Oi.

– Seu treinamento... O que fizemos até aqui, estudando o seu jogo, é bom. Focar nas suas fraquezas é bom. Mas nós realmente precisamos dar uma olhada nas dele...

– Não – interrompo.

Não estamos mais falando sobre Marcus Sawyer, mas isso não precisa ser explicado.

– Eu não entendo por que você se recusa a...

– Não.

Ela bufa.

– É justo. E esperado. Isso não é um torneio, Mal, é o Campeonato Mundial. O encontro dos *dois melhores jogadores da atualidade*. Você deveria aprimorar as suas habilidades tendo seu rival em mente, e não treinar com base em partidas antigas e analisar mil vezes o seu próprio estilo. Ele provavelmente está estudando os *seus* jogos, e duvido que ele ache que você não...

– Não – digo pela última vez, e ela sabe que é minha decisão final. – Vamos seguir conforme o planejado.

Defne franze a testa. Mas assente mesmo assim.

Não sou boa em criar posições sólidas.

Ataco muito cedo. Ou tarde demais.

Não sou incisiva o suficiente, exceto quando sou *tão* incisiva que desperdiço minha vantagem.

Tenho dificuldade em avançar para os finais.

Confio demais em minhas aberturas favoritas – um pecado mortal, já que jogadores com preferências são jogadores com fraquezas.

Eu deveria focar nas laterais para conquistar o centro.

– Esse jogo contra o Chuang – diz Oz. – A sua dama estava totalmente exposta. Não estou dizendo que é para você criar todo um ministério da defesa, mas...

– Ok. Ok, eu... – Esfrego os olhos. – Você tem razão. Vamos voltar para as engines. Eu acho que...

– Já passa de meia-noite, Mal. – Defne balança a cabeça. – Você deveria ir dormir.

Merda.

– Está bem. Amanhã de manhã, então...

– Faz dois dias que a gente está trancado aqui, Mal.

É verdade. Com breves interrupções para nos alimentarmos e visitas esporádicas. Mamãe passando para me dar um beijo na testa; Sabrina entrando no meio da análise de um jogo para me mostrar um artigo do *The Cut* em que uma jornalista me implorou para "pisar nela"; Darcy passando para perguntar se sua blusa azul estava na minha mala (estava) e me mostrar seu lindo pingente novo.

Se chama murrina!

Muito bonito. Quem te deu?

N-Mamãe comprou para mim!

– Acho que você deveria fazer uma pausa – diz Defne.

– Como assim?

– Tira a manhã de folga. Dorme até mais tarde. Vai a algum lugar com suas irmãs, talvez. Você só tem mais um dia antes da partida, e metade dele vai ser ocupado com a imprensa.

Franzo a testa, olhando dela para Oz.

– Vocês vivem dizendo que o meu centro fica tão embolado que parece jogo de damas.

– Sim, mas não há nada que a gente possa fazer em relação a isso agora.

– Certo. Tudo bem. Você provavelmente tem razão.

Tento não fazer beicinho no caminho até a porta. Minhas coxas doem de tanto ficar sentada.

– Ei.

Eu me viro. Oz está guardando os tabuleiros e desligando os computadores. Observo a foto de Marcus Sawyer ao fundo, o forte contraste com o cabelo pixie de Defne.

– Oi?

– Eu já te disse isto uma vez antes. Mas, caso você tenha esquecido... Eu acho que você pode ganhar o Campeonato Mundial. Acho que você é capaz de conseguir qualquer coisa que quiser.

Sorrio levemente e vou embora.

Não tenho certeza se acredito nela. Tenho quase certeza que não.

O hotel está começando a lotar, a ponto de ficar difícil circular pelo local sem me expor a entrevistas de última hora, pedidos de fotos e pessoas vestindo camisetas com a porcaria *da minha cara*. Deve ser por isso que não saio mais da sala de treino: estamos nos aproximando do início do campeonato e me sinto cada vez mais uma fraude, uma criança na mesa dos adultos, como se não valesse a tinta com a qual meu nome é impresso nos cartazes. Não sou boa o suficiente. Eu não mereço nada disso. Sou péssima em responder à Defesa Caro-Kann com o Ataque dos Dois Cavalos. Ouvi as palavras "Primeira mulher no Campeonato Mundial de Xadrez" uma vez, e desde então venho tentando expulsá-las da minha cabeça. Isso significa que, se eu perder, será um fracasso para todas as mulheres? Significa que de repente sou mais do que apenas *eu*? Não faço ideia e não consigo lidar com nada disso. Então não lido, e me concentro no fato de nunca ter ouvido falar da variante Raphael até hoje de manhã.

Parece saudável, não é?

A esta hora da noite, pelo menos, o lugar está tão silencioso quanto quando chegamos. Passo pela recepção e uma das atendentes acena para mim.

– A pessoa que a senhorita estava esperando chegou – informa ela. – Dos Estados Unidos.

Eu paro de repente.

– Como assim?

– Sua companhia chegou.

Ela aponta para o elevador. Acho que estamos diante de alguma barreira linguística.

– Eu... O quê? Onde?

Ela sorri.

– No seu quarto.

Meu coração bate acelerado enquanto subo as escadas. Há realmente mais alguém no meu quarto? Apenas uma pessoa poderia ter chegado esta noite dos Estados Unidos.

Mas ele não...

Ele não faria isso...

Nós nos falamos há...

Eu realmente me arrependo de algumas coisas que disse e ele provavelmente...

Olho para minha mão trêmula, sentindo como se as hélices do meu DNA estivessem se desenrolando. Seguro a maçaneta e abro a porta, para acabar logo com isso antes que um aneurisma exploda em meu cérebro.

Há alguém esparramado na minha cama recém-arrumada.

Meu coração para.

Então volta a bater, uma mistura de alívio e outra coisa. Em seguida, descarrila novamente.

– Mal, esse quarto é incrível – diz a voz vinda da cama. – Você realmente subiu na vida, hein? E tudo porque eu te forcei a abraçar uma causa importantíssima, a sensibilidade a glúten.

Fecho os olhos. Respiro fundo. Abro-os novamente.

E choramingo, mais do que pergunto:

– Easton?

Capítulo Vinte e Oito

O cabelo dela cresceu muito desde agosto, está bem abaixo dos ombros. Parece mais escuro e brilhante do que no verão, quando o sol clareou as pontas e a água do mar ondulou os fios. Talvez eu devesse estar surpresa, mas não estou.

Agradeço ao meu lado stalker de Instagram.

– Por que… O que você está fazendo aqui?

Ela rola na cama, apoiando-se nos cotovelos.

– A Sabrina me mandou uma mensagem.

– A Sabrina?

Ela assente.

– Uma adolescente alta? Loira? *Super* mal-humorada?

– Eu sei quem é a Sabrina… – Balanço a cabeça. – Ela te mandou *mensagem*?

– Eu cometi o erro de dar o meu número para ela antes de me mudar. Naquela semana das caronas. A culpa foi sua.

– Você tem falado com a minha irmã de 15 anos?

– Não. Eu tenho *recebido* mensagens da sua irmã de 15 anos com TikToks de pessoas dançando, e não dou a menor importância, ou Tik-

Toks sobre roller derby, e dou uma importância ainda menor. Mas algumas semanas atrás ela me mandou uma mensagem sobre você. Então eu respondi.

Aos poucos vou me recuperando do quase derrame. Easton está aqui. No meu lado da cama, sem sequer tirar os sapatos. Não nos falamos há séculos. Milênios.

Acho que estou irritada.

Cruzo os braços.

– Você não deveria estar no Colorado?

– Ah, sabe como é...

Estreito os olhos. Talvez *irritada* não seja bem a palavra.

– Estou surpresa que você tenha conseguido dar um tempo da faculdade, já que ama tanto aquele lugar.

Meu tom é tão ácido que quase faço uma careta.

Ela inclina a cabeça.

– Não me lembro de ter dito nada desse tipo.

– Você não precisava dizer.

– Você anda lendo a minha mente?

– Eu leio o seu *Instagram*.

– Ah, claro. – Ela assente, solene. – Porque eu realmente abro meu coração e confesso minhas dores mais profundas no Instagram.

Baixo os olhos, me sentindo uma babaca do tipo mais mesquinho.

– Tipo, eu entendo o que você quer dizer – acrescenta ela com um dar de ombros. – Não é como se eu não pensasse exatamente a mesma coisa de você.

– Sério? – Ergo a sobrancelha, voltando ao tom ácido. – Eu não atualizo o Instagram desde que vi aquela mariposa gigante, três anos atrás.

– É. Mas ninguém precisa de redes sociais para saber o paradeiro da grande Mallory Greenleaf. Não quando o *Jezebel* publicou uma matéria inteira sobre o seu guarda-roupa.

– Não publicou nada. – Solto o ar com força. *Merda*. – Publicou?

– Sim, umas quatro vezes já. Enfim... – Ela rola mais um pouco e se senta na beirada do colchão. – É um tanto humilhante descobrir que a sua melhor amiga de *anos* está namorando pela primeira vez e não se deu ao trabalho de te contar...

– Eu não estou namorando…

– … ou que ela se esqueceu de mencionar que ganhou o Aberto da Filadélfia, que foi selecionada para o Desafiantes, que agora é amiguinha do melhor jogador do mundo, que vai ser adversária dele no Campeonato Mundial… Devo continuar?

Eu não respondo. Apenas olho para Easton enquanto ela se levanta e para na minha frente. Há várias pequenas peças de quebra-cabeça fazendo hora extra para conseguir se encaixar dentro do meu cérebro.

– Sabe… – Ela coça a têmpora. Seus olhos castanhos são sérios e bonitos. – Quando você começou a mandar cada vez menos mensagens, eu achei que você não quisesse mais saber de mim. Você tinha uma bolsa superlegal, um namorado gostoso, prêmios em dinheiro e você está… Nossa, Mal, você está *famosa*, isso é muito *doido*. Eu achei que estava sendo só… deixada de lado aos poucos. Que não cabia mais na sua vida.

– Eu…

– Mas aí – diz ela, levantando o indicador –, aí a Sabrina me mandou uma mensagem dizendo que você não estava nada bem, e eu me lembrei de uma coisa importante.

Eu engulo em seco.

– O quê?

– Que você é uma idiota.

Eu me retraio.

– O negócio é o seguinte – continua ela. – Você sempre foi assim, e não sei como eu esqueci. Mesmo antes de seu pai fazer o que fez, você não queria ser um peso. Não queria *abusar* da boa vontade de ninguém. Você sempre foi o tipo de pessoa que *abandona os outros antes que eles te abandonem*. E normalmente eu teria percebido mais cedo o que você estava fazendo, mas eu também estava lidando com os meus problemas. – Ela umedece os lábios. – A faculdade… não é fácil. E não é tão divertido assim, às vezes. E é bem solitário. E eu engordei quase três quilos. Meus sutiãs estão me esfolando.

– Ai.

– Tudo bem, já encomendei uns novos. O lance é que eu estava ocupada demais para perceber que você estava apenas tentando antecipar minha jogada com esse seu cérebro enxadrista. – Ela faz uma pausa. Eu a vejo tirar os sapatos com os dedos dos pés. – Acho que, quando fui embora, você ficou com medo que eu te esquecesse. Então decidiu me esquecer primeiro.

– Eu não…

– Talvez não conscientemente, mas…

– Tipo, não foi uma *decisão* – digo, a voz embargada. Meu último vestígio de irritação é lavado por algo perigosamente próximo a lágrimas. – Eu só achei que você…

Easton suspira. Dá um tapinha no meu ombro. Em seguida volta para a cama, esparramando-se novamente sobre as cobertas. Ainda do *meu* lado, mas pelo menos desta vez ela está descalça. Não tenho ideia do que fazer agora, então opto pelo mais natural: tiro os sapatos, dou a volta por cima do colchão e me acomodo no lado livre. Viramos uma de frente para a outra, e essa cena poderia ser apenas nós duas em uma festa do pijama qualquer, oito, cinco, três, dois anos atrás. Milhares de vezes, em milhares de lugares.

– Então… – Pigarreio. – Você está mesmo saindo com aquela garota *muito* gata?

– A Kim-ly?

– É.

– Mal, eu estou de quatro por ela. Ela é muito linda. Areia demais pro meu caminhãozinho.

Eu concordo.

– É, um pouco. – Easton me dá um soco no braço e nós duas rimos, aparentemente não apenas por diversão, mas também de alívio. Então eu deixo escapar: – Você vai ficar para o campeonato?

– Cara, você acha que eu vim até a Itália para ter uma conversa franca com você e agora vou voltar?

– Mas e a faculdade?

– Vai dar tudo certo.

– Eu não posso pedir para você tirar duas semanas de folga por minha causa.

– Tudo bem. Sou eu que estou oferecendo.

Fecho os olhos, sentindo meu peito se apertar.

– Eu te amo. E sinto muito. E eu senti saudade.

Estou chorando de novo. É como se chorar uma vez tivesse destruído uma barragem arquitetonicamente sólida: nesse último mês, chorei vendo *Meu primeiro amor*, depois quando a professora de Darcy me disse que minha irmã é muito talentosa, e quando Sabrina ganhou o campeonato de derby. Sou uma chorona agora. Talvez sempre tenha sido.

– Também senti saudade.

– Easton, eu... – digo, fungando. – Eu nunca vou ganhar esse campeonato idiota.

– Talvez não. Mas isso não importa. Você está fazendo o que sempre quis, cercada pelas pessoas que ama, enquanto divide um quarto com esta que vos fala... que, a propósito, recentemente desenvolveu terror noturno. Sua sortuda. – Ela entrelaça os dedos nos meus, como fazia quando éramos pequenas. – Mal, você *já* ganhou.

Adormecemos assim: minha mão na dela e nossos cabelos emaranhados sobre os travesseiros.

Passo a manhã seguinte turistando com Easton, e é como levar nossa amizade para passear.

O dia começa um pouco confuso: pedimos ao concierge informações sobre a Fontana di Trevi e nos deparamos com um olhar escandalizado e a revelação de que na verdade ela fica em Roma, cerca de 500 quilômetros ao sul. Mas tudo piora quando conseguimos chegar à Piazza San Marco, somos bicadas por uma horda de pombos e por fim saímos de lá tentando loucamente limpar o cocô de pássaro da roupa.

Depois que a segunda pessoa me pede um autógrafo, compramos dois pares de óculos de sol baratos em forma de coração e passamos 45 minutos procurando uma murrina para Kim-ly. Perguntamos ao dono da loja "O que você indica para alguém que ama Taylor Swift e Ari Aster?" e acabamos precisando decidir sozinhas quando ele finge não entender inglês. Tomamos café da manhã três vezes. "Como hobbits", dizemos, caindo de boca em *baci di dama*, *bignès* e *frittelle*. Não é uma piada tão boa assim, mas só estarmos juntas de novo é inebriante, e rimos disso no caminho por duas pontes inteiras.

Olhe só para nós.

Quem poderia imaginar.

Eu, não.

Estamos tentando tirar uma selfie na Ponte di Rialto quando Kim-ly envia uma mensagem: Ei, como está aí na Itália? ♥

O lugar está lotado de turistas tentando encontrar uma boa vista da ponte, mas passamos vinte minutos ocupando espaço na grade, formulando a resposta perfeita.

– Não manda *isso*... Escreve que você está com saudade – insisto, tentando roubar o celular de Easton.

– Muito grudento.

– Ela te mandou um *coração*.

– Um coração *verde*, que não significa *nada*.

– Ai, meu Deus. – Dou risada. – Você é muito idiota. Eu amo.

– Cala a boca. – As bochechas dela estão rosadas, não apenas por causa do frio. – Aliás, quando vamos falar do Sawyer?

– Nunca.

Desvio o olhar, observando mais uma vez as lindas casas enfileiradas e a vista deslumbrante do Gran Canal.

– Sei.

– Não tenho nada para falar.

– Duvido. – Ela me dá uma cotovelada. – Em que ponto vocês estão?

– Nenhum. – Ela me encara com expectativa. Como estou tentando ser mais aberta e direta sobre minhas necessidades e meus sentimentos, digo: – A gente não se fala desde o lance do Koch. Eu descobri que ele estava pagando a bolsa. Tivemos uma grande briga por causa disso, e acabou.

– E ele aceitou? Ter acabado?

– O Nolan é...

Eu paro de falar.

É a primeira vez. A primeira vez que digo o nome dele em voz alta desde nossa discussão. A primeira vez que me permito pensar na existência dele e do novo buraco de formato estranho que Nolan deixou no meu peito. É como cutucar uma ferida, abri-la, enfim admitindo que ela nunca sarou.

– Acho que nós dois dissemos algumas coisas de que nos arrependemos. – Engulo em seco. – Coisas que sabíamos que iam machucar. – Engulo novamente. – Principalmente eu.

– É isso que acontece quando você briga com alguém que te entende.

Fecho os olhos. Lembrar do quanto Nolan me entende é como um soco no estômago.

– Eu o acusei de estar envolvido na minha demissão da oficina.

Easton ri.

– O quê?

– Pareceu muito suspeito.

Ela cai na gargalhada. E não para mais de rir. Um grupo de turistas franceses lança olhares desconfiados para ela, mas Easton volta a si ao perceber meu olhar mortífero.

– Cara, eu estava lá quando aconteceu. Tenho certeza que não foi nada disso. O Bob estava doido para te demitir desde que o seu tio foi embora. Você estava atrapalhando os negócios dele e era cem por cento substituível.

Desvio o olhar, irritada. Então admito algo pela primeira vez – em voz alta e para mim mesma:

– Eu sei.

– Você sabe?

– Sei. Mas ainda tenho o direito de ficar brava por ele não ter me contado sobre a bolsa.

– Tudo bem, mas não é a mesma coisa. Tipo, estar envolvido na sua demissão é tirar algo de você. A bolsa é *dar* alguma coisa a você. Não dá nem para comparar as duas situações, e...

– Eu *sei* – repito com os dentes cerrados. Não senti falta *dessa parte* da relação com Easton. A maneira como ela lê minha mente. Fico feliz por ela e Nolan não se conhecerem, e espero que isso nunca aconteça. – O pior é que... Quando eu o acusei, ele nem se deu ao trabalho de negar. Ele só disse... – Eu engulo em seco.

– O que ele disse?

– Que *gostaria* que tivesse sido ele. – Eu suspiro. – Que eu precisava de uma sacudida para sair daquela vida que eu levava.

Easton assente. A buzina de uma balsa perfura o longo silêncio entre nós.

– Bom, você sabe como eu me sinto sobre concordar com homens brancos e ricos, mas... Talvez eu tenha que dar o braço a torcer.

– Nossa. – Solto um gemido e apoio a cabeça nos meus antebraços. – As coisas que eu *falei* para ele. Sobre ele. Sobre a família dele. Eu só... Eu estava tão *puta*, Easton.

– Com quem você estava puta, Mal? Com o Nolan? Com o seu pai? Com a vida? Com você mesma? Todas as opções anteriores?

Eu não quero encarar a resposta para tudo isso. Então apenas apoio a cabeça no ombro dela, deixo que acaricie meu cabelo e, pela primeira vez em semanas, me lembro do quanto gostava dele, mesmo quando não gostava. A maneira como eu ria e me sentia assustadoramente, tentadoramente compreendida. A emoção de vê-lo jogar e o palpitar do meu coração ao vê-lo dormir. O estranho alívio de reconhecer que tudo que eu queria era estar *com* ele. E em seguida a raiva que senti por me permitir ficar.

Pela primeira vez em semanas, posso admitir:

Queria ter a perspectiva de trocar mais do que jogadas com ele.

Não faço ideia de como vou passar doze partidas sentada na frente dele.

Vou ter que apertar a mão dele amanhã, antes mesmo do primeiro jogo começar, e meus dedos já estão formigando desesperadamente com a ideia. Ele deve estar perto, nesta ilha, e sinto sua presença no meu corpo. Sinto no fundo da barriga.

– Easton, acho que fiz merda – digo.

– É. – Ela concorda com a cabeça. – Mas eu acho que, talvez por causa do que aconteceu com o seu pai, você tende a achar que, quando as pessoas erram, não tem volta. Que não vão ter uma segunda chance. E às vezes é verdade, mas às vezes... – Ela dá de ombros. – Eu estou aqui. A sua família está aqui. O Nolan... – Ela não conclui.

Então eu suspiro. E ela suspira também. E por muito tempo ficamos ali, apenas ouvindo as gaivotas, observando os barcos pintando listras brancas no canal, e fingimos que não há nenhum lugar onde precisamos estar dali a cerca de uma hora.

Capítulo Vinte e Nove

Entro na coletiva de imprensa quase ao estilo Meghan Markle: flanqueada por duas pessoas da FIDE cujo nome não entendi, acompanhada por um homem corpulento que suponho ser uma espécie de segurança. Os flashes das câmeras disparam no segundo em que entro no salão, mas de forma moderada, muito mais no estilo *político mediano anunciando candidatura presidencial improvável* do que *avião do BTS chegando ao aeroporto de Los Angeles.*

Compreendo imediatamente que nunca, jamais, *nunca mesmo* vou me acostumar com isso. E que provavelmente não deveria ter usado esse tênis verde com um buraco no mindinho esquerdo.

Dois jornalistas na primeira fila me cumprimentam. Nunca os vi antes, e mesmo assim eles sorriem para mim como se eu fosse uma prima distante que veem apenas em casamentos e batizados, mas de quem gostam. Isso é… esquisito. Muito mais esquisito do que um fã ou outro de xadrez pedindo um autógrafo.

Nunca, jamais, *nunca mesmo.*

– Oi, pessoal.

Aceno desajeitadamente e olho ao redor. Não há ninguém que eu conheça aqui: era necessário ter um crachá da imprensa, e Defne não recebeu um. Estou completamente sozinha em uma elegante sala italiana cheia de cortinas de veludo antigas, e o pior ainda está por...

Na última fila, alguém sorri e acena para mim. Eleni, da BBC, meio soterrada na pequena montanha de equipamentos que carrega. Claramente, ainda é estagiária. Sorrio de volta para ela e me sinto um pouco melhor.

A mesa no tablado é longa e estreita, com três conjuntos de microfone e placa. O do meio já está ocupado pelo moderador, um homem de meia-idade que é um dos muitos vice-presidentes da FIDE e de quem me lembro vagamente do Desafiantes. O da direita tem meu nome, e é onde eu me sento.

O último, à esquerda do moderador, está vazio quando chego.

E fica vazio por um minuto.

Dois.

Dois e meio.

Três, e eu já estava um pouco atrasada, porque o sistema de balsas não é exatamente simples, e Easton e eu quisemos tomar um quarto café da manhã. Estamos agora quase dez minutos atrasados, e é por isso que os jornalistas, e há *dezenas* deles, cochicham sem parar como se estivéssemos em um baile vitoriano tomado de fofocas quentíssimas.

Olho para o moderador, em pânico.

– Não se preocupe – sussurra ele de forma conspiratória, cobrindo a boca com uma folha de papel. – Ele não vai ter a audácia de faltar à coletiva. A gente já aprendeu a lição.

– Como assim?

– Ele odeia coletivas de imprensa e sempre tenta se ausentar. Mas – diz ele, apontando atrás de nós, para os painéis decorados com as logos de patrocinadores e marcas – a FIDE ganha muito dinheiro com esse pessoal aqui, em especial este ano. Então incluímos multas exorbitantes nos contratos dele que impossibilitam que ele não venha. – Ele me dá um sorriso astuto, embora caloroso, e baixa o papel antes de pigarrear e ligar o microfone. – Bem, pessoal, parece que estamos com um pequeno atraso. Por que eu e a Srta. Greenleaf não entretemos vocês com uma partida de xadrez? Eu fico com as brancas.

Os murmúrios ficam mais altos. Olho em volta, não encontro nenhum tabuleiro, então me dou conta de qual é o plano quando ele diz no microfone:

– d4.

– Ah. – Coço o nariz. – Hmm, d5?

– Hã, c4. – Seus olhos brilham e ele se volta para os jornalistas. – Será que ela vai aceitar o meu gambito?

Eu normalmente não aceitaria. Normalmente recuso o Gambito da Dama com e6 e desenvolvo uma posição sólida, mas ele parece tão esperançoso, e as pessoas adoram quando um desafio é aceito, então sorrio e digo:

– Tomo o peão em c4.

As pessoas comemoram. Meu sorriso se alarga. A tensão na sala diminui um pouco quando o moderador ri e assente, satisfeito.

– e3 – diz ele, e estou pensando em mover meu cavalo para f6 só pela diversão, quando...

Uma porta se abre.

Não a porta pela qual entrei, mas uma na lateral do salão, que eu sequer havia notado. As câmeras voltam a disparar. Uma mulher ruiva que reconheço do Aberto da Filadélfia – a agente de Nolan, que deve ser melhor do que a Defne na obtenção de credenciais – entra apressada, parecendo nada feliz, e logo atrás dela...

Achei que tivesse conseguido fortalecer minhas defesas. Porque passei aqueles três minutos com Easton no banheiro, seguindo suas instruções sobre como me preparar. Endireitei os ombros, respirei fundo e repeti, por insistência dela: "Eu sou bem grandinha e posso lidar com um encontro com meu ex diante de dezenas de canais de TV de vários países... Não, Easton, chega. Isso é contraproducente."

Ainda assim, achei que ficaria tudo bem. Mas quando Nolan entra, vestindo sua combinação usual de camiseta escura e jeans escuros, os olhos cautelosos, o cabelo mais curto do que da última vez que corri meus dedos por ele, não fico *nada* bem.

Não estou nada bem mesmo.

Ele não olha na minha direção, nem uma única vez, apenas sobe calmamente no tablado.

– Você está atrasado, Nolan. Está tudo bem? – pergunta uma mulher na quarta fileira.

– Sim – responde ele ao microfone, naturalmente confiante. Ele já fez isso antes. Pode até odiar, mas tem uma década de experiência a mais que eu. – Meu carro quebrou – acrescenta ele, e todos riem.

Apoio as mãos no colo até ter certeza de que não estão tremendo. Quando o moderador faz uma pequena introdução e escolhe a primeira pessoa a perguntar, já me recompus. Pelo menos um pouco.

– Karl Becker, Deutsche Presse-Agentur. Nolan, você não se manifestou sobre o escândalo envolvendo a trapaça de Malte Koch. A suspensão de três anos que ele recebeu é justa? E o que você pensa dele?

– Eu tento não pensar nele nunca. – As pessoas riem. – E cabe à FIDE decidir o que é justo ou não.

– Lúcia Montresor, Agenzia Nazionale Stampa Associata. Nolan, como anda o seu desempenho comparado ao resultado do Pasternak?

Ele meio bufa, meio se retrai.

– Não pode ser pior, né?

Mais risadas. Nolan não mudou muito desde aquela entrevista em um talk show, vários anos atrás, aquela que me lembra da Sra. Agarwal e de bicarbonato de sódio. Ele ainda é carismático, quase meio sem querer. Ainda não quer estar aqui, não tem vergonha de admitir isso, e mesmo assim consegue navegar pelas perguntas de uma maneira descontraída, charmosa e descomplicada.

Olho para ele *não* olhando para mim, e meu coração se aperta.

– E uma pergunta para a Mallory... Esse foi o seu ano de estreia. Qual é a sensação de estar aqui?

– É...

Todos se voltam para mim. Exceto Nolan, que continua olhando para a multidão.

Ele me odeia. Pelo que eu disse. Por ir embora. Eu estraguei tudo, e ele me odeia, e tem razão.

– É uma honra. – Tento dar um sorriso. – Estou muito feliz e agradecida.

– Agence France-Presse, Etienne Leroy. Uma pergunta para os dois. Vocês têm familiares próximos que jogavam xadrez de alto nível, mas que não estão mais entre nós. Isso torna esse campeonato mais significativo?

Fico tensa. Não consigo falar sobre o meu pai. Ou: o último mês me mostrou que consigo falar sobre o meu pai, mas não *quero* falar sobre ele na frente de dezenas de pessoas que...

– Não – responde Nolan categoricamente, me salvando também.

O moderador escolhe outro jornalista e fico aliviada.

– Chasten, da Reuters. Nolan, há um boato de que a Srta. Greenleaf fez parte da sua equipe de assistentes antes de o escândalo da trapaça vir à tona e ela se tornar a desafiante. Você gostaria de confirmar ou negar a informação?

– Não faço questão.

Risadas.

– De qualquer maneira, algumas pessoas dizem que ter sido sua assistente dará à Srta. Greenleaf uma vantagem injusta.

Nolan dá de ombros.

– Se *algumas pessoas* acham que ela precisa de uma vantagem injusta para ganhar, então precisam prestar mais atenção no jogo dela.

A sala é tomada por murmúrios. Sinto meu coração pulsar nos ouvidos.

– Mallory, *Fox News*. Você é a *primeira mulher* a chegar ao Campeonato Mundial. A que você atribui isso?

– Eu só… – Mordo o lábio. – Apenas ao fato de ter uma trajetória pouco convencional no xadrez. Não sofri com o machismo desse ambiente tanto quanto a maioria das jogadoras sofre. Não tive chance de desanimar.

– Então você não se acha melhor do que todas as mulheres que vieram antes de você?

– Não, de jeito nenhum. Eu…

– Já que você nunca participou de um supertorneio, o que a qualifica para estar *aqui* hoje? Por que *você*, e não outra pessoa?

Eu engulo em seco.

– Eu só…

Nada. Eu tive sorte. Isso é um erro. Não sou boa o suficiente e…

– Cara… – Nolan bufa no microfone. – Ela *ganhou* o torneio de qualificação para estar aqui. Se informe.

Fox News baixa os olhos, constrangido. Olho para Nolan, que realmente está com a plateia na mão, feito um comediante de stand-up. As pessoas riem, algumas até aplaudem, porque o acham divertido e gostam dele mesmo quando ele não é agradável. Quero gritar com eles: *Eu sei. Eu sei como é.*

Sei muito bem, na verdade.

– Mallory? Agence France-Presse de novo. O relacionamento romântico que você e Nolan tiveram faz com que o campeonato seja mais complicado para você? Isso afetará de alguma forma o seu jogo?

Foi provavelmente muito idiota da minha parte, mas eu realmente não imaginei que fossem tocar nesse assunto. E tenho certeza de que o moderador também não, porque o sinto tenso ao meu lado.

Quase me viro para Nolan. Porque, sejamos francos: todas as outras perguntas duras e difíceis que poderiam ter me abalado, ele pegou, bloqueou, desviou. Esta, porém… ele simplesmente não pode. E mesmo que eu provavelmente pudesse negar que tivemos um relacionamento romântico, ou simplesmente me recusar a responder, ou até mesmo contar a verdade, não estou preparada para nada disso. Então tomo o caminho mais fácil e me ouço dizer:

– Não.

Minha voz ecoa feito um tapa pela sala preenchida de murmúrios, e eu imediatamente quero retirar o que disse. Quero olhar para Nolan e falar que…

Não sei o quê. Mas tudo bem, porque não tenho a chance de fazer isso.

– Muito bem – interrompe o moderador. – Parece que o nosso tempo chegou ao fim. Vamos encerrar por hoje, mas…

– Uma última pergunta… Trent Moles, do *New York Times*. Em nome do espírito esportivo, vocês dois poderiam dizer o que mais admiram no jogo um do outro?

O moderador hesita, como se soubesse que a pergunta é uma má ideia. Mas então ele olha para a esquerda.

– Claro. Quer responder?

Nolan não quer. Pelo menos é o que eu suponho quando ele continua esparramado na cadeira, como se estivéssemos em Nova York e ele observasse Emil fracassar ao tentar fazer fermentação natural, como se o mundo inteiro e dezenas de contas do Instagram dedicadas a suas mãos e covinhas e gambitos não assistissem feito aves de rapina.

Mas então ele se remexe. Observo-o inclinar-se para a frente, apenas um centímetro, depois outro, e respirar profundamente antes de falar ao microfone:

– Tudo.

Simples. Direto ao ponto. Arrasador.

Sua fala é seguida por um momento de silêncio. Pela primeira vez, ninguém ri. Ninguém diz nada. Ninguém faz nenhuma anotação. Ninguém levanta a mão para outra pergunta.

Meu coração está disparado contra o peito.

O moderador pigarreia e se vira para mim.

– Mallory, o que você mais admira no jogo de Nolan?

– Eu...

O que eu mais admiro? O quê?

Ele é muito dinâmico.

Ele luta até o último momento, usando cada peça, cada oportunidade, cada recurso, sugando tudo que o tabuleiro de xadrez pode oferecer.

Ele é preciso e meticuloso.

É divertido, interessante e imprevisível.

Ele é uma *aventura*.

E seu franzir de testa quando está pensando em como tornar o próximo lance o mais nuclear e caótico possível. Que me faz querer esticar o braço e afastar a mão dele do rosto. Me faz querer alisar sua testa. Me faz querer jogar o melhor que posso e...

– Mallory?

Desvio o olhar de minha garrafa de água Fiji. Há um milhão de olhos em mim. Engulo em seco.

– Claro. Eu...

Não sei o que dizer. Estou atordoada, esgotada, desorientada. E o moderador assente, depois sorri com gentileza.

– Bem, acho que a resposta *dela* é nada. – Algumas risadas forçadas. Em seguida, mais jornalistas levantam as mãos, clamando por uma última pergunta que não será feita. – Obrigado a todos por terem vindo. Claro, teremos coletivas mais longas após cada partida, então estou animado para...

Uma funcionária da FIDE me pede para ficar de pé. Ela segura meu braço para me guiar para fora do tablado. Acompanho-a, passando pela cadeira de Nolan, e quando minha mão roça em seu ombro, não tenho certeza se foi um acidente ou desespero.

Deixo o salão sabendo que ele não olhou para mim uma única vez.

Fico menos de dez minutos na festa. Estou devorando minha quinta bruschetta e esticando o pescoço à procura de ombros largos e cachos escuros quando Defne agarra meu pulso.

– Muito bem, você já deu as caras. Agora vamos.

Seus lábios vermelhos e brilhantes formam um sorriso educado enquanto cruzamos a multidão.

– Mas eu acabei de chegar. E a bruschetta está *incrível.*

– E você precisa estar na cama às nove, já que amanhã é a partida mais importante da sua carreira.

– É mesmo? Porque até onde eu sei tem mais onze pela frente.

– A primeira dá o tom, Mal.

– Eu... Não vai ser indelicado ir embora?

– Talvez. – Ela me arrasta escada acima. – Mas o seu oponente nem se deu ao trabalho de aparecer. Enquanto a falta de educação dele eclipsar a sua, está ótimo.

É assim que, às 20h53, estou de pijama, embaixo das cobertas, a cabeça no travesseiro. Easton se enfia no lado dela na cama, Darcy se enrosca bem entre nós duas e Sabrina se acomoda ao pé do colchão.

Uma verdadeira festa do pijama.

– De acordo com a minha treinadora, preciso estar dormindo em cinco minutos – informo.

– Ah, sim. – Sabrina não tira os olhos do celular. – A Defne vai te colocar para arrotar também?

– Fala sério, Sabrina – repreende Easton. – Você sabe que primeiro alguém precisa trocar a fralda dela.

Passamos muito tempo debatendo o que assistir na TV 8K. Então desistimos de encontrar um filme que não seja vetado por pelo menos uma de nós e nos contentamos em abrir vídeos aleatórios no YouTube. Depois de horas e horas de filmagens de roller derby surpreendentemente violentas e que me deixam preocupada com o estado do cérebro de Sabrina, Easton me abençoa com um *playthrough* de *Dragon Age.*

Por um minuto, tudo parece como antes – nós duas, e o Solas sendo um babaca na tela da TV. Quando me viro para sorrir para ela, descubro que Easton já está sorrindo para mim. Então me lembro de algo e meu sorriso desaparece.

– O que foi? – pergunta Easton.

– Nada. É que... – Dou de ombros. – Eu vi um vídeo desses com o Nolan uma vez.

– Um *playthrough*? Aquela preciosidade gosta de *Dragon Age*?

– Não muito.

– Ah. A propósito, eu assisti à coletiva. Você foi ótima em fingir que o despreza totalmente, mesmo depois de ele só dizer coisas superlegais a seu respeito.

– Eu *não fiz isso*.

– Fez, sim – dizem Darcy e Sabrina em coro, sem tirar os olhos da TV.

– Não importa. – Reviro os olhos. Porque elas têm razão. – Ele não disse... Talvez ele tenha dito coisas *mais ou menos* legais, mas não se enganem, ele fez questão de ignorar a minha presença.

– Hmm. – Easton assente. – Você já pensou em deixar claro que *você* não ignora a presença *dele*? Tipo, mais ou menos assim: "Oi, tudo bem? Só queria dizer que na verdade todas as coisas horríveis que eu falei sobre você foram da boca pra fora."

– Entendi. – Pigarreio. Desvio o olhar. – Não.

– Você também chamou ele de escroto? – pergunta Darcy.

Baixo a cabeça e resmungo baixinho.

– Eu me recuso a debater esse assunto com qualquer pessoa com *menos* de 18 anos e com qualquer pessoa com *mais* de 18 anos, mas que precise de 25 minutos para ser convencida a acrescentar um emoji de coração em uma mensagem – declaro.

Mas dez minutos depois, enquanto uma texana cuida de um morcego ferido (vídeo escolhido por Darcy), começo a escrever uma mensagem. As mais recentes datam de 9 de janeiro, no meio da noite: a resposta à minha mensagem "Ou o Emil é muito bom de cama ou ele está estripando a Tanu" foi "Como assim, não foi uma sirene que me acordou?". Dou um meio sorriso e escrevo:

a gente pode conversar?

Então apago. E digito novamente:

você está certo sobre algumas coisas. talvez não todas. mas eu exagerei

Apago.

você sabia que no seu jogo contra o Lal em 2016 você deixou passar um xeque-mate? mas mandou bem com a promoção do peão.

Apago, apago, apago.

me desculpa por

Apago.

oi.

Não clico em Enviar. Mas deixo a mensagem lá, na caixa de digitação. E, quando apoio o celular no peito e volto a ver TV, ele parece vários quilos mais pesado.

Capítulo Trinta

Depois de uma partida – geralmente durante uma daquelas coletivas de imprensa que sempre imagino que terão doze espectadores, mas, em vez disso, são acompanhadas por centenas de milhares de nerds como eu –, as pessoas me perguntam como, em um momento específico, em uma reviravolta específica do jogo, eu decidi o que fazer. *Como você soube que era melhor sacrificar o peão? Por que você fez aquela troca? Torre e6 foi a escolha perfeita, o que te levou a pensar nisso?*

As pessoas me perguntam. E tudo o que consigo dizer é: eu simplesmente sabia.

Instinto, talvez. Algo inato dentro de mim que ajuda o xadrez a tomar um formato completo. Uma compreensão rudimentar e intuitiva de como as coisas *poderiam* ser se eu me permitisse seguir um determinado caminho.

As peças me contam uma história. Criam desenhos e pedem que eu os pinte. Cada uma delas, com suas centenas de movimentos possíveis, seus bilhões de combinações possíveis, é como um lindo novelo de lã. Posso desenrolar uma a uma se quiser e, em seguida, tecê-las para criar uma bela tapeçaria. Uma nova tapeçaria.

De preferência, uma tapeçaria vencedora.

Se não fosse por papai, esse instinto continuaria a ser algo rústico e destecido dentro de mim. Se não fossem os anos de trabalho árduo, praticando, estudando, analisando, pensando, revivendo, obcecando, jogando, jogando, *jogando*, de pouco valeria meu instinto. Se não fosse por Defne, depois de ficar quatro anos adormecido, ele ainda estaria dormente.

Mas eu *ainda* o teria comigo. Se as coisas tivessem sido diferentes, meu instinto *ainda* seria um nó cru de incógnitas emaranhadas dentro de mim: me acordando às 3h05 no dia mais importante da minha vida, vibrante, me tirando da cama.

Eu nem me lembro de ter adormecido. A TV ainda está ligada, a Netflix perguntando se ainda estamos assistindo a *Riverdale*, e não tenho ideia de por que minhas irmãs decidiram se infiltrar no meu quarto em vez de voltar para sua suíte caríssima. Sair da cama requer uma coordenação no nível do Cirque du Soleil e quase torço o tornozelo. Depois de fazer xixi e beber o restante da água em minha garrafa, não me sinto motivada o suficiente para voltar para a cama.

Tento vestir o moletom de Easton, com a estampa da universidade, em silêncio. Ele bate bem abaixo do meu short, e eu provavelmente deveria pegar um casaco mais pesado e vestir uma calça de moletom grossa, mas não me dou ao trabalho de acender a luz para procurar algo mais quente, então saio do quarto.

Os corredores estão silenciosos e gelados. O mar está calmo. Não há balsas, nem barcos, nem gaivotas, porque Veneza inteira dorme profundamente. Desço as escadas, as cores brilhantes do piso de mármore são puro gelo sob meus pés descalços, o cabelo balança sobre meus ombros.

Não sei para onde estou indo, mas no fundo sei que é o certo a fazer. É bom: ficar sozinha com a brisa noturna do mar, explorar os jardins desertos, sentir o cheiro de grama e sal. Vejo algumas luzes ao longe, da casinha de vidro onde passarei as próximas duas semanas, imersa em xadrez e mágoa. Sigo o caminho de pedra, tremendo, traçando os passos pela primeira das treze vezes. Pensando se, quando amanhecer, a calma tão preciosa que sinto agora vai se tornar um grande emaranhado de nervos à flor da pele.

Paro no meio do caminho quando o vejo, mas não fico sobressaltada. Talvez eu devesse me surpreender ao vê-lo ali – a hora, o lugar, a coincidência não fazem exatamente sentido –, mas minha intuição me diz que está tudo bem.

É por isso que estou aqui: por Nolan.

Ele está costas para mim, parado diante de uma imagem já conhecida. A foto de Marcus Sawyer foi transferida para a casa de vidro, ladeada por outras três – todas de campeões mundiais que foram coroados aqui em Veneza. Amanhã, quando começar a primeira partida, os jogadores também irão para uma moldura na parede. Entrarão para a história.

Observo a linha relaxada dos ombros de Nolan e penso na minha próxima jogada.

Penso em dar meia-volta.

Penso em minhas pernas frias e em minhas irmãs amontoadas no meu quarto.

Penso no cabelo bagunçado dele e em uma caixa de cereal e em seus olhos arregalados quando ele disse: "O Kasparov estava lá."

Penso nele com o rosto na minha barriga, em sua quedinha pela Abertura Escocesa e em como eu gostava de estar com ele, tanto que talvez tenha ficado um pouco assustada.

Muito assustada.

Meu próximo passo é continuar andando. Em linha reta, por uma trilha aberta. Como uma torre. E Nolan... ele deve ter me ouvido abrir a porta de vidro e entrar, mas não se vira. Age como se eu não estivesse ali. Continua a analisar a foto do avô, olhos escuros encarando olhos escuros, mandíbula teimosa diante de testa teimosa. Quando paro bem ao lado dele, perto o suficiente para sentir seu calor, digo:

– Andei estudando os jogos dele.

– Ah, é? – responde ele simplesmente.

Estava com saudade de sua voz. Ou estava com saudade do jeito que a voz dele soa quando estamos a sós. Grave. Mais que o habitual. Despojada de suas camadas e asperezas. Estava com saudade de deixá-la fluir através de mim.

– Porque eu não aguentava estudar os seus.

– São tão entediantes assim, é?

Solto uma risada trêmula.

– Não, é só... Fala sério. Você sabe.

Ele balança a cabeça, ainda olhando para a foto. As luzes suaves cobrem a pele dele de um jeito lindo.

– É, eu sei.

– Bom. Enfim. – Coloco uma mecha de cabelo atrás da orelha. Queria muito olhar nos olhos dele, mas isso não vai acontecer. Não se continuarmos assim. Não se ele não olhar para mim. – O meu favorito foi um contra o Honcharuk, no início dos anos 1980. No torneio Tata Steel, eu acho, quando ainda era chamado de…

– Hoogovens?

– Isso.

– Aquela partida em que ele propôs o empate quando estava perdendo?

– Sim. – Dou uma risada. – Deve ser tão confuso o Marcus Sawyer fazer isso. A única coisa que dá para presumir é que ele está vendo alguma coisa que o outro não vê.

– Pois é. Ainda não acredito que o Honcharuk aceitou o empate em vez de meter a mão na cara dele. – Ele balança a cabeça afetuosamente. – Meu Deus. Que atitude ridícula.

– Claramente é de família – digo.

E ele ri um pouco, silencioso, melancólico, e eu imediatamente quero me bater e retirar o que disse.

Desculpa

Não era o que eu

Eu menti quando

– Claramente.

– Não. Não, eu… – Cubro os olhos com as mãos. Estou um caos. Estou fazendo um caos. – Não era isso que eu… Se vale de alguma coisa, não acho que você seja um babaca. Nem manipulador. Nem egoísta. Nem… – *Nem que ninguém te ama.* – Nem a maioria das outras coisas que eu disse em Nova York, eu juro. Ou talvez você seja, um pouco, mas não mais do que qualquer outro jogador de xadrez no mundo. Não mais do que eu. – Respiro fundo, quase me engasgando com a dor que sinto nos pulmões. – Eu falei tudo aquilo da boca pra fora. Quando eu disse que de loucura você entende… Estou *muito* arrependida disso. Eu estava…

Eu não sei o que eu estava. Mas Nolan sabe.

– Nervosa. Cansada. Magoada, e querendo me magoar na mesma medida. Apavorada.

Eu fecho os olhos.

– *Completamente* apavorada.

Ele assente. Ainda sem olhar para mim.

– Eu nunca quis manipular você, mas... você pode me pagar de volta o valor da bolsa, caso se sinta melhor. Assim você não vai me dever nada e vai estar livre de mim.

Sinto um aperto no estômago.

– *Você* quer que eu te pague de volta?

Ele solta uma risadinha discreta e finalmente se vira para mim. Sinto o ar noturno ser sugado do meu peito.

– Como você está, Mallory?

– Eu... Bem. – Pelo visto, sou *eu* que não suporto olhar nos olhos dele. Sou eu que estou analisando o terno impecável de Marcus Sawyer agora. – Não sei se estou bem. Mas estou... *melhor* do que antes – acrescento, porque acho que ele quer uma resposta sincera. – É... Você tinha razão. Sobre a maneira como eu agia, principalmente com a minha família. Mas as coisas melhoraram. Quer dizer... – Coço o pescoço. – *Eu* tenho tentado ser melhor. Tenho tentado não ser tão controladora e não bancar tanto a mártir e ser mais... normal?

Ele me observa por um segundo. Então eu o sinto avançar e fico tensa – travada, imóvel, amarrada. Aguardando. Ele poderia pegar minha mão. Poderia me puxar para perto. Poderia me pegar pela nuca e me beijar com a mesma intensidade de antes.

Nolan apenas desgruda uma mecha de cabelo presa aos meus lábios, endireita as costas e diz:

– A Darcy e a Sabrina também parecem bem.

Eu estou... tonta. Decepcionada.

– Você esbarrou com elas?

– Fomos dar uma volta. E eu as levei para tomar sorvete hoje de manhã.

– Elas não me contaram.

Fecho a cara.

– Foi tudo muito discreto. Já que você, pelo que me disseram, é conhecida por ter uns acessos de raiva.

Fecho a cara ainda mais.

– Foi por isso que você se atrasou para a coletiva de imprensa?

Ele assente.

– A Darcy precisou experimentar todos os sabores antes de fazer o pedido. Um problema, já que aqui na Itália eles não costumam dar amostras.

– Você teve que trocar socos com um sorveteiro musculoso usando um colar de ouro?

– Depende. Isso me tornaria mais ou menos legal do que suborná-lo com cinquenta euros?

Levo a mão à boca para abafar uma risada. E depois disso, quando olho para ele, Nolan está sério novamente.

– Nolan…

– Me desculpa também. Pelo que eu disse. Eu não tinha o direito de insinuar que o que você tem feito pela sua família não é o certo. E sei que não tenho como imaginar o que você passou com o seu pai.

– Na verdade, eu acho que você tem, sim.

Ele me observa por mais tempo do que é confortável. Galáxias atravessam seus olhos negros e me pergunto se este segundo pode durar um século. Se o universo poderia ser apenas nós dois, entendendo um ao outro em um loop infinito.

– É. Talvez eu tenha, sim.

Pigarreio. Muito bem. Lá vai.

– Com a intenção de reconhecer que tenho usado um monte de coisas… como desculpas… principalmente minha mãe, minhas irmãs e meu pai… e que tenho usado minhas responsabilidades como um escudo, estou tentando exercitar uma coisa, que é verbalizar o que *eu* quero. Para poder, sabe, viver minha vida por mim mesma.

– Ótimo.

– É. Por exemplo, agora sei que quero continuar jogando xadrez. Profissionalmente. Quero que esse seja o meu trabalho.

Nolan contrai os lábios. Ele arregala os olhos, que têm aquele brilho pueril que aprendi a amar.

– Ah, é?

– Aham. Então é isso que eu vou fazer. Ou pelo menos tentar. E… A minha amiga Easton está aqui, o que é legal. E nós fizemos as pazes. Mas, assim que a gente voltar, ainda vou querer falar com ela todos os dias. Então vou só... ligar para ela. Vou tomar a iniciativa. Se a gente não estiver se metendo uma na vida da outra até o dia da nossa morte, não vai ser por falta de esforço meu.

Ele assente.

– Justo.

– Além disso, eu tenho falado sobre o meu pai em casa. Aos poucos. Mas cada vez mais. Andei dando uma olhada em alguns jogos dele e os mostrei para Darcy enquanto a ensino a jogar. Porque, mesmo que eu não consiga esquecer as partes ruins, quero que a gente possa se lembrar das boas.

Ele sabe exatamente o que quero dizer. Sei disso pela curva triste em seu sorriso.

– Está certa.

– E também... – Engulo o nó na garganta, os dedos dos pés quase congelados contra o chão. – Além disso, tenho pensado em coisas como destino, coincidências e passado. É meio meloso, eu sei. E você provavelmente nunca pensou em nada disso, mas, quando eu era criança e você era só um pouco mais velho, nós dois jogávamos xadrez, os dois na mesma região. E por algum motivo nós nunca nos esbarramos, mas eu fico me perguntando se a gente não participou do mesmo torneio ou frequentou o mesmo clube, só que em divisões diferentes. Eu me pergunto se a gente não jogou no mesmo tabuleiro, um logo depois do outro. Eu me pergunto se estávamos destinados um ao outro, e por muito pouco não nos encontramos. Porque, quando eu parei de jogar, não pretendia voltar nunca. *Nunca mesmo*. Os anos se passaram, e deveria ter sido essa a nossa história, por pouco não nos encontramos e pronto. Mas aí veio o torneio da Defne, e isso foi... uma segunda chance. – Respiro fundo, trêmula. – Acho que não acredito em destino. Acredito em aberturas sólidas e em um meio-jogo que mostre iniciativa, e em transições rápidas para finais. Mas não consigo parar de me perguntar se talvez o universo estivesse tentando nos dizer alguma coisa e...

– Eu não acredito que você abriu esse discurso com "você provavelmente nunca pensou em nada disso".

O tom de Nolan é seco e divertido, e eu não consigo mais conter as palavras.

– Eu quero ficar com você – disparo. Minha voz treme. E então, quando nada explode após essa revelação, repito com mais firmeza: – Eu quero ficar com você. O quanto eu puder. O quanto você quiser.

Eu disse. Pronto. Botei as cartas na mesa, e observo Nolan com olhos de ave de rapina, à espera de uma resposta, de qualquer tipo de reação emocional. Mas seus olhos escuros são enigmáticos como sempre.

– Que bom que você disse isso – responde ele.

Como se estivesse elogiando uma boa jogada de xadrez. Como se esse não fosse o passo mais arriscado que dei na vida.

– Por quê?

Ele me olha com um pequeno sorriso. É quase imperceptível, mas de alguma forma faz o chão tremer.

– Porque agora eu posso dizer o mesmo.

Fecho os olhos, sentindo que cada átomo do meu corpo está no meio de um evento sísmico. Mas a madrugada em Veneza ainda é calma, e o calor de Nolan está tão próximo que me centra, me estabiliza mais do que imaginei ser possível.

– Na última vez que a gente se falou, eu disse muitas coisas que não eram verdade. E me esqueci de dizer uma coisa que era. Que eu estava feliz com você. Os dias que passamos em Nova York foram…

Ele parece achar vagamente engraçada a minha incapacidade de articular emoções.

– Bons?

– É. Muito. E eu quero mais. Muito mais. Começando… agora, se possível. Embora… – Eu olho em volta e solto uma risada abafada. – O meu timing não seja muito bom.

Ele sorri.

– Não sei se concordo.

– Por quê?

Ele aponta para o tabuleiro com a cabeça.

– Estamos prestes a passar muito tempo juntos.

– Ah, é. Tem isso. – Coço a nuca para me impedir de estender a mão para ele. Eu quero. Mas talvez não deva. Mas *quero*. – Por falar nisso… Já que você não é um novato como eu, tem algum conselho?

Ele inclina a cabeça, pensativo.

– Não deixe de tomar café da manhã.

– Certo. Café da manhã.

– Alguma coisa que tenha proteína, se possível.

– Está bem. – Fico esperando que ele continue. Franzo a testa quando ele não fala mais nada. – Ué, é só isso? Vai ficar escondendo o jogo?

Ele dá de ombros.

– É tudo que eu tenho.

– Fala sério, Nolan. Você já passou por isso três vezes.

– É. Mas esse campeonato é diferente.

– Por quê?

Eu olho para ele olhando para mim, e transbordo com algo que não consigo nomear.

– Porque quando estou com você, Mallory, tudo é diferente. Quando estou com você, quero jogar mais do que quero ganhar.

Meus olhos começam a lacrimejar, mas não estou triste. Pela primeira vez em muito, muito tempo, estou um milhão de coisas, e triste não é nenhuma delas.

– Sabe – digo, me aproximando mais um pouco. Depois mais ainda, colando nele, e é como entrar em um novo mundo. Uma nova era da minha vida. – Tenho lido muito sobre teoria do xadrez. Livros enormes e entediantes. E todos dizem que quando o xadrez for solucionado, quando a partida perfeita acontecer... dizem que vai ser chato. Porque inevitavelmente terminará em um empate.

Sinto o sorriso de Nolan apenas pela batida de seu coração.

– Ah, é?

Eu assinto.

– Então tá. – Os braços dele se fecham ao meu redor. Seus lábios roçam meu cabelo. Seu peito sobe e desce contra o meu ouvido, e eu sei, lá no fundo, como sei xadrez, que este é o meu lugar. – Acho que vai ser divertido quando provarmos que estão todos errados.

Capítulo Trinta e Um

Seis horas e meia depois, o prefeito de Veneza, um homem alto com uma espessa barba preta e um sobrenome difícil de pronunciar, move o peão da minha dama para a casa d4 na primeira jogada cerimonial do Campeonato Mundial de Xadrez.

As câmeras disparam.

Os espectadores aplaudem.

As ondas oscilam pacientemente na lagoa.

Então o prefeito sai, fechando a porta de vidro, e o jardim se acalma em um silêncio tranquilo.

Eu (Mallory Greenleaf, Estados Unidos, 2.668º lugar no ranking mundial) olho para meu oponente (Nolan Sawyer, Estados Unidos, 1º lugar no ranking mundial).

Eu o encontro já olhando para mim, um sorriso caloroso em seus olhos escuros.

Epílogo

Dois anos depois

O PRÓXIMO CAMPEONATO MUNDIAL DE XADREZ E POR QUE TODO MUNDO ESTÁ FALANDO SOBRE ISSO

Eleni Gataki, correspondente sênior de xadrez, BBC

O próximo Campeonato Mundial de Xadrez, que começará em 15 de março, será o mais assistido da história. Com folga.

Trata-se de um evento bienal, que, embora com algumas mudanças no formato, ocorre desde antes de qualquer um de nós estar vivo (o primeiro campeonato aconteceu na cidade de Nova York em 1886).

Mesmo assim, é seguro afirmar que a maioria das pessoas nunca tinha ouvido falar sobre o Campeonato Mundial de Xadrez até este ano.

Então, o que mudou e quais são os cinco fatores que de repente fazem uma partida de xadrez ser quase tão debatida quanto o Super Bowl? Bem, vamos começar com o óbvio:

NOLAN SAWYER, O ATUAL MELHOR JOGADOR DE XADREZ DO MUNDO.

Provavelmente, se você já ouviu falar de algum jogador de xadrez na vida, esse jogador foi Fischer, Kasparov ou Sawyer. Neto do ex-campeão mundial Marcus Sawyer, Nolan Sawyer (22) é um fenômeno desde a infância.

É provável que você já tenha visto fotos adoráveis dele derrotando oponentes quatro vezes mais velhos aos 8 anos de idade, ou talvez tenha ouvido falar de seu péssimo temperamento e da tal história sobre quando ele acabou (não apenas no xadrez) com o desonrado enxadrista Malte Koch (embora este seja apenas um boato infundado), ou pode ainda se lembrar de seu nome da época em que ele entrou para a lista das 100 pessoas mais influentes da *Time* aos 15 anos. O fato é que você provavelmente já ouviu falar dele. E sua notoriedade só aumentou com…

MALLORY GREENLEAF, QUE É… REAL.

Prestes a completar 21 anos, Mallory Greenleaf está atualmente em quinto lugar no ranking mundial… porém é a atual campeã mundial. Pode parecer contraintuitivo, mas, enquanto o campeão mundial é definido por um torneio específico, o ranking é uma combinação de todos os *matches* dos quais um jogador participa.

Mas não deixe que o "humilde" quinto lugar de Greenleaf o engane: a única razão pela qual ela não tem uma classificação mais alta é o fato de sua trajetória no xadrez ter sido bastante incomum.

Recém-formada no ensino médio, em Nova Jersey, filha de um GM, Greenleaf participou de torneios sem rating dos 5 aos 14 anos, depois voltou ao xadrez aos 18, bem a tempo de triunfar no último Campeonato Mundial de Xadrez, que ocorreu há dois anos em Veneza, na Itália. Greenleaf derrotou Sawyer na décima segunda partida, após onze empates.

Como a primeira mulher a não apenas se qualificar mas também a vencer um campeonato de xadrez, ela ganhou as manchetes. Por suas habilidades no xadrez, claro, mas também porque…

NOLAN SAWYER E MALLORY GREENLEAF ESTÃO... BEM, NÃO SE SABE.

Há muitos rumores sobre um possível relacionamento entre os dois enxadristas, mas que nunca foram confirmados, já que tanto Sawyer quanto Greenleaf se recusam a responder a perguntas sobre sua vida pessoal. No entanto, os dois são regularmente fotografados juntos de mãos dadas. De acordo com um post no Instagram de Greenleaf, ela esteve na Universidade Brown no último outono para levar a irmã, e Sawyer estava junto. Fontes próximas aos dois revelaram que eles moram no mesmo apartamento em TriBeCa que já foi de Marcus Sawyer. E houve ainda, é claro, aquele longo abraço entre os dois, ocorrido diante das câmeras depois que Greenleaf derrotou Sawyer no Mundial (é importante dizer que, nesse esporte, jogadores geralmente se limitam a um aperto de mão). Há também o fato de que, três meses atrás, Sawyer pareceu se inclinar e morder de brincadeira a orelha de Greenleaf ao fim da partida final do Torneio Internacional de Xadrez de Linares, no qual ele a derrotou. Muitas pistas deram origem a especulações, mas ainda não se sabe se Sawyer e Greenleaf serão a primeira família do mundo do xadrez ou se são apenas bons amigos. Além disso...

NOLAN SAWYER E MALLORY GREENLEAF JOGARÃO UM CONTRA O OUTRO.

Quando Nolan Sawyer dominou o Torneio de Desafiantes deste ano, garantindo assim uma vaga como adversário de Greenleaf em Montreal, a possibilidade de o próximo Campeonato Mundial envolver um romance deixou tudo mais emocionante. Os dois podem ser apenas bons amigos? Sim, sem dúvida. Mas e se não forem? E se, além de adversários, também escovam os dentes lado a lado pela manhã e sabem o que o outro gosta de pedir no delivery? E se forem capazes de ler a mente um do outro diante do tabuleiro de xadrez ou tiverem piadas internas sobre suas fraquezas?

A ideia é simplesmente fascinante. E é provavelmente essa a razão pela qual tantas pessoas demonstraram interesse pelo xadrez nos últimos dois anos: primeiro foram atraídas pelo brilhantismo desses dois talentosos jogadores, depois decidiram aprender a jogar xadrez por conta própria e então perceberam que...

XADREZ É MUITO LEGAL, NA VERDADE.

A venda de qualquer coisa relacionada a xadrez – tabuleiros, relógios, acessórios, tutoriais, aulas on-line, aplicativos – disparou após o último Campeonato Mundial, e a onda veio para ficar. O mais notável é que o interesse pelo xadrez é, pela primeira vez em décadas, maior entre as mulheres do que entre os homens. Além disso, atualmente há mais mulheres e pessoas não binárias do que nunca no Top 500 da FIDE. "É porque sentimos que o ambiente está cada vez menos hostil para nós", disse-nos a GM Defne Bubikoğlu, principal treinadora de Greenleaf e proprietária do clube de xadrez Zugzwang. Seu clube tem prosperado, superando oficialmente o Marshall, um clube de xadrez histórico da cidade de Nova York.

PARA CONCLUIR...

Não sabemos como será o Campeonato Mundial. Mas sabemos que, devido às circunstâncias que o cercam, mais pessoas do que nunca estarão sintonizadas e, pela primeira vez em décadas, jogadores de xadrez estão se tornando nomes conhecidos. E, se os aspectos mais quentes e românticos deste campeonato são verdadeiros ou simplesmente boatos, o fato é que criam narrativas atraentes.

E se você "shippa demais" e "bota fé no casal", talvez goste desta pequena pista: três semanas atrás, em um evento de caridade, Nolan Sawyer (que é um péssimo perdedor) não parou para responder às perguntas dos jornalistas. Mas testemunhas oculares relataram que, quando questionado sobre como se sentia sobre a possibilidade de Mallory Greenleaf acumular pontos suficientes para tirar o primeiro lugar dele, ele simplesmente abriu um sorriso antes de ir embora.

Nota da autora

O estudo sobre estereótipos de gênero e desempenho no xadrez que Defne menciona no livro é real. Foi publicado por Maass et al. em 2008, no *European Journal of Social Psychology*, e depois replicado por vários outros grupos de pesquisa na década seguinte. Curiosidade: foi o estudo que despertou meu interesse por xadrez.

Em 2008, eu estava tentando decidir qual seria o foco de meu trabalho final de graduação, e em uma das disciplinas que cursava me deparei com o conceito de "ameaça do estereótipo": quando um grupo social é estereotipado como inferior em um determinado contexto ou situação, se torna mais propenso a ter um desempenho ruim (recomendo que você dê uma olhada no estudo original de Claude Steele sobre o assunto e também em qualquer material produzido pelo grupo de Nalini Ambady – mas, caso se depare com paywalls, o verbete da Wikipédia já serve). Fiquei imediatamente interessada e feliz por saber que havia um grupo de pesquisa sobre ameaças do estereótipo na minha universidade. Comecei a ler seus estudos na esperança de convencer um dos professores a me aceitar como orientanda, encontrei o estudo sobre xadrez, e o resto é história. Está bem, talvez *não seja* história, mas eu aprendi a jogar quando era criança (muito mal), só que nunca tinha pensado muito a respeito dos *jogadores*. Não sabia nada sobre as diferenças de gênero, mas, assim que descobri, comecei a ansiar por vê-la superada. A ideia de uma história ambientada no mundo do xadrez flutuou por anos pela minha cabeça – até 2021. Eu aguardava ansiosamente a minha estreia como escritora de livros adultos e finalmente havia chegado a hora de escrever "meu livro sobre xadrez". A verdade é a seguinte: no que se refere ao xadrez, recorri a muitas (MUITAS MESMO) licenças poéticas para fazer a história andar (trama acima da realidade?) e se você notou… eu sinto muito. Espero que mesmo assim tenha gostado da jornada de Mallory e Nolan.

(Ah, caso esteja se perguntando: sim, eu consegui um orientador!)

Agradecimentos

Este é meu quinto ou sexto (caramba!) livro, e está começando a ficar difícil escrever agradecimentos de forma orgânica, então vamos de lista:

- Thao Le, minha agente maravilhosa, que me incentivou e disse que finalmente havia chegado a hora de escrever meu livro sobre xadrez. Sem querer soar como uma vencedora do Oscar, mas ela é sem dúvidas a minha fortaleza nesse inóspito universo editorial, e posso dizer sem medo que sem ela eu teria sucumbido, como um rato-toupeira nu exposto à natureza cruel.
- Sarah Blumenstock, minha editora que odeia quebras de seção, que concordou em dar uma chance ao meu YA, embora ela seja uma editora de livros adultos (quase como se soubesse da minha ansiedade debilitante e de meu medo de mudança).
- Liz Sellers. Aliás, foi ela que inventou o trocadilho com a palavra "*rook-ie*". Esta mulher precisa ser nomeada CEO da Penguin Random House *agora mesmo*!

- Polo Orozco, que deu a Sarah e a mim conselhos inestimáveis que ajudaram a deixar o livro em sua melhor forma, para seu melhor público.

- Minha equipe de marketing e publicidade na Berkley: Bridget O'Toole, Kim-Salina I, Tara O'Connor, Kristina Cipolla. Sou grata a elas e a tudo que fazem, mesmo que eu ainda não entenda totalmente a diferença entre marketing e publicidade.

- Christine Legon e Natalie Vielkind, minhas editoras, bem como Jennifer Myers, minha editora de produção, e Laurel Robinson, minha editora de texto.

- Lilith, que mais uma vez ilustrou a capa perfeita porque ela não faz nada que não seja incrível, assim como Vikki Chu e Rita Frangie, que fizeram o design da capa.

- Cindy Hwang (minha Grande Editora) e Erin Galloway (minha Grande Agente de relações públicas). Elas são as melhores.

- Todo o pessoal da Berkley e da Putnam Young Readers.

- Todo o pessoal da South Dakota Library Association, em especial Andrea Cavallaro, Jennifer Kim e Jess Watterson.

- Meus adoráveis agentes cinematográficos, Jasmine Lake e Mirabel Michelson.

- Meus amigos. Eles sabem quem são e provavelmente já estão cansados de ler seus nomes em meus agradecimentos.

- Taylor Swift. Você sabe o que fez, Taylor.